## 박경리 朴景利 (1926. 12. 2. ~ 2008. 5. 5.)

본명은 박금이(朴今伊). 1926년 경남 통영에서 태어났다. 1955년 김동리의 추천을 받아 단편「계산」으로 등단, 이후『표류도』(1959), 『김약국의 딸들』(1962),『시장과 전장』(1964),『파시』(1964~1965) 등 사회와 현실을 꿰뚫어 보는 비판적 시각이 강한 문제작을 잇달아 발표하면서 문단의 주목을 받았다.

1969년 9월부터 대하소설『토지』의 집필을 시작했으며 26년 만인 1994년 8월 15일에 완성했다.『토지』는 한말로부터 식민지 시대를 꿰뚫으며 민족사의 변전을 그리는 한국 문학의 걸작으로, 이 소설을 통해 한국 문학사에 뚜렷한 족적을 남긴 거장으로 우뚝 섰다. 2003년 장편소설『나비야 청산가자』를 《현대문학》에 연재했으나 건강상의 이유로 중단되며 미완으로 남았다.

그 밖에 산문집『Q씨에게』『원주통신』『만리장성의 나라』『꿈꾸는 자가 창조한다』『생명의 아픔』『일본산고』등과 시집『못 떠나는 배』『도시의 고양이들』『우리들의 시간』『버리고 갈 것만 남아서 참 홀가분하다』등이 있다.

1996년 토지문화재단을 설립해 작가들을 위한 창작실을 운영하며 문학과 예술의 발전을 위해 힘썼다. 현대문학신인상, 한국여류문학상, 월탄문학상, 인촌상, 호암예술상 등을 수상했고 칠레 정부로부터 가브리엘라 미스트랄 문학 기념 메달을 받았다.

2008년 5월 5일 타계했다. 대한민국 정부는 한국 문학에 기여한 공로를 기려 금관문화훈장을 추서했다.

# 토지

# 토지

박경리
대하소설

1부 2권

2

다산
책방

# 차례

제2편

# 추적과 음모

5장 – 22장

## 5장 풋사랑

들판은 나날이 짙푸르게 달라져갔다. 그새 찔끔찔끔 비가 내리더니 그 정도의 비는 갈증이나 면했지 흡족하지 못했다. 농부들은 이 고비만 넘기면 그럭저럭 평작은 될 터인데 하고 근심들 했다.

마을의 인심은 하느님 마음씨하고 통한다. 후하고 박한 것은 노상 일기(日氣)에 좌우되는 것이다. 아직은 논바닥에 물이 자작히 괴어 있었는데 마을을 찾아드는 방물장수, 도부꾼들은 곡식을 바꾸기가 어렵게 되었고 요기를 청하기에도 눈치를 보게 되었다.

조급한 농가에서는 아낙들 아이들이 들판을 쏘다니며 벌써

쇠어버린 비름을 뜯고, 나물밥, 시래기죽을 쑤었다.

칡뿌리를 캐어다 칡가루를 만들어 저장하기도 했다.

"아따 방정 고만 떨어라! 들어오는 복도 나가겄다."

해물 도부꾼에게 미역을 바꾸었다가 무르려고 쫓아 나온 봉기에게 두만아비 이평이가 타박을 주는 것이다.

"그런 소리 마라. 숭년 들믄 니가 내 믹이 살릴 것가!"

"그라믄 애시당초 바꾸지나 말 일이지."

"내가 바깠나! 제집년이 하늘 치다보지도 않고 곡식을 퍼줬 이니 복통할 일 아니가!"

봉기는 미역 단을 들고 도부꾼을 부르며 헐레벌떡 둑길로 쫓아간다.

"저눔우 자석, 미역 한 꼭지 빼놓고 나왔일 기다. 내 곡식 내놓으라고 지랄병을 할 기니 도부꾼이 학을 떼겄고나."

논에 물을 푸면서 이평이 중얼거렸다. 언덕 아래, 늪지에서 는 젊은 축들이 둘씩둘씩 나뉘어 흙탕물을 논고랑에 퍼올리 고 있었다. 후줄그레하게 풀발이 죽은 삼베 중의를 무릎 위까 지 걷어 올리고 진흙을 벌쭉벌쭉 밟으며 용두레질을 한다. 박 달나무같이 단단하고 구릿빛으로 그을린 다리에 힘줄이 쭉쭉 뻗는다. 젊은이들은 이글거리는 여름 햇볕같이 정력이 넘쳐 있다. 지난해, 사태가 났던 자리에 우묵히 자란 잡초 모양으 로 무성하다. 흉년 들겠다고 껑껑 우는 어른들과 달리 태평스 럽다. 이들은 일에 힘을 쓰면서 입으로도 또한 기운을 발산하고 있는 것이다. 김훈장이 들으면 기절초풍할 잡소리를 지껄이며 시시덕거린다. 꽃가루를 짓밟으며 꿀을 빠는 벌이나 나비같이 즐거워서 지껄이며 웃는다. 아무개네 집 아무개는 엉덩이가 팡파짐하고 젖가슴이 터질 듯해서 건드려보고 싶다는 둥, 아무개와 아무개가 아스름 달밤에 수수밭에서 기어나오더라는 둥, 아무개네 집 과부는 보리쌀 한 됫박 받고 치마를 걷었다는 둥, 월선네 빈집에서 남녀의 웃음소리가 밤마다 난다는 둥.

"저분 장날에 말이다, 바우 놈 갑데기 홀랑 벗긴 일 아나?"

입술이 티티하게 나온 붙들이 이야기를 바꾸었다.

"와 그랬노?"

"노름했지."

"머?"

"날치기나 당했이믄 관가에나 뛰어갈 긴데 원성할 곳이나 있어야제."

"아앙, 그래 바우아배가 몽둥이 치키들고 미친개 찾듯이 바우를 찾아댕깄구나. 내사 방물장시 계집이라도 끌어딜인 줄 알았지."

"바우아배도 아배지. 자석 놈 질옆을 알믄서 머할라꼬 돼지는 팔아오라 했는고?"

"그기이, 제사장 보아오라고 시킸는갑더마는 설마 했겄지. 다른 데 쓸 돈도 아니고,"

"그게 그런 기이 아닐 기다. 바우아배가 요전분에 언더막에서 떨어져서 허리를 다칬는갑더라. 그래서 아마 바우를 보냈일 기다."

"하기사 젊은 놈들이 조상 소중한 거를 알아야 말이제."

"아따 니는 늙었나?"

"나도 넣어서 그렇다 말이다. 제삿날이믄 개깃국에 이팝*이나 배불리 묵을 생각하지 죽은 할배 할매 생각하나? 무신 조상 덕을 봤다고 할배 할매 잡수시오 하겠노. 사시장철 개기반찬에 쌀밥 묵는 사램이나 목욕재계하고 제문 읽고 이마가 닳게 절하는 기지 우리네사 벼랑 가 자갈밭 한 뙈기 물리받은 기이 없다더라."

"그래도 조상님을 섬기야 복을 받느니 안 그라더나, 김훈장이."

"흥, 무슨 수로 복을 주노? 저승에 가서도 종놈은 종 노릇할 기고 가난뱅이는 비렁땅 파가믄서 보리죽이나 묵겠지. 이녁들 살기에 눈이 돌아갈 긴데 자손들 못살고 잘살고 돌볼 새가 어딨더노? 구신들도 뇌물을 좋아하는 거를 보믄, 그러니께 양반집 구석의 구신보다 영검이 없는 기라."

"간둥간둥* 주둥이 놀리다가 무당 불러 굿할라?"

"어림도 없다. 보리죽 말고 머가 또 있이꼬? 양껏 묵을라카믄 역시 최참판님댁에나 가서 빌붙어야."

"갈수록 산이구나. 구신 피할라 카다가 보리죽도 못 묵고 쫓기날라."

"아 참, 그 서울 양반 말이다. 아까 또 오더마. 말 타고, 순검인가 병댄가, 얄궂인 옷을 입고, 칼은 안 찼더라마는."

"신소리 그만해라. 그 양반 지체가 우떻다고 순검이고 병대고?"

"그렇지마는 순검이나 병대에도 웃대가리가 있일 거 아니가."

"삼수가 그러는데, 세상이 좀 있이믄 순검 겉은 거 아무라도 할 수 있일 기란다. 삼수가 껍적거리던데? 장차 순검 될 기라고, 종놈이 순검 된다 카는데 아 그래 그 양반이 순검 웃대가리가 될 성싶으냐."

"그런가? 내사 머 알아야제. 옷이 그런께 그런가 싶었지."

정자나무 밑에서 아낙이 점심 가져왔다고 고함을 쳤다.

"속이 쓰리더라니."

일손을 멈춘 이들은 논두렁 물에 손과 낯을 씻고 점심이 기다리는 정자나무 그늘로 우우 몰려간다.

아낙은 가고, 뒤늦게 온 계집아이도 물그릇을 내려놓고 논둑길을 돌아간다. 계집아이는 가다가 눈앞에 나는 잠자리를 잡을 듯이 손을 뻗친다. 잠자리는 빙그르르 돌아서 계집아이 머리채 주변을 맴돈다.

"밥이나 묵어보까. 컬컬한데 탁배기나 한잔씩 했이믄 오죽이나 좋겠나."

"숭년 들겄다고 껑껑 울어쌓는데 술이 어딨더노."

날라다 놓은 점심밥 둘레에 둘러앉는다.

"아니 용이형님 거기서 머하시오?"

붙들이가 뒤늦게 용이를 보고 의아해하며 물었다. 들판을 바라보고 있던 용이 돌아보았다.

"편찮았다 카더마는 이자 괜찮소?"

용이는 웃기만 했다. 그동안 햇볕을 못 본 얼굴은 파리했다.

"되게 아펐다 카더마는 우떻십니까."

벌써 밥그릇에 기어오르는 산개미를 집어내며 달수가 물었다. 여전히 용이는 웃을 뿐이다.

"푸심이던가요."

"몸살이겄지."

겨우 대답했다.

"점심 안 했이믄 같이하입시다."

용이는 고개를 저었다. 그리고 먼저대로 고개를 돌려 우두커니 들판을 바라본다. 혼이 빠진 것처럼 옆에 아무도 없는 자리에 혼자만 있는 것처럼 들판만 바라보고 앉아 있다.

젊은 치들은 더 이상 말을 걸지 않았다. 저희끼리도 침묵을 지키며 밥만 입 속으로 끌어넣는다.

한참 후 용이는 온다간다 말도 없이 일어섰고 아까 계집아이가 가던 논둑길을 걸어간다.

"사램이 와 저 모양이 됐노, 응?"

달수가 돌아보며 말했다.

"혼 빼인 사람 겉다."

울둑불둑하게 못생긴 따줄이가 말했다. 입 안 가득히 밥을 넣었기 때문에 얼굴은 더욱 울둑불둑했다.

"다 그럴 만한 일이 있지."

붙들이가 말했다.

"무신 일고."

"모르나?"

"허 모르니께 안 묻나."

"계집이 도망갔거든."

"계집이라니 아침에 새미(샘)서 물 이고 오는 강청댁을 봤는데?"

"절벽이구나."

"허 참, 애끼지 말고 말해라."

"와 그때 오광대 보러 안 갔나? 그때 보고도 그러네."

"감질나네."

"그때 무당네 월선이하고 함께 안 가더라고?"

"하하 맞다. 니가 그때 뭐라고 했제?"

달수가 먼저 깨닫는다.

"한잔 한 김에 새가 나서 뭐라 했일 기다."

"이눔아 늙은 여자한테 생심냈구나. 그런데 정분이 난 그 월선이가 보따리 쌌다 말가."

"그렇지. 나도 장에 가서 들은 얘긴데 돈냥 있는 놈이 첩으로 데리갔다 카던가? 옛날 서방이 와서 갔다고도 하고 어느 말이 참말인지 종대 없더마. 오믄서 눈여겨봤더마는 가게는 철장하고."

"그래서 이서방이 병이 났고나."

"무당 딸을 건디리서 혼을 빼갔는가 모르지."

"그, 그러기, 그렇다니."

못생긴 따줄이 입 안의 밥알을 튀기며 성급히 말했다.

"그, 그러기 제 아무리 인물 좋고 풍신 좋아도 소용없다. 도, 돈 없이믄 사내는 허수애비다. 돈만 있어보제? 아무리 벵신이라도 계집이란 뜻대로 되는 기라."

"흥, 그러니께 계집 천신 못하는 거는 니 얼굴이 문딩이 겉애서 그런 게 아니고 돈이 없어 그렇다 그 말이고나."

"말인즉 그렇다 그 말 아니가."

"최참판네 며누리 보니께 그렇지도 않더마."

따줄이는 공연히 화를 낸다. 숟가락으로 밥을 푹푹 쑤시면서,

"잔소리 마라! 계집치고 재물 탐 안 내는 년 하낫도 못 봤다. 보리 한 됫박에도 치마를 걷는 거 그게 계집년 아니가."

용이는 최참판댁을 향해 휘적휘적 올라가고 있었다. 팽나무 그늘 밑을 지나 행랑 뒤꼍으로 돌아간다. 뒤꼍은 텅 비어 있었다. 한참 후 삼수가 마구간에 말죽을 날라 가는 모습이

눈에 띄었다.

"돌이는 일 나갔나?"

"사랑 뒤뜰에 가 있을 기요."

삼수는 달갑잖게 대꾸했다. 용이는 행랑 툇마루에 걸터앉는다.

'여기 와본 것도 오래되었다.'

변한 것은 아무것도 없었다. 어린 시절, 대부분을 이 행랑 뜰에서 놀았던 일이 생각났다. 노상 치수에게 두드려 맞았었다.

'옴마, 내가 심이 더 센데 와 밤낮 얻어맞아야 하노.'

모친은 잠시 용이를 바라보았다.

'심이 세니께, 억울할 것 없다.'

'나도 때릴란다.'

'도련님이 몸이 약하니께 니가 참아야지, 셈 찬 성이 참더라고 니는 심이 세니께.'

'그라믄 머 심만 세믄 밤낮 맞아야 하나?'

'그러니께 니보다 심센 놈을 만나거든 그때는 지지 말고 때리주라모.'

'심센 놈이 그라믄 나걸이 맞아줄 기가?'

'어진 마음이믄,'

'안 어지믄 난 또 맞아야 하게?'

'나쁜 놈 되는 것보다 어진 사램이 돼야제.'

'그라믄, 그라믄, 그래도 옴마.'

16

'…….'

'심이 세도 맞고 심이 없이도 맞고 맞고만 살라 카나?'

말문이 막혔던지 모친은 말이 없었다. 한참 후 먼 산을 보면서,

'상놈이 우찌 양반을 때릴 것고.'

그 말을 듣고 용이는 울었다.

빙 둘러진 돌담과 겹겹이 솟은 기와지붕, 최참판댁 행랑 툇마루에서 올려다보이는 하늘은 좁았다. 찢겨진 솜뭉치 같은 구름은 가지 않고 머물러 있었다.

"와 그리 넋을 놓고 앉아 있소. 돌이한테 할 말이 있소?"

삼수가 물었다.

"……."

"할 말이 있이믄, 돌이 불러오까요."

"불러올 것도 없다. 사랑에 있다 캤나."

"야."

"거기서 머하노."

"마당의 풀을 뽑을 기요."

"길상이는 머하고?"

"길상이는 읍내 문약국한테 심부름 갔소."

"와, 누가 아파서?"

"간난할매가 어짓밤에 토하고 해서 약 지으러 갔소. 게글스럽게 임석을 먹더마는,"

용이는 일어섰다. 그는 혹 윤씨부인과 마주칠 것을 두려워하며 까대기 옆을 지나간다. 뒤뜰로 나가서 별당 울타리를 따라 걷는다. 활짝 열려져 있는 별당 문 앞에서 그는 걸음을 멈춘다. 별당아씨가 그곳에 있을 적에는 서둘러서 지나쳤던 문 앞이었다.

평상 위에 서희가 그림같이 잠들어 있었다. 봉순이도 모로 누워, 그러니까 저쪽으로 얼굴을 돌려놓고 함께 잠들어 있었다. 서희는 반듯하게, 얼굴만 이쪽으로 조금 기울어져 있었다. 어미 자식 어미 안 닮고 뉘 닮겠느냐고 흔히들 하는 말같이 잠든 서희 모습에서 용이는 아름다운 별당아씨의 얼굴을 보는 것 같았다. 먼빛으로 두서너 번 보았을 뿐인 여인, 여인의 모습에서 다시 잠든 서희의 얼굴로, 서희에서 다시 먼 강 아래서 물들어오는 노을과 같은 추억이 삼십을 넘은 용이를 옛날로, 어린 시절로 이끌고 가는 것이었다.

용이에게는 서분이라는 누이가 있었다. 세 살 위였던 서분이는 열한 살이던 그해 여름, 천연두로 죽었다. 예쁜 계집아이였었다.

비가 억수로 쏟아지던 밤이었다. 장마철로 접어들면서 마을 사람들은 연일 강둑에 나가서 무너진 둑을 쌓고 허술한 곳을 메우곤 했었지만 마을 사람들은 잠들지 못했다. 용이네 집에서도 그의 모친과 부친이 마루에 나앉아 비를 바라보고 있었다. 천연두를 치르고 난 뒤 회복기에 들었던 용이도 잠이 깨어 모친의 치맛자락을 꼭 쥐면서 송곳날 같은 굵은 빗줄기를 바라보고 있었다. 마루, 살강 밑에 걸어둔 초롱이 희뿌옇게 빗줄기를 비쳐주고 있었다. 그때 방문을 화닥닥 열고 서분이가 마루로 뛰쳐나오며 울부짖었다.

"용이는 떡 해주고 너물 해주고 퐅밥 해줌서, 오만 것 다 해줌서 나는 와 아무것도 안 해주요오!"

구슬이 돋아서 흉하게 된 얼굴을 서분이는 손톱으로 잡아뜯었다.

"아, 아가!"

모친이 놀라서 펄쩍 뛰었다. 용이의 천연두를 받아 앓던 서분이는 구슬이 잘 돋아서 부모들은 한시름 놓기도 했으나 둑을 쌓는 부역 때문에 서분에게는 등한히 했던 것이다. 한편 딸자식이어서 그랬던 것은 아니나 용이가 치르고 난 뒤였기에 음식을 차려 비손을 하지 않았다.

"용이는 떡 해주고 너물 해주고오! 오만 것 다 해줌서!"

"아이구 큰일 났네. 바람 쐬믄 안 될 긴데, 아가 들어가자."

모친이 안아 들이려고 했으나 서분이는 발버둥치며 울부짖고 얼굴을 잡아 뜯었다.

"우짜겠노! 계집자식이, 어, 얼굴 다 망치겠네."

잠자코 있던 부친은 급히 얼굴을 씻고 의관을 갖추었다. 그리고 울부짖는 서분이 앞에 무릎을 꿇었다.

"손님네(천연두를 신격화한 호칭) 인간이 미련하고 불민해서 저

19

질렀십니다. 노음(노여움)거두시고 한 분만 살펴주시이소. 새는 날에는 대시루 안쳐 떡하고 밥하고 걸게 해서 손님네 대접하겄십니다. 돌아가실 적에는 마부 부려서 노자 싸고, 인간이 멋을 압니까. 손님네, 우짜든지 열한 살 묵은 이씨 방성, 일월겉이 살피서서 곱게 앉히주시이소."

머리를 조아리며 빌었으나 서분이는 이튿날 해 질 무렵 죽었다. 거적에 싼 조그마한 관이 집 밖으로 나간 뒤 용이는 울타리 옆에서 울고 있는 치수를 보았다. 그때 치수의 나이 열 살이었다. 그 일이 있은 후 용이는 치수가 때려도 엄마가 타이른 대로 그를 미워하지 않으리라 생각했다. 그러나 치수는 용이를 때리지 않았다. 대신 월선이를 미워하기 시작했다. 못났다고 흉을 보았고 짠보(울보)라고 놀려대었다.

돌이는 사랑의 돌담 옆에 엎드려 풀을 뽑고 있었다.

"이자 괜찮소?"

"걸을 만하네."

"그래도 얼굴이 많이 상했십니다."

"볕을 안 보니께."

"무신 일로 오싰소."

"자네, 술이나 사주까 싶어서, 나 땜에 욕 안 보았나."

"머를요, 대낮인데 무신 술을 묵겄십니까."

돌이는 마루 쪽을 힐끔 돌아본다. 비스듬히 떨어져 있어 마루에 앉은 사람의 모습은 보이지 않았으나 이야기 소리는 들려왔다.

"병신 같은 놈들! 열흘 동안이나 헤매다가 그냥 돌아오지 않았겠소."

"못 찾았다 그 말인가? 하기는 거처가 일정치 않다면 그럴 수도 있겠지."

"못 만난 게 아니지요. 만났으니 그러지 않소. 코를 끼어서라도 데리고 와야 할 게 아니오."

"말이 그렇지. 이 사람아, 산 사람을 어찌 코를 끼어서 데려 오누."

치수와 준구의 얘기 소리였다. 돌이 싱긋이 웃었다.

"이분에 말입니다."

목소리를 낮추고 돌이 말했다.

"강포수 찾으러 가는 김평산이 그 양반을 따라서 삼수가 지리산에 안 갔십니까."

"……."

"아무한테도 말하지 마이소. 삼수 그눔으 자석 재미 톡톡히 보았다 캅디다. 매욱한 거맨쿠로 매꼬름해가지고 돌아왔소. 하기사 평산인가 노름쟁인가 그 사람이 삼수 입을 막을라고 그랬겠지마는 강포수를 만나기는 만났다 캅디다마는 열흘을 놀고 돌아댕깄다요. 그것도 우찌 논 줄 아시겠소?"

돌이 눈이 선망에 흔들렸다. 그는 일어서서 용이 귀에다 입을 대었다.

21

"평산이 그 노름꾼이 각시를 사주더랍니다, 각시를. 아무한 테도 말 마이소."

민망해하며 용이는 눈을 꿈벅꿈벅했으나 돌이는 천진스럽 게 싱글벙글 웃는다.

"그것뿐인 줄 아요? 노름도 했다 캅디다. 빌어묵을 놈이 그 러다가 혼달암(혼쭐)이 날라꼬, 거 좋은 본배기는 안 하고 평산 인가 그 사람, 사람 하나 망치놓기 머가 어렵겄소?"

"거 누구 없느냐!"

"예!"

돌이 당황하며 쫓아간다. 치수는 마루 끝에 서 있었다.

"냉수 가져오너라."

"예."

멍해 있던 용이 치수에게로 간다.

"서방님, 문안드립니다."

허리를 굽혀 인사를 한다.

"음, 별일 없었느냐?"

치수의 음성은 부드러웠다.

"예."

"얼굴이 안됐군. 어디 아팠는가?"

"몸살을 했나 봅니다."

"그래?"

"오랫동안 못 뵈었십니다."

치수는 용이를 가만히 바라본다. 이상하게도 그의 날카로운 눈에는 따스한 빛이 돌았다.

"그러믄 가보겠십니다."

용이는 다시 허리를 꾸부리고 인사를 했다.

"누군가?"

용이 나간 뒤 준구가 물었다.

"마을의…… 농사꾼이오."

"농사꾼치고는 잘생겼구면."

"함께 자랐지요."

"……?"

"지 어미가 드난꾼으로 늘 드나들었지요. 조상은 상놈이 아니었던 모양이지요."

하고는 준구를 비웃듯이 씩 웃었다.

"사람이 존엄하다는 것을 용이 놈은 잘 알고 있지요. 그놈이 글을 배웠더라면 시인이 되었을 게고 말을 타고 창을 들었으면 앞장섰을 게고 부모 묘소에 벌초할 때마다 머리카락에까지 울음이 맺히고 여인을 보석으로 생각하는, 그렇지요, 복 많은 이 땅의 농부요."

말을 마치고 치수는 끼들끼들 웃었다. 준구는 우스울 것이 조금도 없는데 건성으로 따라 웃다가 자신이 놀림을 당하고 있다는 것을 깨닫는다. 웃음기가 조금씩 조금씩 사라지고 어정쩡하게 얼굴을 찡그렸다.

'내가 어째서 이놈 앞에서는 늘 병신이 되는고.'

"그래 그 강포순가 하는 위인 말인데 꼭 데려와야 한다 그 말인가?"

준구는 말을 돌렸다.

"어떡허든 끌고 와야겠소."

"언제쯤 산을 다녀왔나?"

"보름쯤 지났을 게요."

"그렇다면 어디로 옮겨갔는지 모르겠군."

"모르기야 왜 모르겠소."

"데려오는 방법이 꼭 하나 있는데."

"……."

"얘기 듣고 보니 재물 가지고 이래라저래라 할 수 없는 놈 이군그래."

"평산이란 놈도 여간한 여우가 아니었소. 내가 나서야 할 모양이오."

"자네가 가도 안 온다면?"

"죽여버리지요."

치수는 눈도 깜짝하지 않고 말했다.

"허허헛…… 실없는 소리. 내가 가지. 총 한 자루면 돼. 그 놈 평생이 사냥에 미친 거라면."

"……?"

"총을 가져가서 구경만 시켜도 지남철에 붙어오는 쇠붙이 꼴이 된다, 그 말이네."

"……."

"포수에게는 총이 생명 아닌가. 보나 마나 낡아빠진 화승총 따윌 울러메고 다닐 텐데 신식 총을 본다면 사죽을 못 쓸 게 야."

"총을 주겠다, 그 말이오?"

"줄 것까지는 없고…… 나도 생각이 있어 두 자루를 마련해 왔으니 안성맞춤 아닌가. 자네하고 함께 나도 사냥 재미나 볼 까 싶었네만 아무렴 어때."

용이는 언덕을 휘청거리며 내려온다.

밭둑에 소매 통을 받쳐놓고 영팔이 담배를 피우고 있었다.

"이자 좀 낫나?"

하고 말을 걸었다. 용이는 그의 곁으로 다가가서,

"비가 와얄 긴데."

하늘을 올려다본다.

"용아!"

"……."

"우리 집에서 며칠 전에 진주를 다녀왔는데,"

"……."

"지 동생이 장개간다고 해서 갔다 왔다."

"……."

"거기서 윤보형님을 만났더란다."

"윤보형님을?"

"음, 그랬는데 윤보형님이 말하기를, 월선이를 보았다 카더
라네?"

용이 얼굴에 경련이 인다.

"늙은 남자하고 다른 아낙 한 사람하고 월선이 함께 가더란
다. 어딜 가느냐 물으니께 월선이 울어쌓으믄서 멀리 간다고
만 하고 어디 간다는 말은 안 하더라누마."

영팔이는 곁눈질을 하며 용이 기색을 살핀다.

"다 인연이 없어 그런 긴데 니도 이자 맘잡아서 살아야제.
우짤 것고? 멀리 간다니께 돌아올 사램이 아니다. 머 지도 따
른 자식이 없는 홀몸이니께 고생이야 하겠나?"

용이는 먼 들판만 바라보고 있었다.

젊은 치들은 여전히 시시덕거리며 논두렁에 물을 퍼올리고
있었다. 개울가 송아지 옆에서 손자 놈을 업은 서서방이 김훈
장하고 이야기를 하고 있었다.


# 6장 음양의 이치


현감 따위의 벼슬은 입 밖에 내지도 않는다. 육대조가 참
의까지 지낸 문벌이었으니. 지금은 비록 빈손으로 나앉았으
며―이미 살림은 선대부터 거덜이 났었다― 출사의 보람을

누리지 못하였던 불초의 자손 조준구였으나 중인급에서 하는 역관직을 들먹댄다는 것은 조씨 가문을 위해 명예스런 일은 못 된다.

하나 세월이 세월인 만큼 잘만 하면 권력에 줄을 댈 수 있고 돈방석에 앉을 수도 있다는 소문의 자리인 만큼 개화바람을 타고 한자리 해볼 양인 조준구가 과연 그것을 창피하게 생각했었는지, 지난 늦봄 그가 이곳으로 내려오던 날,

'그네들 역관으로 계시면서 그것도 모르시오?'

초당에서 최치수가 빈정거렸을 때 조준구는,

'역관이랄 것 있나. 밖의 사정을 알아볼려구 남의 글을 읽다 보니 자연 그네들하고 사귀게 된 거지.'

하며 불쾌해했었다.

'언짢아하실 것 없어요. 옛날 같으면 모르되 역관이 어때서 그러시오. 항간에선 나랏일을 역관이 좌지우지한단 말도 있고 잘하면 고방에 은전이 그득해진다잖소.'

'하기야 그것도 빈말은 아니지.'

그 말에는 은근히 내세우는 기색이 없지도 않았었다. 그러나 역관이라는 말 탓으로 문벌에 대한 존경만은 잃지 않고 있던 김훈장에게 조준구는 괄시를 받았다. 서울서 총을 구해온 후 무료하여 김훈장을 찾아갔었던 것이다. 사냥과 총에 관한 자기 견문을 얘기하다 보니 굳이 숨기려 했던 것도 아니어서 자연 역관 얘기며 외국 사신들과 가까이 지낸다는 허풍도 떨

게 되었다. 그러자 김훈장의 태도가 이상해지기 시작했다. 종전까지 예를 지켜 되도록이면 자기 의견을 삼가왔던 김훈장은 차츰 다변해져서 조준구를 애송이 취급을 했으며 사람의 도리, 장부의 처신을 들어 설교하기에 이르렀던 것이다.

"나물 먹고 물 마시는 장부의 청빈이 군함과 대포를 막을 수 있겠소?"

반백머리에 올려놓은 탕건을 흔들며 열을 올리는 김훈장을 조준구는 야유했다.

"그렇다면 상투 짜르고 의관 벗어 던지면서 쓸개까지 뽑아 버린 위인들이 지금 대포나 군함을 막고 있다 그 말씀이오? 조공께서는 조선사람의 입 노릇도 하고 왜인들의 입 노릇도 하시는 모양인데 그렇다면 그간 사정은 잘 아실 테지요."

"허, 입 노릇이라니, 심히 듣기가 거북하오."

"권세 좋아하고 재물 좋아하는 무리들이 늙은것 젊은것 할 것 없이 꿀을 보고 모여드는 파리 떼 모양으로, 허 참 제 나라 상감, 제 선영 앞에 조아리던 머리빡을 남의 나라 졸개들 앞에 조아리게 되었으니, 염치 잃은 백성이 무슨 수로 나라를 보전할 것이며 대포 아니라 군함 끌고 오지 않아도 나라는 망하게 생겼소이다."

"예의지국에서 남의 나라 사신을 예로 대하는 일이 뭐 그리 허물이 되겠소."

그러나 김훈장은 들은 척 않으며 자기 할 말만 했다.

"개명 양반들이 왜총 몇 자루, 왜칼 나부랭이를 얻어다가 궁궐을 짓밟고 상감을 볼모로 삼았다가 그놈의 역모가 실패하여 섬나라로 도망가더니, 듣자니까 그자들이 그곳에서는 대접이 나쁘고 어쩌고 투정을 부리는 둥 철없는 짓을 했다더구먼요. 허 참, 혼자 일신 편하겠다고 남의 나라에 가서까지 투정한 자들이 그래 나라를 바로잡고 벼슬아치들한테 수탈만 당하는 불쌍한 백성을 구제하겠다구 역적모의를 했단 말씀이오? 그놈의 개명 참으로 빛 좋은 개살구, 총대만 믿는 인사가 천명을 헤아리겠소? 동학당이 비록 상놈들의 오합지졸이긴 하나, 그렇지요, 오합지졸이긴 하나 척왜척양을 내걸고 승패야 어찌 되었든간에 결판을 내기라도 했으니 도리어 체모는 상놈들이 지켜준 셈 아니겠소."

"벽촌에 계시면서 서울의 식자(識者) 뺨치겠소. 일본 갔던 망명객들 동태까지 소상하신 걸 보니,"

"벽촌에 산다고 귀까지 먹고 입까지 붙었겠소?"

"그야 물론 그러시겠지요. 허나 하나는 아는데 열은 모르더라고 바로 그 동학당이 왜인들 군대를 끌어들인 결과가 되지 않았소. 이기면 충신이요 지면 역적이더라고 언제나 결과가 중요한 게지요."

조준구는 말하면서 동학 놈들 혼령 앞에 소대가리 얹어놓고 왜인들은 큰절해야 한다던 최치수의 말을 떠올렸다. 이번에도 김훈장은 그 말 대답은 없이 증오심에 가득 찬 얼굴로 역관직을 헐뜯었다. 죽음보다 부끄러운 삶을 엮어야 하는 내시(內侍)나 비천하기를 피로써 낙인찍힌 무당인들 나랏일에 주둥이 디밀 처지가 되면 신분은 뒤에서나 할 얘기고 그 눈빛 하나에 뭇 마음이 오락가락할 터인데, 총칼 들고 와서 산천을 다 먹겠다고 으르렁거리는 왜인들 입 노릇 하는 역관 나으리, 권세와 재물에 환장한 무리들에겐 신주보다 왜 소중하지 않겠느냐, 그럼 당자로서는 더없는 영광일 것이며 지하에 계신 조상인들 오죽이나 기뻐하실까부냐는 둥, 조준구로서는 뜻밖의, 또 참기 어려운 모욕의 언사를 김훈장은 서슴없이 퍼붓는 것이었다.

"노형."

조준구는 눈에 노기를 띠며 불렀다.

"말씀하시오."

"조정에서는 막여작(莫如爵)이요, 향당에서는 막여치라*, 내 노형의 연치(年齒)를 중히 여겨 참았소만 희롱이 지나치지 않소?"

따지는 품이 역시 조야(粗野)하지는 않다. 흥분한 나머지 마구 달려간 김훈장도 다소는 심하였다고 깨달은 모양이다.

"희롱이라 생각지 마시오. 소생은 통분할 시태(時態) 얘기를 한 것이오."

어조를 낮추었다.

"그런 심산이라면 가납하겠소이다만 못 먹는 밥에 재 뿌리는 짓이야 시정잡배들이면 모르까 설마……."

조준구는 결국 여유 있게 김훈장을 물리치기는 했다. 지체의 차이가 컸고 최치수만큼 눈이 밝지 못했으며 영악하지 못했던 김훈장은 세련된 서울 양반 응수에 입을 다물기는 했었다.

아무튼 사람을 사냥해가며 임자 없는 땅에 말뚝을 박던 개척정신에 공통점을 가진 문명제국(文明諸國)의 용감한 선발대들이 조선땅에 상륙한 이후, 쑥밭이 되어가는 정치적 풍토에서 갓 쓰고 장죽(長竹) 들고 팔자걸음을 걷는 인종들의 면면을 바라보며 선진국들이 침략의 꿈을 키우는 동안 역관이라는 직위의 시세가 오른 것만은 부인할 수 없다. 우선 침략의 전초 작업으로 이권을 섭렵하는 데 그네들의 입 노릇을 하는 역관은 금전으로 매수할 만한 존재 가치가 있었고 겨우 명맥만은 잇고 있는 왕권을 괴뢰로 삼아 권좌에 오르고자 하는 무리들이 그것을 사로잡기 위해 튼튼한 덫이 되어줄 외세를 등에 업는 데도 여러 가지 편리한 중개업자, 그 비슷한 존재가 또한 역관이다. 모두가 다 그렇게들 썩었다고 할 수는 없지만 그럼에도 불구하고 조준구는 여전히 빈털터리였고 시골서 세월이여 가랍시고 노닥거리며 최치수나 윤씨부인의 선심을 기다리는 처지였다. 일본말 실력이 어느 정도인지 개화사상이라는 것도 어떤 각도에서 받아들였는지 그것은 잠시 제쳐놓고, 실상 준구 자신이 말한 바와 같이 역관이랄 수도 없는 애매한 형편이었다. 그의 정치적인 역량도 역량이려니와 몸짓을 해볼 수 있는 영향의 판도라는 게 첫째 보잘것없었다. 이켠이

든 저쪽이든 굵은 줄이 있어야 매달려서 어디든 올라가 볼 수 있는 일이며 이쪽 저쪽으로 오가며 일을 꾸밀 수도 있을 터인데 겨우 일본말깨나 씨부리며 따라다닌 사람이 일본 공사관에서도 미미한 직위의 어중이떠중이, 그들과 엇비슷한 정체불명의 낭인들의 무리였다. 그저 일본인들을 더러 사귀었다는 것 이외 별무소득이었던 것이다. 그러나 어줍잖은 이력이 최치수의 엽총을 구하는 데는 매우 생광스럽게 쓰였다. 조준구가 사귄 일인 중에 미노베라는 사냥광이 한 사람 있었다. 그는 조선사람들이 긴 담뱃대를 애용하는 것을 보고 늘 킬킬대며 웃었고 방 안에 들여놓는 요강에 대해서는 침을 뱉어가며 야만인이라고 욕지거리를 했다. 제 나라와 다를 수밖에 없는 풍습을 볼 때마다 헐뜯어야만 직성이 풀리는 위인이었다. 소위 대일본제국의 우월을 굳게 믿는 국수주의자였던 것이다. 한 가지, 다만 한 가지 예외가 있었다. 그것은 조선의 사냥터가 세계에서 꼽힐 만한 곳이라는 칭찬이다.

그가 세계의 사냥터를 모조리 답사하였는지 의문이지만 아무튼 수렵 지식은 책에서 부지런히 얻은 모양이었고 변변한 짐승이 있을 성싶지도 않은 섬나라이고 보면, 가등청정(加藤淸正)이 임진왜란 때 이 땅에서 호랑이를 잡았다 하여 신화까지 된 것을 보면 그가 조선의 사냥터를 칭찬하는 것도 무리는 아니다. 아무튼 몇 번인가 미노베의 사냥길에 동행하며 입 노릇을 했던 덕분에 조준구는 왜총을 개량한 엽총 두 정을 그로부터 쉽게 양도받을 수 있었다. 이 엽총이 결국 강포수를 산에서 내려오게 했던 것이다.

흰 도라지꽃이 핀 산막 뜰에 저녁 안개가 밀려들었다. 강포수는 조준구가 가지고 간 엽총을 어루만지고 있었다. 벌써 여러 번 성능을 조사하고 시험을 해보았는데 그는 엽총을 조준구에게 돌려주려 하지 않았다.

"이 총 돈만 많이 주믄 구할 수 있겠십니까?"

수염에 묻힌 입술을 혓바닥으로 축이며 강포수는 조준구에게 물었다.

"자네한테 그만큼 돈이 있다 그 얘기냐?"

"아, 아닙니다. 돈은 무신 돈이,"

비죽이 웃다가 다시 처량하게 중얼거렸다.

"집도 절도 없는 뜨내기 신세에 무신 돈이 있겠십니까. 많이 벌믄 많이 묵고 작게 벌믄 작게 묵고……."

뒷짐을 지고 조준구의 하는 양을 구경만 하던 평산이 씨부렸다.

"많이 벌 때는 계집 찾아가기 바쁠 게고."

"맞십니다. 사램이란 오늘 묵으믄 내일 묵을 걱정 해얄 긴데, 맨날 벌어서 노름하고 계집한테 털어넣으니 저러다가 온전한 죽음 하겠십니까."

납독이 올라 푸릇푸릇한 얼굴을 내밀며 춘매도 한마디 끼어들었다.

"내 생전 이런 총 갖고 사냥을 해봤이믄 여한이 없겠는데, 옛말에 장수 나자 명마 났다 했건마는…… 사냥꾼한테는 총이 목심이나 진배없는 긴데……."

강포수는 중얼중얼 혼자 중얼거렸다. 춘매와 평산이 무슨 말을 하건 그들의 말이 귀에 닿지도 않는 모양이다. 조준구는,

"돈이 있다고 저저이 구할 수 있는 물건은 아니지."

하고 못을 박듯이 다시 말했다.

"먼 나라에서 배에 실려온 귀한 것을 아무나가 돈 있다고 구할 수 있겠느냐?"

"그라믄 양반님네만 가질 수 있다 그 말씸이구마요."

"양반님네?"

조준구는 풀이 죽어서 평산을 한 번 보고 춘매를 보고 다시 조준구를 쳐다보는 강포수에게 멸시하는 미소를 머금었다.

"각별히 왜인들과 친분이 있어 구한 것이네. 소연한 시국에 양반이라고 저저이 가질 수야 없지."

"하기야 그렇습죠. 의병을 일으켜서 왜병들을 죽이는 판국인데 그네들이 철포 같은 것을 수울하게 내어주기야 하겠소."

평산이 아첨했다.

하룻밤을 산에서 묵은 다음 날 강포수는 총에 홀려 일행을 따라나섰다. 이들이 최참판댁에 도착했을 때 조바심을 내며 기다릴 줄 믿었던 최치수는 의외로 냉담했다. 냉담했다기보다 달가워하지 않는 눈치였으며 눈을 내리깔고 강포수를 내

려다보는 그의 표정은 어둡고 착잡했다.

"흠, 자네가 산에 들면 귀신이라던가?…… 허허헛…… 하하
핫……."

씹어뱉듯 말하고 웃을 이유가 없는데 크게 웃음을 터트렸
다.

"김서방!"

김서방이 뛰어왔다.

"거처방을 마련해주어라."

강포수를 턱으로 가리킨 최치수는 고생을 하고 돌아온 조
준구와 평산에게는 아무 말 없이 초당을 향해 휭하니 나가버
리는 것이었다.

행랑방 한 칸을 정해주어서 거처하게 된 강포수는 보기에
도 딱하게, 우리 속에 갇힌 산짐승 꼴이 되었다. 바람 소리 짐
승울음을 들으며 숯굴이나 화전민들의 초막, 때론 산짐승이
자고 간 굴속에서 아무렇게나 굴러 자고 멧돼지 노루 따위의
목을 따서 피를 마시며 그 자신도 짐승처럼 싸돌아다니던 자
유가 겹겹이 싸인 높은 울타리 속에서 번다한 습관에 따라 해
가 지고 날이 밝는다는 것은 견디기 어려운 일이었다. 마치
고깃덩이에 눈이 먼 짐승이 덫에 걸린 것같이 신식 엽총에 유
인되어 최참판댁 행랑에 가두어진 강포수는 편한 것도 싫고
먹는 것도 싫고 산 생각만 했다. 도망을 치려면 못할 것도 없
지만 그러나 총에 대한 미련을 어쩌지 못했다. 최참판댁에 온

후 그가 하는 일이라곤 최치수와 조준구를 따라 뒷당산에 올라가서 사격 연습하는 그것뿐이었다. 아니 연습을 한다기보다 이제는 어지간히 손에 총이 익은 최치수의 사격 연습을 구경하는 일 뿐이었다. 이십 대 젊은 시절에 궁술을 익힌 최치수는 미노베의 사냥길을 동행하며 풍월로 조금 배운 조준구보다 총 다루는 요령을 쉽게 습득했고 사격 솜씨의 숙달도 빨랐다. 최치수는 그 일에 골몰하는 것 같았으며 조준구나 강포수에게 필요 이상의 말을 하는 일이라곤 없었다.

불 꺼진 방에, 밤도 깊었던 것 같다. 강포수는 아까부터 일어나서 방바닥에 쭈그리고 앉아 있었다. 용변을 보려고 일어났는데 민적민적하고 있는 것이다.

'주막에서 자고 올 거로, 제에기 숨통이 막히서 어디 살겠나.'

강포수는 쥐 죽은 듯 적막한 최참판댁의 넓은 집 안이 어쩐지 섬찟했다. 사실 낮에도 그는 겹겹이 싸인 울타리 안에 문이 몇 개씩이나 있는 넓은 집 안을 마음 놓고 다니질 못했다. 어디가 어딘지, 근접해서는 안 되는 곳이 어딘지 알 수 없었다. 한번은 영문 모르고 안마당으로 들어선 일이 있었다.

"누구냐."

마루에서 가만히 바라보는 중늙은 부인의 눈빛에도 질렸지만,

"어서 저리 나가라니께!"

김서방이 쫓아와서 옷소매를 잡아끄는 바람에 강포수는 허

둥지둥 나왔던 것이다.

'옛말에 열두 대문이라 카더마는 대문도 하 많고 기(忌)하는 곳도 많아 어디 옴짝달싹할 수 있어야 말이제. 밥 묵고 옷 입으믄 고만인데 내야 양반 되라 캐도 싫구마. 철갑 쓴 거맨치로 답답해서 어디 살겠나.'

겨우 강포수는 일어서서 방문을 열고 나갔다. 신돌 위의 크다만 짚세기를 찾아 신고 뜰로 내려섰다. 담장 위 시커먼 용마름의 선이 어둠보다 짙게 떠 있고 담벽에 박은 돌이 희끗희끗 보였다. 행랑 뜨락에는 흐미한, 아주 흐미한 밝음이 깔려 있었다. 강포수가 뒷간 쪽으로 막 돌아가려 하는데 뭣이 팔랑하고 눈앞을 스친다.

"음."

머리끝이 바싹 치솟는데 두 줄기 빛이 번득했다.

"아, 아아니 귀녀 아니가."

말이 끝나기도 전에 여자는 집 모퉁이로 돌아가고 말았다. 강포수는 그도 뒷간에 나왔던가 보다고 생각했다. 그렇다고는 하더라도 괘씸했다. 모두 낯선 식구들 중에서 안면이 있는 것은 귀녀뿐인데 어쩌다가 마주치면 본척만척 피해다니는 귀녀의 태도는 여간 얄미운 게 아니었다.

이튿날 뒷당산에서 내려온 강포수는 더위를 쫓느라고 우물가에서 얼굴을 씻고 있었다. 얼굴을 씻고 나면 주막으로 달려갈 참이었다.

"강포수."

"머?"

강포수는 물방울이 흐르는 얼굴을 들었다. 귀녀가 눈웃음을 지으며 서 있었다.

"아니 지척이 천 린가 싶더마는 우인 일고?"

말을 걸어주어 기쁘기는 하나 비꼰다.

"눈들이 하 많아서 그렇잖소."

"⋯⋯?"

"말귀도 어둡다."

"아, 내가 머 허튼소리 할 기라고? 술을 마시도 헛소리하는 성미는 아니거마는."

"흥, 그렇겠소."

귀녀는 샐쭉한다.

"와?"

"헛소리는 안 해도 참소리는 한다 그 말이네."

"머라꼬?"

"평산인가 그 사람한테 헛소리는 안 해도 참소리는 했다 그 말이네요."

"그, 그거사, 그거사 내가 엄두를 낼 수가 있이야제. 그, 그래서,"

"지나간 일 말하믄 범 물어간답디다. 앞으로는 조심하소."

"그, 그러고말고."

"그거는 그렇고 혼자 낯선 집에 와서 고적하겠네요."

귀녀는 다시 아까처럼 눈웃음을 지었다. 눈웃음에, 강포수 가슴이 철렁 내려앉는다.

"게다가 서방님 성미는…… 말해 머하겠소. 있는 동안 참아 보소."

치마꼬리를 흔들며 사라지는 귀녀 뒷모습을 강포수는 멍청히 바라본다.

"허 참."

갈고리 같은 손으로 물기가 남은 얼굴을 문지른다.

"허 참."

그 일이 있은 후 강포수가 주막에 가지 않고 행랑에서 잠자는 밤이면 귀녀는 남모르게 술과 고기 같은 것을 디밀어주곤 했다.

'이거 와 이러꼬, 들키믄 말썽이 날 긴데.'

처음에는 함께 죄짓는 것 같은 마음이었다. 그러던 강포수의 마음이 차츰차츰 이상해지기 시작했다. 귀녀의 눈웃음을 보았을 때처럼 이따금 가슴이 철렁 내려앉으며 까닭 없이 심란해지기도 하고 공연히 즐거워서 혼자서 벙싯벙싯 웃기도 했다.

'노망이다, 노망. 인가(人家)에서 오래 사니께 노망들었구마.'

강포수는 최참판댁 행랑에 붙어 있는 일이 많아졌다. 텁석부리 사십이 다 된 산사나이에게 철 늦은 병이 찾아온 것이다. 여자라면 아예 인연 없는 것으로 생각했으며 운수가 좋아서 큰 짐승을 잡아 목돈이 생기면 노름을 하고 더러 여자를 사기도 했으나 몸을 탐했을 뿐 강포수는 정이 들어본 일은 없었다. 여자하고 살림도 두 번 차렸다. 역시 돈으로 산 경우와 마찬가지로 정이 들지 않았다. 짐승을 쫓아 몇 달이고 산을 헤매다 단골주막처럼 나타나보면 여자가 없기 일쑤였다. 한 여자는 젊은 남자를 따라갔고 한 여자는 장래를 믿지 못해 그랬던지 세간살이를 팔아 종적을 감추고 말았다.

"제기랄! 또 달아났네."

주막에서 홧김에 술을 퍼마시는데 옆에서,

"우짜길래 기집을 또 놓칬노."

"다 팔자소관이지 머."

"사내 구실 못해서 그런 거 아니가."

"니 마누라한테 물어보라모. 내가 그렇던가."

"이눔우 자석이!"

"니보다는 나을 기다."

"흥 큰소리는 친다마는 우떨란고."

객쩍은 소리를 하다 보면 어느덧 거나해져서 강포수는 도망간 여자를 깨끗이 단념해버리는 것이었다.

"하기야 내 주제에 기집 데리고 살림하겠나. 사람이고 머고 간에 매인다는 기이 딱 싫구마. 생각해보면 잘 갔지, 잘 가. 나도 귀찮고, 기집도 지 앞일 생각해얄 기니께."

"흥 제법이네. 곰 같은 눔이 머를 알꼬 싶더마는 제법 말할 줄도 아누마."

"이치가 그렇다는 기지 머."

"생각 자알했네. 인가에서 못 사는 눔이 계집은 치레로 두는 것도 아닐 기고 죽으믄 송장이야 짐승들이 치우줄 기고."

"맞다, 니 말이 맞다. 총 멘 놈이 산에서 죽지 어디서 죽겄노." 하고 웃던 강포수가 종의 신분이기는 하나 미끈하게 생긴 인물에다 막일이라고는 해본 일이 없고 딸만큼 어린 귀녀에게 반했다는 것을 남들이 알면 족히 놀림감은 될 것이다. 우둔한 강포수는 그러나 그런 일 같은 것 헤아리지 않았다.

'그 가씨나가 그거를 가지고 있어서 내가 이리 정신이 없는 길까?'

목침을 베고 누웠다가 벌떡 일어나 앉으며 강포수는 중얼거렸다.

'그 가씨나가 아즉 서방도 없는데 머할라꼬 그거를 구해달라 했일꼬? 어느 놈을 맘에 두고 그랬이까? 그놈은 어디의 어떤 놈인고? 가만있자, 평산이 그 양반을 따라온 눈이 부리부리한 그놈이까? 밤송이겉이 생긴 돌이 그놈이까?'

비라도 구질구질 내리는 날이면 공상이 끝이 없고 강포수의 피는 얼었다 녹았다 했다. 그는 미친 듯이 주막으로 달려가곤 했다.

이제는 강포수를 묶어둔 것은 엽총이 아닌 귀녀였다.

"귀녀야."

"와 그러요."

귀녀는 곁눈으로 강포수를 보았다. 우물가, 주변에 아무도 없었다. 손목과 목덜미에는 기름이 올라 묵직했고, 신선한 내음이 귀녀로부터 풍겨왔다. 강포수는 침을 꿀꺽 삼킨다.

"그, 그 그거 말이다."

"그거? 머 말이오."

귀녀의 눈빛이 날카로워진다.

"내 내가 구, 구해다 준 그거 말인데,"

"……."

"누구 땜에, 누 누굴 마음에 두고,"

강포수의 얼굴은 푸르락노르락했다.

"그거 알아 머할라요."

하는데 귀녀 콧잔등에 주름이 모였다.

성난 암쾡이 같은 얼굴이 된다.

"나, 나도 돈 모을라 카믄 모을 수도 있고…… 마음만 잡으믄 재물이사 머."

성난 쾡이 같은 얼굴을 겁먹은 눈이 힐끔힐끔 쳐다보며 쥐어짜는 소리로 강포수는 말했다. 귀녀는 무슨 생각을 했던지 강포수를 위에서 아래까지 훑어본다.

탄탄한 골격, 단련되어 쇳덩이 같은 근육, 수염 속에 파묻힌 강포수의 이목구비는 그리 볼품없는 것은 아니었다.

귀녀는 픽 웃으며 돌아섰다. 그런가 하면 여전히 남몰래 먹을 것을 디밀어주곤 했다.

"이 사람아, 자네 꼴이 왜 그런가?"

저녁때 주막에서 평산이 물었다.

"한펭생이 잠깐 아닙니까."

강포수는 뚱딴지 같은 대답을 했다.

"무슨 생각을 하기에 넋 빠진 사람 같군."

역시 강포수는,

"한펭생이 눈 깜짝할 샌데, 안 그렇십니까?"

"허, 사람 변했네, 고기는 물에서 살고 짐승은 산에서 살게 마련이라고 까짓 정 맞지 않으면 산으로 돌아가지. 꼭히 옭아맨 몸도 아닌데."

"아, 아입니다. 이, 이자는 낯이 익어서 머 산 생각도 안 나무요."

누가 가라고 멱살이라도 잡는 것처럼 강포수는 당황했다. 그런 모습이 평산에게 기이한 감을 주기는 했으나 귀녀 때문이라는 것은 알 턱이 없다.

"옛날에 말입니다."

강포수의 눈이 행복한 듯 슬픈 듯 흔들렸다.

"요새는 와 그런지 그 생각이 문뜩문뜩 나무요. 그때 나는 고라니 한 마리를 잡았는데 말입니다. 그기이 암놈이었소. 거 참, 희한한 일이었소. 다음 날 고라니를 잡은 자리를 지나갔다 말입니다. 그랬는데 암놈 피가 흐른 자리에 수놈 한 마리가 나자빠져서 죽어 있더란 말입니다. 총 맞은 자리도 없고 멀쩡한 놈인데…… 그, 그기이 다, 허 참 그기이 다 음양의 이치 아니겠소?"

"……?"

평산은 멀뚱멀뚱 강포수를 바라만 보고 있었다.

## 7장 암시

강포수를 데리러 간 것을 계기로 김평산은 최참판댁에 자주 드나들게 되었다. 드나들게 되면서부터 평산은 최치수가 자기를 무척 가까이하는 것처럼 허풍을 떨었으나 그의 말을 믿는 마을 사람은 아무도 없었다. 그나마 최참판댁 사랑에 드나들 수 있는 것은 조준구의 덕분이다. 인간지말자로 보기로는 최치수보다 더했으면서 조준구는 평산을 두둔하는 척, 그릇이 커서 너그럽게 용납하여 말벗을 삼아주는 척했다. 세정에 빠른 평산이 그것을 모를 리 없다. 속으론 한수 더 뜨는 평산은 고마워하며 자신을 한층 비하하며 비벼대 보는 것이기도 했다. 게다가 산에서 내려와 잔뜩 외로운 강포수는 평산을 보기만 하면 엉기엉기 달라붙는 바람에 최참판댁을 서성대는 데 좋은 구실이기도 했다. 이런 형편을 기뻐한 사람은 함안댁이었다.

평산의 허풍을 믿어주는 사람도 그 혼자였다. 술집을 큰집 드나들듯이 하면서 닳아진 엽전 한 닢 내어주는 남편은 아니었지만 서울 양반과 어울려다니는 그것만으로도 고마워서 함안댁은 더욱 뼛골이 빠지게 길쌈을 하고 들일을 하고, 삯바느질을 하고, 그러는 한편 남편에게는 땀내 나지 않은 입성을, 때 묻지 않은 버선을 하며 마음을 썼다.

'씨가 있는데 장사를 하시겠나 들일을 하시겠나, 이 난세에 벼슬인들 수월할까. 하기는 요즘 세상에는 벼슬도 수만금을 주고 사서 한다는데.'

고달픈 마음에서 자기 위안을 위해 하는 말은 아니었다. 그는 진정 이야기책에서 읽은 현부인을 본받으려 했고 부덕(婦德)을 닦는 자신에게 자랑스러움을 느끼었고 세상이 어지러우면 똑똑한 사람도 제 남편같이 허랑방탕하게 살 수밖에 없다고 믿는 것이었다.

'용이 구름을 못 만나면 등천을 못하는 법이지. 그분도 한이 왜 없겠나. 그러니 노상 울분에 차서 술을 마시고 손장난도 하시고, 왕손도 세상을 잘못 만나면 나무꾼이 된다는데.'

함안댁이 등잔 밑에서 흐려지는 눈을 부벼대며 버선볼을 대고 있을 때 안방에 드러누워 있던 평산이 일어나 앉으며 늘어지게 기지개를 켜고 앞가슴을 긁적긁적 긁는다.

"설설 나가볼까?"

평산은 밖으로 나왔다. 초저녁은 지난 것 같다. 그는 밭둑 길을 지나 물방앗간 쪽으로 간다.

"저자가……?"

저녁을 끝낸 뒤, 눈빛을 감추고 빨간 입술을 실룩이며 얼굴이 차츰 질리기 시작한 최치수 모습에 겁을 집어먹은 조준구는 김훈장한테 피신 갔었다. 미우나 고우나 상대해주는 곳에서 한참을 지껄이다가 돌아오는 길에서 조준구는 평산을 보았던 것이다.

"물방앗간에는 왜 가는 걸까."

멈추어 서서 평산이 들어간 물방앗간 쪽의 동정을 살핀다. 마을 쪽은 조용했다. 물방앗간 옆의 타작마당은 텅 비어 있었다.

"이상한데? 어디 여기서 기다려보자. 그자가 나오기는 나올 테니."

조준구는 풀섶에 주질러 앉는다. 한더위는 지나가고 밤의 냉기가 오싹하게 모시옷 사이로 스며들었다.

"하하아, 저기 계집이 오는구면."

풀섶에서 일어선다. 물방앗간 안으로 여자가 사라지자 그는 히죽거리며 슬금슬금 그곳을 향해 걸어간다.

이튿날, 날씨는 맑았고 한결 햇빛은 투명해졌다. 강가에서 물장구를 치며 노는 아이들을 이제는 볼 수 없었다.

"한조, 고기가 좀 물리나?"

둑 위에서 아래를 내려다보며 평산이 꺽쉰 목소리를 보냈

다. 낚싯줄을 드리우며 있던 한조는,

"제에기! 또 묵고 떨어지네!"

낚싯줄을 거둬 고기밥을 끼우다가 힐끗 올려다본다. 칠성이 또래보다 한결 젊다.

"아침부터 재수 더럽게 없구마요. 물개기도 이자는 개멩했는지 꾀가 생기가지고 잇갑만 살짝 빼묵고 달아나구마요."
하며 투덜거렸다.

"윤보가 오면 무색해지겠군."

"윤보형님요? 아 윤보형님이 돌아오믄 나는 때리치울 깁니다. 한 마을에 강태공이 둘 있어 쓰겄십니까."

평산은 둑에 쭈그리고 앉는다. 엄지손가락으로 코끝을 튀기며,

"상놈들이 장유유서 찾을 것 있나."

"그런 말씸 마시이소. 윤보형님 신주 굶기는 것 못 보았이니께요."

부모 기일(忌日)에도 노름판을 쏘다니는 네 주제에 상놈 괄시하는 것이 가소롭다는 응수였던 것이다.

한조는 다래끼를 밀어내며 낚싯줄을 던진다.

"윤보는 딸린 식구가 없어 그렇다 하더라도 자네야 그렇질 못한데 허구헌 날 이러고 있으면 농사는 누가 짓나."

"지보고 물었십니까?"

"강바람보고 물었을까."

"하항, 살구나무 집 농사는 저놈들이 짓구마요."

한조는 평산의 집 앞에 서 있는 초라한 살구나무 한 그루를 두고 살구나무 집이라면서 빈정대었다. 평산이 픽 웃는다.

"하긴 땅을 파거나 고길 잡으나 일은 일이지. 상놈들이 일 안 하고 어찌 사나."

"하모요, 맞심다. 우리 집 여편네는 농사짓고, 지는 개기 잡고, 그만하믄 살림 안 되겠십니까."

"새 발의 피지."

"티끌 모아 태산이라 캅디다. 한데 그놈의 여편네 애새끼를 배었을 때나 내질렀을 때나 사시사철 소정[素症]난다, 소정난다 하니께로요 우짭니까? 부지런히 잡아다 믹이야 허벅지에 살이 올라서, 그래야만 보리죽이라도 얻어 안 묵겠십니까."

"젊은 놈이 못하는 말이 없구나."

"상놈이 못 배워서 그런 거를 우짭니까."

한조는 붕어 한 마리를 낚아올린다. 붕어는 비늘을 희번득이며 파닥거렸다. 붕어 아가리에서 낚싯바늘을 꺼내고 한조는 다래끼에다 붕어를 집어던지고 다시 낚싯밥을 끼운다.

"우리네사 어떻든 간에 거 안방마님께서 딱하더마요."

"……."

"노름돈이라도 좀 갖다 드렸이믄 싶더마는…… 세월이 좋다믄 안방마님이 길쌈하고 밭매고 하겠십니까?"

"노름돈을 갖다주어? 서천 소가 웃을 일이지. 그랬다가는

48

제 명대로 못 살걸?"

평산은 역시 듣기 거북했던지 하늘의 구름을 본다. 구름의 빛깔도 하늘빛같이 한결 뚜렷했다. 물방울을 뿌린 듯 뿌윰한 느낌이 없어졌다. 여름이 가고 가을이 오려고 그러는 모양이다.

"밖에서 양반이믄 안에서도 양반댁 마님 아니겠십니까. 가마 타고 종년 부릴 긴데……."

계속 말투는 야유조였으나 함안댁에 대해서는 동정하는 마음이 역력했다.

"가마 타고 종년 부릴 처지라면,"

그랬더라면 누가 중인 집안에 장가들었겠느냐는 뜻이었으나 끝까지 말하지는 못했다. 머쓱해진 평산은 엄지손가락으로 코끝을 한 번 튀기고 콧방귀를 뀐다. 피식피식 웃으면서 구름 쳐다보고 있는 평산을 훑어보다가 둑 쪽으로 눈길을 돌린다.

"저기 숭어양반 오시누마요."

"뭐 숭어양반?"

평산이 한조의 눈길이 간 곳을 좇는다. 조준구가 이쪽을 향해 어슬렁어슬렁 걸어오고 있었다.

"숭어양반이라니,"

"아따 피래미양반이 있이믄 숭어양반도 있일 거 아니오."

평산은 어이가 없어 웃는다.

"낚시질만 닮아가는 줄 알았더니 자네 언변도 닮아가는군."

"누구 말입니까? 윤보형님 말입니까? 아, 곰보 말고는 닮아서 버릴 거 하나 없지요. 김훈장도 그 형님한테는 꼼짝 못하니께요."

"저 양반이 날 찾아오나?"

한조는 고개를 돌리고 낚싯대 끝을 노려본다. 아무 기척이 없는가, 그는 돌아앉은 채 다시 지껄였다.

"저런 양반이 원님이라면 아마도 송덕비가 설 깁니다. 남원부사 변학도는 동헌에 높이 앉아서 춘향이 볼기짝 때리는 거로 정사를 삼았지마는 저 양반이사 조석으로, 비 오는 날 초상집 개도 아니겄고 마을 농사 형편 소상하게 돌아보니, 아이 어른 할 거 없이 밥 잘 먹었느냐, 병 안 들었느냐, 허 참 이 고을 원님 아닌 게 한이고 최참판댁 당주나으리 아닌 게 한이구만요."

한조 말에는 가시가 돋쳐 있었다. 그 말에는 평산이도 상당한 쾌감을 느낀 눈치였다. 조준구는 평산을 향해 가까이 다가오고 있었다.

"자리를 바까야겄구마. 개명양반 보면 개기들이 더 약삭빨라져서 잇갑만 뺏아묵을 기니, 한나절이 넘었는데 겨우 한 마리,"

한조는 낚싯대를 걷고 일어섰다.

"지는 갑니다."

평산이에게 시늉만의 허리를 굽히고 조준구는 본체만체 가버린다. 조준구는 씁쓸한 얼굴을 하고 자리를 옮겨 가는 한조의 모습을 애써 보려 하지 않았다.

"오늘은 당산에 안 가시었소?"

평산이 인사하며 물었다. 평산이도 그리 큰 키는 아니었지만 조준구의 다리가 너무 짧아서 멧돼지 상에 비대한 평산이 되레 늘씬한 것같이 보였다.

"나는 별 취미가 없어서, 가지 아니했소."

낚싯대를 걸머지고 사뭇 가고 있는 한조의 뒷모습을 아니꼽게 힐끔 보며 조준구는 말했다. 청록색 강물이 눈부시게 흰 모래밭 가에 가지 않고 머무는 듯. 들판은 싱그러운 내음을 뿜으며, 성급히 내달아놓은 허수아비는 비스듬히 기울어 하늘을 흘겨보고 있었다.

죄를 지었다면 모를까 사람을 보고 피해가는 것은 오물(汚物)을 보고 피해가는 것처럼 그 이상의 모욕이 없다. 그도 엇비슷한 경우도 아닌 상사람 신분으로서 노골적인 멸시를 퍼부었으니 아무리 조준구가 최참판댁 식객 못지않은 불우한 처지기로 참기 어려운 일이었을 것이다. 더욱이 그로서는 마을 사람들에게 너그러운 호의를 보여왔지 않았던가.

"저기 가는 저놈은 밤낮 낚싯대만 쳐들고 있는데 고기잡이로 생계를 잇고 있소?"

기어이 조준구는 평산에게 묻고 말았다. 노여움이 컸기 때문에 묵살할 여유를 잃었던 것이다.

"틈틈이 하는 게지요. 농사꾼이오. 놈이 버르장머리가 없어서,"

조준구와 평산의 눈이 부딪친다. 조준구는 눈을 깜박였다.

"낚시에 미친 놈이 한 놈 있었지요. 대목(大木)인데 지금은 일 가고 마을에 없지요만 강포수 비슷한 홀아비인데다 곰보에 추물입니다."

"흠."

"놈이 영 버르장머리가 없어서…… 아마도 양반이 싫은 게지요."

"동학당이오?"

"글쎄올시다. 그렇지는 않을 겝니다."

"삐뚜룸하게 세상을 보는구면."

"하긴…… 삐뚜룸하게 세상을 보는 게 어디 그놈뿐이겠소."

문벌을 내세워 도도하게 굴지만 너 자신도 세상을 삐뚜룸하게 보는 사람 중 한 사람이 아니냐는 투다. 평산은 내심 조준구를 긁어준 한조의 짓이 통쾌했던 것이다.

'벌레 같은 놈들! 네놈들이 세상을 삐뚜룸하게 보면 어쩔 테냐? 시궁창에서 허우적거리다가 썩어 없어질 놈들이.'

조준구는 마음을 돌이켰다.

그러나 한조에 대한 이때의 미움은 후일 잔인한 보복을 낳게 되리라는 것은 조준구 자신도 예측치 못하였다.

"가을이 머지않은 것 같소. 수풀이 허퉁*한 것 같지 않소?"

조준구는 아무렇지 않게 말을 이었다.

"이미 초가을이지요."

"농촌에서는 추수 때를 바라보니 가을이 한결 강하게 감촉되는 것 같소."

"그럴 겝니다. 서울서는 쌀을 나무 열매로 생각는 아녀자들도 있다 하니 농사꾼같이 가을이 절실할 수야 없겠지요."

"권속은 많으시오?"

분명 강포수를 찾아 함께 산으로 가면서 물었던 말을 조준구는 새삼스럽게 되물었다.

"안사람하고 아들놈이 둘이지요."

"단촐하군요. 아들이 둘이라니 부럽소이다."

"그렇다면?"

"하나 있지요. 그도 불출이오."

"하, 모두 자손이 귀한 집안이구면요. 그래도 아드님이시니……."

"그것 하나라도 없었더라면 무슨 변을 당할는지."

준구는 껄껄 웃었다.

"변이라니,"

평산은 찔끔해서 저도 모르는 새 어성이 높아졌다.

"그건 농이오. 설마하니 그런 일이야 있을까마는,"

하다가 이야기를 끊었다. 그는 강 쪽으로 눈길을 돌렸다. 낯색이 달라지는 평산의 얼굴을 애써 피하는 것 같다.

"저 나룻배, 짐을 너무 많이 실었구면."

조준구는 딴전을 피웠다.

"내일이 장날이지요."

평산의 쉰 목소리는 낮았다.

'설마 이자가 무엇을 안다는 건 아니겠지.'

"내일이 장날이오?"

"예."

"내가는 게 많소, 사들이는 게 많소?"

"그야 철 따라 다르겠지요. 가을철이면 자연 내가는 것 들여오는 것 다 많아지지 않겠소? 농촌이니."

태연했으나 평산의 눈알은 심히 흔들려 초점을 잡지 못하고 있었다.

"옛날 어느 곳에서 있었던 얘기라더군요."

"……."

조준구는 다시 말머리를 돌렸다. 시선은 나룻배를 좇으면서

"하긴 그런 일들이 흔히 있겠지요. 묻혀서 밝혀지지 않았다뿐이지."

"……."

"무후(無後)한 게 가장 큰 죄로 자손들은 생각들 하니, 바깥나라들은 그렇지도 않은 모양이더군요……."

"……."

"허나 그 끈질긴 사상 때문에 절손보다 더 험한 일이 생겨나게도 되는가 보오."

평산의 낯빛이 완연하게 달라진다. 조준구는 작아져가는 나룻배에서 시선을 떼지 않고 말을 계속한다.

"이야기인즉 독자인데 늦게까지 자손을 못 보았던 모양이오. 자연 부모는 첩 두기를 권했고, 실상은 그 당자한테 씨가 없었는데 자식을 바란들 허사지요."

"그걸 당자도 몰랐었다 그 말씀이오?"

평산은 애써 조준구 이야기 장단을 맞추었다.

"왜 몰랐겠소. 사내 오기도 있고, 그래 첩을 두게 되었는데 그 계집이 요사하고 간악했던 모양이오."

"흔히 그렇지요."

"살림은 탐이 나고 이미 딴 사내를 보고 난 계집은 본댁과 달라 사내한테서 자손 바라기 어려움을 깨달은 모양이오."

"하하아……."

"결국 다른 사내를 보아 애를 밴 계집은 남편을 살해했지요."

"저런!"

"흔히 있는 얘길 게요."

"아, 그래 그러고도 천벌을 받지 않고 무사했더란 말씀이오?"

"죽은 자는 말이 없는 법이오. 지나치게 조상을 숭배하기 때문에 생기는 범죄지요. 무후한 것을 대죄라 생각하는 풍습도 달라져야 할 게고, 산 사람보다 죽은 사람, 귀신이 더 판을 치는 그따위 풍습도 없어지지 않고는, 서학 하는 사람들을 학살한 것도 따지고 보면 사당을 없이했다는 데 원인이 있고, 나라 자체가 그따위 고루한 것에 사로잡혀 있었으니 뭐가 되겠소."

조준구는 평소 즐겨하는 식으로 시국 얘기며 나라 형편을 지루하게 논하는 것이었으나 그것은 거의 건성인 듯싶었다.

평산은 긴장한 눈초리로 준구의 입매를 지켜보고 있었다.

겉으로는 상대편의 말을 경청하고 있는 것 같았으나 조준구의 심중을 헤아려보려고 평산은 신경의 날을 세우고 사방에다 촉수를 펴며 더듬는 것이었다.

'이자가 냄새를 맡고 하는 얘길까? 우연히 한 말일까? 냄새를 맡았다면 그렇게 하라는 뜻인가? 음, 그럴 리 없지. 남의 심중을 알 턱이 있나, 일을 저지른 것도 아니구. 음, 결국 다른 사내를 보아 애를 밴 계집은 남편을 살해했다구? 죽은 자는 말이 없는 법이라구?'

"백성들이 눈을 떠야, 어리석은 자들. 무당이 판을 치고 개인문제에 불과한 선영봉사를 조정에서 왈가왈부하고 있으니."

조준구의 말이 들리는가 하면 그 음성은 사라지고 평산의 귀는 잡음으로 가득 찬다. 머리통이 불붙는가 하면 싸늘한 한기가 들고,

얼마나 시간이 지났을까.

"당산에 가보시지 않으려오?"

처음으로 준구는 평산의 눈을 쳐다보았다. 두 눈이 잠시 부딪쳤다가 떨어진다.

"그럭헐까요?"

두 사나이는 천천히 돌아서서 걸음을 옮긴다.

그리고 며칠이 지났는데 조준구는 부랴부랴 서울로 떠나버렸다.


## 8장 행패


입을 오므렸다 내밀었다 하며 칠성이 망가진 거름삼태기를 삼끈으로 엮고 있다. 잘려져 나간 손가락이, 뭉툭한 손가락이 징그럽게 숨바꼭질을 한다. 아이는 마루를 기어다니며 배가 고파 울부짖는다. 보리방아를 찧던 임이네는 겨우 절굿공이를 내려놓고 찧은 보리를 이리저리 주걱으로 모은다.

"빌어묵을 놈의 새끼, 배도 안 고플 긴데 저 지랄을 하네."

마루 끝에 가서 걸터앉은 임이네는 치맛말기를 내린다. 연방 흐느끼며 무릎 위에 기어오른 아이는 젖꼭지에 달라붙는다.

"일은 많고 새끼한테 뜯기고 정말 못살겠네."

"누가 많이 내질리라 카더나."

칠성이 씻뚝 한마디 했다.

"흥, 나 혼자 맨든 자식이오?"

아이는 꺼이꺼이 가쁜 숨을 쉬며 젖을 넘긴다.

"저 그거, 아래 담의 두만네 논 말이오."

칠성이는 못 들은 척한다.

"우찌나 잘됐던지 나락이 익으믄 모가지가 뿌러지겠십디다."

"모만 꽂아놓고 당산에 가서 누워 있어도 그 논이야 절로 추수하게 돼 있는 상답 아니가, 흥."

"그러기 하는 말 아니오. 두만네는 복이 터졌소."

"……."

"호박이 절로 굴러왔지. 우리한테도 간난할매 겉은 친척이나 하나 있었이믄…… 어느 세월에 내 땅 한분 가지볼꼬."

"사람우 팔자 누가 아노."

"천지개벽이나 있이믄 모르까, 만판 해야 요놈으 요 꼬라지 면할 날이 있겠소."

"사람우 팔자는 모르는 기라. 하모, 모르고말고. 바람 한분 잘 불믄 나도 장차 첩 두서넛씩 거느릴 신세가 될지 그거는 아무도 모르는 일이구마."

낫으로 삼끈을 자르며 혼자 씩 웃는다.

"두서넛 아니라 열 첩을 거느린다 캐도 내사 입 한 분 안 떼겠소. 제발 한분 잘살아보기나 했이믄 얼매나 좋을꼬. 죽은 낭개 꽃 피기를 바라지."

"귓밥만 만지고 있어보라모*."

"그러나저러나 요새 간난할매가 다 죽게 됐다더마요. 두만
네가 쫓아댕기쌓더마는 와 안 그랄꼬? 머리털을 뽑아 신도 삼
아줄 긴데."

"늙으믄 죽어야제. 곡식 한 톨이라도 축낼 것 있나."

"쉬이 초상나겄다 하데요. 지난겨울에 죽었이믄 두만네도
논커냥…… 그놈우 할망구 두만네 살게 해줄라꼬 보시락보시
락 살아났던가. 흥, 글안해도 두만아배는 그악스럽어서 곡식
밀려놓고 사는데."

시샘이 나서 못 견뎌한다.

"아 아얏!"

임이네는 어린것의 뺨을 찰싹 친다. 잠이 깜빡깜빡 들려던
어린것이 젖꼭지를 놓치지 않으려고 물었던 모양이다.

"빌어묵을!"

우는 아이를 냅다 밀어 던진다.

"자식이고 뭐고 다 귀찮다. 울든지 말든지 배애지가 불렀이
믄 처자빠져 자라! 젖꼭지만 물리고 있이믄 일은 지리산 중놈
이 해줄 것가!"

선잠을 깬 아이는 울면서 더욱더 기어오른다.

"이런 기이 다 애물이지, 애물."

아이를 뿌리치고 뜰에 내려선 임이네는 삽짝 밖에 놀고 있
는 임이를 불러들인다.

"이눔으 가씨나야, 애기나 봐라. 밥 처묵고 머하노! 모두 애

물이다 애물이라!"

"누가 귀찮은 새끼들 주렁주렁 내질러놓으라 카더나."

"자식을 혼자 놓소!"

거름삼태기를 바지게에 집어던진 칠성이는 지게를 지고 울밖으로 나간다. 임이네도 절구통의 보리를 걷어 사기에 담아 머리에 이고 나가려다 장독에서 바가지를 집는다.

"이눔우 가씨나, 얼라 안 보고 마실만 갔다 봐라."

우물가에서 임이네가 보리쌀을 씻고 있을 때 두만네가 물을 길러 왔다.

"선이는 어디 가고 성님이 물 지르러 오요?"

보리쌀을 씻으며 묻는다.

"회가 동했는가 배. 그눔으 제집아 배가 아프다 캐서, 이 사람아 그 아까운 보리뜨물은 와 버리노."

"머 우리 집에사 돼지가 있겠소. 초불은 까불어서 딩기(겨)는 뺐으니께요."

"그래도 아깝구나."

두만네 집에는 돼지가 있었다. 시뜻해하는 임이네 심정에는 아랑곳없이 두만네는 물을 긷는다.

"성님요."

"와."

임이네는 보리쌀을 헹군 물을 쏟으면서,

"강청댁 그 여핀네 와 그라는지 모르겠소."

"또 다투었는가 배."

두만네는 보리쌀 사기에 물을 부어주며 말했다.

"내가 하는 말이라 카믄 말말이 꼬랭이를 물고 나서니, 하늘 울 때마다 벼락 못 치더라고 그럴 때마다 싸울 수도 없고 학을 떼겠네요. 이서방이 바람을 피우더니마는 그 여편네,"

"시끄럽다, 시끄럽다."

"월선인가 먼가 그 제집이 떨어져나갔이믄 고만이지 와 이자는 날보고 그 지랄을 하는지 모르겠네요. 세상에 인덕이 없일라 카이 별놈의 꼴을 다 보요."

"원체 성미가 그런께, 셈 난 사램이 참아야제."

"참는 것도 한도가 안 있겄소."

"이웃 간에 그래쌀 거 없다. 속이 썩더라도 참아라."

두만네는 부골스러운 몸을 뒤로 젖히며 서툴게 물동이를 인다.

"성님은 심관(마음)이 편하니께 몸이 자꾸 나요."

"그러매, 두만아배는 비쩍비쩍 야비기만 하는데 내가 이래서 남사스럽다."

"참말이제 성님은 복도 많소."

"머 살자 카이 밤낮 동동걸음이지. 그라믄 나는 먼지 가네."

"야."

물동이를 이고 덤쑥덤쑥 걸어가는 두만네 뒷모습이 사라지자 앞서거니 뒤서거니 함안댁과 막딸네가 물길러 나타났다.

여느 때와 달리 막딸네는 두툼한 입술을 쭝긋쭝긋하면서 말이 없었고, 임이네는 막딸네를 힐끔 쳐다보았을 뿐이다. 함안댁도 잠자코 물만 길어올린다. 한참 만에 마음을 작정하였던지 막딸네는,

"성님!"

하고 새삼스럽게 함안댁을 불렀다.

"나 이런 말 통 안 할라 캤더마는 사램이 참는 것도 한도가 안 있겄십니까."

"……."

"한분은 해야 내 속도 풀릴 것 겉애서 말을 하요마는."

물을 다 길어놓고 따리끈을 입에 물던 함안댁,

"무슨 말인지 해보게."

"한 분도 아니고 두 분도 아니고 이리 실삼스럽게 나를 망해 묵을라더니 그래 남자 없는 과부는 죽어도 좋다 그 말씸이오?"

"아니 이상한 말을 하는구먼. 누가 자넬 죽어도 좋다 하던가."

말라서 오그라든 함안댁의 양 볼이 빨갛게 물든다. 감정에 날이 서서 그렇기도 하려니와 때때로 그는 별일 없이 얼굴에 열이 모이곤 했었다.

"뒤에 사람 없다고 업수이여기는 게 더 서럽소. 우째 남우 집은 그런 일이 없는데 우리만 당해야 합니까."

"허허 참, 말을 해야 알 거 아닌가."

"벌써 한 분도 아니고 어젯밤에도 우리 밭의 콩을 낱낱이 훑어서 낭태질을 해놨단 말입니다."

함안댁 얼굴은 순간 파리해진다.

"자석은 인력으로 못한다고 하지마는 그렇다고 나도 꿀 묵은 버부리 노릇만 할 수 있겠소. 성님이 한분 조세질(충고)을 해주소. 성님 면을 봐서 지금까지 나도 참을 만큼 참았으니께요."

"알았네."

함안댁은 물동이를 이고 떠났다. 그가 떠나자 막딸네는 임이네를 상대하여 손짓 발짓해가며 평산이와 그의 아들을 저주하고 욕하고, 그래도 원통하여 제 가슴을 치곤 했다. 임이네는 미미한 웃음을 띠었다.

"아이고 이자 그만하고…… 나도 할 일이 태산 겉은데."

하며 임이네는 미꾸라지 빠지듯 보리쌀 사기를 이고 가버린다. 막딸네는 씩씩 코를 분다.

"흥, 제찜(자기)일 아닌께, 정말 잡아묵든지, 씹어묵든지, 분을 못 풀어서 기들고 환장하겠네."

집에 돌아온 함안댁은 집 안을 살피다가 타작마당으로 나간다. 그곳에서 거복이를 찾았다.

"와 그랍니까!"

순순히 따라오던 거복이 도중에서 어미의 기색을 살피며 물었다.

"심부름시키려고, 집에 가자."

"무슨 심부름입니까?"

"말이 많구나. 잠자코 따라오너라."

집에 온 함안댁은 거복이를 작은방에 떠밀어놓고 밖에서 문고리를 걸었다.

"어머니!"

방 안의 거복이는 발을 구른다. 함안댁은 나뭇단에서 실팍한 맷감을 네댓 개나 골라서 꺾어들고 방으로 들어왔다. 안으로 방문을 걸어 잠근 그는,

"이놈! 너 죄를 네가 알지!"

"어머니! 아무, 아무 잘못 없습니다!"

거복이는 두 무릎을 맞대며 벌벌 떨었다.

"맞아야 한다. 그래도 안 나을 병이라면 너하고 나하고 죽는 거다. 자아 옷을 걷고 종아리 내놔라!"

"어머니! 내가 무슨 짓을 했다고!"

"이놈! 종아리 내놓지 못할까!"

"매를 맞아도 알고 맞겠습니다."

거복이는 사색이 되었다.

"막딸네 콩밭에 들어가고도 모른다 하겠느냐."

"예? 그, 그런 일 없습니다! 제가 하지 않았소!"

매가 날았다. 아랫도리를 후려쳤다.

"아이고!"

함안댁은 미친 듯이 아이를 때린다. 아랫도리고 어깻죽지

고 가리지 않고 매질을 하면서 눈물을 줄줄 흘린다. 거복이는 고함을 지르면서 방 안을 헤매었다.

"문 열어라!"

밖에서 평산의 노성이 울렸다.

"아, 아 아버지! 나, 나 나 살려주시오! 아이구우!"

함안댁은 더욱 세차게 매질을 하였다. 방문이 우지끈 넘어졌다. 거복이는 넘어진 문을 밟고 비호같이 마당으로 뛰어나간다. 마당에 나간 거복이는 뱅뱅이를 돌았다. 그러다가 쓰러지면서 거품을 물고 사지를 파들파들 떨었다. 함안댁은 부러진 매를 든 채 멍하니 서 있었다.

"무슨 짓이냐!"

평산이 고함을 질렀다.

"이년!"

부엌으로 쫓아간 평산은 물 한 바가지를 퍼서 기절한 거복이 얼굴에 끼얹었다.

"나, 나 나 막딸네 코, 콩밭엔 안 들어―가―."

거복이 입술을 달싹이며 말했다.

"뭐라구?"

"아, 아버지…… 코, 콩…… 내가 안 해―."

평산이 몸을 획 돌리며 함안댁에게 따졌다.

"이년 자초지종 말해라!"

"……."

"어째서 자식을 개 패듯이 팼어!"

"자식 질옆은 지가 압니다."

"뭣이? 자초지종 말하라 했겠다!"

함안댁은 퀭하니 뚫린 눈을 움직이지 않고 우물가에서 있었던 일을 대강 말했다. 움직이지 않는 눈에서 눈물이 줄줄 흘렀다.

"오냐."

얼굴빛이 달라진 평산은 몸을 돌렸다.

"어딜 가시오?"

평산은 대꾸 없이 천천히 발을 떼놓았다.

'목을 쳐 죽일 년!'

걸쳐서 하는 말과 직통으로 하는 말의 차이를 평산은 똑똑히 구별한다. 어느 놈이 했느냐 하며 별의별 욕설을 퍼부었을 때는 오불관언이지만 네놈이 도둑이다 했다면 가만있을 수 없다.

'사지를 찢어 죽일 년!'

자식과 마누라를 거쳐서 온 모욕이었기에—콩밭에서 콩을 훔치고 안 훔친 그것은 문제 밖이다—권위 의식은 한층 도도해졌던 것이다. 무슨 짓을 했든지 면대하여 따졌다면 그 버르장머리를 고쳐주어야 한다고 생각했던 것이다. 양반과 상놈 사이에 시비는 성립될 수 없다. 응징이 있을 뿐이다.

그는 막딸네집 마당 안으로 쑤욱 들어섰다. 남자 없는 집

안, 도둑의 손이 탈까 근심되었던지 막딸네는 닭장을 손보고 있었다.

"우짠 일이시오?"

막딸네는 다소 불안을 느낀 듯 말했다.

"남자 없는 집에 우짠 일이시오?"

되풀이 말했다.

"이년!"

"뭐라꼬요?"

"아가리 찢을라!"

"아아니, 아가리를 찢다니 무신 말씸이오?"

막딸네는 무섬증을 느끼고 풀이 죽는다.

"네년의 죄를 몰라서 악다구니냐!"

평산은 뚜벅뚜벅 막딸네 앞으로 다가간다. 주먹을 쥐고 버짐이 핀 막딸네 볼을 친다.

"아이고 사람 치네!"

난쟁이 막딸이가 부엌에서 쫓아 나왔다.

"오매!"

다시 주먹은 막딸네 코를 쳤다. 코에서 피가 쏟아진다.

"아이구! 울 어매 죽소!"

"감히 뉘를 보고…… 주리를 틀어 죽일 년 같으니라구."

막딸네는 코를 막아쥐며 도망치려 했다.

"동네 사람들! 울 어매 죽소!"

평산이 달아나려는 막딸네한테 발길질을 했다. 땅바닥에 쓰러진 막딸네 코에서는 연방 피가 쏟아진다.

동네 사람들이 모여들었다. 평산은 피가 묻은 주먹을 보릿대 무더기에 비벼 닦고,

"이년, 또 아가리 놀렸다가는 삽짝 출입 못할 줄 알아."

마지막 으름장을 놓고 떠났다.

모여든 사람들은 미친개 피하듯 평산이를 피했다. 야무네는 막딸네를 끌어 일으키고 막딸이가 떠온 물을 끼얹으며 흐르는 피를 막아준다.

"아무리 상민들이 들고 일어나 봐야 양반들 행패는 여전하고……."

영팔이 한탄했다.

"개백정 겉은 놈! 지깟 놈이 양반은 무슨 놈의 양반."

한돌이 침을 콱 뱉었다.

"제 기집 치는 거만으로 부족해서 남의 아낙을 쳐?"

야무네는 피를 닦아내며 혀를 끌끌 찼다. 막딸이는 울어쌓는다.

"세상에 상사람은 성도 없는가. 법은 양반님만 위해서 있는 긴가. 아무리 상사람이라 하지만 남자가 남우 여자를 쳐?"

야무네가 중얼거렸다.

"말이사 바루 하지. 이러니께 세상이 한분 뒤집히야 하는 기라."

"한 분 더 일어나서 혼달음이 나야."

"우리끼리니 말이네만 동학당이 일어났은께, 쌈에 지기는 했다마는 양반들 기를 죽이고 관가도 잠잠해서 그 틈에 숨 좀 쉬는가 했더니."

"동네 궂히는 그놈 냉큼 들어내야지 그대로 두어서 쓰겄나."

죽은 듯이 늘어져 있던 막딸네가 벌떡 일어섰다.

"맞소!"

사실은 코피가 쏟아졌기에 그렇지 심하게 다친 곳은 없었다.

"도마 위의 개기가 칼 무섭아할까! 누가 죽는고 보자! 목심 걸어놓고 해볼 긴께!"

막딸네는 길길이 뛰며 살풀이하는 무당같이 날뛰었다.

늦게 온 아낙들은 아낙들대로 수군거렸다.

"시상에 이혈(血)이 낭자하고, 법도 없나?"

"주먹은 가깝고 법은 멀지."

막딸네의 기가 상승해갈수록 도리어 흥분했던 남자들 분위기는 가라앉기 시작했다. 나중에는 주먹을 휘두르고 눈을 까집는 막딸네 모습을 보고 웃기까지 했다. 동정이 차츰 엷어지는 것을 깨달은 막딸네는,

"아이고 내 신세야! 내 팔자야! 혼자 된 것도 설운데 이러고 살믄 머하겄노! 이런 천대받고 살믄 머하겄노!"

하며 통곡하기에 이르렀다.

이런 사건이 있은 후 잠시 술렁거렸으나 이내 바람 잔 날의 강물같이 겉으로는 별일 없이 마을은 잠잠해 있었다. 평산의 모습이 마을에서 없어진 때문이며, 함안댁과 아이들이 바깥 출입을 하지 않았기 때문이며, 막딸네의 엄살이 지겨워진 때문이기도 했었다.

강청댁은 부엌 바닥에 쭈그리고 앉아 마늘을 다지고 있었다. '그년이 어저께도 들길에서 우리 남정네보고 눈웃임을 쳤제? 내가 봤지. 똑똑히 봤다고. 서방 있는 년이 남우 사나아를 보고 꼬리를 쳐? 죽일 년 같으니라고, 내가 벌써부텀 알아차린 일이구마. 그년한테 화냥기가 있일 기라고.'

열이 올라서 강청댁은 도마 바닥이 벗겨질 만큼 칼을 두드려댄다. 강청댁으로서는 그럴 만했다. 월선이 달아난 것을 안 뒤 그 여자만 떠나면 남편의 마음은 돌아올 줄 알았었다. 그러나 오히려 용이의 마음은 구만리 밖이나 더 멀리 떠나버렸던 것이다. 용이는 제 할 일은 다 했다. 들일을 하고 집 손질을 하고 소를 먹이고 느릿느릿 했었지만 옛날처럼 게으르지 않았다.

"그러믄 그렇지. 노류장에서 노는 년이 한 남자 바라보고 살 기라고, 흥, 머를 보고 붙어 살꼬? 돈이 있나 호강을 시키주나. 육례 갖추고 만난 제 제집이 있는데 그리 살 년이 따로 있지. 어지는 저놈, 오늘은 이놈, 사나아 피 빨아묵고 사는 년이 자알 붙어살겄다. 참말 이제 잡귀신이 떨어져나간 거맨치로 속이 시원하구마."

용이는 하는 일만 할 뿐 아무 말이 없었으며 강물을 바라볼 때 쓸쓸해지는 얼굴 말고는 늘 범접할 수 없는 싸늘한 침묵 속에 묻혀 있었다.

"이녁도 이자는 속 좀 차리소. 한 분 디었이믄 그만이지 두 분 다시 그런 마음 묵을라. 올바람은 잡아도 늦바람은 못 잡는다 캅디다마는 우리 내외가 묵으믄 얼매나 묵고 쓰믄 얼매나 쓰겄소. 나도 과도히 했는지 모르겄소마는 다 살자고 하는 일인데."

달래듯이 말해보아도 용이는 여전히 범접할 수 없는 거리를 지키는 데 변함이 없었다.

처음에는 강청댁도 남자의 체면을 지켜 그런 줄 알고 마음은 놓이지만 미운 생각이 들었었다. 그러나 강청댁은 차츰 초조해져 갔다. 용이는 날이 갈수록 더욱 냉정했다. 강청댁을 가까이하지 않았다. 잠자리에서 강청댁이 집적이면 돌아누웠고 성이 나서 시부리다가 끝내 악담을 퍼부으면 쓰지 않은 채 퇴락한 작은방으로 가버리는 것이었다.

종내는 작은방을 치워 저 혼자 거처하게 되었는데 한번은 강청댁이 그 방으로 밀고 들어갔다. 그리고 입에 못 담을 욕설을 퍼부으며 남편에게 덤벼들었으나 체구가 작은 강청댁은 용이의 긴 팔에 들리어 마루로 내동댕이쳐졌고, 문고리를 걸어버린 용이는 마루에서 다리를 뻗고 우는 강청댁을 내버려둔 채 기침 소리 한번 내지 않았다. 이튿날 마을 사람들이 그 내막을 알고 한밤중의 곡성이라 초상난 줄 알았다고 놀려대었다. 용이는 그것에 대해서도 아무 대꾸가 없었다. 용이는 스스로 외톨이가 되어 좀체 친구들하고 어울리려 하지 않았다.

김치를 부벼 넣은 강청댁은 구정물 통에 손을 담갔다가 치마에 닦고 무슨 급한 볼일이 생긴 것처럼 두만네 집으로 달려간다.

복실이가 우우 짖으며 삽짝에 쫓아 나왔다.

"질정 없다! 볼 적마다 짖노!"

개한테 먼저 화풀이를 해놓고,

"성님!"

"오니라."

"머합니까?"

"길검(엿기름) 좀 갈아볼까 싶어서."

"제사가 있소?"

"제사는 무신, 숙모님이,"

"많이 아프다 카지요."

"그래서 단물(식혜)이나 해디릴까 하고."

두만네는 자루바가지에 담긴 엿기름에서 지푸라기를 집어낸다.

"자식 노릇 하니라고 욕보요."

"우리가 머 하는 기이 있다고, 머니 해도 자식 없는 사램이 젤 설지."

두만네는 맷돌 옆에 가서 윗돌을 들어낸다.

"무자식 상팔자랍디다."

강청댁이 발끈해서 말했다. 두만네는 내가 또 실술 했구나 싶었던지 애매하게 웃으며 강청댁을 힐끔 쳐다본다.

"하기사 자식이란 애물이지."

얼버무려놓고 맷돌중쇠 가에 남은 메밀가루를 쓸어낸다.

"속이 상해서…… 성님."

"와."

"아무래도 임이네 그 제집은 화냥기가 있소."

"무신 말을 그리 하나."

"제 서방 두고 남우 사나아한테 꼬리를 치니 하는 말 아니오. 그년, 제집아 적부터 성하지는 안 했일 기요, 행실이…… 생각 좀 해보소. 오양(외양)이 그만했이믄 머 때문에 늙은 칠성이한테 왔겠소? 손가락도 없는 뱅신한테 왔겠느냐 말이오."

"강청댁, 어쩌자고 그런 말을 함부로 하노."

"다 짐작이 있으니께."

두만네는 메밀가루를 쓸어내다 말고 정색을 한다.

"큰일 나겠네. 그런 말 함부로 하다가 똥 묵을라."

"내가 똥을 묵을 긴가 그년 가랭이가 찢어질 긴가 그거사 두고봐야 알겠지요. 그년 눈웃음에는 행토가 있소."

까무잡잡한 얼굴이 바싹 모여들고 얄팍한 눈꺼풀 밑의 작은 눈이 이글이글 탄다. 임이네하고 아무 일이 없었다는 것을 모르지 않으면서, 무정한 용이 태도는 모두 임이네 탓이기나 하듯 강청댁은 미움의 마음을 자신도 어쩔 수 없는 것 같다.

"허어 이 사램이, 그런 소리 안 하네라. 이웃 간에서 웃기 예사지, 구중 속에서 내외하고 사는 양반댁 아씬가? 조석으로 대하는데 불구대천지 원수도 아니겠고 웃으믄서 지내는 기이 머가 나쁘노. 칠거지악 중에 여자 투기가 든다 카던데 그만한 일 가지고 이렇고 저렇고 해봐야 니 얼굴 치다보지 임이네 얼굴 치다보겠나. 아예 남보고 그런 말 입 밖에 내지도 마라. 가리는 칠수록 고와지고 말은 할수록 거칠어지는 벱이니께."

두만네는 윗돌을 들어 중쇠에 끼운다. 자루바가지 속에서 엿기름을 한 줌 집어넣고 맷손을 잡는다. 좋잖은 표정으로 맷돌을 덜덜 돌리기 시작했다.

두만네가 입을 굳게 다물고 있었으니 망정이지 막딸네같이 동네방네 말을 퍼뜨렸다면 쥐어뜯고 한판 싸움이 벌어졌을 것이다.

## 9장 과거의 거울에 비친 풍경

"마님, 나으리께서 드십니다."

문밖에서 삼월이 아뢰었다. 윤씨부인은 수닌* 차렵이불을 걷고 일어나 앉는다. 차렵이불의 갈맷빛은 윤씨부인의 병색과 더불어 우울하고 퇴색된 느낌을 준다.

최치수는 양 무릎을 모으고 앉았다.

"많이 편찮으신지요?"

눈빛을 감추며 시선을 방바닥에 떨어뜨린다.

"몸살인가 보다."

윤씨부인 역시 문갑 쪽으로 눈길을 보내며 대꾸했다.

"문의원을 불러오는 게 어떻겠습니까?"

"그럴 것 없다."

"하오나,"

치수는 천천히 눈을 들어 윤씨부인을 바라본다. 시선을 느낀 윤씨부인도 아들의 눈을 마주 대한다. 검은 점이 무수히 드러난 얼굴이었다. 잠 못 이룬 탓인지 눈 가장자리에 달무리같은 푸른 빛깔이 드리워져 있었다. 처연한 모습이다.

'많이 늙으셨다.'

긴 눈매, 눈매 속의 눈동자만은 여전히 빛나고 있다. 의지와 힘이 사무친 듯 남아 있다. 머리 모양 옷매무새는 방금 자리에서 일어난 것 같지 않게 단정하여 변함이 없다. 치수는 어머니의 흐트러진 모습을 본 일이 없었다.

'여전하시다! 언제나 저 모습, 저 눈빛, 대장간에서 수천 번을 뚜드려 만든 쇠붙이 같으다.'

치수는 자신의 마음도 싸늘하게 식어가는 것을 느낀다. 많이 늙었다고 생각하는 순간 전신을 맴돌았던 뜨거움은 싸아 소리내며 가는 것 같았다. 단련된 쇠붙이와 쇠붙이였다. 싸움 터에서 적과 적의 칼이 맞닥뜨린 순간이었다. 쌍방이 혼신의 힘으로 겨루는, 숨결조차 내기 어려운 침묵, 긴장은 두 모자 사이의 공간을 팽팽하게 메운다. 치수는 어머니의 뻗치는 힘이 전보다 가늘어진 것을 느낀다. 대신, 보다 날카로워진 것을 피부로 심장으로 감득한다.

"요즘도 당산에 철포를 쏘러 다니느냐?"

"네."

"힘을 과히 써서 되겠느냐."

"아니옵니다. 도리어 몸이 쾌적해지는 듯합니다."

"……."

윤씨부인은 아들로부터 눈길을 거두었다. 치수는 햇빛이 부신 것처럼 눈언저리를 좁힌다.

"뵈온 김에 한 가지 말씀드리겠습니다."

"……."

"노상 혼자 있을 수 없고 남의 이목을 봐서라도 그러하거니와 서희에게도 어미는 있어야 할 것 같습니다."

거두어졌던 윤씨의 눈이 치수에게 쏠린다. 치수 자신 전혀 예상치 못한 말이었다. 한 번 생각해본 일조차 없었던 말이었다. 말을 한 뒤에도 치수는 그 의미를 실감하지 못하였다.

"너 생각이 그렇다면 규수를 구해야겠지."

'왜 반대하시지 않으십니까, 어머니.'

"그렇지, 서희에게도 어미는 있어야겠구나."

'그럴 리 있겠습니까. 서희에게 당치 않는 혹이 하나 생길 뿐이지요. 서희에게는 유순하고 글이나 읽으며 소일할 신랑감이 필요할 뿐이지요.'

서울 가서 병을 얻어온 후 어머니에게 조석으로 문안드리는 치수의 관습은 생략되어왔다. 지극히 자연스러운 회피였었고 피차 부담을 덜어준 일이기도 했었다. 치수는 아직 자기가 소유한 토지가 얼마만큼 되는지, 일 년에 거두어들이는 곡식이 몇 석이나 되는지 정확히는 알지 못하고 있었다. 속박에서 놓여나기 위해 그는 알려 하지 않았다. 그만큼 윤씨로서는 보다 무거운 굴레를 둘러쓴 셈이요, 속죄의 세월을 보내기 위해 그 굴레는 무거울수록 윤씨부인이 원한 바였었는지 모른다.

무당 월선네는 칼을 들고 미친 듯이 춤을 추었다. 꽃갓과 무복이 펄럭거렸다. 징 소리 북소리가 요란했다. 월선네 얼굴에서는 땀방울이 뚝뚝 떨어졌다. 며칠 몇 밤이었다. 별안간 월선네는 칼을 집어던지고 할머니에게 달려가 무릎을 꿇었다.

"마님!"

할머니는 당혹했다. 눈을 깜박거리며 월선네를 내려다보았다.

"아씬 절로 가시야겠습니다. 영신의 심이 부족하와 원귀들이 떠날라 카지 않십니다."

"절로?"

"예. 절로 피신하여 이해를 넘기야겠십니다. 종적도 없이 절에 가시어 이해를 넘기야겠십니다."

머리를 조아리는데 월선네 이마빡에서는 여전히 굵은 땀방울이 깔아놓은 멍석 위에 뚝뚝 떨어졌다. 종 바우는 새파랗게 질려서 서 있었고 그의 아낙 간난어멈은 옷고름 끝으로 눈물을 찍어내고 있었다.

"그렇다면 보내야겠지."

할머니는 눈을 깜박이며 눈물을 찍어내는 간난어멈을 바라보고 다음 눈으로 치수를 찾았다.

어머니는 가마를 타고 떠났다. 다음 날 바우와 간난어멈을 남겨두고 조꾼으로 따라갔던 하인들이 돌아왔다. 어머니가 없는 그해 여름은 참으로 무덥고 길었었다. 할머니는 애써 치수의 어미 생각는 마음을 달래려 했으나 그는 할머니를 좋아하지 않았다. 밤에는 집에서 빠져나가 강가에 가서 개똥벌레를 잡았었고 낮이면 뒷당산에 올라가서 풀피리를 불며 울었다. 그는 어머니가 영 돌아오지 않을 것 같은 생각이 들었던 것이다. 그런가 하면 마구간에서 말채찍을 들고 나와 일하는 하인들의 등을 때리며 심통을 부렸고 계집종들을 못 살게 들볶았다. 용이의 누이 서분이가 죽은 후 까닭없이 미워한 월선이를 더욱더 미워하여 머리끄덩이를 꺼두르고 발길질을 하곤 했다. 한번은 이 꼴을 월선네에게 들켰다.

"도련님, 잘못했십니다. 도련님, 잘못했십니다."

월선네는 왠지 치수를 따라오면서 빌었다. 한두 번도 아니고 몇 번씩 그는 빌었다.

"네가 우리 어머님을 절에 가시게 쫓았지!"

자꾸 비는 바람에 치수도 그 생각이 떠올랐다.

"예, 예, 쇤네가 잘못했십니다. 잘못했십니다. 영신을 속있이니 벌을 받을 깁니다."

이듬해 이월달 꽃바람이 부는데 어머니는 가마를 타고 돌아왔다. 치수는 미친듯이 마을 길까지 쫓아가서 가마를 따라왔다.

"어머님!"

마음이 급하여 가마를 따르며 불렀으나 가마 안에서는 아무 대답이 없었다. 가마가 내려지고 어머니가 뜰에 나섰을 때, 치수는 그 얼굴을 지금도 잊지 못한다. 백랍(白蠟)으로 빚은 사람 같았다. 모습은 그렇다 치고 어머니가 자기를 보는 순간 한 발 뒤로 물러서며 도망갈 곳을 찾듯이 이리저리 뒤돌아보는 게 아닌가.

"어머님!"

불렀을 때 어머니의 눈은 불꽃이 튀는 듯 험악했다. 그토록 오랜 시일 이별하여 꿈에 그리던 어머니가, 그동안 잘 있었느냐? 하며 부드러운 손길로 등을 어루만져줄 줄 알았던 어머니가 저럴 수 있는지 치수는 눈앞이 캄캄했다. 어머니는 할머니에게 인사를 올린 뒤 별당에 들었고 별당 문은 꼭 닫혀진 채해는 저물고 말았다. 이때부터 모자 사이에는 보이지 않는 강물이 흐르기 시작했다. 이유를 알 수 없는 거부였다. 무슨 까닭으로 자애스럽던 어머니는 남보다 먼 사람이 되어버렸는지모를 일이었다. 치수의 소년 시절은 어둡고 고독했다. 허약하여 본시부터 신경질적인 성격은 차츰 잔인성을 띠었으며 방약무인의 젊은이로 성장했다.

윤씨부인이 절에서 돌아온 그해 동짓달. 나이 열세 살에 치수는 성례를 치르었다. 그 후 몇 해 동안은 치수에게는 소강상태로 보아야 할 것이며, 수많은 기억 속에서 세 가지 일을골라내어 그것들을 연결시켜 어머니에 대한 수수께끼를 풀고자 했던 것은 훨씬 훗날의 일이다. 한 가지는 윤씨부인이 절로 떠나기 전, 병 때문에 문의원이 왔었던 날 밤, 글을 읽다가등잔불을 불어 끄고 자리에 들었으나 잠이 오지 않았던 밤의종 바우와 문의원이 주고받던 대화였으며 그곳 기척이, 아슴푸레 남아 있었는데 어느 날 그것이 선명하게 되살아났었고다음에는 월선네의 언동이었었다.

'예, 예, 쇤네가 잘못했십니다, 잘못했십니다. 영신을 속있이니 벌을 받을 깁니다.'

세 번째의 기억은 절에서 내려오던 날 백랍으로 빚은 것 같았던 어머니의 모습과 그 험악했던 눈빛이다. 가장 짙게 남아 있는 기억이었다. 이 세 가지 기억의 둘레에는 늘 몇 사람의 얼굴이 맴돌았다. 문의원과 우관선사, 바우 내외와 월선네였다. 바우 내외와 월선네에게는 어머니에 대한 의문점을 물어보고 싶은 충동을 여러 번 받았으며 문의원과 우관선사에 대해서는 그 자신도 이해하기 어려울 만큼 적의(敵意) 없이 그들 모습을 떠올릴 수가 없었다. 우관선사는 한 번 만나본 일이 있다. 스물두 살 때였었던가. 정력적이며 눈이 이글이글하던 장대한 몸집의 노승은 치수에게 더할 수 없는 역겨움을 주었다.

'늙은 중놈이 무엇을 처먹었기에, 백팔번뇌를 물리치기는커녕 야망의 덩어리 같구나.'

속으로 내뱉었던 것이다.


네 생각이 그렇다면 규수를 구해보겠다는 것에서 대화는 끊긴 채 있었는데 장암 선생께서는 요즘 차도가 있으시더냐, 하고 윤씨부인이 물었다.

"어려우신 모양이옵니다."

대답하는 어조가 딱딱했다. 장암 선생과 어머니 사이의 미묘한 반목—실제 그들은 만난 일이 별로 없었으며 반목할 아무런 이유도 없었다—그것은 자기와 어머니 사이의 반목과 비슷한 것이었는지도 모르지만 어머니가 존경하는 문의원, 그와 밀접한 사이인 우관선사, 그네들이 장암 선생을 어떻게

보며 어떻게 생각하고 있는가를 알고 있는 치수였기에 심한
저항을 느꼈던 것이다.

'양반의 폐단이 골수까지 사무친 위인이오. 제아무리 학식
이 깊은들 무슨 소용이겠소. 사람을 금수로 보는 편협한 언행
이 모범은 될 수 없지요. 학문은 자신의 길을 찾음과 함께 백
성에게도 옳은 길을 이끌어주는 데 그 근본이 있거늘 청풍당
석에 홀로 앉아 어느 누구를 논박한다 말씀이오?'

이동진과 자리를 함께했을 때 신랄하게 장암을 비판하던
문의원을 멸시하여 치수는 아무 응수도 하지 않았던 일이 있
었다. 어릴 적부터 장암에게 사사해온 치수는 상당히 깊은 영
향을 그에게서 받았었다. 소년기에서 청년기를 통하여 그의
생장이 어두웠던 만큼 장암의 사상은 큰 비중으로 최치수를
압도하여왔던 것이다.

장암은 생원시에 응시한 일이 한번 있었으나 평생을 향리
에 은둔하여서 책에 묻혀 세월을 보냈으며 현 권력구조에 대
해서 철저한 저항정신으로 뻗어온 학자였다. 그럼에도 불구
하고 민란이나 동학란과 같은 민중의 봉기를 긍정하려 하지
않았다. 아니 증오하기까지 했다. 그는 백성들을 우중(愚衆)으
로 보았었고 배우기를 잘못한 권력자들이 배부른 돼지라면
우매한 백성들은 배고픈 이리라 하였다. 체모 잃은 욕심, 권
력을 휘두르며 권태로운 삶을 즐기려는 수탈자에게 우중들은
쓰기 좋은 도구요, 우중이 만일 깨쳤다고 보면 무지스런 파괴

의 독소가 될 것이라는 것이다. 어느 계기가 와서 이 상호간의 자리가 뒤바뀌었을 때 소위 그것을 혁명이라 일컫기는 하나 정신적 영역에는 아무런 변동이 없는 악순환의 되풀이가 있을 뿐이라는 것이다.

'칼을 주어보게. 우중들은 모두 사람백정이 될 것이네. 오므렸던 발톱을 펴는 야수와 같은 본성을 드러낼 뿐이지.'

'사명감이라는 것도 식자깨나 배운 놈의 허울 좋은 겉옷이요, 헤치고 보면 크게 격차 나는 게 아니지. 사람의 존엄이란 능동에 있는 게 아니며 이치에 대한 피동에서 지켜져나가는 게야.'

'학문이 진리를 찾는 것이기는 하되 반드시 진리가 이롭고 보탬이 되는 것은 아니네. 학문하는 태도 역시 이롭고 보탬이 된다는 생각이 앞선다면 장이 바치*에 떨어지고 마는 법, 규격에 맞춰 틀에 끼울 것이 못 되지. 진리는 만인이 함께 가질 물건은 아니거든. 이 손 저 손 넘어가는 동안 쇠퇴되고 시체가 되고 썩어버리고 마른 허울만 남고 종국에는 얼토당토않게 본뜬 물건이 나타나서 만인을 호령하게 되는데 그것에 영합되면 학자는 학자가 아닌 동시 우중과 위정자들의 공범자가 될 수밖에 없지.'

장암은 염세적인 비관론자라 할 수 있고 학문의 순수를 망집하는 현실에의 부정자라 할 수 있고 성악설에 근거를 둔 사상은 인간 멸시, 편협과 오만, 냉소, 극단적인 개인주의에 편중된 듯 보였다. 바로 그 점이 서민에게 애정을 느끼며 신뢰를 잃지 않았던 문의원을 격분케 했던 것이다. 그 감정 속에는 신분적인 열등감이 없었다고 할 수는 없다.

"근자에도 가 뵈었더냐?"

윤씨부인은 아들에게 다시 물었다.

"못 가 뵈었습니다."

"그래 쓰겠느냐?"

"산으로 떠나기 전에 가뵈어 문안 올리고 오겠습니다."

"산으로?"

"예."

모자의 눈이 부딪친다. 열을 뿜다가 서로의 눈이 싸늘하게 굳어진다. 쇠붙이와 쇠붙이가, 아니 서슬이 푸른 칼과 칼이 맞닿아 식은땀이 흐르는 것 같은 침묵이 계속된다. 윤씨부인의 눈 가장자리에는 푸른 빛깔이 달무리같이 드리워져 있었다. 눈꼬리가 긴 그 속에 검은 동자는 움직일 줄 몰랐다. 눈시울이 걷혀진 최치수의 눈동자도 움직일 줄 몰랐다.

'말씀하십시오. 어머님의 비밀을 말씀하십시오.'

'이놈! 생지옥에 떨어진 어미 꼴이 그렇게도 보고 싶으냐?'

"꼭히 가야 하겠느냐?"

"예."

치수 입가에 싸늘한 미소가 번졌다.

"살생은 죄악이니라."

윤씨부인은 눈을 감았다.

"하오나 심신단련에는 좋을 듯하여⋯⋯."

이때 밖에서,

"마님."

김서방의 목소리였다.

"무슨 일이냐?"

"연곡사에서 사람이 왔사옵니다."

"그래서?"

"서신을 가지고 왔다 하옵니다."

"그래?"

어세는 매우 짧았다.

"어떻게 하오리까?"

"사람은 행랑에 쉬게 하고 서신은 들여보내어라."

"예."

한참 후 삼월이 봉서 하나를 가지고 왔다.

"거기 놓아두어라."

윤씨부인은 문갑 쪽을 눈으로 가리켰다.

"저는 물러가겠습니다."

치수가 나가고 윤씨는 자리에 눕는다. 눈을 감고 그는 오랫동안 숨도 쉬지 않는 것처럼 조용히 누워 있었다.

눈을 뜬 윤씨부인은 일어나 앉아 문갑에 놓인 봉서를 뜯는다. 우관스님한테서 온 편지였으며 환이에 관한 사연이었다.

환이는 이 근동에 없음이 확실하다는 것, 타도(他道)로 자리를 옮긴 모양이니 당분간은 깊이 심려할 것 없고 지금 그의 종적을 좇고 있는 중이니 불원간에 찾을 수 있을 것이며 안전한 피신처도 마련해두었으니 찾는 대로 다시 소식 전하겠다는, 대략 그런 내용이었다. 윤씨부인은 편지를 불사른다. 그러고 나서 김서방을 불러 연곡사에서 온 심부름꾼은 돌려보내도 좋다는 지시를 내린다.

우관스님의 서신은 윤씨부인에게 만족할 만한 것이 못 되었다. 환이의 종적을 좇고 있다는 것도 막연했고 타도에 간 모양이라는 것도 추측에 지나지 못한 일이다. 설령 타도로 갔다 하더라도 연곡사에서 환이 종적을 밟아갈 수 있는 일이라면 머지않아 산으로 떠나게 될 치수 역시 환이의 종적을 좇을 수 있다는 얘기가 된다. 머리가 치밀한 치수의 계획이 튼튼할 것이다. 환이를 찾아내고 말겠다고 생각만 한다면.

윤씨부인은 지나간 늦가을 최치수가 장암 선생의 병문안을 위해 떠나던 날 자신이 일을 그르쳤음을 깨닫는다. 치수 없는 틈을 타서 서둘렀기 때문에 그렇기도 했으려니와 윤씨부인은 그들 불륜의 남녀를 위해 피신처까지는 마련해주질 못했다. 못했다기보다 안 했었는지도 모른다. 치수도 자식이며 환이도 자식이다. 서로가 다 불운한 형제는 윤씨부인에게는 무서운 고문의 도구요 끊지 못할 혈육이요 가슴에 사무치게 사랑하는 아들이다. 십 년 이십 년 세월 동안 윤씨부인은 저울의 추였으며 어느 편에도 기울 수 없는 양켠 먼 거리에 두 아들은 존재하고 있었다. 치수를 가까이하지 못한 것은 물론 죄의식 때문이나 그보다 젖꼭지 한 번 물리지 않고 버린 자식에 대한 연민 탓이기도 했었다. 환이를 돌보지 못한 일 역시 치수에 대한 의무와 애정 탓이 아니었던가. 결국 십 년 이십 년 세월 동안 윤씨부인은 어느 편에도 기울 수 없는 저울의 추가 되어 살아왔었다. 치수의 눈을 피하여 환이를 도망가게 하면서도 피신처까지는 마련치 못한 이유가 바로 그것이었다. 뻗쳐줄 어미의 손길을 결박당한 채 감내해온 긴 세월이 윤씨는 아직도 많이 남았는가를 생각해보는 것이다.

동학당이 천지를 뒤덮듯이 몰려왔던 그해, 그러니까 오 년 전이었던가. 최참판댁에도 수많은 무리가 들이닥쳤다. 일가몰살을 각오한 윤씨부인은 안방에 앉은 채 사태를 기다리고 있었다. 그러나 무리들은 행랑에서만 득실거렸을 뿐 별당과 사랑 안채에는 얼씬거리지 않았다. 각오를 했을 때보다 윤씨는 오히려 더한 불안을 느끼었다. 밤이 깊어도 자리에 들지 못하고 등잔불을 밝혀둔 채 앉아 있었다. 자정이 넘었을 무렵이었다. 발소리가 들리었다. 대청에 오르는 소리가 들리었다. 윤씨는 장도를 무릎 밑에 감추었다. 방문이 열렸다.

"놀라지 마시오. 해를 끼칠 사람은 아니외다."

방 안에 들어선 사나이는 사십대의 장대한 모습이었다. 윤씨는 눈길을 들지 아니했다.

"부인."

"……."

"나를 한번 쳐다보시오."

"……."

"김개주요."

순간 등잔불 밑에서도 윤씨부인의 낯색이 변하는 것을 볼 수 있었다.

"나를 용서하시오. 살아주어서 고맙소."

윤씨부인의 눈길이 사나이에게로 갔다. 사나이는 소년 같은 미소를 머금었다. 장대한 몸집이 부드럽게, 아니 가냘프게까지 흔들리고 있는 것 같았다.

"환이가, 부인의 아들이 헌연(軒然) 장부가 되었소."

사나이의 목소리는 잠시 잠겼다.

"그 말을 내 입으로 전해드리고 싶어서 이렇게 왔소."

"……."

"예가 아닌 줄 아오. 처음부터 김개주는 그런 사내였었소. 내일 아침에는 무리들을 데리고 이곳을 떠나리다."

사나이 눈에 마지막인 듯 불꽃이 튀었다. 등잔불을 옆으로 받은 그의 얼굴, 불빛이 비친 반쪽과 그늘이 진 반쪽의 얼굴, 마치 수성(獸性)과 신성(神性)을 반반씩 지닌 것 같은 신비로운 모습이었다. 한 눈은 불타고 한 눈은 냉엄한 것같이 보였다.

"기여 아무 말씀 안 하시는군. 그 도도한 양반의 피에 경의를 표하고, 그럼 안녕히 계시오, 부인."

사나이는 아까와는 사뭇 다른 자조(自嘲)의 웃음을 머금고 작별인사를 했다.

다음 날 새벽 행랑을 점거하고 있던 동학당의 무리는 썰물같이 최참판댁을 떠났다. 이곳을 떠난 그네들은 최참판댁을 거쳐가듯이 그렇게 조용했던 것은 아니었다. 오히려 격렬하게 파괴하였으며 관아를 습격하여 상하 관원, 토호, 관에 빌붙은 향반들을 살해하고 군물(軍物)을 탈취하는 등 읍내까지 휩쓸고 내려가는 동안 상당한 인명을 살상하였다. 섬진강 강가 송림의 흰 모래가 선혈로써 붉게 물들었었다고들 했다. 이와 같은 전후 사태로 하여 최참판댁이 동학당과 내통했느니 군자금을 대어주었느니 한때 풍문이 돌기는 했으나 그것은 풍문으로 그치고 말았다.

최참판댁을 떠나갈 때 아마 김개주는 두령인 아비를 따라 종군하였던 환이에게 그의 생모를 알려주었던 것 같다. 그해 구월 동학군은 남접과 북접이 호응 합세, 항일구국의 대전선을 결성하여 또다시 일어섰으나 십이월에 들어 연이은 패전으로 동학군이 완전 붕괴되고 농민전쟁이자 민족전쟁인 갑오동학란의 비극의 막이 내려졌을 때 살아남았던 환이는 추적의 눈을 피하여 방랑하다가 백부인 우관선사를 찾지 아니하고 최참판댁 문전에 서게 되었던 것이다.

윤씨는 김개주가 전주 감영에서 효수되었다는 말을 문의원
으로부터 들었을 때, 무쇠 같은 이 여인의 눈에 한 줄기 눈물
이 흘러내렸다.


"마님!"
삼월의 목소리가 귓전을 쳤다.
"무슨 일이냐?"
"저 마, 마님!"
"귀찮구나. 어서 말해라."
"간난할……."
"할멈이 죽었느냐?"
"예, 으흐흐흣……."


## 10장 멀고 먼 황천길


서편에 해가 한 뼘쯤 남아 있었다.

어둠을 맞이할 준비를 하는지 빛과 그늘에 얼룩이 진 숲,
푸른 들판은 엷은 바람에 설레고 서두는 것같이 느껴진다. 한
조가 낚싯대를 거둬 집으로 돌아가고 나룻배에서 내린 서서
방의 며느리가 보따리를 이고 둑길에서 넘어온다.

옥색 항라 치마, 반회장 자줏빛 고름이 바람에 나부낀다.

친정은 먼 길인데 나룻배 속에서 갈아 신었던지 미투리 속의 버선발은 하얗게 깨끗하다.

"친정 갔다 오는가 배."

마을 길을 급히 걸어오던 아무네가 물었다.

"야."

"아닌 게 아니라 너거 시아부지 눈이 빠지게 기다리더마는."

"조석을 어무니가 끓이잡수시니께요."

"와 아니라. 며누리 보고 접어서 그럴까 봐? 할멈 부리묵는 기이 앵통해서(아까워서) 그러지. 다 늙어감서 죽자사자 은앙새라. 참 초상이 났는가 배."

"초상이오?"

"최참판댁 간난할매가 죽었단다."

"야?……."

"갈 나이야 됐지. 오랜만에 너거 시아부지 상두가 들겠고나."

길상이 머리꽁지를 흔들며 밭둑길을 뛰어온다. 타작마당에서 조무래기들을 모아놓고 씨름판을 벌였던 평산의 아들 거복이,

"야 인마! 길상아!"

돼지 멱따는 소리를 질렀다. 길상은 주먹으로 눈물을 닦으며 연신 뛰어온다.

"이 새끼 길상아!"

그냥 타작마당을 질러가려 하는데 거복이 뒤에서 동저고리

자락을 와락 잡아당긴다.

"선불 맞았나! 귓구멍이 맥혔나!"

"초상났거마는,"

길상이 거복의 손을 뿌리친다.

"누가 죽었노? 딸이 죽었나?"

"……?"

"그라믄 봉순이가 죽었고나?"

아비를 닮아 뻐드러진 이빨을 드러내며 웃는다. 길상이 씨익씨익 어깨로 숨을 쉬며 다시 뛰어가려 하는데 이번에는 앞을 막아섰다. 조무래기들도 덩달아서 막아선다.

"헤헤헷…… 봉순이가 죽었다 그 말이제?"

"그, 급하건마는."

떠밀어내려 하는데,

"새끼가 날 칠라고? 이 중놈의 새끼야!"

거복이 바싹 다가선다.

"알았다, 알아. 하항, 니 봉순이 그 가씨나하고 그렇고 그렇고 그렇더란 말이제? 어디 보자 ××가 얼매나 크는고 만지보자."

조무래기들이 와 하고 웃는다. 길상의 얼굴이 홍당무가 된다. 사정없이 거복이를 떠밀어내고 조무래기들 사이를 빠져 달아난다.

상좌야! 상좌야! 어디 가아노!

고깔 쓰고 바랑 지고

고개 넘어 처니 집에

목탁 치며 동냥 가나

동냥은 무신 동냥!

손목 잡고 입 맞추네


메마른 땅에 기승을 부리는 잡풀같이 아이들은 거칠고 조잡스레 날뛰며 달아나는 길상의 뒷모습을 향해 기성을 지르고 손뼉을 친다. 산이며 숲이며 강물, 들판, 눈에 띄는 모든 것은 벌거벗은 자연인데 이 속에서 생물은 부단한 교접에서 풍요해지는 것처럼 쇠똥과 같이 구르며 저절로 자라는 아이들 역시 자연 성(性)에 일찍 눈이 떠지는 모양이다.

"이눔으 새끼들! 집에 안 가고 여기서 무신 지랄들 하노."

길상이 집에 기별하러 간 것을 모르는 두만아비는 소를 몰고 오다가 채찍을 휘두르며 아이들을 쫓는다. 길상을 놀려대던 아이들과는 따로이 땅바닥에 퍼질러 앉아서 거복의 동생 한복이하고 땅따먹기를 하던 영만이,

"아부지."

하며 손을 털고 일어섰다.

"네 이눔으 자석! 여서 머하노, 못된 뽄 볼라고, 속히 집에 못 가겠나!"

"치이…… 나는 안 그랬는데."

한복이는 제 형 쪽을 힐끔 살피며 숨어버리듯이 영만이 뒤에 엉거주춤 선다.

"참 아부지, 길상이가 초상났다 캄서 막 뛰어갔소."

"뭐라꼬? 초상? 이눔아, 어서 가자!"

간난할멈이 죽었을 것을 짐작한 두만아비는 간난할멈의 양자이자 큰 상주 격인 영만이를 몰아세우며 급히 집으로 돌아간다. 소 방울 소리가 짤랑짤랑 급하게 울린다. 겨우 이삭을 물기 시작한 들판의 벼는 바람을 타고 짙고 연한 서리 빛 초록의 물결을 이루며 서편을 향해 나부끼고 있었다. 덤불 속은 한결 서늘해진 것 같았으며 우물 근처 습한 곳에서는 지렁이 한 마리를 물어낸 암탉이 장닭을 피해 뜀박질을 한다. 아이를 들쳐업은 임이네는 도랑가에 쭈그리고 앉아 빨래를 한다. 방망이질을 할 때마다 등에 업힌 아이가 울곤 했다.

"어느 놈의 여편넨고, 빨래통은 내동댕이쳐놓고 어디 갔이꼬?"

올 때부터 빨랫방망이랑 버선 목달이걸레가 든 통이 나동그라져 있었는데 임이네가 빨래를 행굴 즈음까지 임자는 돌아오지 않았던 것이다.

"가씨난가 여편넨가 모르겠다마는 봄도 아닌데 바램이 났나?"

하는데 풋콩을 따서 넣은 광주리를 들고 강청댁이 도랑으로 내려왔다. 그는 흥, 하는 시늉을 하며 통을 끌어당겨 빨랫돌 위에 걸레를 올려놓는다.

"나는 누구 거라고?"

강청댁은 아무 말 안 했다.

"간난할매가 죽었다누마."

"항우장사라도 늙으믄 별수 없지. 불로초는 없인께."

강청댁은 방망이질을 세차게 하며 내뱉었다.

"두만네 성님이 추수 때까지는 살아야 긴데 하더니만……
기별한다고 지금 막 길상이가 뛰어가는구마."

'빌어묵을 제집년! 누가 지하고 말하자 카나. 비우도 좋고
쇠가죽맨치로 낯짝도 뚜껍다!'

빨래를 주물러서 구정물을 뺀다. 임이네는 헹군 것을 짜가
지고 통 속에 넣으며,

"두만네는 수가 터졌구마."

"……."

"논 다섯 마지기가 누구네 아아 이름이건데?"

"……."

"우리네사 한평생, 뛰고 굴리도 한치의 땅커녕 남우 땅 부
치묵으믄서도 노상 수풀에 앉은 새맨치로 맘이 안 놓이니."

"뉘 아니래?"

처음으로 솔깃해서 강청댁은 대꾸를 했다.

"생각할수록 한심하지. 종살이도 오래 하니께 땅마지기를

다 얻는데."

"묵기는 파발이 묵고 뛰기는 역마가 뛰었지."

"털끝 하나 까딱 않고 논이 다섯 마지기라."

"그것도 상답 아닌가 배."

두 아낙은 마치 저희들의 몫을 가로채가기라도 한 것처럼 다 같이 억울한 심정인 모양이다. 서로 죽이 맞아보기로는 별당아씨를 힐난했을 때, 그때 한 번뿐이었는데 이들은 오래간만에 심사가 다시 통한 것 같다. 빨래를 다 끝낸 임이네는 업은 아이를 앞으로 돌려 젖을 물린다. 옷 속에 가려졌던 유방은 탐스럽게 부풀었으며 살빛도 박속같이 희었다.

"되는 집은 만판 되고 안 되는 집구석은 쫄아들기만 하고. 우찌 그리 무는 거(세금)는 그리 많은고."

"안 되는 놈은 자빠져도 코가 깨진단다."

"초상이 났다 카지마는 두만네야 경사났지."

임이네 말에 강청댁은 맞장구를 쳐서 코방귀를 뀌었다.

"우리 시어무니도 살아 기실 때는 참판댁하고 무관하지도 않았건마는, 노상 불려가서 진일 마른일 다 보았는데, 아아 우리 집 남정네만 해도 그렇지 그 댁 서방님하고는 함께 딩굴믄서 크지 않았건데? 땅마지기는커녕 지금이사 찬물 한 그릇도 없다. 하기사 우리 남정네나 돌아가신 시어무니도 언선스런(아첨 떠는) 성미가 아닌께, 심성보다 말이 달아야, 그래야 남으 덕도 보는가 보더라."

"와 아니라. 사램이란 붙임성이 있고 약삭빨라야 하는가 배. 아 두만네가 오죽했건데? 숙모님 숙모님 하믄서 창지까지 빼묵이는 시늉을 했인께. 남 보기는 두만네 경우 바르고 후덕한 것 같지마는 속이사 우리네하고는 영 딴판이구마. 실속 채리는 데는 머 있다 카이."

"그 성님, 생각이 다 있어서 우리 숙모님 우리 숙모님 해쌓았는가 배."

임이네는 당돌하게 두만네라 했으나 강청댁은 두만네 앞이 아니지만 성님이라고는 한다.

"따지고 보믄 팔촌이 훨씬 넘는다 카더마는."

"팔촌이믄 남이지 머."

"그 논 아니라도 그 성님이사 남들 보리죽 묵을 때 깡보리라도 밥 해묵고 밑양식 남기가믄서, 집에 들어서믄 따신내가 나는데."

저녁때가 늦어지는 것도 모르고 두 아낙은 늑장을 부린다.

"어이구 가서 저녁인가 먼가 해서 점구라도 마치야지."

임이네는 아이를 돌려 업고 통을 인다. 강청댁도 빨래통에 풋콩이 든 광주리를 포개어 이고 일어섰다. 그들은 나란히 걸어간다.

"두만아배만 해도 갓밭 바위 옆의 그 자갈땅을 쪼아서 금년에는 감자를 석 섬이나 팠는데."

임이네가 다시 푸념한다.

"세상에 나서 제 가숙하고 일하는 것밖에 모르는 사람인께."

"두만네도 보기사 수부덕하게(어질게) 뵈지마는 실속이야 차리는 사람 아니던가 배. 품앗이를 해도 늘 그 집 일이 많지 않더라고? 말이사 바로 하지 여자가 칠칠코 야문께 말 같은 반찬에도 배불리 멕이니께 모두 싫은 얼굴은 안 하지마는 그 수단이 바로 되로 주고 말로 받는 것 아니건데? 헛거 줍는 꾀가 여간 아니지. 아마 돈냥이나 좋이 모았일 거로."

"작년에는 시어무이 수의를 했고 선이 혼수도 짭짤하게 장만했다 카이 여축 없이야 했겠나."

"그러고 본께 우리네는 말짱 등신이다. 갓똑똑이(알은체하는 사람) 아니가. 살림 모우는 사람은 어디가 달라도 다른가 배. 펭생 가야 싫은 낯 할까 남으 말을 할까, 웃는 얼굴에 침 못 뱉더라고."

"내사 못 그러겄더마. 만금이 생긴다 캐도 싫은 거는 싫고, 빌어묵을 팔잔지 모르겄다마는."

"일만 뼈 빠지게 했지, 자식새끼는 늘어나고 언제 행이 풀릴란고."

"임이네야 우리보담은 낫지, 임이아배가 부지런은께. 초지장도 맞잡으믄 낫더라고."

"그래도 강청댁은 식구가 단출한께, 없는 살림에 입 하나가 어디라고."

"그렇기는 하지. 한창 나이에 농사 안 짓고 어디 가더라 캐도 두 사람 입치레야 못하까. 이자는 우리 집 이서방도 정신이 드는가, 가숙 중한 줄도 알고."

강청댁은 그새 한눈을 팔고 있던 경계심을 일깨워 임이네한테 못을 박는다. 임이네의 눈꼬리가 샐쭉하니 치올라갔다.

"월선이는 아주 영 떨어졌는가?"

강청댁의 심사를 긁었다. 월선에게 향하던 시샘이 강청댁에게로 돌려진 것이다.

"고년이 안 떨어지고 배기나? 하기사 그년이 떨어져나간 기이 아니지. 우리 이서방이 차부린 기지."

강청댁은 씨근거리며 큰소리친다.

"그리 숩게? 어디 하루 이틀 든 정이건데?"

월선이 이뻐서, 동정해서 한 말은 물론 아니다. 강청댁은 그 말 대답은 없이,

"제집이 꼬리 치믄 안 넘어가는 소나아 없다 카더마. 노류장의 제집 한분 데리고 놀기 예사 아닌가 배. 눈이 시퍼런 제 제집 두고 길잖은 일이구마. 소나아들이사 열 제집인들 싫다 하까? 끝장에 가서 우는 거는 그년들이고 신세 망치는 것도 제집년이지 남자 험 될 거 있나."

이번에는 못이 아니라 말뚝을 박으며 임이네에게 곁눈질을 한다. 임이네는 입을 비죽거린다.

"말이사 바로 하지, 우리 집 남정네 마음이야 오죽 곱다고?

내 시집온 지 십 년이 훨씬 넘었건만 볼때기 한 대 맞인 일 없고 상소리 한분 들은 일 없고 행실이사 양반 아니가. 내 성미가 나빠서 노상 쌈을 걸었지. 그만큼이나 가숙 섬기는 사람도 드물더마. 일이 고되믄 밤에 허리도 주물러주고, 팔다리도 주물러주고, 잔정이 우떻다고. 아무래도 남자는 다르더마. 맺고 끊고 언제 그랬느냐 싶게 자게도 지은 죄가 있인께 나한테는 전보다 더 잘하고 설설 기는 판이라. 임자가 있는데 설마 내가 딴 제집한테 쓸개 없이 빠졌겠는가, 돈 안 드는 오입 한두 번 했기로 자아 그러지 말고 우리 이자부터 재미나게 살아보자, 함서."

새빨간 거짓말을 주워섬기는 강청댁 눈이 이글이글 타오른다.

'이년! 내가 이러는데 네년이 꼬리를 칠 것가아!'

으름장인 줄 임이네도 안다. 그러나 알면서도 심사가 편할 수 없었다.

"내가 듣기는 안 그렇던데?"

"머가 안 그래!"

잡아먹을 듯이 소리를 팩 지른다.

"도망간 월선이를 못 잊어 벵까지 나지 않았던가 배?"

"까매기 날아가자 배 떨어지더라고 아프기사 그년 떠나기 전부턴데 누가 머라고 하던고? 듣기는 또 무슨 말을 들었노!"

"들었다기보다 동네 소문이 자자하더마."

"무슨 소문!"

팔이라도 걷고 나설 기세다.

"노류장의 제집, 제집 하지마는 월선이가 어디 노류장의 제집인가? 서로 처니 총각 때 든 정인데 그리 숨기 잊지 않을 거다 하더마."

"우떤 연놈이 그런 주둥이를 놀리던고? 처묵고 할 일 없이믄 나락이나 세지. 그년한테 신 술 한잔 얻어묵은 놈이겄지. 아니믄 우리 남정네보고 춤을 흘리는 화냥년들 심청이 나서 그랬겄지. 그런 아가리 또 놀렸다가는 주둥이를 문대버릴 기다!"

강청댁은 솟구치듯이 펄펄 뛰는데 임이네는 킬킬 웃는다.

"아이구 참 악정 낼 거 없건마는, 내 속 펜하믄 남우 말이 귀에 들오던가? 그 말이사 소분지애씨*고 더 희한한 소문은 없건데?"

"무신 소문고! 어디 들어보자."

"밤마다 소나아 생각이 나서, 흐흐흣…… 벌거벗고 달라들어도 이서방이 내 몰라라 한다 카던가, 흐흐흐…… ."

"멋이 우쩌고 우째! 어느 연놈이 그러더노! 아가리에 똥 퍼부울란다!"

길길이 뛰었으나 빈말도 아니었고. 남부끄럽기도 했던지 저녁 늦겠다고 도망치듯 달려가는 임이네를 굳이 잡지는 않았다.

집에 돌아간 임이네는 저녁이 늦다고 칠성이에게 뺨을 맞

앉고 강청댁은 빨래통, 풋콩이 든 광주리를 장독가에 냅다 던
져놓고 마루에 올라가서 두 다리를 뻗은 채 울음을 잡혔다.

간난할멈의 장례날은 쾌청했다.

나이 어려 굴건제복(屈巾祭服) 대신 천태를 두르고 도포 입은
영만이를 위시하여 두만아비와 두만이, 최참판댁 사내종들은
두건을 썼고 두만어미, 계집종들은 먹댕기에 북포 치마를 입
었다. 바우할아범 장사에 비하면 여간 융숭하지가 않았다. 음
식도 많이 차려 마을 사람들은 배불리 먹었으며 마을 상여를
빌려오긴 했으나 만장이 여러 개 바람에 나부꼈고 자식 없는
종 신분의 일생이니 호상이랄 수는 없지만 윤씨부인이 죽은
사람을 깍듯이 대접한 만큼 꽤 큰 장례식이었다. 간난할멈은
살 만치 살았었고 뜻밖의 죽음이 아니었으므로 그를 위해 뜨
겁게 울어줄 사람은 별로 없었으나 그러나 열두 상두꾼이 멘
상여, 상두채에 올라서서 앞소리를 하는 서서방의 가락은 여
전히 아낙들을 울려놓았다. 제 설움에 울고 인간사가 서러워
울고 창자를 끊는 것같이 가락과 구절이 굽이쳐 넘어가고 바
람에 날리어 흩어지는 상두가에 눈물을 흘린다.

　　어하넘 어하넘

　　어나라 남천 어하넘

　　명정공포 우뇌상에

　　요령 소리 한심허다

멀고 먼 황천길을

인지 가면 언제 오리


 상여는 개울을 넘을 때 멈추었다. 다리가 아파 못 가겠고 개울을 넘는데 망령이 노자 달란다 한다면서 상두꾼이 제자리 걸음을 한다. 두만네, 두만아비, 봉순네가 상두채에 엽전을 놓아준다.


 어하넘 어하넘

 어나라 남천 어하넘

 이 길을 인지 가면

 언제 다시 돌아오리

 활장겉이 굽은 길을

 살대겉이 내가 가네


 개울을 넘고 길을 돌면 마을이 사라진다. 길손들이 서서 구경하고 강물 위에 뗏목에서 뗏목꾼도 상여를 바라본다. 고개를 넘는다.

 "아아니 저기이 와 따라오노?"

 뒤를 돌아본 김서방댁이 혀를 찼다. 속곳 가랑이는 발등을 덮었는데 새끼줄로 허리를 동여맨 또출네가 엉기정엉기정 따라오고 있었다.

"그만 놔두소. 밥이라도 얻어묵을라꼬 오는 기지요."

제 어미의 큰 목청을 경계하듯이 남이가 낮은 목소리로 말했다.

"미친년이, 일 친 뒤가 맑아얄 긴데."

"가만 내비리두소."


　　북망산천 들어가서

　　띠잔디를 이불 삼고

　　쉬포리를 벗을 삼고

　　가랑비 굵은 비는

　　시우 섞어 오시는데

　　어느 누가 날 찾으리

　　어하넘 어하넘─


만장이 바람에 나부낀다. 오르막길에서 상여는 기울고 갈가마귀가 우짖으며 앞장선다.

미리 간 사토(莎土)장이는 하관할 자리를 파놓고 상여가 오기를 기다리고 있었다.

하관이 끝나고 술 음식이 나누어졌다.

"아이구, 내사 마 폴다리가 쑥 빠지는 거 같다. 뜬눈으로 샜더마는."

김서방댁이 전을 베어물며 씨부렸다.

"뜬눈으로 샜다고요? 코 골믄서 잠만 자더마는."

연이가 핀잔을 주었다.

"이눔으 가씨나야, 내가 언지 코 골믄서 자더노. 저년 보래?"

"아따 먹지 않는 씨아에서 소리만 난다 캅디다."

연이어미가 거들었다.

"지랄 안 하나."

삼월이는 울어서 눈이 퉁퉁 부어 있었다. 개똥이 녀석은 침을 질질 흘리며 다람쥐를 좇아 달려가면서 팔매질을 한다.

"저년 배애지가 소 배애지가? 양푼이 밥을 벌써 다 처묵었네."

또출네는 손가락을 빨고 있었다.

"저러다가 굶을라 카믄 며칠이나 굶으니께."

김서방댁 말에 두만네가 감싸며 말했다.

"힘쓰는 장사는 열흘치 묵고 열흘 잠잔다 카더라마는 저년 저러다가 배애지 안 터지겠나."

"성한 사램 아닌께 속인들 온전하겠소."

소나무 가지에 진을 친 갈가마귀들이 어서 떠나달라고 재촉하듯이 우짖었다.

사람들은 먹다 남은 것을 산에 뿌리고 맥이 빠져서 산을 내려간다.

동편 산중턱에는 해가 지기도 전에 어둠이 먼저 왔다.

"거 참판님댁 마님이 후덕하시서 간난할매는 죽어 호강한 셈이네."

"우리네들보다 낫다."

"이펭이는 논 다섯 마지기 생겼고."

"이 사람들아, 그런 말 말게. 어디 우리 논인가? 그분네들 제우답이지."

마을에서 말 많은 것을 알았음인지 두만아비는 얼굴을 찡그렸다.

"줌칫돈이나 쌈짓돈이나 그게 그거 아니가. 재수 대통이다."

빈 상여를 메고 가면서 봉기가 이죽거렸다. 서서방은 나이가 나이인 만큼 몹시 지친 듯 노래로써 흥을 돋울 생각 없이 용이에게 기대이듯 산을 내려가고 있었다. 그러나 그는 마누라에게 갖다줄 떡은 잊지 않고 수건에 싸들고 있었다.

장지(葬地)에 왔던 사람들이 마을 어귀에 다다랐을 때 둥그렇게 황토로 쌓아올린 외로운 묘 주변에서는 묘한 풍경이 벌어지고 있었다.

"어어잇! 이눔 까매기야! 어어잇! 이눔 까매기야!"

또출네가 두 팔을 펴고 마치 나는 박쥐처럼 이리저리 쏘다니고 있었다. 이곳저곳에 뿌려놓은 제물을 먹으려고 날아내린 까마귀를 쫓는 것이었다. 많은 까마귀는 날아올랐다가는 다시 내려앉아 밥찌꺼기 고기부스러기를 쪼아먹는다. 지칠 줄 모르게 까마귀를 쫓으며 또출네도 부지런히 남은 음식들을 주워먹는다. 화가 난 까마귀는 무리를 지어 또출네에게 덤

벼들었다. 머리를 쪼고 얼굴을 쪼았다. 그래도 또출네는 아픈 줄 모르는지,

"어어잇! 이눔 까매기야! 어어잇! 이눔 까매기야!"

되풀이하며 날개 춤 추듯 외로운 묏등 주변을 맴도는 것이었다.

해가 지고 밥풀 하나 남지 않게 된 곳을 까마귀 떼는 떠나버렸다.

또출네는 묘 옆에서 잠이 들었다.


# 11장 황금의 무지개

등짐장수가 짐을 받아도 걱정, 안 받아도 걱정이라는 그런 정도가 아니다. 투전판에서 마지막 돈을 거는 배짱과도 비할 게 아니다.

평산은 과단을 내리지 못하고 있었다. 천 길 계곡 사이에 걸린 외나무다리를 건너야 할지 그만두어야 할지.

천 길 계곡에 걸려 있는 외나무다리는 건너는 도중 어쩌면 썩어서 부러질지 모른다. 백 년 동안 계곡의 습기를 숨 쉬어 온 푸른 이끼에 발이 미끄러질지 모를 일이다. 까마득한 밑바닥과 까마득한 하늘 중간에서 정신을 잃고 허공을 내딛는 일이 없으리라 장담하기도 어렵다. 그렇게 되는 날이면, 만사휴

의(萬事休矣), 마지막이다. 형체조차 찾아볼 수 없이 황천객이 되는 것이다. 저승이 있으리라 믿지 않으며 설사 있다 하여도 김평산을 위해서는 바람직한 곳은 못 될 성싶었고 추호도 남 먼저 저승길로 떠나고 싶지는 않다. 발을 내밀어야 할까 디 밀어야 할까 결단을 내리기 실로 어렵다. 다리 저편은 비옥하 다. 살찐 암소가 지천이며 영근 알곡은 섬진강의 흰 모래만큼 무진하고 나귀 등이 휠 만큼 실어 나른 피륙의 더미, 황금의 무지개가 황홀하게 이편을 향해 손짓하며 가슴 떨리게 꿈을 펼쳐 보인다. 모든 것은 다리 건너 그곳에만 있다. 넘쳐 흐르 게 쌓여 있다. 주막 차일 위에 새 그림자가 지나간다. 평산은 풀모기가 피를 빠는 목덜미를 손바닥으로 철썩 친다.

"대낮부터 빌어묵을."

장터 주막 앞에 쭈그리고 앉은 평산의 얼굴과 목덜미의 군 살이 디룩디룩 흔들린다. 장바닥은 장꾼들의 와글대는 소리 로 가득 차 있었다. 와글거리는 소리가 멀어지면서 황금의 무 지개는 다시 깃을 편다. 눈발같이 날아내리는 곡식, 수많은 하인들은 허리를 굽히고 작인들, 마을 농사꾼들은 눈도 들지 못할 것이다. 사철 풍류와 술이 있고 기생이 있고 산해진미에 비단금침 은금보화, 조상의 제각(祭閣)을 짓고 듬직한 벼슬인 들 한자리 못하랴. 최가네 살림 반만, 아니 십분의 일만 가져 도 어렵잖은 일이다. 황금의 무지개, 밤마다 자리에 깔아놓고 잠이 드는 황금빛의 꿈, 평산은 결코 그 꿈을 저버릴 수 없다.

등을 앞으로 꾸부린 자세로 귀녀는 바위에 걸터앉아 있었다. 옆에 앉은 평산의 입김을 피하려 그러는 듯. 평산은 하늘을 한 번 올려다보았다. 별들이 크게 반짝이고 있었다.

'사람들은 제마다 제 별이 있다 하던데.'

평산은 제 별이 크고 빛이 휘황하기를 바라는 마음에서 가장 큰 별을 찾는다.

'저쯤 되면 제왕성(帝王星)이겠지. 내 어찌 그렇게야 될 수 있나.'

귀녀 몸에서 여자의 내음이 풍겨왔다. 마누라의 내음, 주막 주모의 내음, 논다니 계집들의 내음하고 다른 내음이다. 평산은 슬그머니 귀녀 허리에 팔을 감았다. 거부하는 기색 없이 가만히 있었다. 살이 묵직하고 처녀치고는 허리가 굵었다. 이상한 일이었다. 묵직한 살갗이 손바닥에 닿았는데 평산의 마음이 조금도 동하지 않았다. 어느새 평산의 팔은 풀리고 말았다. 귀녀의 한쪽 어깨가 이번에는 꿈틀하고 한 번 움직였다.

"한 가지 물어볼 말이 있는데."

"⋯⋯."

"최치수는 아직도 귀녀를 본체만체하는가?"

귀녀는 잠자코 있었다. 뻔하게 아는 일을 왜 묻느냐 하듯이.

"최치수 마음을 귀녀는 꼭 잡고 싶다, 그거는 아니겠지?"

"알면서 왜 묻소!"

말이 튕겨져 나왔다.

"나는 사람이 싫소!"

"그러면 다만 재물,"

"독 오른 독사같이 해가지고, 보기만 해도 소름이 끼치요."

그러나 그것은 거역당한 원한인 것같이 들렸다.

"그러면 다만 재물이,"

평산은 같은 말을 되풀이한다.

"새삼스럽게 왜 그러요?"

"다짐을 두어야겠기에."

"그것만도 아닐 게요."

"......."

"나는 천한 종의 신세요."

"저절로 면천(免賤)이야 되겠지. 아암 되고말고."

"그것만도 아니오. 여보시오 나으리."

갑자기 놀리듯 불러놓고 귀녀는 어둠 속에서 끼둑끼둑 소
리내어 웃었다.

"고릿적부터 최씨네는 지체 높은 양반이고 내 피는 종이었
겠소?"

"......?"

"우리 조상도 본시 종은 아니었다 합디다. 천첩의 자손도
아니었다 합디다. 재상도 역적으로 몰리면 하루아침에 멸족
인데 그 틈에 살아남은 자손, 백정인들 아니 되겠소?"

말씨가 싹 달라지면서 도도하게 나온다. 평산은 전신이 오소소 떨려옴을 느꼈다.

"내 소원이라면,"

"……."

"그렇소, 내 소원이라면 나를 종으로 부려먹은 바로 그 연놈들을 종으로 내가 부려먹고 싶다는 그거요. 하지만 그렇게야 안 되겠지요."

평산은 덜미를 잡힌 것 같았다. 사냥꾼은 자기이며 매는 귀녀인 줄 알았는데 그것이 아니었다. 줄은 귀녀가 쥐고 있고 자기는 재줄 부리는 곰이었다는 것을 깨달았다. 평산은 술에 흠씬 취하여 다리가 지각을 무시하고 제멋대로 노는 것같이 저도 모르게 계책을 발설하였고 귀녀의 동의를 구하였다. 귀녀의 하얀 이빨이 어둠 속에서 드러났다.

"그러질 않고 일이 될 성싶었소? 그 눈에 흙이 들어가기 전에는 한 치의 땅도…… 계집아이만 남겨야, 아시겠어요?"

속삭였다. 그러나 평산에게는 천둥이 머리를 치는 것같이 들렸고 계집의 뜨거운 입김은 오뉴월 단볕을 받은 강변 모래가 날아오는 것 같았으며 수렁에 빠져들어 가고 있다는 착각이 들었다.

"우째 해필이믄 드나드는 문 앞에 그리 쪼구리고 앉아 있소!"

주모의 신경질이 뒤통수를 친다.

"허 참."

평산은 한켠으로 다가앉으며 풀모기가 물고 간 목덜미를 긁적긁적 긁는다. 입성은 꾀죄죄하여 땟국이 흘렀다. 막딸네를 때려주고 마을을 나온 지 여러 날이 지났던 것이다. 마을에서 팔자걸음을 걷던 체면치레는 간 곳이 없고 이곳저곳 객줏집 봉놋방에서 뒹굴어 자며 투전판의 구전을 뜯어 술잔으로 날을 보낸 그간의 처지였으니 행색이 처량할 수밖에 없다. 쭈그리고 앉아 장바닥을 바라보고 있는 평산의 옆을 스쳐 주막에는 쉴 새 없이 사람들이 드나든다. 장바닥은 사고파는 것은 둘째로 치는가 와글와글 소음뿐인 것 같았다. 장날마다 나타나는 각설이 떼는 한결같이 작년에 왔던 각설이 하고 시작하여 머리끝 발끝 손가락에서 땟물 콧물이 흐르는 콧구멍까지 흔들고 비틀고 벌름거리며 눈은 지그시 감았다가 화경같이 번쩍 뜨고 허공을 노려보기도 하며 누더기가 줄레줄레 춤을 추고, 한바탕 거지 타령을 떠들어댄다.

"아지매, 적선하소 야? 공든 탑이 무너지겠소, 공덕 쌓아서 지옥가겠소. 나날이 짓는 죄는 염불만 가지고는 죄닦음을 못하는 기요. 적선하소, 아지매."

각설이 떼가 바가지를 두드린다.

"에이 이 쇠 빠질 놈들! 남으 걱정 말고 너거나 공덕 쌓아서 극락 가라모!"

주모는 새된 소리를 지른다.

"허 참, 과부도 그저는 못 따묵는데 세월 팔아서 배운 노래 그저 들을라요?"

"이 쇠 빠질 놈들아! 너거 퍼믹일라고 내가 이 장사하나! 장날마다 옴서 머 우짜고 우째? 작년에 왔던 각설이라꼬?"

"아따 긴 짐승(뱀)도 한 여름 묵고 한 겨울 잠자는데 사램이 일 년에 한 분 묵고 우찌 살 기요. 검은 것도 흰 기라 카는 세상에 달을 해로 치믄 어떻고 열흘을 한 해로 친다 캐도 머가 그리 죄 되겠소. 일 년 열두 달도 다 사램이 맨든 기고 노래도 다 사램이 맨든 긴데 에누리 없이 사는 사람 있던가? 그래도 세상에는 거지겉이 선한 백성은 없을 기구마. 가진 기라고는 바가지 한 짝, 하루 한두 끼믄 고만 아니오? 집도 없고 절도 없고 풀잎을 이불 삼아 발 닿는 곳이 내 집인데 무신 탐심이 있겠소. 세상에 호강하는 연놈치고 도적질 안 하는 거 없으니께요. 안 그렇소? 아지매."

세상의 앞면 뒷면을 다 보고 다니는 각설이 떼들은 으레 말 잘하고 익살스러우며 능글맞고 억척스러워, 다투는 만큼 시간이 축갈 뿐이다. 결국 주모는 술과 밥을 내어주기 마련이다. 장날은 거지 병신들에게도 평일보다는 바쁘고 설레지는 모양이다. 드나드는 길목에는 거적을 깔아놓고 앉은 장님이 보이지 않는 곳을 향해 적선하라 하며 외치었고 앉은뱅이는 장바닥을 기어다니면서 동냥을 청하여 수없이 머리방아를 찧고 있었다. 평산은 주막 앞을 지나가는 두만아비 이평이를 보앉고 영팔이 한돌이를 보았고 망태를 걸머진 서서방도 보았다. 그쪽에서는 모두 못 본 척했으며 평산이 역시 뻐드렁니를 입술 속으로 감추며 알은체하지 않았다. 봉기는 떡시루 옆에 붙어 앉아서 이마빡에 세 가닥 주름을 만들어가며 오는 사람 가는 사람 눈을 치뜨고 살펴가며 김이 나는 시루떡을 미뚝미뚝 베어먹고 있었다. 엉성한 수염에 떡고물이 묻으면 혀를 내둘러 입 안으로 밀어넣고, 먹는 재미에 세상을 살아가듯 그는 무척 행복해 보였다. 강둑에서 그런 일이 어느 곳에서 있었더라는 조준구의 이야기를 들은 지 벌써 여러 날이 지났다. 조준구도 서울로 떠나고 마을에 없다.

'약질이라고는 하지만 그자의 나이 나보다 젊은데 언제 죽을지 누가 알아? 최참판네 사내들은 모두 단명한다? 흥, 그걸 믿구 기다릴 천치가 어디 있어. 까짓 뒷구멍에서 쌀말이나 내주고 남몰래 귀녀가 패물이나 뽑아주는, 치사하다. 그걸 바라고 사내장부가 일을 꾸며? 종년 심부름을 해? 치사하다. 혀를 모래밭에 처박고 죽었으면 죽었지. 그거는 그렇다 치자. 언제까지 이리 맥 놓고 기다린단 말이냐. 그년을 건드려주어야 말이지. 그러다가 장가나 가버리면, 흥 고만이지 고만. 닭 쫓던 개 지붕 쳐다보기, 다시는 돌이킬 수 없는 일이지. 기회는 영영 가버리고 마는 게야.'

조준구의 말을 듣기 전에 평산이 그 생각을 안 했던 것은 아니다. 들었기 때문에 오히려 마음이 편치 않다.

'무심하게 한 말이었을까? 따로 생각이 있어 한 말이었을까?'

어쨌든 그런 일이 있었다는 것은 그런 일이 가능하다는 것이요, 계획을 굳히는 데 도움이 되기는 했다. 그러나 불가피한 계획임을 느낄수록 행동을 민적민적 늦추려 드는 심리 상태를 평산 자신도 어쩌질 못한다. 조준구의 언행은 일종의 계시(啓示)이면서도 염탐의 검은 그림자를 안고 있었으며 자기 심중의 비밀을, 일을 끝낸 뒤 비밀을 냄새 맡고 달려들지 모른다는 공포를 평산은 털어낼 수 없었다. 민적거려지는 마음을 한껏 몰아세우기 위해 귀녀를 만났었고 계책을 실토했었다.

'계집아이만 남겨야, 아시겠어요? 동사할 수밖에 없지요.'

속삭이던 귀녀의 목소리를 되새겨본다. 평산은 살갗이 짝짝 찢어지는 것 같은 전율을 느낀다. 등에 땀이 배나는 것은 양심의 가책 때문이 아니다. 살인행위를 두려워한 때문도 아니다. 이미 자기 자신이 먼저 계책을 꾸몄었고 그럼에도 걷잡을 수 없는 늪 속으로 자기 의사와 관계 없이 빠져들어 가고 있다는 환상, 결코 벗어날 수 없으리라는 생각이 가위 누르듯 덮쳐오는 것이다. 조준구는 비밀을 손에 들고,

'내친 걸음이니 가시오.'

하는 듯했고 귀녀는,

'나는 거기서 먼저 발설하기를 기다리고 있었단 말이오. 이제는 어쩔 수 없지요. 안 그렇소?'

깔깔깔 소리 내어 웃는 것 같았다. 먹눈 같은 커다란 눈동자는 웃는 소리와 달리 움직이지 않았고 평산을 바라보고 있는 것 같았다. 그곳은 천 길 낭떠러지다. 외나무다리는 운명인 것이다. 불안과 의혹과 공포가 짙어지면 질수록, 가위에 눌린 것처럼 쫓긴다고 생각하는 중에서도 다리 저켠은 여전히 황홀하고 눈이 부신 황금의 세계다. 외나무다리를 건너야 할지 그만두어야 할지.

주막 차일에 새 그림자가 지나간다. 환하던 일기가 별안간 구겨지면서 강변으로부터 회색 기류가 기어온다. 바람이 분 것 같지 않은데 나뭇잎들이 흔들리고 새들은 동쪽 숲을 향해 날아간다. 와글거리던 장바닥이 멈칫해지는 것 같다. 다시 와글대기 시작한다. 먹구름이 먼 곳에서 옮겨오는 하늘을 쳐다보던 물감장수, 엉거주춤 앉아서 곰방대를 물고 있던 포립(布笠) 쓴 물감장수는 걸레같이 낡고 보풀이 난 한지 물감주머니를 재빨리 거둬들인다. 빨아도 연기가 나지 않는 곰방대를 입에 문 채 서둔다. 서울 자식 놈 찾아갈라누마, 누구든지 몽땅 사기만 하믄 수 터질 기요! 떠리미, 떠리미요! 외치던 늙은 방물장수도 펴놓은 전을 주섬주섬 거둬 넣는다. 포목, 건어, 약초, 지물, 모든 난전은 짐을 걷는다. 떡장수는 떡시루를 싸전 처마 밑으로 옮겨놓고 봉기는 입을 닦으며 부시시 일어섰다. 장바닥에 소나기가 쏟아진다. 거미 알같이 장꾼들이 흩어진다. 평산은 벌떡 일어섰으나 잠이 아직 덜 깬 사람 모양으로 주막에 들어갈 생각은 못한 채 처마 밑으로 다가선다.

"허 참, 한줄기 자알하는구먼."

들으란 듯했으나 평산의 말에 맞장구치는 사람은 없었다. 연방 처마 밑으로 뛰어오고, 주머니 속이 넉넉한 사람은 주막으로 들어간다.

"어이쿠!"

영팔이 망태를 안고 뛰어들었다. 평산과 눈이 마주치자 오히려 죄지은 사람같이 그는 평산의 눈에서 도망을 쳤다. 목이 아플 만큼 얼굴을 비틀며 외면한 영팔의 목덜미가 벌겋게 되어간다. 뒤늦게 노여움이 치밀었던 모양이다. 막딸네가 코피를 쏟던 광경이 눈앞에 떠올랐고 보리짚단에 피묻은 손을 닦고 으름장을 놓으며 나가던 평산이 아무 탈 없이 천벌도 받지 않고 장바닥에 서 있다니 싶어서 분했던 모양이다.

"젠장 노망이 들었나? 철 늦게 무신 놈의 소내기고."

구시렁거리며 한돌이 들어섰다. 맨상투에서 물방울이 뚝뚝 떨어진다.

"허, 한줄기 자알하는구먼."

평산이 한돌에게 곁눈질을 한다. 한돌이는 이미 평산이 거기 있는 줄 알고 거들떠보지 않았다. 침을 뱉는다.

"아무 짝에도 쓸모없는 비지 머."

"지나가는 소내기니께."

영팔이랑 저희끼리 말을 주고받는다. 평산은 입술을 쑥 내

밀며 머쓱해서 퍼붓는 빗줄기를 바라본다. 거미 알같이 흩어
지던 장바닥 모양으로 이번에는 하늘이 분주히 움직이며 용
트림을 하더니 찢겨지는 구름 사이에 푸른빛이 나돌기 시작
했다. 검은 기류 대신 물방울을 안은 광선이 강 쪽에서 달려
온다. 날씨가 활짝 개었다. 다시 장이 섰다. 장꾼들이 와글거
리고 팔려온 돼지가 꿀꿀거리고 닭장에서 비어져나간 장닭
한 마리가 볏을 세우며 달아난다.

그럭저럭 파장이 되었다. 파장 무렵에 평산은 강포수를 만
났다.

"신색이 말 아니구마요."

"집 나온 지가 오래여서. 오늘쯤 슬슬 가볼까? 아니 자네
꼴은 왜 그런가? 눈두덩이 푹 꺼지고 눈알까지 허옇네그려."

"머……"

강포수는 큼직한 갈구리 같은 손으로 얼굴을 문지른다.

"산 생각이 나서 그러나?"

"머…… 그것도 아니고."

"최치수한테 어지간히 들볶이는가 보군."

"아, 아아니오."

"그럼?"

"머 사는 기이……."

강포수는 먼 산을 본다.

"술이나 하자."

118

"가야제요. 해가 다 넘었구마요."

"해가 넘었으면 넘었지. 밤새 돌아가면 될 거 아닌가."

"안 됩니다, 하 답답해서 나와봤더마는 속 시원한 일도 없고, 가야제요."

"아따, 방구석에 꿀단지 묻어놨나?"

강포수는 움찔하며 평산을 본다.

"그라믄 나는 먼지 갑니다. 뒤 오소."

"함께 가세. 나도 가려네. 강포수!"

가다가 강포수는 돌아본다.

"좀 기다리면 나릿선이 올 게야."

"싫구마요. 걸어갈라누마요."

"허 참."

뚜벅뚜벅 걸어가는 강포수를 할 수 없이 평산이 따랐다.

"요새 마을 형편은 어떻던가?"

"마을 일을 알아야제요."

붉은 노을을 받으며 마치 저승길이라도 가는 것처럼 두 사나이는 말없이 간다. 백사장이 놀에 타고 있었다. 키 큰 버드나무, 강물도 놀에 출렁이고 있었다.

"언제쯤 산에 간다 하던가?"

"머요?"

강포수는 되물었다.

"최치수 말일세. 언제 산에 간다 하던가?"

"추석 전에 떠난다 하시더마요."

"그래? ……서울 그 양반도 철포 쏘는 연습을 많이 했었나?"

"뭘요……. 생각 없는갑더마요."

"또 오겠지?"

"모르겠소. 삼수 말이,"

하다가 제 생각에 빠져서 그만둔다.

"삼수 말이?"

다그쳐 묻자,

"야?"

"허 참, 삼수 말이 어쨌단 거야?"

"아, 그 양반이 이제는 다시 못 내리올 기라고 그라던가? 머 사신을 따라 일본 간다 카던가 대국으로 간다 카던가. 모르겠소, 귀담아 안 들었인께."

"그래?……."

평산은 별안간 허허헛 허허 하며 헛웃음을 웃는다.

"……?"

"강포수, 자네 장가들고 싶어서 뇌심하는 거지?"

"장가는 머……."

말에 탄력이 생긴다.

"허허헛 장가들게. 뭐가 그리 어려운가."

"어, 어렵잖겠다 그 말씸이오?"

"아암."

"하, 하기사 지도 불쌍한 신세고 내 나이 많기는 하지마는…… 아직은 힘은 장사요. 뼈가 가리가 되게, 내 사람 되기만 하믄 고생 안 시킬 거니께요."

"아암 암, 그렇고말고."

"짐승을 쫓아댕길 때는 그런 생각 안 했는데, 한 분도 그런 생각 안 했는데 사람으 한평생이 잠깐인데……."

하며 하늘을 올려다본다.

"사람 사는 곳에 오니까 그런 게지."

평산은 한곳으로 눈빛을 모으며 강포수에게 건성으로 대꾸한다.

"그런가 배요. 마을에서 저녁 짓는 연기가 피어오르믄 우짠지 가심이 뭉클뭉클하고 남겉이 살아야겠는데 하는 생각이 나고."

"어려울 것 없다. 자네 맘묵기 탓이다. 당장에라도 살림 차리면 될 거 아닌가."

"당장에라도?"

"그럼, 어디 과부나 소박데길."

"머라꼬요!"

"그럼, 다 늙어빠진 게 새장가?"

강포수 풀이 푹 죽는다.

"소나아사 머…… 아즉 마흔, 갓 마흔이믄…… 못할 것도 없겠지요."

"기가 막혀서…… 하하핫…… 핫, 하긴 못할 것도 없지. 어디 다리 밑에 가서 거지 계집애 하나 데려와서 머리 얹으면 되겠구나, 하하핫핫."

"사람 괄시 마소!"

"하하핫핫…… 핫……."

"사람으 괄시 그리 마소! 나도 맘만 잡으믄 돈 있소! 남우 집에 매인 종놈도 아니고 하늘만 치다보믄서 보, 보리죽 묵는 농사꾼도 아니오! 이 천지에서 가, 강포수라 카믄 애새끼들도 알아묵는 며, 명포수요! 호랑이를 잡으믄 호피값이 얼맨지 아요? 곰을 잡으믄 웅담값이 얼맨지 아요? 종놈, 농사꾼하고는 다르다 말이오! 소나아 나이 사십이믄 한창, 한창 나이라 말이오!"

강포수는 중매장이를 설득하려는 듯 주먹을 불끈불끈 쥐며 열심히 울부짖듯이 말했다.

"사램이란 심덕이 중한 기요! 이 내 강포수 심덕만은 백옥 겉소!"

제 가슴에 주먹질을 하며 눈물 탓인지 울분 탓인지 강포수는 눈이 벌게져서 떠들었다.

"그래그래 그렇고말고. 꽃 같은 처녀 하나 따오지. 그럼 내 상객 갈 게니 오십이면 어떻고 육십이면 어때? 사내한테 나이가 있나?"

평산은 킬킬대며 대꾸했다.

강포수는 떠들다가 다시 풀이 죽는다. 묵묵히 걷는다. 사방이 어둠에 싸인 것도 모르고 걷는다.

평산은 칠성이를 앞장세우리라 결정을 내린다.

'싸움에 있어 방패는 없는 것보다 있는 편이 낫다.'

밤이 저물어서 마을에 닿은 그들은 주막에 들러 술 한잔 나눌 염도 없이 갈림길에서 헤어졌다.


# 12장 자수당(子授堂)의 정사(情事)


잡풀마저 누릇누릇하게 뜬 고추밭은 김을 매지 않았을 뿐아니라 거름도 먹인 적이 없었던지 자갈이 더 많은 박토였다. 살찐 땅에 비해 가뭄 살이 쉬이 들고 불을 놓으면 확 타버릴 것같이 보인다. 그런 속에 가냘픈 열매가 매달려 있다. 빨갛게 익어서, 굵거지 열매만큼 조그마한 것이 잡풀 사이에서 아른거린다. 열여섯쯤 보이는 어린댁네와 서른을 넘어서 중간으로 접어든 부인이 베수건을 내려쓰고 남의 눈을 피하듯 고추를 따고 있었다.

김진사댁의 두 청상, 시어머니와 며느리다. 고추를 따는 손이 어설프고 수건 밑의 얼굴은 해쓱하며 창백하다. 밭둑길을 지나가던 평산이 여인들을 보자 멈추며,

"산 사람은 먹어야지요."

한마디 하고 다시 걷는다. 비꼬는 것도 아니며 애연해하는 투도 아니다. 두 여인은 더욱더 피하는 기색을 보이며 몸을 움츠린다. 산자락에 이어진 콩밭에서 꿩 우는 소리가 들려온다. 시어머니는 눈에 티라도 든 것처럼 옷고름으로 눈을 닦는다. 지난해 아들을 열병에 잃고 과부가 된 철부지 며느리를 데리고 고추밭에 나온 김진사댁 부인은 선비집의 가난을 으레 그러려니 살아왔고 엄격한 법도는 오랜 습관으로 거의 생리가 되다시피, 외간 남자가 말을 걸어왔다는 것은 더없는 수치로밖에 생각할 수 없었던 것이다. 그냥 못 본 척 지나가버릴 일이지, 평산이 제 딴에는,

'다 세상 잘못 만난 탓이지요. 뼈대 있는 집안의 마님과 아씨가 흙 만지지 않고 못 살아가는 세상이니 말입니다.'

제 마누라의 노동은 당연한 일로 치부하면서 이들 고부간의 밭일을 딱하게 여겼었는지 모른다. 그러나 김진사댁 부인은 수모를 당하였다는 설움도 설움이려니와 부끄러움이 더하였다. 평산의 지나가는 말은 빈정거림으로 들리었다. 남편을 따라 죽지 못한 여자, 후사를 위해 살아남았노라고. 그러나 남편을 따라 죽지 못한 이유인 아들은 죽었다. 아들을 따라 죽지 못한 어미, 가문이 끊기고 살아 있을 아무런 구실이 없건만 박복한 생을 잇고자 밭에 나온 자기 모습을 평산이 조롱한 것같이 느껴졌던 것이다.

'산 사람은 먹어야지요.'

듣기에 따라서 그렇게 들을 수도 있었다.

"아가, 그만 들어가자. 고추는 내일 따기로 하고."

영문 모르는 며느리는 앞서가는 시어머니의 뒤를 따른다. 규모는 최참판 댁에 비할 것이 못 되지만 격식은 갖춘 기와집, 그러나 지금은 퇴락하여 돌담이 무너진 솟을대문으로 두 여인은 들어간다.

"왜 모두들 그리 단명한지 모르겠다."

논둑 옆에, 장구벌레가 노는 도랑을 따라가며 평산은 혼자 중얼거린다. 그의 첫아들도 죽지 않고 자랐더라면 벌써 며느리를 보았을지 모른다. 농촌에서는 누구 할 것 없이 아이들을 많이 낳았고 또 많이 잃었다. 바위 틈새에 자라난 여윈 소나무에 보다 많은 솔방울이 매달리는 것처럼 그렇게들 많이 낳은 자식들 중에 한두 명이라도 남아 절손이 되지 않는다면 다행으로 생각하는 농민들이었다. 마마에 죽고 홍역에 죽고 열병에 죽고, 거적에 말아 산에 갖다 버리면 또 잊어야 하고 잊어진다. 칠성이네 삽짝 앞에까지 간 평산은 걸음을 멈추었다.

"왜 모두들 그리 단명한지 모르겠다."

아까 한 말을 다시 중얼거려본다. 울타리 너머 우묵한 초가지붕, 푸르스름한 박이 무겁게 기대인 지붕을 평산은 막연한 눈빛으로 올려다본다.

"흥부와 놀부란 놈이……."

하다가 발끝으로 눈을 내린다. 미투리 한 귀퉁이 터져서 버선

발이 비어져 나와 있었다.

"제에기릴! 칠성이!"

고함치듯 부르며 여느 때와는 달리 마당으로 성큼 들어선다.

"야!"

헛간 앞에 퍼질러 앉아 연장을 고치고 있던 칠성이 벌떡 일어났다. 아는 듯 모르는 듯 살며시 불러내던 평소의 습관과 다르기 때문에 놀란 눈치다.

"바쁜가?"

"머 바쁠 거는 없지마는."

힐끗 쳐다본다. 새까맣게 탄 얼굴이 번들거렸다.

"음 그래?"

집 안을 살피듯 평산은 시선을 옮긴다.

"여핀네가 고뿔이 들어서 방에 처자빠져 있구마요."

행여 조심해야 할 말을 비칠까 봐 칠성이는 얼른 알리듯 말했다.

"흥, 개만 못하군. 하기야 여름은 다 갔다마는."

엄지손가락으로 코끝을 튀긴다.

"그러기 말입니다. 할 일을 태산 겉이 두고 대낮부터 처자빠져 있인께. 천하절색 양귀비도 아니겠고."

"어때? 금년 자네 농사는."

"그저 그렇지요."

엉거주춤 말한다.

"곡식 말이나 빌릴까 싶어서."

"야?"

단박 얼굴에 경계하는 빛이 돈다.

"자네 나하고의 정리를 생각해서라도 그거야 어떻게 안 되겠는가?"

"그, 그거는…… 고, 곡식이야 아직 들판에 누워 있인께요."

허둥지둥 말하는데 평산은 칠성이를 향해 한 눈을 찡긋 감아 보이고 방 쪽으로 고갯짓을 한다.

"……?"

"곡식이 들판에 누워 있는 걸 누가 모르나?"

미미하게 웃는다.

'네 이놈! 배은망덕한 놈이로고. 까짓 곡식 한 말 못 내놓을 거는 뭐 있누. 그간에 들인 밑천도 밑천이려니와 함께 일을 꾸미기로 작정한 네놈이 곡식 한 말을 아껴? 내 비록 혀는 짧아도 침은 길게 뱉느니 네깟 놈한테 곡식 빌리려 왔을까.'

미미한 웃음은 큰 비웃음으로 변했다. 칠성이는 갈팡질팡하다가 풀이 죽는다.

"곡식이야 머…… 넉넉할 리가 있겠습니까마는 어려우시믄."

평산은 바싹 다가섰다.

"나중에 눈치채지 않게 주막으로 나오게나."

나직이 소곤거렸다. 무안하여 대답을 못하고 칠성이 씩 웃는다.

"어렵다면 그만두게. 나 그럴 줄은 알았다만 세상인심 볼 만하군."

큰소리로 내뱉고,

"에헴! 흠."

평산은 기침을 하며 나간다. 나가자 방문을 열고 임이네가 내다본다.

"그 양반 와 오는 기요!"

"내가 아나, 와 오는가?"

칠성이는 손보던 연장을 들었다 놨다 하며 마음이 잡히지 않는 눈치다.

"내가 안 들은 줄 알고 그러요?"

"멋을?"

"흥, 그 양반 신세도 영 망조구마. 없는 내 집구석에 와서 양식 빌리달라꼬요?"

"안 빌리주믄 고만 아니가."

"그러기 내가 머라 캅디까. 따라댕기지 마라 안 캅디까. 흥, 언제부텀 그 양반 처자 굶는 거를 알았던고? 말이 좋아 불로초다. 보나 마나 뻔하지. 노름 밑천이 떨어져서 그럴 기요. 돈은 없일 성싶고 그런께 곡식이나 알가낼라꼬. 우리는 흙 파다 묵고살라 카는가?"

임이네는 흐르는 콧물을 닦는다.

"그러매, 싱거운 사람 다 봤지. 쌀을 말하는가 보리를 말하는가 모르겠다마는 곡식 한 말이 뉘 집 아아 이름이건데?"

"그람서 머 때문에 상종하는 거요."

그 말 대답은 없이,

"세상인심이 우떻다고? 나올 데 없는 사람한테 곡식을 빌리주까? 우리는 그라믄 솥 씻어놓고 앉아 있으라고?"

들뜨는 마음을, 마음에 없는 말을 지껄이면서 가라앉는다.

"내 참, 기가 맥히서, 그럼서 와, 와 그런 말은 했소. 응? 어려우시믄? 우짜고 안 했소!"

"공것도 많이 얻어묵었는데 아 밑천 안 든 말을 애끼쌓을 거 머 있노. 애낄 거는 내 곡식이고."

"듣기 싫소. 딱 잘라서 와 말 못하요. 되로 받고 말로 갚을라꼬?"

"제집년이 와 이 지랄을 하노! 보자 보자 카니께 간뎅이가 부어서, 시부릴 기력 있거든 나와서 일이나 해! 처자빠져서 조둥이만 까지 말고. 제기 화통이 터져서 나도 모르겠다!"

칠성이 고치던 연장을 내팽개치고 삽짝 밖으로 획 나가버린다. 신열이 나서 얼굴이 벌게진 임이네는 콧물을 줄줄 흘리며 자리에 눕는다.

'태산걸이 일을 두고 내가 이리 누워 있이믄 안 될 긴데. 빌어묵을, 정신을 채릴 수가 있이야제. 약이라도 한 첩 지어다

주었이믄 묵고 일어날 긴데, 어디 평생 아프다고 누워 있으란 말 한마디 하며 걱정 한 분 할까. 도칙이 겉은 인사, 나도 이녁한테 손톱만치 정도 없지마는…… 참말이지 서글프고 가스럽다.'

온종일 어미가 누워 있어 양껏 젖을 먹은 아이는 저만큼 나동그라져 자고 있다.

'내 팔자 기박해서 뜻 맞는 사람 못 만내고…… 내가 생가시나(숫처녀)였다믄 저런 인사한테 시집왔이까. 이웃에 소문만 안 났어도…… 친정이라고 별 바르게 가보지도 못하고 죽으나사나 일구덕에 매이서 이야(이것이다) 싶은 일 없이 내 청춘이 가는고나.'

누워서 한탄을 하는데,

"옴마! 떡 가지고 왔다! 영만이 집에서 떡 가지고 왔다!"

임이가 소리를 질렀다.

"떡을 가지고 와?"

임이네는 밀려내려간 허릿말을 추켜올리며 마루에 나온다.

"옴마, 떡! 떡!"

하며 세 살배기 사내아이도 넘어질 듯 임이 옷자락을 잡으며 쫓아온다. 선이는 함지를 마루에 내려놓고 빙긋이 웃는다.

"무신 떡고?"

"할매 생일이라꼬 조맨 했소."

"우리는 갈라 묵는 것도 없는데, 아이구 골이야."

임이네는 마루 선반에서 대바구니를 내린다.

"어디 아픕니까."

"개주무린(고뿔인)가 배. 예사로 여겼더마는 영 갱신을 못하겄다."

떡을 바구니에 옮겨 선반에 올려놓자 마루끝에 바싹 붙어서서 떡을 노려보며 떨어진 팥고물을 주워 먹던 사내아이가,

"히잉!"

하고 칭얼거린다. 임이도 손가락을 입에 물고,

"옴마아!"

어미 얼굴을 빤히 쳐다본다.

"아부지 어디 갔노?"

"몰라아…… 아까 나가던데."

"아부지 오거든 묵자."

"히잉 히잉."

사내아이는 떡바구니만 올려다본다.

"오매가 욕봤구나. 아이구 머리야. 골을 패는 거 겉구나. 오매보고 잘 묵겄다 캐라."

함지를 받아 인 선이는,

"머를요. 그라믄 조리 잘하이소."

말이 많지는 않으나 인사성 바르게 하고 선이는 삽짝을 나갔다. 풀발이 선 검정 무명 치마의 허릿말이 가느스름했다. 해거름에 다소 술기 돈 얼굴로 칠성이 돌아왔다.

"어디 갔다 인지 오요."

임이네 눈꼬리는 까끄름했다.

"가악중(별안간)에 참견은 무신 참견고, 제집년 말이 많으믄 그 집구석은 볼장 다 보는 기다."

했으나 기분은 과히 나쁘지 않았고 임이네 비위라도 맞추어 주고 싶은 기색이다.

"아이구 골치야. 골을 패는 거 겉네. 구신이 들었나 와 이렇노. 어서 저녁이나 드소. 기어감서 밥은 했인께."

임이네는 치맛자락을 걷어 코를 푼다. 칠성이는 얼굴을 씻는다.

"저녁에 무신 세수요?"

"땀이 나서 씻는다."

세수를 끝낸 칠성이는 머리에 감은 수건을 풀어 얼굴을 닦고 손도 깨끗이 닦는다.

"옴마, 떡!"

하고 임이는 밥상을 들고 나오는 제 어미에게 턱을 주억거리며 말했다.

"제집년이 밤세수하믄 그거는 알아볼 조지마는."

칠성이 중얼거렸다. 제 변명이겠으나 임이네는 힐끔 칠성이 눈치를 살핀다. 강청댁이 쓸데없는 말을 지껄이며 다니는 것을 알고 있는 만큼 혹 그 말이 귀에 들어가지 않았나 싶었던 것이다.

'무신 징거가 있노. 징거라도 있었이믄 차라리 좋겄다.'

"옴마아, 떡!"

임이가 또 말했다.

"떡 떡 하는데 무신 떡고?"

"아아, 아까 두만네 집에서 두만할매 생신이라꼬 떡을 가지 왔더마요."

"인심 좋구나. 하로 묵고 안 살라 카나? 아즉 나락은 논에 있는데 떡이라니."

"인심 쓰는 기지요. 땅 가질 신세가 됐는데 떡만 하겄소."

"하기는 주는 거라믄 마다할 내가 아닌께."

밥상을 남편 앞에 갖다 놓고,

"떡 먼지 잡수실라요?"

"밥은 밤낮 묵는 밥이고 떡부터 묵어보지."

아이들이 엉덩이를 들썩인다.

"새끼들이 떡 돌라고 우찌 지랄을 하던지."

했으나 칠성이는 먼저 주지 그랬느냐는 말은 하지 않는다. 말 없이 돼지처럼 먹는다. 아이들은 급하게 먹다가 목이 메어 숨을 모아 쉬고 눈물까지 글썽였으나 먹는 것만은 멈추지 않았다. 임이네 역시 콧물을 닦아가며 부지런히 씹어 삼킨다. 네 식구 먹을 만큼 보내온 떡을 제가끔 흉년 만난 들쥐처럼, 굶주린 이리 가족처럼 으르렁대기라도 할 듯이, 조금이라도 제 입에만 많이 넣으려고 경쟁이다.

"아따! 아프느니 죽겠느니 하더마는 잘도 처묵는다. 배 속에 섬[俵]을 찼나?"

칠성이 눈을 부라린다.

"아프다 캐서 약 사주었십디까. 안 묵고 우짤 기요."

"그라믄 아프다 소리나 말지. 어구로 처묵는다."

"죽을 병을 실었다믄…… 오장이 성한데 굶으까! 아프니 어디 약 한 첩을 지어주까."

하고 눈을 흘긴다.

"약 살 돈이 어디 있노."

"초상 치는 데는 돈 안 드까."

한동안 말이 끊어지고 네 식구 먹는 소리뿐이다.

"떡이 있이믄 저녁밥은 그만둘 일이지. 간뎅이가 커서 살림 망해 묵기 십상이다."

칠성이 또 눈을 부릅떴다.

"떡은 떡이고 밥은 밥이지."

"뉘 앞에서 건중건중 악다구니고! 아가리 찢을라!"

"저녁 안 해놨이믄 또 처자빠져서 저녁 굶긴다고 얄리(난리) 베락할 기믄서."

"살림을 이리 헤피 살아서는 집구석 망한다. 남으 집의 제집들은 하늘 아래 제 가장밖에 없는 줄 아는데 네년은 대체 서방을 멀로 아노, 응? 낯신(낯선) 음식이 있이믄 독에 넣어두었다가 내일 다시 줄 생각은 않고 입에 맞는다고 배가 터지게 앉은자리에서 처묵어 없앨라 카이."

"홍, 엽전에 씨(구더기) 슬겄소. 그만두소! 안 묵을 긴께."

공연한 트집을 부리더니 칠성이는 떡 먹은 뒤 밥 한 그릇도
뚝딱 먹어치웠다.

"어, 배부르다."

배를 슬슬 만지며 상 앞에서 나앉는다.

"어, 배부르다. 숭늉은 안 줄 것가."

임이네는 상을 들고 나가더니 숭늉 한 그릇을 칠성이 앞에
떠다 놓고 한기가 든다면서 이불을 쓰고 누워버린다.

'빌어묵을 제집년, 어구로 처묵으믄서, 아프기는, 내일 아침
에도 안 일어났다만 봐라, 방구들을 파부릴 기니.'

담배 한 대를 붙여 물고 등잔에 불을 켜놓고 많이 먹어서 색
색거리는 아이들을 한 번 노려보고 나서 그는 생각에 잠긴다.

'그 양반 여니 때겉이 불러내믄 될 긴데 와 곡식 빌리달라는
말은 했일꼬? 내 마음 떠보노라 그랬나? 여편네한테 속임수
쓰노라고 그런 거 맨치로 그러기는 하더라마는 머 그래쌀 것
도 없일 긴데······.'

사방이 어두워진다. 짙게 어두워졌다. 방문에서 비쳐나간
밝음을 보고 송충 나방들이 문살에 몸을 부딪쳐오곤 한다. 아
이들은 어느새 쓰러져 잠이 들고 임이네 코 고는 소리도 간혹
들려왔다.

'만약에 제집애나 나믄 다 허사 아니가. 그래도 그 양반 그

135

말 듣고 아무 대꾸 안 하는데 무신 꿍꿍이속인지 내사 모르겠다. 기왕에 함께 하는 일, 속 씨원하게 털어주믄 좋을 긴데. 흥, 내가 예사 능구렝이라꼬? 일만 성사되고 보믄 씨 임자가 제일이지. 아암 제일이고말고. 씨 도둑질은 못하는 법이니께.'

칠성이는 등잔불을 쳐다보며 빙그레 웃는다. 기름을 먹인 듯 검게 탄 얼굴에 윤이 흐른다. 숲에서 밤꾀꼬리의 울음소리가 청아하게 들려온다. 밤은 제법 깊어진 모양이었다.

"어, 갈증 난다."

칠성이는 방문을 열고 밖으로 나온다. 한낮의 열이 어느새 다 식어버리고 썰렁한 야기(夜氣)가 가슴에 와닿는다. 부엌 물독에서 냉수 한 그릇을 떠내어 벌떡벌떡 들이켠 칠성이는 집 안뜰 안을 서성거리는 척하다가 방 안에서 아무 기척이 없자 살며시 삽짝을 빠져나간다. 집 울타리를 지나고 김진사댁 고추밭을 지나고 최참판댁과 반대 방향의 산기슭으로 접어들면서부터 칠성이의 걸음은 빨라진다. 뒤켠에서 당산을 거슬러 올라 다시 내리막길로 들어서서 삼신당에 이르는 돌다리까지 왔을 때 그곳에 평산이 웅크리고 앉아 있었다. 그는 아무 말 없이 삼신당 쪽을 가리키며 어서 가라는 듯 손짓을 했다. 종마(種馬)같이 정한한 칠성이의 뒷모습을 지켜보며 평산은 그들, 귀녀와의 정사(情事) 아니 동사(同事)를 위해 밤이슬을 맞으며 소쩍새와 밤꾀꼬리의 울음을 들으며 파수꾼이 되어야 하는 것이다.

삼신당 앞에 갔을 때 귀녀는 먼저 와서 기다리고 있었다. 어둠 속에서, 서로 말없이 어둠에 가려진 서로를 지켜본다. 오는 길에 평산이를 만났느냐고 귀녀 쪽에서 먼저 물었다. 칠성이는 만났노라고 대꾸한다.

"다짐을 두어야겠소."

"멋을?"

"나는 새도 모르게 그럴 수 있소?"

"그럴 수 있지러. 안 그러믄 내가 여기 왜 왔일꼬?"

"그러믄 됐소."

"귀녀나 조심해야 될 기구마. 여자는 입이 헤프니께."

"흐음…… 거기 일이오? 내 일이지."

씹어뱉는다.

"누가 올라. 저기 어서 들어가자."

칠성이는 서둔다.

"오기는 누가 올꼬? 이 밤에."

"이마빡에 피도 안 마른 것들이 매구[墓鬼] 겉은 년들 끌고 와서."

"그러니 그 양반을 파수 보게 했지."

귀녀는 타박을 준다. 말씨도 반말 비슷하다.

'이기이? 풀 세구나. 누가 제년 몸뚱이 탐나서 온 줄 아나?'

귀녀가 먼저 삼신당으로 들어갔다. 귀녀는 부싯돌을 부벼, 들고 온 초에 불을 붙였다. 칠성이 질겁을 한다.

"부, 불은!"

불을 끄려는 듯 팔을 들었으나 귀녀는 말없이 몸으로 막아선다. 삼신당 안에 모셔놓은 동자불(미륵불) 앞에 초를 세운다. 귀녀 머리칼은 물에 젖어 있었다. 개울에서 목욕을 했던 것이다.

여느 때같이 소리 내지 않고 입 속으로 중얼거리며 귀녀는 수없이, 수없이 머리를 조아린다. 칠성이는 구석지에 꼭 처박혀 감히 동자불(童子佛)을 쳐다보지 못하고 두려움 때문에 눈을 크게 벌리고 있었다. 눈동자에 불빛이 흔들리고 있었다. 석가모니는 삼천 년 후 자기 뒤에 올 미륵불이 세상을 지배할 것이라고 말씀하셨다. 무후를 두려워한 사람들은 미래에 올 미륵불은 전지전능의 부처로서 특히 자수신(子授神)으로 영험이 있다는 것을 믿고 신앙하였다. 따라서 삼신당의 신체(神體)는 동자미륵. 신심이 없으면서 칠성이는 부처가 두려웠다. 촛불을 받으며 무수히 머리를 조아리는 귀녀의 옆모습은 처절하고 아름다웠다. 칠성이는 그 얼굴이 두려웠다. 몸에서 힘이 빠져나가는 것 같았고 달려들어 초를 넘어뜨리고 싶었다. 그러나 옴짝할 수 없다. 이윽고 귀녀는 나긋한 손을 들어 마치 바람에 날리는 꽃잎같이 촛불을 껐다. 칠성이 입에서 깊고 긴 숨결이 토해졌다. 그는 씨름판에 나간 장사같이 귀녀의 주변을 맴돌듯 몸을 움직이었다. 처녀는, 그렇다, 처녀는 신성한 처녀성을 한 사나이에게 바치기 위하여 목욕재계를 했던 것이 아니다. 그는 자수당 미륵불에게 뜨거운 소망을 기원하

기 위하여. 음란도 이 여자에게는 죄가 아니었다. 거짓도 이
여자에게는 죄가 아니었다. 살인도 이 여자에게는 죄가 아니
었다. 오로지 소망을 들어달라는 다짐만이 간절했을 뿐이다.
신은 이 여자에게는 악도 선도 아니었다. 오로지 소망을 풀어
줄 수 있는 능력, 영험이 있느냐 없느냐가 중한 일이었을 뿐
이다. 씨름판의 장사같이 맴을 돌던 칠성이는 재빨리 허리끈
을 풀고 귀녀에게 덤벼들었다. 여자는 아무 저항 없이, 수없
이 머리를 조아리던 행위의 연장인 것같이 남자를 받아들였
다. 최초의 고통을 여자는 개울물을 끼얹었을 때 느꼈던 짜릿
하고 오소소 떨리었던 그 고통의 연속인 양 받아들였다.

　사나이의 신음 소리와 무게를 먼 꿈속의 일인 양 귀녀는 동
자불을 눈앞에 그리며 기원을 입 속에서 뇌고 있었다.

　사나이의 몸이 아래로 미끄러져 내려갔을 때 귀녀는 비로소
사나이의 체취를 코 가에 느끼었다. 역한 냄새였다. 그리고 제
몸이 사나이의 땀으로 함빡 젖어 있었던 것을 깨닫는다.

　칠성이는 허둥지둥 옷을 주워 입고 왜 그렇게 힘이 들었는
지 모르겠다는 생각을 한다.


## 13장 꿈


"어딜 다녀오시오?"

길가에 쭈그려 앉아서 여물이 들기 시작한 벼를 바라보고 있던 김훈장은 입에 문 장죽을 뽑아들고 일어서며 인사 삼아 물었다.

"예. 좀⋯⋯."

어정쩡하게 말을 맺지 못하더니 오던 길(화개 쪽)을 한 번 돌아보고 문의원은 나귀를 멈추게 했다. 나귀에서 내린 그는 하인한테 이른다, 먼저 최참판댁에 가서 기다리라고. 얼굴을 돌려 들판을 바라보는데 햇빛이 부셨던지 문의원의 눈이 반쯤 감겨진다. 흰 수염과 검정 갓 사이에 푸른 하늘과 구름이 지나간다.

"평작은 되겠구먼요."

"예, 이럭저럭 평작이야."

대답하는 김훈장은 가뭄에 비를 만난 듯이 기쁜 빛을 띤다.

"듣자니까 송정께서는 김진사댁 농사까지 지으신다니, 수고가 많겠소."

"글쎄 뭐, 마을 젊은 사람들이 도와주니 혼자 힘이랄 순 없지요."

"여하튼 고마운 일이오."

"집안일 아니겠소? 치사는 젊은 사람들이 받아야지요."

문의원은 다소 성이 난 김훈장의 얼굴을 힐끔 쳐다본다.

"좀 쉬어가시겠소?"

이내 부드러워져서 김훈장은 권하듯이 물었다.

"예. 그러지요."

이들은 나란히 들판을 보며 걸음을 옮긴다. 이십 세 넘게 연령의 차가 있었지만 보기에 엇비슷했고, 동저고리 바람의 김훈장은 반백 머리 위에 올려진 탕건과 손에 든 긴 담뱃대가 간신히 그의 신분을 나타냈을 뿐 막일에 찌들고 폭삭 늙어버린 모습은 어느 마을에서나 흔히 마주치게 되는 농사꾼, 그 모습이다. 반대로 깨끗하게, 학같이 슬기롭게 늙었으며 아직 정정한 문의원은 선비치고도 대쪽 같은 성품으로 보이니 김훈장의 체신이 말이 아니다. 그러나 족보를 목숨보다 중히 여기며 신분의 구별에는 철갑같이 양보가 없는 김훈장이지만 문의원에게는 거듭거듭 존경하는 마음으로 대해왔으므로 중인인 그가 대쪽같은 선비로 보인대서, 엄연한 양반인 자신이 농사꾼 늙은이로 보인대서 조금치의 불평도 없다.

사랑에 마주 앉은 그들은 딸아이가 마련해온 술상 앞에서 술잔을 나누었다. 본시 술을 좋아하지 않는 문의원은 한 잔 술에 눈앞이 어지러워진 것 같았다. 소금에만 절여서 짜고 시꺼멓게 된 갓김치를 집어먹고 입맛을 다신다.

"세상일이 어찌 되어갑니까?"

조준구가 서울로 떠난 뒤 시태 얘기에 굶주렸던 김훈장은 성급히 허두를 열었다. 문의원은 김훈장보다 발씨가 넓어 가끔 서울서 일어난 일들을 얘기해주곤 했었다.

"한결같은 모양이오."

내키지 않아하며 대답했다. 문의원의 얼굴은 평소와 달리 어두웠다. 죽음이 임박한 병자의 맥을 짚고 돌아오는, 그러한 날의 곤두선 신경 같은 것이 느껴진다.

"허허어…… 음."

"……."

"마목이지요, 마목."

한탄하며 김훈장은 말을 이었다.

"김홍륙이 역모가 있은 후, 노국 세력이 한물간 모양인데 대신 왜놈들이 다시 고개를 쳐든다 하지 않소. 부산에 나가면 온통 왜나막신 소리뿐이고 게다가 그놈의 나라 재상을 지냈다는 자는 또 무슨 낯짝 하고서 서울에 왔다지요?"

"……."

"목을 쳐 죽일 놈들."

"일개 역관인 김홍륙의 진독 사건쯤……."

"……."

불안하게 일그러지는 김훈장의 얼굴을 힐끗 쳐다본 문의원은 다시,

"요즈음 조정에서는 다반사 같은 얘기고, 그거로써 거세당할 아라사도 아닐 게요. 일본뿐이겠소? 음식 냄새를 맡은 파리 떼가, 쫓는다고 달아나겠소. 나라에서는 지금 갖가지 권리를 갯값으로 팔고 있으니 그야말로 방매하고 있는 형편 아니오?"

"허나 다른 나라와 왜국의 형편은 다르오. 원수가 아니오?

불공대천의 원수에게 내 나라 길을 터준다 말씀이오? 그럴 수는 없소. 그럴 수는 없는 일이오."

김훈장은 부르르 떤다. 일본에 관한 말이 나오기만 하면 언제나 그는 감정에 열중하여 몸을 떨었다.

"피장파장이오."

"아니지요, 아니외다. 중전이 그놈들 손에 돌아가신 지가 몇 해가 지났소? 그뿐이겠소. 지금 방방곡곡에서 의병들은 왜 피를 흘리고 있는 것입니까."

"봉사 개천 나무랄 것 있소? 도둑이 강도로 변하는 것은 쉬운 일, 욕심을 내다보면 무슨 짓인들 못하겠소."

"허허 소야(小野) 선생도 딱하시오. 마치 불관지사 같소이다."

"……."

"도둑은 도둑, 강도는 강도요. 누구든 저지른 놈이 상대 아니겠소. 아무리 소국이라고는 하나 사직이 엄존하거늘 전쟁은 비록 못할지언정 한 나라의 국모를 시역한 원수를, 불공대천의 원수를, 음 그, 그래 서울에서 높은 벼슬자리를 올라타고 있는 양반들은 쓸개도 썩어 문드러졌단 말씀이오? 뒷배를 보아주지 못하는 것은 고사하고 그 원수 놈들과 함께 총대를 의병에게 들이대야 옳겠소? 이보다 더 분한 노릇이 어디 있단 말씀이오."

눈앞에 보이는 문의원이 마치 위정자이기나 하듯 김훈장은 질타하며 또 이를 갈며 했다.

"그러니 봉사 개천 나무랄 것 없다 하지 않았소. 문어란 놈이."

"……?"

"문어란 놈이 제 다리를 하나씩 하나씩 잘라 먹고 대가리만 남아서 먹물을 뿜어댄다고 제 몸이 보전되겠소? 머리만 가지고 안 되지요. 운신을 해야……."

"상감께 허물이 계시다 그 말씀이오?"

"상감께서도 잘하신 일은 못 되지요. 허나 잘났다는 사람들의 얘기요. 식자들 말이외다."

식자라 함은 분명 유학자들을 가리킨 말이다.

"그러면 소야 선생께서는 개화가 옳다, 그 말씀이시오?"

"나쁘다고만 할 수 없지요. 연장은 쓰기에 따라 사람을 죽일 수도 있고 사람의 수족 노릇도 할 수 있고, 약도 마찬가지로 처방에 따라서 선약도 독약도 될 수 있는 거 아니겠소. 성학(聖學)도 개화사상 못지않게 잘못 쓰이면은 고질이 되어 혈맥이 굳어지고 병든 나라가 되는 법이오."

"그렇지가 않소이다. 비상은 본시부터 사람을 해하는 것이요, 산삼녹용은 본시부터 보가 되는 것이오."

"그걸 누가 모르오? 그러니 병자에게는 의원이 있고 백성에게는 위정자가 있는 것 아니겠소."

"여하간에 나라는 개화당이 망치었소. 왜총과 왜칼 나부랑이를 얻어다가 궁궐을 짓밟고 상감을 볼모로 삼았던 일에서

부터 망하기 시작한 게요."

"이름이야 코에 걸면 코걸이 귀에 걸면 귀걸이지요. 젖비린내 나는 젊은 친구들이 정권 잡기에 바빠서 한 짓이지 어디 개화요? 개화를 양풍이다 왜풍이다 생각는 것부터가 잘못이지요. 개화라면 대포나 군함으로만 생각하기 때문에 싫어하고 무서워하는 거 아니겠소? 과연 동학군은 그놈의 대포 때문에 산산조각이 나기는 했소만."

문의원은 수염을 쓸어내린다.

"왜적에게 싸움을 선포한 동학을 기특히 여기지 않는 바는 아니나."

김훈장의 어세가 쭉 늘어졌다. 양반의 자각이 강해진 것이다. 문의원은 미묘한 웃음을 머금는다.

"오합지졸이 난을 일으켰기 때문에 남의 군대가 들어오고, 청국이 왜적에게 당하게 되고, 따라서 우리 국운도 기울게 된 그 책임을 면할 수는 없겠지요."

"식자들은 그렇게들 모두 말씀하시더구만. 문어란 놈이 제 다리를 말짱 잘라 먹고 말이오. 하기는 외인부대가 와서 궁궐을 지켰다고 했으니 아마 백성들로부터 왕실을 지켰나 보오."

김훈장 눈에 적의가 번득였다.

"그것은 소야 선생의 사사로운 감정이오. 나라의 사직을 뒤흔들려 하는 동학을 그래 조정에서 수수방관했어야 옳았다 그 말씀이오?"

"지나간 일 말하면 무엇하겠소. 일개 의생으로 나라 경영에 참여할 신분도 아니고 멀끄러미 구경하는 처지고 보면 이불 밑에서 활개 치는 고명한 선비들을 비방할 염치도 없긴 없소이다만…… 해월이 처형된 이야기는 들으셨소?"

"예, 들었소이다."

"동학은 이 나라의 마지막 힘이었소."

"오합지졸이었지요."

"식자들은 그 힘의 용도를 왜 깨닫지 못했을꼬?"

"살생과 약탈이었지요. 왜적에게 대항하겠다는 기특한 생각 말고는."

하는데 문의원이 껄껄 웃었다.

"나라 생각는 마음은 다 같은게요. 송정이나 이 사람이나…… 도처에서 이견이 분분하겠지요."

자기 생각을 결코 굽히려 하지 않는 김훈장이었으나 문의원에 대한 존경심은 따로 엄연한 것이어서 그도 구론(口論)은 그만두기로 작정했던지 싱긋이 웃었다.

"한데 화심리 장암 선생께서는 병세가 매우 위독하다는 소문이었소. 소야 선생께서 혹 자세한 병세를 아시는지요?"

"예. 연로하시니…… 어려울 것 같소."

"무슨 병으로?"

"뭐, 병명이야 알아 뭐 하겠소."

"원체 꼬장꼬장한 어른이라."

146

"꼬장꼬장한 성미 덕분에 연명이 되는 듯싶소. 참으로 학식이 아까운 사람이지요. 그 높은 학식이 무용지물이라니……."

문의원은 한탄하며 말했다.

문의원이 작별을 하고 사랑을 나서려 했을 때 김훈장은 요즘 왠지 숨이 찬다는 말을 했다.

"근심 마시오. 별일 없을 게요. 소자강기탕이나…… 누구든 읍내 나오면은…… 인편에 보내드리지요."

문의원은 느릿느릿 걸음을 옮겼다. 내키지 않는 걸음걸이다. 용이 집 앞에 이르러 그는 걸음을 멈추었다.

"울타리를 치는가?"

싸리를 엮어 울타리를 치던 용이 돌아 본다.

"어르신 오십니까?"

용이는 일손을 놓고 꾸벅 절을 했다.

"흙담은 어쩌고?"

"무너뜨렸습니다."

"왜 용마루만 갈면 그 편이 나을 텐데."

"별 할 일도 없고 해서."

"할 일이 없다니, 농사꾼이 할 일이 없다니?"

용이는 손등으로 땀을 닦아낸다.

"보아하니 자네 몸도 과히 좋잖은 것 같은데."

"아닙니다. 아픈 데는 없십니다."

"그래?"

문의원이 가고 난 뒤 용이는 한동안 우두커니 서 있다가 땅
바닥에 주질러 앉는다. 허리춤에서 곰방대를 뽑아 담배를 넣
어서 붙여 문 그는 피어오르는 담배 연기를 한정도 없이 쳐다
보고 있었다. 담배 연기를 쳐다보고 있었던 것이 아니었는지도
모른다. 얼굴은 깡마르고 새까맣게 타 있었다. 문의원에게 별
할 일이 없어 울타리를 친다고 했으나 실상 요즈음의 용이는
일에 미친 사람이 되어버렸던 것이다. 무엇이든 일거리를 찾기
만 하면 그는 침식을 잊고 골몰하였으며 눈앞에는 다른 아무
것도 보이지 않는 듯이 열중했다. 흙담을 무너뜨리고 싸리 울
타리를 치기 시작하면서 그는 희뿌윰한 밝음을 이용하여 한밤
중까지 일을 하곤 했었다. 마을에서는 사람이 달라졌느니, 혹
은 귀신이 씌었느니, 마음을 잡아 피가 나게 살림을 하느니들
하며 말들이 많았으나 마음을 잡은 탓이 아니요, 시간의 고문
에서 달아나기 위한 필사적인 싸움이었던 것이다. 강청댁은 밖
에 나가면 입에 침이 마르도록 제 남편이 얼마나 알뜰하게 집
안 처리를 하는가를, 가속을 위해 진일 마른일 혼자 도맡아서
하는가를 자랑했었지만 슬픈 허세였고 정상이 아니었다.

"흥, 언제는 제집한테 미쳐서 내 눈에 피눈물을 나게 하더
니만 이자는 일에 미쳤고나. 제집한테 미친 유가 아니고나!
이거는 머 열 첩 둔 것보다 더하네 더해!"

처음에는 밤마다 싸웠다. 다음에는 이틀 만에, 다음은 사
흘 만에, 그러구러 지쳐버린 강청댁은 열흘을 넘기고 스무 날

을 넘기고 하는 동안 어느덧 아무것도 하지 않는 아낙이 되고 말았다. 낮잠 자기 아니면 마실 갔고, 마실 가서는 그도 용이가 일에 미친 것과 마찬가지로 숨가쁘게 지껄이는가 하면 허리를 잡고 눈물을 찔끔대며 웃는 둥 들린 여자같이 요란벅적했다. 자연히 시비도 잦아질밖에, 임이네하고 대판 싸움을 하더니 막딸네가 최참판댁의 삼수하고 눈이 맞았다는 수상쩍은 말을 하여 한소동 피운 것이 그저께의 일이었다. 악담과 음담패설이 오가던 그날 싸움광경을 구경한 마을 남정네들도 처음은 재미있어 했으나 차츰 눈살을 찌푸리고 혀를 찼다. 동네가 시끄러우니 어떻게 조치를 해야잖겠느냐는 말까지 나오게 되었다.

"에에잇. 참말이제 잡것들이구마. 용이 그놈 지지리 계집복도 없다."

"사람이 용해서. 저거를 그만, 다리몽댕이 뿌질러서 방구석에 들어앉히지. 그만두나?"

싸움이 끝난 뒤 강청댁도 다소는 남부끄러운 생각이 들었던지 머리를 싸매고 누운 채 문밖출입을 하지 않았다.

곰방대를 털어서 허리춤에 꽂고 일어선 용이는 해를 가늠하듯 하늘을 한 번 쳐다보고 나서 들판에 매둔 소를 찾아 나간다. 김진사댁 고추밭을 지나 산기슭의 풀밭 가까이 갔을 때 용이네 소는 주인을 보고 음모오— 하며 울었다. 풀지게를 받쳐놓고 담배를 피우고 있던 영팔이 얼굴을 들었다.

"소 찾이러 오나."

영팔이 물었다.

"음."

"울타리를 치더고나."

"음."

"거기 좀 앉으라모. 담배 한 대 주까."

용이는 고개를 저었다.

"그리 바쁘나?"

소를 몰고 가려 하자 할 말이라도 있는 것처럼 영팔이 말했다.

"바쁠 거사 없지마는……."

"와 저녁밥 지어가지고 마누라한테 바칠라꼬?"

영팔이 시적시적 웃는다. 용이는 입맛을 다셨으나 떠나지는 않고 키 큰 버드나무가 우뚝우뚝 서 있는 둑길 쪽을 바라본다.

"용아."

"……."

"니 정말 그래가지고는 안 될 기다."

"……."

"나도 남우 가장 노릇을 한다마는 그래가지고는 안 될 기다."

"우떻게 하라 말고."

"거기 좀 앉기나 해라."

용이는 엉거주춤 풀밭에 앉는다.

"세상일이란 뜻대로 안 되는 기다."

"……"

"우리네 기찹은 농사꾼이 우찌 남보다 잘살기를 바라겄노. 그저 집안이 무탈하고 배 안 곯으믄 고만 아니가. 나도 니 마누라 행신을 보믄 아닌 말로 니가 내 동생만 됐더라도 친정에 쫓으라는 말을 했일 기다. 허나 곰곰이 생각해보믄 부모가 만내준 사람인데 우찌 갈라설 수 있겄노. 그러니 하는 말이네만 천성으로 쓰고 난 거사 인력으로 우짤 수 없다 카지마는 그래도 얼매쭘이사 사내한테 매인 기라. 알겄나?"

"지가 천성으로 쓰고 났이믄 나도 천성으로 쓰고 났인 께…… 그런다고 갈라질 생각하는 거는 아니지마는 나도 우짤 수가 없다."

용이는 손등으로 땀을 닦는다.

"와 그리 땀을 흘리노."

"모르겄다. 식은땀이."

"허해서 그렇다."

"……"

"그는 그렇고…… 남우 내외간 일을 할 말은 아닐는지 모르겄다마는 동네 소문이 희한하게 돼간다. 우선은 니 마누라 얼굴에 춤 뱉겄지마는 니가 데리고 사는 여자의 욕은 니 욕 아

니가, 하는 행신이사 고약하지마는 칙은한 생각이 안 드는 것
도 아니다."

"……."

"모두가 다 맘에 맞아서 함께 사는 줄 아나? 원수겉이 하믄
서도 자식 놓고 사는 거 보믄,"

"원수겉이 생각는 것도 아니다."

"그라믄 멋 땜에 각방 자리를 하노?"

"불쌍한 것도 안다."

"그라지 말고, 한지붕 밑에 살믄서 어디 할 짓가. 지난 일은
지난 일이고, 놀림감 우스갯거리가 되는 것을 보니께 여자가
밉다가도 니가 밉어지더라."

"누가 모르나!"

용이는 역정을 낸다.

"하 보기 딱하니께 그렇지."

"……."

"남우 눈에도 면구스럽고."

"더 말하지 마라. 그 말이 그 말 아니가."

"니도 참, 우찌 그리 모질고 독하노?"

"모질고 독해서가 아니다. 아프고 난 뒤부텀…… 영……."

용이의 귀뿌리가 벌게진다. 그는 손등으로 또 땀을 닦는다.

"그럴 리가 있나. 마음이 안 가니께 그런 기지."

영팔이는 일어서서 풀지게를 진다.

"안 갈라나?"

"먼지 가라."

용이는 주질러 앉은 채 아까처럼 버드나무가 우뚝우뚝 서 있는 쪽을 멍하니 바라본다. 풀지게를 지고 용이 앞을 지나가는 영팔은 곁눈으로 퀭하니 뚫린 것같이 허무한 용이의 눈을 본다.

"빌어묵을 자석! 눈까리가 빠지봐라. 간 계집이 오는가!"

화난 목소리로 내질렀다.

영팔이 가고 난 뒤 용이는 소를 내버려둔 채 풀밭에 드러누워 흘러가는 구름을 오래오래 쳐다보다가 괴로운 잠 속으로 빠져들어가는 것이었다.


용이는 기름집 앞에 서 있었다. 소년인데, 상투를 튼 아이 어른이 홀짝홀짝 뛰어왔다. 기름집 앞에서,

"아지매, 아지매! 아지매!"

하고 소리를 질렀다.

"아지매요오! 아지매!"

자세히 보니 소년은 길상이었다.

"와아?"

여인네가 행주치마에 손을 닦으며 나왔다. 기름집 아낙이었다.

"기름 주소!"

"무신 기름 주꼬?"

"동백기름 주소."

"동백기름?

"야."

"들기름 아니가?"

"동백기름이라니께. 히히힛, 히히히 우리 새 각시가 바를 기요."

기름집 아낙은 깔깔대며 웃었다.

"니 새 각시가 누고?"

"봉순이요, 봉순이. 히히힛 히히히……."

"나는 월선인데?"

보고만 있던 용이는,

"미친 여핀네 니가 와 월선이고!"

고함을 쳤다.

"아니 당신."

얼굴을 드는데 월선이였다. 용이는 숨이 멎는 것 같았다. 가슴을 잡아 뜯고 싶게 벅차고 메었다.

"이 무상한 계집! 니가 감히 날보고 당신이라꼬! 딴 사내를 따라갔임서 날 보고 당신이라꼬! 이 천하의 몹쓸 계집! 썩 가지 못하까! 내 앞에서 없어져라! 없어지란 말이다!"

용이는 고래고래 소리를 질렀다. 목청이 터지도록 소리를 질렀다. 한 발자국도 다가서지 못하고 소리만 질렀다. 가슴이

미어지고 아프고 불쌍하면서 입 밖에 나오는 말은 욕설뿐이 었다.

"남우 남자를 따라갔다고요? 누가 그럽디까, 누가? 한분 팔 자치리 못한 것도 골병인데 또 남자를 따라갔다고요?"

"듣기 싫다! 올 것을 와 갔더노! 와 갔더노! 와 가아ㅡ."

월선에게 달려들려 했을 때 난데없이 소 한 마리가 뿔을 휘 두르며 막아선다.

"워, 워, 월선아!"


소 울음소리에 용이는 눈을 떴다. 사방이 어둑어둑했고 옆 에서 소가 울고 있었다.

"조상이 말리는구나."

용이는 풀을 한 줌 뽑아 소 코 앞에다 내밀었다. 소는 풀을 먹지 않고 굵은 목을 흔들었다. 요령이 짤랑짤랑 흔들렸다.

"조상이 말리는구나!"

'꿈에 뵈는 소는 조상이네라.'

언젠가 그런 말을 죽은 모친이 했었다.

용이는 소를 몰고 집으로 돌아갔다. 부엌에서 강청댁이 얼 굴을 내밀었다. 그새 일어나서 밥을 지었던 모양이다. 외양간 에 소를 몰아넣고 나왔을 때,

"오늘은 옷 갈아입으소. 동네에서 날 들어낼라 카는데 이녁 도 그 자리에 나가서 의논해얄 거 아니오. 천하에 몹쓸 년은

나고 이녁은 상 받을 기요 흥! 머가 무서울꼬. 볼장 다 본 년
이, 치맛끈 하나믄 고만이지."

치맛끈 하나면 고만이라는 것은 목을 매고 죽겠다는 으름
장이다. 임이네가 침소봉대(針小棒大)해서 한 말을 곧이들은 강
청댁은 정말 마을을 쫓겨날 것이라 생각한 모양으로 말과는
달리 풀이 죽어 있었다.


## 14장 추적


귀녀의 모습을 한번 쳐다보고 떠나려 했다. 집 안을 이리저
리 기웃거리던 강포수는 윤씨부인에게 인사를 올리고 중문을
나서는 치수 뒷모습을 보았다. 실망에 얼굴이 일그러지면서 강
포수는 치수 뒤를 따라나올 수밖에 없었다. 문전에는 하인들
이 즐비하게 늘어서서 상전을 전송하기 위해 기다리고 있었다.

치수는 거들떠보지 않고 나귀 등에 오르고 말고삐를 잡은
수동이 엉성한 수염에 묻힌 작은 입술을 다물고 늘어선 하인
들에게 일별을 던진다.

삼수가 묘하게 웃었다. 복이 삼수에게 곁눈질을 했다. 짐을
실은 다른 한 필의 나귀는 텁석부리 강포수를 경계했던지 말
고삐를 잡자 코를 불었다.

"나리마님, 안녕히 다녀오시오."

제가끔 인사했으나 최치수는 말안장에 앉아 강물만 바라보고 있었다.

의외로 단촐한 출발이었다. 하인들이 서너 명은 수행하리니, 김평산도 동행하지 않을까 예상했었지만 기운 센 편도 아닌 수동이 한 사람만 데리고 강포수와 함께 출발한 것이다. 엉거주춤 서 있는 하인들은 언덕길을 내려가는 두 필의 나귀를 멍청히 내려다본다.

일행은 강을 끼고, 나귀와 사람들 발자국에 다져진 길을 천천히 간다. 몇 번씩이나 돌아보고 하며 아쉬움에 가득 찼던 강포수는 최참판댁 지붕이 시야에서 사라지자 눈을 내리깔았다. 고개가 차츰 숙어지면서 발끝으로 눈길이 떨어진다.

'머 영영 안 돌아올 기건데?'

나귀는 강포수에게 곁눈질을 하며 끝내 미덥지 못한가 코를 분다. 앞서가는 나귀 등에는 최치수의 뒷모습이 짐짝같이 보이었다.

'온 천지가 허퉁한 거맨치로 마음이 허퉁해서 갈 바를 못 잡겄다. 총도 싫고 돈도 싫고…….'

길섶에 뻗은 풀잎에 이슬이 남아 있어서 짚세기가 젖는다. 날씨는 변덕을 부릴지, 조금씩 흩어져 있는 구름이 다소 빠르게 가고 있는 것 같았으나 하늘은 휑하니 높았고 푸른빛은 차가웠다. 들판은 잔바람에 일렁이고 있었다. 목동이 소를 몰고 들판을 질러가는데 송아지가 어미 소 뒤를 졸래졸래 따라간다.

십 리 길을 거의 지나는 동안 아무도 입을 떼지 않았다. 이 중에서 앞장선 수동의 얼굴에는 간혹 긴장의 빛이 돌다간 생각에 잠기곤 했다.

'서방님 속마음을 알 수가 있이야제. 하지마는 이분 길에는 무신 사단이 있기는 있을 기다. 무서운 어른이니께.'

수동이는 지리산에 구천이가 있다는 뜬소문을 생각 안 하려야 안 할 수가 없었다. 할 수만 있다면 그는 머릿속에서 구천의 모습을 싹 지워버리고 싶었다. 그러나 별당아씨와 구천이를 도장에 가두었던 무서운 그날 밤의 일이 말고삐를 잡고 가는 눈앞에 선하게 떠오른다. 이미 모든 일을 각오한 듯 조금의 반항 없이, 또 굽히려 하지도 않던 구천이의 얼굴은 더욱더 선명하다. 그들의 죄 많은 애정을 젤 먼저 알아차린 사람이 수동이었다. 다음 날 아침, 도장 문이 열려진 채 두 남녀가 도망친 것을 알고 마음속으로 기뻐하며 그들이 손 닿지 못할 곳으로 달아날 것을 바란 사람도 수동이었다. 화심리 장암 선생 문병에서 돌아온 치수는 윤씨부인한테서 그 경위를 들었을 것이 틀림이 없겠는데 안방에서 나올 때 치수는 싱긋이 웃었던 것이다.

"이놈 길상아! 나뭇잎을 왜 안 쓸었느냐?"

사랑 뜰에서 그는 호통을 한 번 쳤고 그러고는 여느 때와 다름없이 성큼 사랑방으로 들어섰던 것이다. 다음 날, 또 그 다음 날, 계속하여 그에게서 하인들은 아무런 변화를 볼 수 없었다. 사람을 놔서 구천이의 수소문을 하고 있다는 말이 이따금 하인들을 긴장시키곤 했으나 그러나 하인들은 어느덧 그 사건에서 최치수를 도외시하게 되었던 것이다. 금실이 좋지 않던 내외간이었으니까, 하며 일단락 지어진 일로 치부했었다.

'아니지, 아니지. 서방님 성미가 우떻다고? 성미는 내가 잘 아누만.'

기우가, 총포 연습에서 기우에 그칠 일이 아님을 수동이 깨달았다. 그리고 지금, 단출한 행장을 꾸려 산을 향하고 있는 것이다. 사냥이 한갓 놀이에 불과했더라면 최치수는 결코 단출한 인원으로 출발하지는 않았을 것이다. 수동이는 이미 구천의 운명이 결정되어버린 것 같은 생각이 들었다.

'불쌍한 놈, 이리 될지 모르고 일을 저질렀나. 인륜을 짓밟아놓고 우찌 지가 살기를 바랄 것고. 남으 여자도 유만부동이지. 하늘 겉은 상전의 아씨를, 부치가 까꾸로 서지 않고는. 환장했지. 빌어묵을 놈. 참말이제 이 노릇을 우찌 하노.'

주막 앞에 이르러 잠시 쉬어가기 위해 최치수가 나귀에서 내렸을 때 수동이는 재빨리 상전의 얼굴을 살핀다. 항상 날카롭게 다물려져 있던 입술이 헤벌어져 있었다. 나귀를 몰고 앞서가면서 최치수의 날카로운 표정만을 상상해온 수동이로서는 의외였다. 나귀에게 물을 먹이면서 다시 치수 쪽을 보았을 때 그는 멍하니 강물을 바라보고 있었다. 전혀 아무 생각이 없는 듯싶었으며 병신스럽게 보이기까지 했다. 강포수는 주막 앞에 쭈그리고 앉아서 눈살을 잔뜩 찌푸리며 하늘을 올려다보고 있었다.

"오늘 밤은 연곡사에서 묵는 게야. 알았느냐?"

강물을 바라본 채 치수가 말했다.

"예."

떠나기 전에 한마디 한 말의 되풀이였다. 하늘을 쳐다보고 있던 강포수가 일어섰다. 치수 뒷모습을 향해 비실비실 걸어가더니,

"나으리!"

천천히 몸을 돌리고 최치수는 강포수를 쳐다본다.

"나으리!"

"……."

"저어."

"……."

"하, 하기사…… 저어 아, 아입니다."

"……."

"요, 요다음에 말씸디리겠십니다."

하는데 강포수의 얼굴은 홍당무가 되었다. 홍당무가 되었다 싶더니 낯빛은 어느덧 새파랗게 질리는 것이었다. 최치수는 종시일관 무언으로 강포수를 쳐다보기만 했다.

다시 출발하여 일행은 섬진강 강줄기와 작별하고 산과 산의 사잇길로 들어섰다. 그리하여 해 떨어지기 전에 연곡사에 당도하였다. 적막한 냉기를 실은 산기운이 걸음을 멈춘 일행

들 옷 사이로 스며들었다. 해묵은 소나무 전나무 오리나무 사이로 저문 햇살이 한결 화사하게 비치고 있다. 절 밑 여염집에 나귀를 맡기고 수동과 강포수를 거느린 최치수는 도보로 올라가서 일주문(一柱門)에 들어섰다. 절 식구가 많았을 터인데 경내는 정적 그것이었고 차츰 엷어지기 시작한 밝음이 보랏빛 안개에 휩싸여드는 듯, 변화를 나타내고 있다. 먹물 장삼을 입은 비구 하나가 양팔을 허우적거리며 내려온다. 장삼 자락이 줄레줄레 흔들린다.

"스님."

비구를 본 수동이 치수를 앞서나가며 허리를 굽혔다.

"아, 어인 일이시오?"

젊은 비구는 급히 합장으로 답례한다.

"마님께서 오시었소?"

"아, 아닙니다. 나리마님께서 지나시는 길에,"

"그, 그러시오!"

비구는 최치수를 향해 당황하며 합장하고 두려움을 머금은 눈빛으로 잠시 살피다가,

"소승, 노스님께 여쭙겠습니다."

장삼을 펄럭이며 돌아서더니 내려올 때보다 더 급한 걸음걸이로 올라가는 것이었다. 까까머리의 뒤통수는 골이 패인 것처럼 울퉁불퉁했다. 강포수는 큰 눈을 껌벅이며 비구의 뒷모습을 바라본 채 서 있었다. 비탈진 아래켠, 산물이 흐르는

곳에 칠팔 세 남짓한 상좌가 둘, 해사한 얼굴을 들고 절을 찾
아온 손님들을 올려다본다. 텁석부리 산도둑같이 생긴 강포
수의 눈과 마주치자 자라 같은 목을 움츠린다.

"저 아이들은 부모가 없느냐?"

수동이에겐지 강포수에겐지 모르게 최치수는 물었다.

"없는 애들도 있겠십니다마는 부모가 바친 애들도 있일 것
입니다."

수동이 대답했다.

"애들이 잘생겼고나."

"예. 길상이 놈도 생기기는 잘생깄지요."

치수 입가에 위태스러운 미소가 떠오른다. 수동이는 황급
히 눈을 내리깐다.

"잘생겼다?"

하더니 깔깔 웃기 시작했다. 수동이는 어찌할 바를 모르고 두
손을 꼭 맞잡을 뿐이다. 웃음이 걷혀졌을 때 최치수의 눈썹
언저리는 물감을 들인 듯이 짙붉었다. 예까지 오는 동안 막연
했으며 바보스럽게 보이던 최치수의 얼굴은 악의에 차서 희
번득였다.

"잘생기긴, 세상에 태어나지 말아야 했을 놈들이지."

내뱉었다.

젊은 비구 혜관(惠觀)이 급히 달려왔다. 불거진 관골이 급히
뛰어오느라고 붉었다.

"노스님께서 급히 모셔오라 하십니다."

혜관은 대웅전 옆을 지나 숲속 길로 접어들며 암자 쪽으로 치수를 인도해 갔다. 암자 앞에 육 척 거구의 노승이 이켠을 보고 서 있었다. 치수가 그의 가까이 갔을 때 우관의 눈에서 번쩍 빛이 났다.

"어인 일이시오?"

최치수는 가볍게 고개를 숙여 보이며,

"지나는 길에 날도 저물고 해서 하룻밤 유하려고 왔소이다."

"허허, 먼 길에 수고가 많았겠소."

우관은 치수에게 권하여 암자 안에 들게 했다. 수동이는 물러가 있으라는 치수의 말에 혜관을 따라 숲길로 내려간다.

"오래간만이오. 그간 선사께서는 안녕하시었소?"

마주 앉으며 치수가 먼저 인사를 했다.

"예. 나이를 헛먹었는지 몸은 젊어지고 사바세계를 현념(懸念)타 보니 어찌 극락왕생을 바라겠소."

우관은 호방스럽게 웃었다.

"한데 집안은 안녕들 하시오?"

"별일 없소이다."

"자당께서도?"

"예."

"지난봄에 뵈었을 적에는 많이 수척해지신 듯 생각했소."

이번에는 치수의 눈이 번쩍 빛났다.

십여 년 전 장암 선생을 따라 전주에 갔다가 혼자 돌아오는 길에 치수는 천은사에 들러 당시 그곳에 있던 우관을 만난 적이 있다. 젊은 유생이던 최치수는 불교를 무격(巫覡)의 세계와 과히 다른 것이 없는 혹세무민의 종교로 모멸하고 있었던 터이므로 은근히 우관을 조롱하는 언동을 취했던 것이다. 가사도 장삼도 걸치지 않고 동저고리 바람으로 대하는 그의 무례함이 치수의 비위를 거스르기도 했었고 장암 선생의 영향을 겉으로만 받았던 나이 어린 방자함도 없지 않았으나 사실인즉 조선의 배불정책(排佛政策)으로 교세가 땅에 떨어진 불교가 겨우 아녀자와 서민층의 신심으로 명맥을 이어가는 형편이었으므로 왕시(往時) 지식의 상층을 구성했던 승려들의 신분은 천격으로 전락되었으며 그들의 타락과 비행은 서민 사회에서조차 권위의 몰락을 가져왔으므로 배불의 아성인 유가(儒家)에서 괄시되는 것도 현실적인 면에서 무리한 일은 아니었던 것이다.

그러나 치수 언동에 개의치 않았다.

"날씨가 이리 가물어서야, 오는 해는 절 양식 대기가 난감하겠구먼. 이래가지고는 중들의 거지 행각인들 수월하겠소?"

우관은 빙그레 웃었다. 싱거운 응수에 치수는 맥이 풀렸다. 조용한 산사에서 말씨름이라도 붙여 심심풀이를 하려 했던 치수는 무안스럽고 멋쩍었다. 치수는 우관의 말을 땡땡이중

164

의 그것으로 물론 받아들이지는 않았다. 압도해오는 우관의 육 척 거구와 이글거리는 안광이 범상치 않았던 것이다.

'늑대 같으니라구. 늙은 중놈이 무엇을 처먹었기에, 백팔번 뇌를 물리치기는커녕 야망의 덩어리 같구나.'

마음속으로 욕지거리를 했다.

치수는 우관선사를 바라보며 십여 년 전이나 지금이나 도무지 변한 데가 없다고 생각했다. 우관은 늙지 않았으며 길고 짙은 눈썹 밑의 굵은 눈망울에는 여전히 정력이 넘쳐 있었으며 완강하고 곧은 뼈대는 백전을 겪은 장수의 풍모를 방불케 했다.

"어디로 가시는 길이오?"

치수로부터 눈을 떼지 않고 물었다.

"갈 곳이 정해 있는 것은 아니오. 사냥이나 하며 사람도 찾아볼 양으로 떠났소이다. 우선은 지리산 쪽을 헤쳐볼 요량이오."

눈까풀을 덮은 우관의 눈썹이 아주 희미하게 흔들렸다.

"오계의 하나를 범하시려구."

"불도의 계율이 유생하고 무슨 상관이겠소."

"절 지붕 밑에 사는 늙은이의 말이니 과히 언짢아 마시오."

"언짢아할 것까지야 없지요. 헌데 오계의 하나를 범하여 지옥업력(地獄業力)으로 삼악도(三惡道)에 떨어지면 선사께서는 소생을 위해 무엇을 해주시렵니까."

치수는 빙그레 웃는다.

"소승도 동행할지 뉘 알겠소."

"칠십 년 법의(法衣)가 공(空)이었단 말씀이오?"

우관은 고개를 끄덕끄덕한다.

"허나 저승인들 인정사정없으란 법은 없겠지요. 아무래도 소승 생각에는 사람의 율법보다 부처의 율법이 너그러울 것 같소."

치수는 껄껄 웃는다.

"한다면 죄인들을 위해 지옥을 없이했으면 좋겠소이다."

"소승의 뜻도 같소이다."

우관도 껄껄 웃었다.

치수를 위해 정한 처소에서 저녁을 먹은 뒤 치수는 한동안 절마당을 헤매다가 다시 우관이 있는 암자를 찾아갔다.

"무료하여 다시 찾아왔소이다."

우관은 등잔불 밑에 단정히 앉았다가 몸을 돌렸다. 그에게서는 호방스럽게 웃던 아까 그 모습을 찾을 수 없었다. 불빛은 붉은데 얼굴은 청동으로 빚은 듯이 무겁고 어두웠다. 치수는 지극히 무신경한 사내처럼 우관의 그 딱딱해진 얼굴을 쳐다보고 앉았는 것이다.

"이놈, 명신아!"

우관이 소리쳐 불렀다.

"예에."

"찻물을 끓여 오너라."

"예."

상좌의 발소리가 없어졌을 때 우관은 질그릇 주전자에 작설(雀舌)을 몇 줌 집어넣고 주전자의 뚜껑을 닫더니 찻잔을 꺼내었다. 그러고 난 뒤 방 안은 산속의 정적이 덩어리져서 밀려들듯 무거운 침묵 속에 가라앉고 말았다. 어느 쪽에서도 입을 떼려 하지 않았다. 등잔불만 흔들리고 있었다. 침묵은 상좌 명신(明信)의 발소리가 들릴 때까지 계속되었다. 우관은 명신이 끓여 온 동관의 물을 질그릇 주전자에 붓고 작설이 알맞게 우러날 즈음 찻잔에다 따랐다. 역시 말을 잃은 채 두 사람은 찻잔을 들고 향긋한 다향(茶香)을 느끼며 밤 소리에 귀를 기울이듯 앉아 있다.

"상좌 아이들은 어디서 데려오시오?"

느닷없이 묻는다.

"부처님이 보내주시었소."

차를 한 모금 마신 뒤 우관이 대답했다.

"누구의 자식들이오. 선사께서 보내주신 길상이 놈은 누구의 자식이오?"

"천지만물의 자식이오."

"핏줄을 거역할 수 있다 생각하시오?"

우관스님은 말이 없었다. 치수는 머리털 하나의 움직임도 놓치지 않으려는 듯 우관선사의 전신을 눈으로 훑었다.

"거역할 수 없을 게요."

한참 만에 대답이 돌아왔다. 치수는 회심의 미소를 띤다.

"그렇게 대답하실 줄 믿었소이다."

"그러면은 참판댁 나리께서는 핏줄을 거역하실 수 있단 말씀이오?"

"예, 그렇소이다. 피를 더럽힌 자에 대해서는,"

"옹졸하도다."

나직한 소리로 우관은 한탄했다. 그러나 치수는 희열에 넘쳐서,

"대사!"

들뜬 목소리로 불렀다.

"예, 말씀하시오."

"사전(寺田)이 얼마나 되지요?"

"글쎄올시다."

"한 백 석 보시할까 하오."

"······."

"비명에 가게 될 사내를 위해서 말이오. 불문에 계신 분으로서 객귀를 천도할 의무도 있거니와 핏줄을 거역 못하시는 심정에서도 우관선사 말고 달리 그 불행한 사내의 혼백을 달랠 사람은 없을 듯싶소."

"사양하겠소. 소승이 천도해야 할, 그런 비명에 갈 사내는 없을 것이외다."

우관스님의 목소리는 힘차고 단호했다.

"소승의 생전에는."

다짐 두둣 덧붙여 말했다.

"좋소."

치수는 자리에서 일어섰다. 그리고 그는 밤이 깊은 숲길을 춤을 추둣 내려간다. 그것은 정녕 미친 사람의 형상이었다.

이튿날 아침, 시중을 들기 위해 수동이 최치수 처소에 갔을 때 그는 방 안에 있지 않았다.

"벌써 일어나싰나?"

수동이는 경내를 돌아다니며 최치수를 찾았다. 그러나 그의 모습은 눈에 띄지 않았다.

"어디 가싰으까?"

불안해진 수동이는 절 문밖으로 나갔다. 아무리 찾아도 보이지 않는다.

"우인 일이까?"

수동이는 다시 절 안으로 들어와 행여 그새 돌아와 있지 않나 싶어 처소로 달려갔으나 신발이 없었고 불러도 대답이 없다. 방문을 열어본다. 방 안은 말끔했다. 자고 일어난 흔적이 없다. 수동의 얼굴이 질린다. 그는 숨을 헐떡이며 경내를 다시 한 바퀴 돌고 암자 근처를 찾아보고, 다음 절 문밖으로 또다시 달려나갔다.

"아."

수동이 걸음을 멈추었다. 고개를 숙이고 걸어오는 치수의 모습이 보였던 것이다.

"나으리마님!"

"……."

"어디 가싰다가…… 소인, 여태 찾아다녔십니다!"

기뻐서 소리쳤다. 치수는 얼굴을 들었다. 두 눈동자는 새빨갛게 충혈되어 있었다. 옷은 밤이슬에 흠씬 젖어 있었다.

"나리마님!"

뒷걸음질 치면서 수동이 불렀다. 그는 순간 최치수가 미치지 않았나 하는 생각에서 섬뜩해졌던 것이다.

"지금 가서 한잠 잘 테니 부를 때까지 오지 마라."

목소리는 부드러웠다.

"오, 오늘 떠나시지 않십니까?"

"바쁠 것 없느니라."

아침을 먹고 난 뒤 강포수와 마주 앉아 우두커니 바라보고 있던 수동이는,

"강포수, 말 좀 하소."

"오늘 안 갈 긴가?"

그것이 강포수의 말이었다.

"아즉 그거는 모르겠고…… 꿀 묵은 버부리맨치로 답답해 살겠나."

"나만 그렇건데? 매일반이지."

"노성벡력이라도 했이믄 좋겠소. 이리 답답한 세상 처음이구마."

수동은 안절부절이었다. 온종일을 말없이 지냈어도 그만이었던 성미가 큰 액운이 닥쳐올 것 같은 불안 때문에 갈팡질팡이 되었다. 구천이가 잡혀 죽을 것이라는 그 일 때문만도 아니었다. 구천이와 상전인 최치수 두 사람이 함께 얽히어 함께 무서운 형상으로 수동의 눈앞을 어지럽혔다. 절 문밖에서 만난 치수 얼굴이 수수께끼 같은가 하면 한편 당연히 있을 일 같기도 했었다.

"세상에 여자란 요물이라니."

"머?"

강포수가 되묻는 바람에 수동은 입 밖에 낸 자신의 말에 당황한다. 강포수는,

"하모, 요, 요물이지러."

"......"

"사람우 애간장을 다 녹히는 기이 계집인께, 죽고 살고 명이 달리는 것도 계집인께."

얄삭한 눈을 크게 뜨고 수동이 강포수를 노려본다.

"총포나 들고 짐승 잡아 사는 사람이 아는 것도 많소!"

"짐승 잡아 사는 놈이라고 음양의 이치도 모르까."

"추접스럽게 강포수 상관할 일 아니라 말이오!"

"......?"

"남우 일 가지고 함부루 이렇고 저렇고 하는 거 아니라 말이오."

"듣다가 처음 보겄다. 머가 남우 일이라 말이고?"

어리둥절하는 강포수 마음속에 의심의 구름이 뭉게뭉게 인다.

'이놈으 자석이 와 이리 폴 세게 나오노? 어지부터 시뿌룩해서 말 한마디도 안 하더마는 이눔이 귀녀를 맘에 두고 있단 말가?'

## 15장 무명번뇌(無明煩惱)

하룻밤을 묵고 떠날 줄 알았는데 최치수는 연곡사에서 사흘 밤을 보내었다. 사흘 동안 우관은 외떨어진 암자에서, 최치수는 칠성당 가까운 처소에서 좀체 밖으로 나오질 않았으며 서로 대면하는 일도 없었다.

홀로 앉은 우관은 상좌 명신이 끓여다 놓은 차 한 모금을 마시고 잠시 바깥 기척에 귀를 기울이더니 눈을 감는다. 눈을 감아도 최치수의 얼굴은 사방에서 모여들어 여전히 우관의 망막을 어지럽힌다.

실눈을 뜨고 웃던 얼굴이, 수백 수천의 얼굴이 암자 가득히 들어차 우관을 향해 꾸물꾸물 움직이는 것이다. 흡사 지옥도를 보는 느낌이다. 우관은 감았던 눈을 떴다. 문살이 뚜렷한 장지가 한결 밝게 눈부시다. 가을이 오고 있는 것이다. 마

을보다 한 걸음 앞서 산사의 가을은 도라지꽃에서부터 시작
된다. 엷은 장지(障紙)를 통하여 느껴지는 바깥 풍경, 우관은
하늘과 숲과 사찰의 여러 건물, 바위와 오솔길이 일시에 숨을
죽이고 있을 것이라는 생각을 한다. 그곳 그 자리에 모든 것
은 미동도 없이 거리(距離)를 굳게 지키며, 지렛대와도 같이 완
강한 거리를 지키며 있을 것이란 생각을 한다. 조금치도 다가
설 수 없는, 결코 접근을 용서치 않는 삼엄한 공간. 그것은 최
치수와 자신과의 거리이거니 생각해보는 것이다. 숲을 흔들
며 지나가는 바람 소리, 바위틈을 굴러 흐르는 산물 소리, 정
적을 실어다 뿌리는 것 같은 독경 소리, 승려들의 발소리, 기
척 소리, 그 모든 소리까지 우관은 최치수와 자기 사이를 가
로막는 안개 같은 장막으로 느껴지는 것이다. 안의 구심(求心)
과 밖의 원심(遠心)의 무지무지한 힘의 대결. 우관은 숨을 내쉬
며 다시 눈을 감는다.

우관은 치수에게 흉금을 터놓고 모든 사실을 이야기하고
싶은 유혹을 수없이 받았다.

업인(業因)에 의하여 그 과보(果報)를 받음은 당연한 일인 줄
은 아오. 허나 악업을 갚음은 다른 하나의 악업을 다시 남길
것인즉, 업감연기(業感緣起)는 면면 그칠 날이 없을 것이요. 아
귀도(餓鬼道)에서 도현(倒懸)의 고(苦)를 겪는 망모(亡母) 구제를
위해 목련존자(目連尊者)는 세존(世尊)께 교시(敎示)를 애원하였
었다 하지 않소. 하물며 착한 한 여인이 망부(亡夫)의 명복과

자손의 수명장수를 빌려 왔다가 뜻하지 않게 당한 횡액으로 죄의 씨를 받았다면 그 여인에게 과연 죄가 있다 할 것이며 뉘라 그 여인에게 벌을 줄 수 있단 말씀이오? 스스로 죄인이 되어 모진 고초를 겪은 정상을 생각한다면 그분 생전에 어찌 골육 간의 피 뿌리는 참상을 보여드릴 수 있단 말씀이오, 하며 무릎을 맞대고 이야기하고 싶은 감정을 우관은 누르기가 어려웠다. 그는 자신의 이런 감정이 조카 환이에 대한 끊으려야 끊을 수 없는 애정에서임을 잘 알고 있었으며 치수의 마음을 돌이킬 수 없음도 잘 알고 있었다. 더더군다나 그것은 모험이요 위험인 것도 알고 있었다. 치수가 말하기로는 핏줄을 거역할 수 있다는 것이었으나 그런다고 그가 모든 사실을 알고 있다는 속단을 내릴 수는 없다. 만 사람이 아는 한이 있어도 치수만은 알아서 안 되는 비밀이며 비밀은 지켜져야 하는 것이다. 사건의 증인 바우할아범과 간난할멈, 또 한 사람 월선네는 땅 밑에 묻혔고 죄의 씨를 뿌렸던 당사자 김개주도 이제는 이 세상의 사람이 아니다. 폭풍 같고 불덩어리 같고 그런가 하면 냉혹하기가 얼음 같았던 야망의 화신, 동학의 한패를 이끌고 피에 주린 이리 떼같이 양반에 대하여 추호의 용서가 없었던 사나이는 죽어 흙 속에 썩고 있는 것이다. 그의 아들 환이와 문의원과 우관, 비밀을 쥐고 있는 사람은 이제 세 사람이, 아니 윤씨부인과 네 사람이 남았을 뿐이다. 우관은 비밀이 누설되었을 리 없다고 믿고 싶었다.

'불민한 놈!'

우관의 눈앞에 동생 김개주와 조카 환의 모습이 함께 얽혀져서 떠올랐다. 헌연장부가 된 환이, 준수하고 슬기를 띠었던 눈빛, 윤씨부인을 범했던 개주는 대노한 형에게 말했었다.

"지아비 잃은 여인을 사모하였기로, 어찌 죄가 된다 하시오. 하늘이 육신을 주었거늘, 어찌 육신을 거역하라 하시오."

창백하게 웃었던 사나이는 그러나 산을 떠날 때 원한의 눈물을 뿌렸던 것이다.

'아비 자식이 무슨 삼생연분이기.'

우관은 법의를 걸친 자기 자신으로서도 감내하지 못하였던 지난날을 생각하는 것이다.

무더운 여름이었다. 화개 장터에서 엄치(상당히) 벗어난 길목, 오가는 길손이 목을 축이는 주막이 있었다.

"스님, 더운디 쉬어 가시요이."

장날이 아니어서 손님이 없는 주막 앞에서였다. 내놓은 평상에 걸터앉은 젊은 주모는 부채를 부치며 지나가던 우관에게 말을 걸었다. 오가는 길에 안면은 있는 여자였다.

"예."

했으나 우관은 얼굴을 붉힌 채 평상에 앉지는 못하고 엉거주춤 서 있는데 주모는 일어섰다.

"에이구 땀 좀 보소. 장삼이 흠빡 젖었소이."

주모의 상글한 눈매가 웃음을 머금었다. 여자 몸에서 소나

기가 지나간 뒤 풀내음과도 같은 내음이 풍겨왔다. 우관은 도
망치듯 걸음을 옮겼으나 절로 돌아온 그날 밤 그는 새벽녘까
지 잠을 이루지 못했던 것이다. 사미 시절의 그 화상(火傷)같
이 뜨겁고 쓰라린 괴로움은 세월이 흘러가도 좀체 가시질 않
았다. 법연(法筵)에 앉아 불법을 설하면서 자줏빛 감댕기*에 옥
비녀를 꽂았던 여인, 흰 목덜미에 현기증을 느꼈던 적도 한두
번이 아니었다. 참으로 육욕에서 벗어나기는 어려웠었다.

우관은 몇 번인가, 파계한 자신을 생각해보는 것이다. 환락
인가 꿈인가, 정녕 그것은 헛것을 본 것이요 하루살이의 버러
지나 풀꽃의 자태만큼이나 했을까. 이제는 늙어서, 육 척 거
구의 정력이 넘쳐 보인다고는 하나 썩은 고목으로밖에 느낄
수 없는 육신과 마음은 지난 일들을 회상한다 해서 가슴을 쥐
어박을 만한 회오(悔悟)의 아픔도 없거니와 물같이 흘러간 세
월에의 아쉬움도 없다. 그렇다고는 하나 무상무념의 경지로
들어선 것도 아니다. 형의 여자를 업고 지금 이 순간에도 설
자리 없는 길을 방황하고 있을 환이와 대역의 죄목으로 형장
에 목이 굴렀던 개주, 그들 부자의 무명번뇌(無明煩惱)인 죄근
을 위해 우관은 슬퍼하고 있는 것이다. 불자는 앞날을 위해
길을 닦아야 하거늘 우관은 전생과 현세의 인연을 슬퍼하고
있는 것이다. 부처의 말씀 곁에서 한평생을 누리었건만 우관
은 인간의 목소리로 하여 슬퍼하고 있는 것이다.

한편 치수 역시 우관과 흡사하게 밖으로 튕겨져 나가려는

충동과 그것을 거머잡는 분별과의 싸움을 계속하고 있었다. 충동을 느꼈을 적에는 우관이 지척에서 그를 기다리고 있는 듯싶었고, 분별로써 자신을 다스릴 적에는 우관의 모습은 아득한, 안개에 가려 허리가 끊어진 높은 산봉우리 위에 앉아 있는 듯싶었다. 안개에 가려 허리가 끊겨진 산봉우리는 지상의 것이 아니요 이미 공중의 것인 듯 멀고 멀었다. 우관이 최치수에게 흉금을 털어놓고 한 사나이의 구명을 애걸한다 하여도 그가 용납하지 않으리라는 것을 알고 있는 것과 마찬가지로 치수 역시 암자로 달려가서 진상을 설토하라고 우관에게 다그치고 으름장을 놓는다 하더라도 그의 입에서 아무런 해답이 나오지 않을 것을 잘 알고 있었다. 생모인 윤씨부인을 심판한다는 짓이 얼마나 무모한 일인가를 그것도 잘 알고 있었다. 그 비밀이 확실한 목소리가 되어 제 귀에 들어오고 마는 날 치수는 자신이 취할 행위가 어떻게 무너질 것이며 생각을 어떻게 모을 것이며, 그것은 혼란이요 제 자신의 목을 누르고 말 것이라는 것도 잘 알고 있었다.

'어리석은 짓, 죄악의 씨라면 어떠냐? 내 계집을 채간 간부(姦夫)만으로 죄목은 충분하거늘, 그놈의 핏줄을 밝혀 어쩌겠다는 게지? 핏줄, 핏줄? 핏줄이라고? 무슨 핏줄! 누구의 핏줄!'

절 방에 드러누워 비몽사몽의 상태에서 최치수는 신음하다 뇌까리곤 했다.

'덮어두자. 덮어두는 게야……. 음, 음? 그래 덮어두어야 한

다고? 무엇을? 어떤 사실을? 나는 아무것도 알지 못한다. 도
대체 내가 알고 있다는 것은 무엇이냐.'

하나의 사실, 그것은 어디까지나 추리였음에도 이미 최치
수에게는 엄연한 사실로써 굳어버린 것이었다.

어느 누구에게서도 자신의 추리를 확정지을 만한 일을 밝
혀내지 못하였으나 여전히 하나의 사실로써 굳어버린 일이었
다. 그는 그것이 추리였었다는 것조차 잊어버리는 일이 많았
다. 치수의 추리가 빚은 형태는 목마른 나그네가 사막에서 신
기루를 보는 이상으로 명명백백한 일이었다. 그러나 치수는
공상가는 아니었다. 망상하는 것은 더욱더 아니었다. 그는 추
리의 세계에서 갈 수 있는 한의 가장 좁은 길을 헤치고 들어
가 보았으며 추리에 동원된 지나간 일의 기억은 운명적이랄
수밖에 없을 만큼 선명하였다. 땀방울을 뚝뚝 떨어뜨리며
미친 듯이 칼춤을 추던 월선네는 칼을 내동댕이치고 할머니
앞으로 달려가서 무릎을 꿇었다.

'마님…… 아씬 절로 가시야겠십니다. 영신의 심이 부족하
와 원귀들이 떠날라 카지 않십니다.'

'절로?'

할머니는 뇌었다.

'예. 절로 피신하여 이해를 넘기야겠십니다. 종적도 없이 절
에 가시서 이해를 넘기야겠십니다.'

머리를 조아리는데 이마빡에서는 여전히 굵은 땀방울이 뚝

뚝 떨어졌다. 새파랗게 질린 바우의 얼굴, 눈물을 찍어내던 바우의 아낙.

'이늠우 기지배! 죽여버릴 테다.'

발길질을 하고 머리끄덩이를 잡아끌었을 때 월선이는 울었다. 울음소리도 크게 못 내고 울었다.

'도련님, 잘못했십니다. 도련님, 잘못했십니다.'

월선어미는 우는 딸을 내버려두고 따라오면서 빌었다.

'네가 우리 어머님을 절에 가시게 쫓았지!'

'예, 예, 쇤네가 잘못했십니다. 잘못했십니다. 잘못했십니다. 영신을 속있이니 벌을 받을 깁니다.'

아아 그러니까 어머니가 몸져눕게 되고 의원이 오게 된 그날 이전에 벌써 이상했었다. 백일기도를 드리고 절에서 돌아온 어머니는 왜 자기를 피했으며 만나려 하시지 않았던가. 글공부를 하다가 등잔불을 끄고 자리에 들었을 때 바우와 문의원은 쑤군쑤군 얘기를 나누었으며 바우는 왜 울었을까. 가마를 타고 돌아온 어머니의 백랍 같았던 모습, 험악했던 눈초리, 하늘을 우러러보는 얼굴에 소름이 돋아나고 울음이 터질 것 같았던 몸짓, 담벽에 붙어 서서 숨어 보았었다. 그러한 날들의 기억은 주술(呪術)처럼 비밀스러운 것이었으며 그러니만큼 색채는 강렬하였다. 집념 깊게 그 기억들을 조각보처럼 모아보는 것이었지만 그러나 그것은 어떠한 형태도 이루질 못하였다. 집념이 강해지면 질수록 있음직한 사건은 바닥 모를 한정 없는 심연 속으로 형태를 감추어서 수수께끼는 영구히 풀려지지 않을 것 같았다.

동학란이 일어난 그해, 그러니까 오 년 전의 일이었다. 성난 동학의 군사가 마을에 들이닥쳤고 최참판댁 행랑에도 그들 군사들이 진을 쳤다. 어떤 사태가 야기될지 모르는 삼엄하고 피비린내 나는 그날 최참판댁 문중의 유일한 남자이며 당주인 최치수는 독기어린 눈을 부릅뜨고 사랑에 대기하고 있었다. 협상이 아니면 살육과 약탈이 있으리라는 것을 각오하고, 그러나 시간이 경과해가는데 그네들 쪽에서는 아무런 긴피가 없을 뿐 아니라 조심성스런 분위기마저 자아냈다. 밤이 되자 치수는 자신의 처사가 어리석었다는 것을 알면서, 그러나 그는 겁쟁이지만 충직한 김서방을 별당 담벽에 세워놓았고 자신도 뜰에 나와 안채에다 전 신경을 쏟고 있었다. 밤이 깊어지고 모두들 잠들었을 성싶었는데 안채 쪽에서 희미한 인적기가 들려왔다. 처음에는 계집종이 어머니의 시중을 드나 보다 생각했으나 그래도 미심쩍어 치수는 발소리를 죽이며 사랑의 문을 넘었다. 윤씨부인이 거처하는 안방의 불빛이 보였다. 남자의 목소리가 들려왔다. 순간 치수는 전신의 피가 역류하는 것을 느꼈다.

'무례 막심한!'

마루로 뛰어오르려다가 치수는 간신히 몸을 가누었다.

'가만히 있자.'

어머니의 음성은 통 들려오지 않았다. 그러자 방문이 열렸으며 방 안의 불빛을 등진 사나이가 나왔다. 방 안의 불빛을 보고 나온 사나이 눈에는 처마 밑 기둥에 몸을 바싹 붙이고 서 있는 치수의 모습이 보이지 않았던 눈치다. 그는 곧은 자세로, 어떤 범치 못할 자세로 성큼성큼 걸어서 중문 밖으로 사라졌다. 치수는 그가 행랑에 진을 친 동학 무리의 우두머리임을 직감했다. 그 순간까지 최치수는 모친의 순결에 관한 일을 연상하지 못했다. 이미 오십 고개에 들어선 연령이 상상의 가능을 막았던 것이다. 감히 상놈의 신분으로—이때 치수는 동학군을 백정들과 같은 타기(唾棄)할 무리로 혐오하고 멸시했었다—내실에 발을 들여놓았다는 사실만으로 격노했었다. 그리고 사나이가 중문에서 사라졌을 때 그가 우두머리일 거라는 직감과 함께 어떤 협상이 어머니하고 이루어졌을지도 모른다는 생각을 했다. 안방에서는 바늘 하나 떨어뜨리는 소리도 나지 않는 것 같았다. 등잔불의 율동에 따라 장지의 엷은 명암만이 춤을 추고 있었다. 안방뿐만 아니라 온 집 안이 쥐죽은 듯하였다. 난장판을 벌일 줄 알았었던 행랑의 무리들도 행군에 지쳤음인지 기침 소리 하나 들려오지 않았으며 달이 없는 하늘에 빛 잃은 별들이 껌벅이고 있었다. 동학군이 쫙 깔렸을 마을도 조용했다. 개 짖는 소리만 이따금 흉스럽게 밤 공기를 흔들곤 했다.

치수의 풀지 못한 수수께끼의 추억에는 이날 밤의 일이 또 하나의 수수께끼로 보태어졌다. 그리고 그 일은 불쾌하고 어떤 둔중한 아픔 없이 생각할 수 없었다. 있음직한 사건, 여전히 그 형태는 깊이 모를 심연 속에서 나타나지 않은 채, 어느 날이었다. 그 난이 지나간 뒤, 그러니까 칠월이었던가, 몹시 무더운 날이었었다. 강가에서는 바람 한 점 불어오지 않았고 시원하다고 하는 초당의 문을 활짝 열어젖혔어도 치수의 이마에서는 땀이 흘렀다. 이때 능소화의 줄기가 얽혀 있는 돌층계를 밟으며 이동진이 찾아왔다. 하인도 나귀도 없이 나룻배편으로 왔다는 것이다. 이번 난리에 숙부와 재종형이 변을 당하였다는 소식을 듣고 있었으므로 치수는 긴장하며 이동진을 대하였다. 몰골은 몹시 초췌해 보였으나 그의 의기가 줄어든 것 같지는 않았다.

"이번에는 자네 심려가 많았겠네."

"흠."

이동진은 쓰디쓴 웃음을 흘리며 부채를 펴들었다.

"웃으니 세월은 편하겠다만."

"싸지, 싸."

내뱉는다.

"뭐라고 했나?"

"싸다고 했네."

"잘되었다 그 말인가?"

"잘되었다 할 수는 없지만 인과응보 아닌가."

"허, 자네도 동학당이구먼."

"에키 이 사람, 여하튼 망신일세."

"……."

"동학 놈들도 무지하게 굴었지만 끌려간 양반들 꼴이라니, 하기는 애당초부터 체통 지킬 줄 알았다면야 탐관오리가 되었겠나. 의관(衣冠)이 무색했지."

"……."

"포악한 동학 놈들보다 더럽게 죽은 양반들이 더 밉더군. 개 중에는 제법 뱃심 있는 사람이 있긴 있었던가. 정참봉 부자가."

"……."

"역시 변을 당했는데 송림에서 정참봉이 말하기를 죽음에는 노유가 있는 법, 아비의 목을 먼저 쳐야 하지 않겠느냐, 유유히 목을 내밀었다는 게야. 창피스런 얘기지만…… 우리 문중의 그 양반들, 파리 손을 부볐다니 원."

"자네는 그래 하늘에 부끄럽지 않아 사대육부가 멀쩡했었다 그 말이구먼."

치수는 비꼬았다.

"장담 못하지. 부끄러운 짓 할 자리에 있지 않았으니."

"앙급자손이라 했네."

동학당을 두둔하는 것 같은 기미가 치수 비위에 거슬렸던 것이다.

"할 수 없지. 당해야 한다면 당할 수밖에. 허나 죽음만은 더럽게 치르고 싶지 않어이."

"그것도 장담 못하네."

"양급자손이란 말은 나보다 자네 형편을 두고 할 법한 말인데 이곳만은 무사태평했던 모양이니, 자네 어머님 신심(信心) 덕분인가?"

치수는 불쾌하게 낯을 찡그렸고 이동진은 평소에 볼 수 없는, 신경질의 웃음을 흘렸다.

"그러고 보니 그럴 법한 얘기군그래. 자네 김개주란 자가 누군지 아나?"

치수의 눈길이 날카로워진다.

"연곡사의 중 우관의 친동생이야."

"뭐라구!"

"문의원이 그자와 가깝다 하여 관에서 벼르고 있는 모양이나 그 늙은이 흠잡을 곳이 있어야지. 자넨 그자가 누군지 몰랐었나?"

"금시초문일세."

"결국 연곡사 중 우관하고 문의원의 여덕(餘德)을 본 셈이군. 놈이 읍내에서는 여간 포악하질 않거든."

치수의 낯빛은 완연히 변해 있었다.

"똑똑하고 인물도 헌칠했던 모양인데 소문에 의하면 그자가 달고 다니는 아들놈이 관옥 같은 인물이라는 게야. 어디서 떨어졌는지 홀아비 손으로 길렀다는데."

이동진이 무심하게 하는 말이 치수 귀에 모깃소리만큼 앵앵거리는가 하면 천둥 치는 것같이 크게 울려오곤 한다. 무엇 때문에 혼란이 이는지 그 순간은 도무지 알 수 없었다. 치수가 서울로 올라가서 방탕한 생활을 한 것은 그 일이 있은 후이었다.

미색인가 하면 연분홍 빛깔로도 보이는 능소화가 한창 피어 있는 유월, 담장 밖이었다. 비가 걷힌 돌담장은 이끼 빛깔로 파아랗게 보이었다. 담장을 기대고 아무렇게나 피어 있는 능소화, 치수는 초당에서 내려오다가 구천이를 보았다. 그는 넋을 잃고 서 있었다. 치수가 가까이까지 갔을 때도 인적기를 모르는 듯 능소화 옆에 서 있었다. 아주 바싹 가까이 갔을 적에 느릿한 시선을 치수에게 돌리었다. 치수의 가슴이 마냥 떨리었다. 그 같은 얼굴을 몇 번인가 보았었다. 그럴 때마다 치수는 가슴이 떨리었다.

"너 절에서 자랐느냐?"

치수는 나직이 물었다.

비로소 그는 치수의 얼굴을 깨달은 것 같았다.

"예?"

"어릴 적에 절에서 자랐지?"

구천이의 입술이 하얗게 변했다.

"그렇지 않습니다."

하얀 입술이 움직였던 것이다.

"아비가 있느냐?"

이번에는 고개를 흔들었다. 대신 그의 눈알은 뚜렷하게 치수를 응시했다. 하인의 눈빛이 아니었으며 하인의 몸짓도 아니었었다.

"어디서 많이 본 얼굴 같군. 누굴 닮았을꼬……?"

치수는 육박해 들어가듯 했다. 순간 구천의 눈은 사나운 짐승의 눈으로 변했다. 이빨만 드러낸다면 그는 여지없는 짐승이었으리라. 그러나 그것은 한순간에 지나지 못하였다. 강하고 두꺼운 장막이 얼굴에 내리덮이면서 그는 완전한 무표정으로 돌아갔다.

구천이 서희어미와 달아난 후 치수는 사람을 시켜 쫓으려면 쫓을 수도 있었다. 왜 쫓지 않았는지, 치수는 그러한 자신을 이해하지 못했으며 그것은 어쩔 수 없는 미묘한 감정의 소이라는 것도 이해하지 못하였다. 증오, 보복, 그 어느 것도 아니면서 사실을 구명하고자 하였고 구명하고자 하는 강렬한 욕망을 또 누르지 않으면 안 되었다.

치수는 절 방에서 온종일 비몽사몽의 상태로 보내다가 야심하여 절간이 죽음에 달한 것처럼 인적이 끊이면은 박쥐같이 절 문밖으로 빠져나가 절 밑의 마을을 헤매었다. 새벽녘, 인경 소리가 울릴 적에, 영혼의 깊이까지 스며들어 천상을 찬미하는 노래 같기도 하고 지옥의 죄 많은 망자(亡者)들이 울음 우는 소리 같기도 한 인경이 산과 수목과 새벽이 걷혀 가는 하늘에 울려 퍼질 때 밤이슬에 흠씬 젖어서 치수는 돌아오곤 했다.

사흘 밤을 지낸 뒤 끝내 우관과의 대면을 회피한 최치수는 수동에게 떠날 채비를 차리라고 일렀다. 떠날 때 비로소 치수는 우관을 찾아 하직인사를 했다. 우관은 묵묵히 일행을 따라 절 문밖까지 나왔다.

석장(錫杖)에 몸을 기댄 그는 떠나는 치수의 뒷모습을 지켜본다.

아침나절 법당 쪽에서 목탁 소리 독경 소리가 한가롭게 울려 퍼진다.


# 16장 목기막에서

여남은 채의 초가가 옹기종기 모여 있는 산기슭 마을에다 나귀와 긴요치 않은 물품, 필요할 때 가져다 쓸 요량으로 일부분의 식량, 화약 따위를 맡겨놓고 산으로 들어간 일행은 화전민의 산막에서 하룻밤을 보내었다. 이튿날 다시 길을 떠나 일행은 깊은 곳을 헤치고 들어섰다. 치수는 서울서 구해온 엽총을 들었고 탄약대를 둘렀으며 강포수는 총과 탄약대 이외 불치주머니를 옆구리에 차고 걷는다. 수동이는 화약과 산탄을 따로따로 넣은 마 포대와 식량 꾸러미를 짊어지고 뒤를 따랐다. 아름드리 산목련나무와 우묵우묵하게 철쭉으로 가려졌던 계곡을 지나 일행은 관목 지대를 계속 헤치고 간다. 원시림인데다 산죽이 밀생하여 하늘이 보이지 않는다. 곡사(谷寺) 근방이었다. 나무숲을 거슬고 지나가는 바람 소리, 다시 나타난 계곡의 물 떨어지는 소리, 앞장서 가는 강포수는 이따금 뒤따르는 사람에게 주의를 주곤 했는데 고함을 치듯 하는 그의 목소리는 금방 산소리에 지워지고 만다. 얼마나 오랜 세월 나뭇잎은 쌓이고 쌓였던 것일까. 몸무게가 둥 뜨는 것 같은 부엽토의 더미, 인적에 다져지질 못한 부엽토에 푹석푹석 발목이 묻히는데 모래밭과 달리 발바닥에 저항은 없다. 계곡에서, 바위마다 두껍게 늘어붙은 이끼에서, 썩은 나무 밑둥, 푸르름이 서로 반영되어 소나기 퍼붓는 곳에 번개치는 순간의 밝음과도 같이 더러는 움직이고 더러는 정지한 나뭇잎, 발밑에서 스치는 산죽에서, 사방에서 습한 기운이 기류를 타고 묻어오며 움직인다. 날짐승은 요란하게 날갯짓을 하여 가지에서 가지로 옮겨 앉으며 인간들이 가까이 왔음을 경고하는 것인지 날카롭게 우짖는다. 작은 동물들은 덤불 속으로, 혹은 석벽 쪽으로 피해서 달아난다. 다시 계곡이 멀어지면서 물소리도 멀어져갔다.

강포수는 역시 사냥꾼이었다. 골수에서부터 사냥꾼이었다. 귀녀로 인하여 미망(迷妄)에 빠져 헤어날 것 같지 않았던 그가 마치 건드리면 흩어지는 수은(水銀)이 다음 순간 다시 모여들어 본시대로 한 덩어리가 되고 마는 것과 마찬가지로 어지러운 사념은 사냥꾼의 목적의식에 집중되었으며 어느덧 감미롭고 쓰라린 귀녀의 환상은 무산되고 말았다. 그의 온갖 지각은 짐승의 발자국, 짐승의 냄새, 짐승이 비비적거려놓고 떠난 낙엽더미의 흔적에 쏠리었다. 노련한 사냥꾼 강포수는 여느 때와 달리 다소 흥분된 상태였다. 방아쇠를 당길 때마다 심하게 퉁기면서 어깨에 통증을 느끼곤 했던 화승총으로도 선불 맞힌 일이 없는 명포수인 그가, 하기는 사정거리가 짧고 발사속도가 형편없이 느렸으므로 맹수인 경우 한 방에 급소를 뚫지 않는다면 포수 자신의 목숨을 내놔야 할 경우가 있는 만큼 사격 솜씨의 정확함이 포수의 첫째 자격이긴 했었다. 하여튼 화승총으로 숱한 맹수를 사냥했던 강포수는 지금 마을에 맡겨둔 짐짝 속에 화승총은 처박아두고 신식 총을 들고 있었으니 흥분할 만도 했다. 그동안 최치수와 함께 당산에서 사격 연습을 계속했기에 총의 성능을 알고 손에 익기도 했으나 아직 엽총은 짐승의 피를 보지 못했다.

석벽 근처를 지나올 때 치수는 고라니 새끼 한 마리를 보고 시험 삼아 쏘려고 했었다.

"그러지 마시이소!"

강포수의 어세가 강하여 치수는 힐끔 쳐다보며 동작을 멈추었다.

"그까짓 거, 고라니 새끼 머하실라꼬 그랍니까?"

"……."

"한 마리를 잡아도 듬직한 놈을 잡아야제요. 초지녁에 나온 호랭이는 곱운 각시나 처자나 하고 새북 호랭이는 쥐나 개나

한다 안 캅니까. 아즉 우리 사냥은 초지닉이니께요."

보일 듯 말 듯 웃음기를 머금으며 치수는 엽총을 거두었다.

"총은 함부로 쏘는 기이 아입니다. 총 한 방을 쏠라 카믄 목심하고 바꾼다 생각해야 하니께요. 짐승도 그렇심다. 살 만큼 살아야, 새끼를 직이는 거는 산신이 노하니께요."

제법 타이르는 투다. 산 밑에서는 최치수 위엄에 눌리어 말을 더듬거나 망상에 빠져서 묻는 말에 대답도 못하던 강포수가 산에 들어서면서 단연 달라진 것이다. 언동에 두려움이 없어졌다.

'저, 저 뉘 앞이라고?'

두려움 없이 말하는 강포수가 수동에게는 괘씸했다. 그러나 짐승도 살 만큼 살아야 한다는 말이 마음에 들었으며 우둔하고 버르장머리 없는 그에게 묘한 친밀감을 느낀다. 최치수는 아무 말 없이, 그러나 다음 수풀 속을 지나가는 고라니를 새끼도 아니었건만 쏘지 않았다. 강포수는 앞장서 가면서 제 말을 들어주거나 말거나 아랑곳없이 지껄였다. 벌써 이태 동안이나 눈독을 들여온 곰에 관한 얘기였다.

별 소득 없이 해가 저물었다. 치수는 종시 무덤덤했다. 일행이 화전민의 집을 찾아가기에는 상당한 거리가 있었으므로 강포수 제안에 따라 비어 있는 목기막에 들었다.

수동이 지어낸 저녁을 끝내자 별 수 없이 세 사람은 마주 보고 앉아 있을 수밖에 없다. 강포수는 새삼스럽게 주눅이 들었는지 써보지도 못한 엽총을 꺼내어 공연히 총신을 닦아보고 들여다보곤 한다. 관솔불 아래 텁석부리 강포수의 얼굴은 붉게 번들거렸다. 치수는 한쪽 무릎을 세우고 짐꾸러미에 몸을 기대듯 하며 눈을 감고 있었다. 피로한 빛이 역력했으나 그것도 잊은 듯 깊은 생각에 잠긴 모습이었다. 수동이는 두 무릎을 모으고 단정하게 앉아서 상전의 말이 떨어질 것을 기다리고 있었다.

"강포수."

눈을 감은 채 치수가 불렀다.

"예."

"산속에 화전민이 얼마나 있는고?"

"그러매요. 세세히야 우찌 소인이 알겄십니까."

"산속의 일이라면 개미 기어가는 것도 알 거라고 김평산이 말하더니 그럼 모른다 말이냐?"

산속의 냉기 탓인지 치수의 입술 빛은 짙게 보였다.

"노상 산에서 싸돌아 댕기니께 빈말은 아닐 깁니다마는."

"……."

"하지마는 짐승이라믄 몰라도 사람우 일이사 눈여겨보지 않으니께요."

"……."

"그라고 본시부텀 화전민이란 한곳에다가 자리를 박고 살지 않으니께요."

191

"왜 자리를 박고 살지들 않나."

"소인겉이 뜨내기 신세라서 그런개 비요."

강포수의 눈은 잠시 관솔불에 가서 머문다.

"불질러가지고 게우 한두 해, 좁쌀 강냉이 심어묵고 나믄 땅이 갈아서 못 해묵으니께, 그러니께 다른 자리를 찾아서."

"그것은 알고 있네."

수동이는 두 무릎을 모으고 앉은 채 졸음이 오는 것을 떠밀어내려고 애를 쓴다.

"땅도 땅이지마는 세상에 나가서 살 형편도 못 되는 사람들이니께 자연 남우 눈을 피해서 자리를 옮기기도 하나 배요."

"어떤 사람들이기?"

"몹쓸 병이 들었거나, 아 이 산속에는 문둥이가 참 많을 깁니다. 그러니께 차라리 비어 있는 산막이 안심스럽고, 그라고 또 죄지은 사람이 숨어 안 살 것십니까."

"무슨 죄를 졌기?"

치수의 눈시울이 희미하게 움직인다.

"여러 가지가 안 있겄십니까. 빚에 몰려서 관가 송사 난 사람도 있일 기고 역적질한 가솔들도 있일 기고요, 족보에서 할적(割籍)돼서 올 데 갈 데 없는 양반 댁 자식들, 그라고 또오 동학당도 적잖이 숨어 있일 깁니다."

"그렇겠지."

"옛적에는 서학패들도 많이 숨어 있었다 카는데, 그렇거나

저렇거나 햇볕 바르게 못 사는 사람들 아니겠십니까. 도망친
노비들도 있일 기고 남으 계집 업고 와서 사는 놈도 있일 기
고요. 세상에는 별의별 죄인이 다 있으니께, 첩첩산중 여기사
아무래도 법은 멀고."

꾸벅꾸벅 졸고 있던 수동이 눈을 떴다. 가물가물 흐려지는
의식 속에 강포수의 나중 말이 귀에 흘러들어왔던 것이다. 수
동이는 강포수를 한 번 노려보고 다음 겁먹은 눈이 되어 치수
의 기색을 훔쳐본다. 치수는 모호하게 웃고 있었다. 옆모습의
날카로운 콧날에 관솔 불빛이 미끄러진다. 치수는 나직하게
불렀다.

"강포수."

"예."

대답을 하면서 강포수는 뒤늦게 아뿔싸! 하고 제 한 말의
실수를 깨닫는다. 그도 수동이처럼 겁먹은 눈이 된다. 세상일
과는 별로 인연이 없었고 세상 이야기를 들려주는 사람도 드
물었으며, 설사 남의 말을 귓속에 바싹 디밀어준다 하여도 한
귀로 흘러버리는 강포수였으나 최참판댁에서 일어난 사건은,
얼마 동안 그 댁 지붕 밑에 있었던 만큼 뒤늦게나마 기억이
살아났던 것이다.

"다음부터 되도록이면 빈 막에서 잠자리 펴는 일이 없도록
해주게."

"예, 예."

덮어놓고 대답하다가,

"그렇지마는 짐승을 쫓다 보믄 자연히 그럴 수도,"

"서둘 것 없네. 짐승 잡아 장에 갈 것도 아니고…… 수동아."

"예."

"나무를 넣어라."

"예."

수동이는 불씨만 남은 모닥불 위에 마른 솔가지를 분질러 놓고 꺼지려는 불을 살린다. 불길이 솟으면서 관솔불은 희미하게 약해지고 거무죽죽했던 목기막 안이 훤해졌다.

"강포수."

"예."

"자네 호랑일 잡은 일이 있는가?"

"하모요, 잡고말고요."

"그래 몇 마리나?"

"두어 마리 잡았심다."

"음…… 옛적에 우리 대숲에서 포수가 호랑이를 잡은 일이 있었다더군."

"대숲에서?"

"음…… 들은 얘기니 사실이 그러했던지…… 노루를 쫓아서 내려왔었던 모양이야."

치수는 벌써 옛날에 죽은 늙은 종한테서 들었던 이야기를 생각하며 혼자 싱긋이 웃는다. 노루, 비극적인 사실을 맴돌았던 이야기였었는데 치수는 웃는 것이다. 그는 얼굴을 모르는 부친에 관한 이야기를 도무지 실감할 수 없었던 것이다. 불사(佛事)를 끝낸 뒤 노루고기를 먹었기 때문에 벌을 받아서 부친이 죽었다는 이야기가 믿어지지 않았다. 그 이야기는 대개 호랑이에 관한 대목만은 빠뜨리고 전해져 내려왔으나, 치수는 어릴 적에, 이름조차 기억할 수 없는 늙은 종이 하던 말을 생각해낼 때마다 묘하게 웃음이 나는 것이었다. 개 두 마리가 미친 듯이 울부짖던 날 밤, 사실은 노루를 쫓아서 호랑이가 대숲에 내려왔었다는 것이었다. 결국 그러고 보면 개 두 마리는 호랑이를 물리치고 노루를 쟁취한 셈이다. 한데 어찌하여 호랑이가 대숲에 남아 있었던지, 이름난 포수를 초빙해서 호랑이를 잡았다는 것이다. 늙은 종의 얘기로는 총소리가 나고도 대숲에서 아무 소리가 없기에 엉금엉금 기다시피하여 가보았더니 포수는 허공을 향해 노 젓는 시늉으로 총대를 들고 허우적거리고 있더라는 것이다. 저만큼 덕채만 한 호랑이 한 마리가 쓰러져 있었고.

'너무 놀래서 포수가 그만 정신이 나간 기라요. 사램이 가도 그냥 총대로 노를 젓고 안 있겠십니까?'

늙은 종의 말이었다.

"호랑이 사냥을 할려면 담력이 세야 할 거로?"

"그렇십니다. 여간한 담력이 아니믄 호랭이 불덩이 겉은 눈만 봐도 기절을 하니께요."

"나는 아예 호랑이 사냥할 생각은 없으니, 강포수."

195

"예."

"자네는 언제든지 해 떨어지기 전에 화전민 집에 당도할 수 있도록 길을 잡아주게."

"예."

하다가,

"그라믄, 정히 잠자리가 편찮으시믄 소인이 자주 묵는 산막에다가 얘기해서…… 그라자믄 아무래도 멀리는 갈 수 없을 깁니다. 사냥이란 짐승을 보았다 싶으믄 며칠이고 몇 밤이고 뒤따라가야 하는 법인데."

"누가 그걸 모르나?"

어세가 강했고 엷은 입술이 파들파들 떨었다.

"한 집에다 숙소를 정해놓고 그 변두리만 돌자고 누가 말했나!"

"……."

"가는 곳마다 화전민의 산막이야 있을 거 아닌가. 문둥이가 살든 도적이 살든."

"……."

"사냥은 둘째고."

"……."

"사람을 찾는 게야!"

"예, 그, 그라믄 그리 알아서 요량하겠십니다."

우둔한 강포수는 전혀 생각이 미치지 못하고 치수 기상에 눌려 얼떨떨해서 대꾸했다. 수동이는 저도 모르게 모닥불을 헤집고. 불티가 날리는 바람에 멈칫하여 멈추는데 치수의 눈길을 느끼자 몸을 움츠린다. 그러나 치수는 수동이를 보고 있지 않았다.

'우연…… 우연을 기다리고 있는 젤까. 산막에서 우연히 그놈을 만나기를 기다리고 있다…….'

눈이 강포수에게로 옮겨진다.

'흐흐흐…….'

속으로 웃다가,

"허허허……."

웃음이 밖으로 나왔다. 강포수는 눈이 휘둥그레져서 치수를 본다.

"그, 그렇게 하겠십니다. 사람을 찾을라 카믄."

하다가 강포수는 엽총을 구석지에 세우고 이번에는 멍하니 치수를 바라본다.

'할 수만 있다면 아무 일도 없이 돌아가고 싶은 게지. 그러고 명년으로 미룰 게야. 게으른 종놈같이 능장을 부리면서…… 흐흐흐…….'

치수는 자기 권위에 대한 손상을 용서치 않았다. 어떤 방법이든 끝장을 보아야 했던 것이다. 방법이라면 다른 쉬운 방법이 있었을 것이다. 사람을 사방에 풀어서 남녀를 잡아올 수도 있을 것이며 미리 손을 써서 행방을 안 뒤 떠나올 수도 있었던 것이다. 그런데 왜 치수는 막연하게 기약도 없이 산속을 헤매려 왔던가. 분노하고, 추상같이 마을이 떠들썩하게, 그게 싫었던 것일까. 자기 혼자 자신을 납득시킬 수 있으면 그만이 었던 것이다. 자기 혼자서 손상된 권위를 찾았다 생각하면 그 만인 것이다. 그 절대적인 권위 의식에, 그러나 치수는 자기 전부를 투신할 정열을 잃고 있었다. 우관선사에게 사실을 규 명치 않으려고 안간힘을 쓴 것도 결정적인 포기를 두려워했 기 때문이다. 끝장을 내기 전에는 치수에게 그 문제는 괴로운 숙제이다. 싫든 좋든 의무이기도 했었다. 아무리 싫어도 싸움 터에서 등을 돌릴 수 없는 것과 마찬가지로 나라를 사랑하는 정열도 없으면서 적병을 향해 치달릴 수밖에 없는 하나의 관 념, 굳어져버린 관념의 관습, 거의 윤곽을 잡을 수 있게 된 윤 씨부인과 구천이, 우관선사와 김개주, 문의원과 월선네와 바 우와 그의 아낙이 얽섞여져서 형태가 만들어진 있을 법한 사 실은 자신이 지금 추적하고 있는 구천이를 어떤 방향으로 몰 고 가게 될지 그것은 치수 자신도 명확히는 알 수 없는 자신 의 감정이었다. 확증을 회피하고 연곡사를 떠나왔으나 확증 을 얻음으로써 구천이에 대한 형벌이 보다 가혹해질는지 형 벌을 포기하게 되는지 그것은 알 수 없는 일이었다.

수동이는 부대를 들고 목기막 밖으로 나왔다. 쐥 하니 부딪 쳐오는 차가운 산기운에 수동이는 으시시 떤다. 지대가 높아 서 그럴 테지만 하늘의 별은 무척 가까운 곳에서 반짝이고 있었다. 반짝이고 있다기보다 수동이처럼 오시시 떨고 있는 것 같았다. 멀리 석벽 쪽에서 짐승이 운다. 혹 사나운 짐승에게 쫓겨온 산양의 울음이나 아닌지. 수동이는 구천이의 울음 같은 생각이 들었다. 가랑잎을 쓸어모아 부대에 쑤셔 넣는다.

'하필 나를 와 데리고 오싰으꼬? 구천이 그눔아 죽는 거를 우예 보노! 하느님 맙소사!'

부대에 가득 가랑잎을 채워놓고 난 뒤 우두커니 한참을 서 있다가 수동이는 목기막으로 돌아왔다. 치수는 아까 그 자세로 비스듬히 앉아 있었다. 강포수는 이제 마음 놓고 치수를 멍하니 바라보고 있었다.

'휘안한 사람을 다 보겠다. 미치지도 않았는데 와 헛웃음을 자꾸 웃는 길까?'

"저리 비키소!"

수동이는 강포수를 떠밀어내고 가랑잎을 깔아 치수의 잠자리를 마련한다. 목기막의 일꾼이 쓰다가 팽개치고 떠난 듯 한곳에 굴러 있는 목침을 들어다 가랑잎 자리에 옮겨놓고 자랑스럽게 목침 위를 가랑잎으로 덮는다. 치수는 자리에 눕고 강포수는 짐짝에 기대듯 하더니 이내 잠이 든 모양으로 숨소리가 거칠게 터져 나왔다. 얼마 후 치수도 고른 숨결을 뿜는다. 잠이 든 것이다. 수동이는 관솔불을 거둬 땅바닥에서 뭉게뭉게 타고 있는 모닥불 속에 집어던진다. 불꽃이 확 일다가 차츰 사그라진다. 모닥불 옆에 웅크리고 앉은 수동이는 영 잠이 오질 않았다.

염치없이 달려들던 잠은 다 달아나고 머릿속은 냉수를 끼얹은 듯이 맑아오기만 했다. 밖에서는 여전히 짐승 우는 소리가 들려온다. 가랑잎을 몰고 가는 바람 소리도 쉴 새 없이 들려온다.

'천지간이 죽은 듯이 적막하고나.'

별안간 수동이는 울음이 끼둑끼둑 치미는 것을 느낀다.

'참말이제 적막하고나.'

상전 댁에서 짝지어준 분이가 돌림병에 죽은 지도 사오 년이 넘는다.

'생각하믄 서방님도 불쌍치. 여자 하나 들어서…….'

그는 분이가 죽은 뒤 어디서 무엇을 하다 왔는지 최참판댁 문전에 나타난 구천이를 동생같이 자식같이 사랑했다. 사랑했다기보다 상전을 대하듯이 숭배했던 것이다.

'구천이는 남다른 데가 있지. 우리네들하고 다르다 카이.'

그 생각은 상당히 뿌리 깊어서 죄를 저지르고 달아난 후로도 변함이 없었다. 다만 용서할 수 없는 사람은 별당아씨였던 것이다. 여자에 대한 생각은 가혹했다.

'여자 하나 들어서…… 계집은 요물이라니. 어린 애기씨를 생각하고 홀로 청상으로 늙으신 마님을 생각해서라도, 천하에 몹쓸 여자 아니가. 서방님이 멀쩡히 기시는데…… 꼬리를 쳤으니께 구천이가 넘어갔지.'

여자 탓으로 구천이가 죽게 된다 생각하니 더욱더 분개심을 느낀다.

'천하에 몹쓸…….'

밤이 깊어지니 바람은 자는 모양이다.

"바아우— 바아우우—."

아주 가까운 곳에서 고라니 울음소리가 들려온다. 어질고 순한 동물치고는 울음소리가 여간 크지 않다.

"바아우— 바아우우—."

이튿날 치수는 강포수의 동의를 얻어 노루 한 마리를 잡았다. 강포수는 노루가 쓰러진 자리에서 칼을 뽑아 노루의 염통을 찔렀다. 흐르는 선지피를 받아 세 사람은 점심 요기로 대신한다.

노루를 수동이 짊어지고 가까운 화전민 막살이로 찾아들어 갔을 때 해는 지려고 했다. 강포수는 마당가에서 죽은 노루를 칼로 가르며 고기포를 뜨고 수동이는 치수에게 세숫물을 떠다 바친다. 세수를 하고 일어선 치수는,

"앗!"

하고 소리를 질렀다. 끔찍하게 큰 지네가 발 밑을 지나가고 있었다. 수동이 쫓아와서 막대기로 지네를 쳤다. 강포수는 본체만체 하던 일만 하고 있었다. 아무 일도 아니라는 듯.

"한 마리가 또 나올 깁니다."

화전민 아낙이 웃으며 말했다.

"한 마리가 또 나와?"

치수의 얼굴이 새파래진다.

"내외간이니까 한 마리를 찾아서 나올 깁니다."

치수는 아낙을 흘낏 노려본다.

"음양의 이치니께요."

강포수는 포를 뜨면서 거들었다.

'빌어먹을, 우찌 저리 눈치코치도 없노.'

수동이 마음속으로 혀를 찼다.

얼마 후 아닌 게 아니라 죽은 놈과 꼭 같은 크기의 지네가 나타났다.

"저거 보이소 쉰네 말이 맞지요."

아낙은 치수를 보고 또 웃었다. 치수는 쓴 입맛을 다신다. 그는 지네를 몹시 싫어했다. 호랑이보다 아마 그는 지네를 더 무서워했을 것이다.

그날 밤 치수는 밤새도록 지네에게 쫓기는 꿈을 꾸었다.


## 17장 바람인가?

그것은 동상이몽(同床異夢)의 경우보다 더 각박한 행위였었다. 더러는 물방앗간에서, 풀숲 혹은 바위 뒤켠에서, 그러나 보다 빈번히 삼신당을 이용하여 귀녀와 칠성이는 제각기 간절한 기대와 야망에 불타는, 육체적으로는 불모지와 다름없는 관계를 계속하고 있었다. 제각기의 야망과 기대는 사람다운 애정을 거부함은 물론 정사에서 우러나게 마련인 애욕조차 용서치 않았다. 행위는 목적을 위한 고행이었으며 본능을 초월했다고나 할까 말살했다고나 할까, 그것은 비인간적인 것이었다. 그 점에서는 사나이보다 여자 편이 더 강하였고 철저하였다.

이같이 깊은 밤에 행해지는 비정의 밀회는 평산의 물 샐 틈없이 세밀한 지시에 따라 비밀이 잘 지켜지고 있었다. 아이를 배태하느냐 못하느냐, 어쩌면 그것은 신과의 위대한 도박인지 모른다. 아들을 낳는다면 세 사람은 다 같이 승리의 술잔을 들 것이요, 딸을 낳는다면 귀녀와 평산의 새로운 음모에서 칠성이는 탈락될 것이다. 그러나 얼마나 큰 오산인가.

당산 숲, 깊은 곳에 묻혀 있는 삼신당은 언제나 무겁게 밤을 지키고 있으며 당 안에 모셔놓은 동자불(童子佛) 미륵은 미소를 머금으시고 이들, 열렬한 기자(祈子)의 행위를 내려보신다. 소슬한 가을바람이 음성과도 같이 신당 처마를 스쳐가고 나뭇잎과 나뭇잎의 몸을 부비는 기척, 밤 꾀꼬리가 동처녀같이 울고 부엉이는 늙은 총각의 넋처럼 우는데 미륵불은 다만, 어느 공장(工匠)이 녹이고 부어서 마음 없이 빚어놓은 한갓 쇠붙이에 지나지 않는단 말일까. 부처님은 노상 말씀이 없으시고 미소만 띠셨다.

"이보래? 귀녀."

사나이 가슴에 짓눌린 채 귀녀는 대답하지 않았다.

"그, 온달이가."

"……."

"안 그렇나? 한 달이고 두 달이고 안 온다믄 야단이제. 그새 아아를 배믄 아무래도 의심을 안 받겄나? 달수가 있인께. 그렇겄제?"

온달이란 평산이 작명한 최치수의 별칭이었다.

"웬 걱정이오. 설마 추석 전엔 안 올까!"

앙칼진 목소리가 튕겨져 나왔다.

"그런 거를 주제넘다 하는 기요."

목청이 낮았으나 이번에는 모멸이 가득 차 있었다.

"머라꼬? 허 참 내가 걱정 안 하고 누가 할 기고."

"아무 상관없소."

"와 상관이 없노. 아아 애비는 난데 상관이 없다니."

사내는 강하게 압박해간다. 여자는 신음 같은 웃음으로 저항했다.

"떡 줄 사람은 따로 있는데 김칫국부터 마신다더니 아이가 생기서도 머할 긴데 없는 아아 애비가 어디 있노?"

"그, 그거사 그렇다마는 생기는 거로 생각하고 있인께 미리 할 걱정은 해놔야제."

"욕심만 목구멍까지 차가지고."

한곳에서 풀려난 남녀는 원수처럼 헤어진다. 귀녀가 먼저 산에서 내려간다. 치마를 푹 뒤집어쓰고 내려가는 여자 뒷모습을 쫓아가듯 부엉이 우는 울음이 잇닿는다. 샘터로 내려간

칠성이가 무릎을 꿇으며 엎드려 샘물을 실컷 마시고 일어섰
을 때 파수병 노릇을 하던 평산이 어슬렁어슬렁 마을을 향해
내려가는 모습이 있었다.

"빌어먹을! 살쾡이 같은 년. 흥, 씨가 제일이지 밭이 무신
소용고."

입가에 흐른 물을 주먹으로 훔치며 칠성이도 내려가버린
삼신당 지붕에 조각난 달이 희미하게 걸려 있었다.

'엿장수 마음대로?'

혹 동자불은 그런 말씀을 뇌고 계실지 모른다.

최참판댁 봉순네 방에는 함안댁과 임이네가 와서 봉순네를
거들어 바느질을 하고 있었다. 추석까지 보름 동안의 시일이
있었으나. 하인들 입성까지 손이 미치지 못하여 마을에서 손
끝이 야물다는 함안댁과 임이네가 불려온 것이다. 지난해 추
석 전에도 이들이 와서 거들어 주었었다. 함안댁은 찬찬하여
앉은 일을 보다 즐겼고 바느질 솜씨는 봉순네에게 미치지 못
하지만 김서방이나 귀녀와 삼월의 옷 정도는 미끈하게 뽑아
낼 줄 알았다. 임이네는 일손이 빨라서 머슴 옷을 숭덩숭덩
마르고 지어내었으나 바느질은 거칠었다.

"나는 아무래도 선일이 낫더마요. 내리 앉아서 바느질을 하
고 나믄 궁둥이뼈가 아파서."

"그거 다 습관이네라."

함안댁은 바늘을 뽑아 옷섶에 꽂고 등잔의 심지를 돋우며

임이네 말에 대꾸했다.

"김서방댁이, 아이고 무서리(몸서리)야, 재웁지도(지겹지도) 않는가 배, 날 보고 그라지마는, 일이라도 하니께 세월 가는 줄 모르지."

봉순네는 자를 들고 품을 재며 말했다. 임이네는,

"그거 다 팔잡니다. 낭개서 따온 것 겉은 솜씨니께, 싫었으믄 솜씨가 늘었겠소."

"젊었일 적에는 솜씨 자랑하니라고 밤 가는 줄 모르고 했지마는 나이 들어갈수록 살아온 세상이 한스럽아서……. 그래도 일만 잡으믄 이 생각 저 생각 다 잊으니께 일이 보배지."

"하기는 그렇겠소. 머니 머니 해도 혼자 사는 사램이 젤 셟다 카더마요."

"말해 머하노, 자식이 아프니 함께 걱정해줄 사램이 있나."

"봉순이 아부지가 그리 자식 낳기를 기다렸다믄서요."

"내 복이 없어 그렇지. 인제 남같이 살 긴갑다 생각던 것도 잠시였지. 꿈길 겉지."

함안댁은 임이네와 봉순네가 주고받는 이야기를 듣고만 있었다. 봉순네는 담담하게 남의 말을 하는 것 같은 표정으로 자기 이야기를 풀어놓기 시작한다.

"내가 열여섯에 시집을 갔는데, 가니께 신랑 나이가 열한 살이더마. 게다가 우찌나 감풀던지* 여름이믄 또랑에서 미꾸라지 잡노라고 옷이 흙에 범벅이 되고 겨울이믄 얼음판에서 온종일 미끄럼을 타는 바람에 바지 엉덩이 쪽이 성할 날이 없었고 날마다 연날리기, 연실에 손 비이기는 일쑤고 그래가지고 돌아오믄 이눔으 가씨나야! 니 때문에 손 비었다 하믄서 걸핏하믄 머리끄뎅이를 잡아끌고, 그래도 서방님이라구 말대꾸 한분 못하고 살았지. 그런 세월을 살다보니 어느덧 이녁은 다른 계집하고 눈이 맞아서 참 바람도 많이 피우고, 하기사 내 복에는 과한 인물이었인께. 우리 봉순이가 지 아바이를 쏙 빼썼지."

"입에 붙은 말이 아니라 봉순이가 크믄 중신애비 땜에 개가 목이 쉴 깁니다."

"그러세, 그거사 다 커봐야 알겠지마는,"

"그래서 우찌 되었소."

임이네는 말없이 일만 하는 것이 답답하였고 본시 말 좋아하는 성미여서 다음 말을 재촉했다.

"그랬는데 민란이 일어나가지고 이녁이 멋을 안다고 앞장을 섰던가 배. 집안이 수라장이 되고 이녁은 관가에서 쫓기는 몸이 되었는데, 그러면서도 기생 하나를 데리고 도망을 안 갔나."

"이만저만한 바람쟁이 아니었던가 배요. 붙들리믄 죽을 판에 무신 정에 계집까지 끼고."

"하기사 기생 쪽에서 한사코 따라갔다더라마는 그렁저렁 십 년 넘기 타관에서 소식도 없이 떠돌아댕깄는데 무신 바램이 불었던고, 아무래도 지금 생각해보니 우리 봉순이 저거를 하나 떨어뜨릴라꼬 돌아왔던가. 집안이 수라장이 되믄서 나는 할 수 없이 연피연피(연비연비)로 말해주는 사람이 있어서 이 댁에 와 있었는데 떡, 찾아 안 왔겠나? 이녁 나이 서른을 넘었고 나도 서른다섯이었지. 이 댁을 하직하고 이녁을 따라서 고향으로 돌아갔는데 본시 심성이 나쁜 사람은 아니었지. 게다가 풍상을 겪어서 그랬는지 몰라도 우찌나 나를 위하고 이자는 다시 고생 안 시키겠다 카믄서,"

"하기사, 올바람은 잡는다 캅디다."

"이자는 나도 세상을 살 긴갑다 싶어서, 거기다가 난데없이 태기까지 안 있겠나."

"그러니께 삼신이 끌어댕깄구마."

"세상에 그 좋아하는 거라니…… 보래 조심하라고, 내가 다 할 기니 임자는 가만있으라고, 함서 아아 떨어질까 봐 벌벌 떨두마. 밤이믄 넘어진다고 밖에 나오지도 못하게 하고."

"아이고 그만했이믄 원도 한도 다 풀었겄소. 하루를 살다 죽더라도 그런 호강 한분 해봤이믄."

임이네가 수선을 떠는데 함안댁은 여전히 말없이 일감에 시침을 두고 있었다.

"남들도 그랬지. 날 보고 복 터졌다고. 밤이 되믄 싫다 카는데도 어디 배 한분 만지보자 얼매나 컸는가 함서, 하기사 이녁도 삼십이 넘기 자식이 없인께 좋기야 와 안 좋았겠노. 하도 그래쌓아서 나도 걱정이 되두마. 딸을 놓으믄 우짤꼬 싶어서, 그래 딸이믄 우짤 기요 했더니 딸이믄 우떻고 아들이믄 우떻노, 그래도 내가 걱정이 돼서 아들을 낳아얄 긴데 싶어서 하고 아들 노래를 부르믄 이녁 말이, 나는 딸이라도 낳기만 하믄 춤을 출란다."

봉순네는 임이네에게 들려준다기보다 어느덧 자신이 옛날 추억 속으로 잠겨 들어가고 있었다.

"태기가 있고부텀은 우떡허든 살아볼라고 이녁도 고생 많이 했지. 손에 안 익은 장사를 하노라고, 그러니까 아이가 여섯 달 됐을 때, 이녁 말이 산월에는 집에 있어야 한다믄서 일찍 서둘러 서울로 장삿길을 떠났는데 그기 마지막 길이 될 줄 뉘가 알았겄노. 도둑 떼한테 걸리서 그만……."

"그러기 세상사가 다 뜻대로 안 되나 배요."

처음으로 함안댁이 입을 떼었다.

"다시 만내가지고 일 년도 못 살았지. 상막 앞에서 곡을 하다가 우리 봉순이를 낳았는데 낳기만 하믄 춤을 추겄다 카던 사람은 간 곳이 없고 이웃 할매가 삼줄을 끊어줘서, 그 할매도 울고 나도 울고, 남보다 바삐 갈라꼬 그리 정을 주었던가, 사람으 가슴에다가 못을 박아놓고 무정하고 야속한 남정네, 내가 발을 헛디서 아아 지울까 봐 신돌에 신발까지 갖다주던 사람이…… 첫국밥을 끓이주는데 시상에 목에 넘어가야지. 참말이제 그때 핏덩이만 없었다믄 함께 가겄더마. 강보에 싸인 봉순이를 안고 이 댁으로 돌아왔일 때 눈물이 길을 막

고…… 그래도 사람 목숨 모진 기라, 세월이 간께 배 고프믄
밥 묵고 잠 오믄 잠자고 잊을 때도 있으니."

"우짤 깁니까. 산 사람은 살아야제요."

"그러기 우리 봉순이 치울 때까지는 살아야 긴데…… 남들 겉
으믄 버얼써 며느리 사위 보았일 긴데, 어서어서 세월이 가고."

초저녁이 지나고 잠자리를 마련하고 방마다 등잔불이 꺼질
무렵 일을 끝낸 함안댁과 임이네는 낡은 초롱으로 발밑을 비
춰가며 언덕을 내려갔다. 그들이 돌아간 뒤에도 봉순네는 일
손을 멈추지 않고 오래도록 계속하였다.

"바램인가?"

봉순네는 바깥 기척에 귀를 기울인다.

"이상해라. 요새는 꼭 이맘때만 되믄."

옷섶에 바늘을 꽂고 재빨리 초롱에 불을 옮겨 붙인 봉순네
는 소리 나지 않게 방문을 열고 나간다. 뒤켠으로 돌아갔을
때 그림자가 얼른거렸다.

"누고!"

"……."

"누고!"

"누구긴."

차분한 귀녀의 목소리가 들려왔다. 봉순네는 초롱을 추켜
들었다. 귀녀의 얼굴이 드러났다. 귀녀는 불빛에 한두 번 눈
을 깜박였다.

"귀녀고나."

"와 그라요. 도둑인 줄 알았소?"

"밤마다 요맘때만 되믄 늘 인적기가 있어서 오늘은 마음묵고 나와봤지."

귀녀의 얼굴은 탈바가지를 쓴 것처럼 움직이질 않았다. 움푹 파인 큰 눈이 봉순네를 쏘아본다.

"잠이 와야지요."

귀녀의 얼굴은 여전히, 움직이지 않은 채 입술만 달싹거렸다.

"와 잠이 안 오노. 다 큰 처니가 잠이 안 온다믄 그거 큰 병일세."

"흥, 봉순어매도 그라믄 병이라서 잠이 안 오요?"

봉순네는 말문이 막혔다.

"추석이 닥치오니께 우리 어매 생각도 나고, 물밥 한 그릇 못 얻어묵고 떠돌아댕길 혼백 생각 한께 잠이 안 오누마요."

측은한 것이었으나 그러나 귀녀의 얼굴은 여전히 탈바가지를 쓴 듯 딱딱하였고 괴이했다. 봉순네는 무섬증을 느낀다.

"니도 그런 생각을 다 하나?"

초롱을 내려 귀녀의 얼굴을 눈앞에서 지운다.

"나는 사람우 자식 아니라 말이오?"

"사람 된 도리가 어렵지. 원망이 있어서도 안 되네라, 순리대로 살아야."

왜 자신이 그런 말을 하는지 봉순네도 알 수가 없었다.

"무신 말을 그렇게 하요?"

"그러매……."

"내가 뉘한테 원망이 있다 말이오?"

되잡힌다. 한두 번 당하는 일이 아니면서도 봉순네는 그럴 때마다 당하고 마는데,

"와 그런지 그런 생각이 드누마. 섬찟한 생각이 말이다. 남으 탓을 하믄 안 되니라. 타고난 제 신세를 남으 탓으로."

기분에 쫓겨서 역시 되잡힐 소리를 지껄인다.

"기가 맥히서, 바람 쏘일라꼬 좀 나왔기로, 그기이 우때서 그러요 응?"

"우때서 그렇다는 기이 아니고 니를 보니께 자아는 원한을 품고 있다…… 아, 아니다. 니가 맘이 모질러서……."

귀녀는 여느 때와 달리 시비를 더 이상 가리려 하지 않았다. 그는 치마폭을 날리듯이 거칠게 등을 돌리고 제 처소로 돌아간다.

봉순네도 초롱을 돌리며 오던 길을 되잡는다. 귀녀에게 하필 왜 그런 말을 했는지 알 수 없었다. 물밥 한 그릇 못 얻어 먹고 떠돌아다닐 혼백 생각을 하니, 그 말에 감동되어 그런 말을 했을지 모른다. 그 말이 거짓이라는 것을 모르는 봉순네였으니까. 그러나 감동 때문만이 아니었다. 귀녀가 무섭기도 했었다. 초롱불을 받고 서 있던 귀녀의 크고 움푹 패인 꺼

무꺼무한 눈동자가 무서웠다. 그 눈동자 속에 그칠 줄 모르는 집념이 문적문적한 뱀의 살갗처럼 넘실거리고 있었다. 밤이어서 그랬는지 모른다.

"이 가시나가 이불을 걷어차고, 감기 들겠네."

방으로 돌아온 봉순네는 이불자락을 끌어당겨 주고 아이의 얼굴을 가만히 들여다본다. 방바닥이 뜨겁고 화로를 들여놓아 아이의 얼굴은 앵두같이 붉었다. 땀에 젖은 머리칼이 이마빡에 달라붙고 시큼한 땀 냄새가 풍겨온다.

"그린 듯이 이삐구나. 내 자식이지만 크믄 참말이제 문전에서 개 목이 쉬겠네."

빙긋이 웃는데 봉순이는 덮어준 이불을 다시 걷어찬다.

"지 아바이가 살았이믄 얼매나 귀히 여기겠노. 금이야 옥이야, 손바닥에 올려놓고 볼라 칼 긴데 다 복이 없어서,"

봉순네는 하다 만 일을 들고 옷섶에서 바늘을 뽑는다.

당산에서 내려온 평산은 곧장 제집으로 돌아갔다. 최참판댁의 바느질을 거들어주고 집에 와서 다시 작은방 베틀 위에 앉았던 함안댁은 남편이 돌아온 기척을 알자 일손을 멈추었다. 그리고 등잔불을 불어 껐다. 큰방으로 들어간 평산은 옷을 벗고 자리에 들었다. 얼마 후 그는 곤하게 잠이 들었다.

황금더미에 올라앉은 꿈을 꾸면서,

'누구 마음대로?'

평산의 꿈속에 미륵님이 나타나서 빈정거리기라도 했으면

좋으련만 평산의 오산도 딱하기 한량없으나 미륵님께서도 적이 심술이 있으신 모양이다. 오색 무지개를 잡아보려고 기엄기엄 언덕을 기어올라가는데 이 불운한 무리를 기다리고 있는 것은 무서운 호랑이요 함정이라는 것을 한마디 귀띔도 없이 오히려 요만큼 더, 요만큼 좀 더, 손짓을 하는 것이나 아닐는지. 차생의 일은 불문에 부치고 이 세상에서 벌어지는 지옥의 신음은 볼 만한 구경거리인지도 모르겠다.

'나는 죄의 연대자가 아니로소이다.'

'나는 하수인과는 하등의 연고가 없소이다.'

'다만 구경을 했을 뿐이외다.'

시원한 얼굴로 뇌실지도 모를 일이다. 옛적에 천지만물을 다스리는 하나님께서 사랑하시는 독생자를 보내시어 인간의 고초를 함께 겪게 하시었다 하고, 석가여래께서는 다음 미륵불이 오시어 중생을 건지시리라 예언하시었는데 그때는 진금(眞金)으로 땅을 깔 것이며 의식(衣食)은 원하면 스스로 올 것이며 쾌락이 무량하고 남녀가 오백 세에 이르러 혼인을 하게 된다는 참으로 즐거운 세상이, 그러나 오십몇억 년을 기다리는 동안 미륵불께서는 곧장 구경만 하실 모양이다. 그렇다면 한결같이 세상은 악역(惡役)과 선역(善役)이 있어 늘 정해진 대본대로 움직이는 무대이며 인간은 광대인지 모를 일이다.

아무튼 평산은 황금의 더미에 올라앉은 꿈을 꾸고 있는 것이다. 그는 대체 누구에게 속임을 당하고 있는 것일까.

# 18장 초록은 동색

나무 사이에서 움직이는 옆모습으로 총구가 옮겨지는데,

"구천아!"

수동이 외쳤다. 외침에 이어 총성이 산을 흔들었다. 몸뚱어리가 솟구치더니, 몇 번인가 굴렀다. 구르는 몸이 그 구르는 상태의 계속처럼 바위를 넘어 달아난다.

"저놈 잡아라!"

치수가 고함쳤다. 강포수가 뛴다. 수동이도 함께 뛰면서 강포수의 허리춤을 잡는다.

"강포수, 강포수, 강, 강포수."

허덕이며 뇐다.

"살리줍시다. 살리."

강포수의 걸음이 한결 느리어진다.

"뭣들 하느냐!"

훨씬 뒤떨어져서 뛰어오던 치수가 다시 고함쳤다.

"구신 곡하겠십니더. 금시 어디 갔일꼬요?"

바위를 넘어서서 엉거주춤하며 강포수가 말했다. 구천이 어느 방향으로 달아났는가 알고 있는 강포수는 풀숲을 헤치며 우회한다. 귀신같이 산을 타는 구천이를 잡으려면 강포수가 서둘지 않으면 안 된다. 설령 치수나 수동이 난다 하더라도 결코 그네들은 산사람이 아닌 것이다.

215

한동안을 헤매다가 일행은 언덕 밑에 나직이 엎드린 초막 하나를 발견했다. 방금 사람이 머물렀던 흔적은 보였으나 이미 초막은 텅 비어 있었으며 여자의 미투리 한 짝이 엎어진 채 땅바닥에 떨어져 있었다. 구천이 별당아씨를 업고 달아났음이 분명하다. 치수는 텅 빈 초막을 향해 총질을 했다.

"초록은 동색이군."

얼굴이 풀빛으로 변해서 후들후들 떨고 있는 수동이를 노려보며 최치수는 씹어뱉었다.

구천이를 처음 만났던 자리에는 칡뿌리가 굴러 있었고 기운 무명 자루에 머루가 가득 들어 있었다. 산에 들어와서 보름 동안을 지냈을 때 일어난 사건이었다. 최치수는 이틀 동안을 거의 쉬지 않고 강포수와 수동이를 앞장세워 산을 샅샅이 뒤졌으나, 그러나 구천이의 모습을 다시 찾질 못했다.

'소내기다.'

잠결에 수동이는 소나기 소리를 들었다. 눈을 떴을 때 계곡을 흐르는 물소리임을 알았다. 노상 잠결에 듣는 물소리는 소나기로 잘못 알곤 한다. 산막 안에는 희뿌연 아침이 스며든다. 치수는 모로 누운 채 죽은 듯 고요했고 강포수는 구지레한 수염 사이로 입을 떡 벌리고 누워 있었다. 들쭉날쭉한 이빨 사이로 소란스런 숨결을 뿜어내며 입맛을 쩍쩍 다시곤 한다.

'하루해가 또 밝아오는고나.'

일어난 수동이는 옷에 붙은 가랑잎을 떨고 어젯밤 불 피운

자리, 나무토막이 그 모양대로 재가 되어 있는 자리에 가랑잎
을 한 줌 올려놓고 부싯돌을 부벼 불을 붙인다. 다시 토막나
무를 올려놓고 불이 옮겨붙는 것을 지켜본다. 산막 안에 차츰
온기가 퍼져나간다. 지치는 일 없이 일각일각 굴러내리는 물
소리, 소리에 소리가 이어져 끊임이 없다. 소리로 하여 더욱
적막한 산중의 아침을, 아침안개를 헤치며 수동이는 산막 밖
으로 나갔다. 살갗을 에는 것같이 찬 기운이 목덜미에 와 닿
는다. 노루와 달리 혼자 다니는 경우가 별로 없는 고라니가
이번에도 두 마리 숲 사이로 숨어서 지나간다.

수동이는 우묵하게 덮은 철쭉가지를 휘어잡으며 이끼 긴
바위를 밟고 큰 개울에서 갈라져 나온 작은 개울가로 내려간
다. 잡목을 감아 올라간 머루덩굴이 거무죽죽하게 이슬에 젖
어 있었다. 서릿빛을 띤 철쭉의 뒷잎에도 이슬방울이 송송 맺
혀 있었다. 누릿누릿하게 단풍이 든 잎새들이 한결 눈에 띈
다. 해 뜨기 전의 산 빛깔은 선명하고 푸르름이 짙었다.

개울을 내려다보고 있던 수동이 고개를 들고 동편 산봉우
리를 바라본다. 겹겹이 이어진 산봉우리 위에 얼음살같이 갈
라져서 쭉쭉 뻗은 구름이 연분홍빛을 띠더니 그것이 시시각
각 짙어지면서 봉우리마다 조금씩 다른 색조를 드리운다. 한
결 짙어진 구름은 진홍으로, 하늘은 온통 불바다로 변해간다.
장엄하고 화려한 해돋이의 의식이 시작되려는 것이다. 그러
나 수동이는 그 장엄하고 눈이 부신 해돋이 광경에 넋을 잃고

있었던 것은 아니었다.

'모레, 낼모레가 추석 명절인데 서방님은 가실 생각이나 하시는지 모르겠다. 제주(祭主) 없는 제사는 우찌 모실 기며 성묘는 또.'

아무래도 최치수는 추석을 산속에서 쉴 것만 같았다.

'답답해서 답답해서 못 살겠다. 차라리 내 심구멍이 그만 콱 맥히부렀이믄.'

소나무를 꾸불꾸불 휘감고 올라간 머루덩굴을 쳐다본다. 바싹 죄어가며 제 부피를 늘이고 있는 머루덩굴, 늙은 짐승의 겉가죽 같기도 했고, 강하게 강하게 감고 올라간 덩굴은 뱀같이 징그럽기도 했다.

'서방님은 우찌 나를 그만 내부리두시는 길까? 돌아가시서, 집에 돌아가시서 요절을 내실라꼬 내부리두시는 길까?'

'초록은 동색이라고? 와 안 그라시겠노. 총대로 패시든지 철환으로 바람구멍을 내시든지 하시지. 사람우 간장을 바싹바싹 태우기만 하시까.'

구천이를 도망가게 한 짓이 실수 아닌 고의였었다는 것을 안 이상, 의당 수동에게 어떤 조처가 있어야 할 것인데도 불구하고 아무런 동정도 없다는 것은 이상한 일이었다. 초록은 동색이라는 말 한마디 내뱉은 이외, 치수의 얼굴에서 노여워하는 기색조차 볼 수 없었다. 구천이를 찾는 데 정신이 팔려 그랬다고 할 수는 없었다. 닦달을 하려면 잠자리에 들기 전에 할 수

있는 일이요, 그 괴팍한 성미에 배신한 종 하나쯤 총으로 쏴
죽일 수도 있었을 것이다. 어떻게 보면 최치수는 수동이 행위
를 용서한 것 같기도 했다. 어떻게 보면 그 일을 까맣게 잊은
것 같기도 했다. 그럴수록 수동이는 오히려 두려움을 갖는다.
죄책감도 컸었다. 설령 상전이 너그렇게 용서한다 치더라도 수
동이는 자신의 행위를 용서하지 못했을 것이다. 구천이에 대한
병적일 만큼의 연민과 숭배는 또다시 그런 경우를 당했을 때
상전을 배신 안 하리라 장담 못한다. 그럼에도 수동의 뼛속 깊
이 박힌 종으로서의 윤리감이 없어질 수는 없는 것이다.

세수를 하고 산막으로 돌아왔을 때 강포수는 어디 나갔는
지 보이지 않았다. 최치수는 사랑에서처럼 편안한 자세로 일
어나 앉아 있었다. 아침인사를 올리고 수동이 조반 지을 채비
를 차리는데,

"수동아."

치수가 불렀다.

"예."

콧물을 들이마시는 수동의 얄팍하고 자그마한 코끝이 빨갰
다.

"오늘이 며칠이지?"

"열이틀이올시다."

"추석이 임박했군."

"예."

219

조심조심 눈치를 살피던 수동이 눈을 내리떴다. 치수는 더 이상 뭐라 말하지 않았다.

'안 내리가실란가? 설마 그러기야 하시겠나.'

산막 밖으로 나온 수동이는 오가리솥에다 밥을 안쳤다. 솔가지를 톡톡 분질러 불을 지피다가 소나무를 휘감고 올라간 머루덩굴에 눈이 간다. 비비 꼬여서 소나무를 바싹 죄며 이가지 저 가지 남의 나무에 거미줄 치듯이 엉켜붙은 덩굴은 우악스런 생명에의 집념으로 보인다.

'그 일이 있은 지 근 일 년 만에 구천이를 찾아 나선 서방님 아니가. 그동안 아무 긴피도 없이 말이다. 그라믄 지금 서방님이 나를 예사로 보신다 캐도 그기이 예삿일이까? 틀림이 없을 기다. 마을로 돌아가시기만 하믄 날, 나를 나무에 매달겄지……'

김진사댁, 그러니까 과부 며느리의 시할머니 되는 사람이 젊었을 시절, 그때 수동이는 코흘리개의 어린 나이였었다. 마을 어떤 젊은이가 양반댁 아씨 거처방 앞을 야밤에 지나갔다 하여 당산나무에 매달아 사형(私刑)하는 광경을 수동이는 본 일이 있었다. 거꾸로 매달린 젊은 사나이는 실에 매달린 공처럼 몽둥이로 칠 때마다 이리저리 흔들렸다. 억울하다고 외치다가 외치다가 사나이는 결국 혀를 물고 죽었던 것이다. 죽이는 일은 흔치 않으나 죄과에 따라서 나무에 매달아 매질하는 것은 흔히 있는 마을의 사법(私法)이었다.

최치수는 강포수도 수동이도 없는 텅 빈 산막 안에 홀로 앉아, 마치 자기 자신을 바라보고 있는 것과 같은 모습으로 움직이지 않았다. 머루덩굴의 집념과 최치수의 집념에는 얼마만 한 거리가 있는 것일까. 귀녀의 집념이 머루덩굴을 닮았다면 치수의 집념은 덩굴에 휘감기면서 하늘로 뻗으며 제자리를 양보하지 않으려는 소나무의 의지를 닮았다 할 수 있을는지도 모르겠다.

　천지 만물이 시작과 끝이 있음으로 하여 생명이 존재한다고들 하고 탄생은 무덤에 박히는 새로운 팻말의 하나라고들 하고 죽음에 이르는 삶의 과정에서 집념은 율동이며 전개이며 결실이라고들 하고, 초목과 금수와 충류(蟲類)에 이르기까지 그 범주를 벗어나지 못한다고들 한다. 인간의 죽음은 좀 사치스러워서 땅속 깊숙이 묻혀지고 혹은 풍습에 따라 영혼의 천상행(天上行)을 위해 편주(片舟)에 실어 물 위에 장사지내기도 한다. 그런가 하면 짐승들같이 고기밥이 되는 일도 있고 짐승에게 창자를 찢기기도 하고 까마귀밥이 될 수도 있다. 이 갖가지 죽음의 처리를 앞두면서, 헛된 탄생에 삶을 잇는 그동안을 집념의 조화는 참으로 위대하여 옷을 걸치고 언어를 사용하고 기기묘묘한 연극으로써 문화와 문명을 이룩하였다고 하는데 그것은 비극과 희극이 등을 댄 양면 모습이며 무덤의 팻말을 향해 앞뒤 걸음을 하는 눈물 감춘 희극배우, 웃음 참는 비극배우의 일상이 아닌지 모르겠다. 귀녀와 평산의 경우도 그러하거니와 패륜을 다스린다는, 양반의 권위 손상에 보복을 한다는, 적어도 그만한 이유를 박아놓은 집념을 앞세우고 지금 구천이를 쫓고 있는 최치수는 웃음 참는 비극의 배우일까. 그의 집념이 설령 본능과는 거리가 있는 것이며 정열과 욕망과도 거리가 있는 것이며 복잡한 인과관계가 따르고 있다 하더라도 풍토가 빚은 계율에의 복종이며 그 이행은 풍습의 괴뢰적 역할밖에 되지 못한다 하더라도 집념에는 다를 바가 없을 성싶기는 하다. 동학을 믿고 서학을 믿는 교도들이나 성악설, 성선설을 주장하는 사상가들이나 나라를 뒤엎고 권좌에 올라 만백성을 살리겠다는 혁명가나 그네들이 갖는 명확한 자각의 증세가 설혹 없었다 하더라도 그러나 풍습의 역사는 길어서 설령 최치수의 심적 상태가 지금 완만(緩慢)하지만 오히려 명확한 자각증세나 광신보다 지워버리기 어려운 것인지도 모른다. 오래 묵은 때는 그것이 흐미하여도 빠지기 힘든 것이다. 구천이를 발견한 후 이틀 동안 치수의 모습은 아주 발랄했으며 줄기차고 정력적으로 보이었다. 겨우 초당과 사랑 사이를 오가며 말벗도 별로 없이 폐쇄되고 나태하고 병약하여 파아랗게 썩어서 고여 있는 연못물 같았던 생활을 해온 최치수가 옷이 젖도록 땀을 흘렸으며 팽팽하게 긴장된 피부, 상기된 분홍빛 혈색, 눈은 햇빛을 받아 보석처럼 빛나고 슬기로워 아름답기조차 했던 그 모습에는 초조함이 없었다. 권태로워 보이지 않았다. 냉소를 띠지도 않았다. 생명이 타는 아름다움이 있었다. 시간을 잊을 수 있었던 희열이 있었다. 그러나 타고난 성격 때문에 보다 불행했었던 사나이가 겹겹이 싸인 울타리 안의 고래 등 같은 지붕 밑에서 잠이 오지 않는 한밤중이면 허공에다 주먹질을 하며 혼자 미치곤 했었는데 팽팽했었던 이틀을 보내고 하산을 생각해보는 지금, 썩어서 고여 있는 연못물 같은 망상이 다시 비상(砒霜)같이 핏줄을 타고 돌아오고 있었다.

'이놈, 나를 아무리 지켜보고 앉아 있어도 별수 없느니라. 나는 자네한테 덤비지 않을 테니 말일세.'

'헤헤헤…… 나으리, 소인은 이렇게 가만히 있습니다. 가만히 있지 않습니까? 가만히요. 눈에 거슬릴 까닭이 없습니다요. 소인이 뭐 어쩌기에요? 혼자 마음놓고 춤을 추십시오. 소인을 생각하시는 게 병이라니까요.'

'너 이놈, 내 목을 누르지 말라. 귀신같이 감겨들지 말라. 날 놓아라! 어지럽다. 머리가 천 근같이 무겁고나. 자네가 그런다고 춤을 추어? 계집한테 미치란 말이냐? 천만금을 주고 벼슬을 사란 말이냐? 총을 든 의병이 되란 말이냐? 선심을 쓰고 송덕비를 얻으란 말이냐? 아서라, 자네한테 속지 않으려네. 날이 새면, 날이 새기만 하면…….'

'날이 새고 햇빛이 저 석류나무를 비춰도 소인이야 어디 갈 곳 있습니까? 이렇게 앉아 있을 수밖에 없습니다. 억겁이 가도 소인은 이렇게 꼼짝없이 불사신 아닙니까. 강철로써도 끊을 수 없고 초열지옥(焦熱地獄)의 화염으로써도 태울 수 없고 한빙(寒氷)으로써도 얼어붙게 할 수 없는 영원불멸이오. 아시겠습니까. 소인은 시각이요 세월이외다. 아시겠습니까?'

'알다마다, 알다마다! 자넨 세월일세. 자네는 불사신이라 했겄다? 옳아. 헌데 나는 지금 자넬 잡아먹고 있지 않느냐? 일각일각을 잡아먹고 있단 말일세. 자넨 나를 잡아먹고 있다 하겠지? 우리 그러지 말구, 자네는 자네대로 나는 나대로 숨을 쉬지 않겠느냐? 따로따로, 자넨 자네, 나는 나일세.'

'그리 못 견디어 하시면서, 소인이 뭐랍디까? 글을 읽어보십시오. 성현들의 말씀에 허기는 면할 것입니다.'

'허허헛…… 허허헛헛헛헛…….'

'시꺼멓게 구워서 진이 다 빠져버린 숯덩이도 불을 붙이면 붉게, 뜨겁게 타오르지 않습디까? 사마천이 사내자식으로서 그의 근본을 잃고도 소금덩이 핥듯이 세월을 아껴서 핥았습죠. 아무리 세월이 일장춘몽이라지만 그자에게는 꽤 쓸모 있고 오붓했을 겝니다. 그것도 싫으시다면 연산군이 되십시오. 그까짓 것 참외 씹어돌리듯 와작와작 먹어치우시오. 만석 들판에서 뒹굴어보는 겝니다.'

'말 말게, 말 말게. 부질없는 말 말게나. 기실 나는 세월이요 세월은 나란 말일세. 알겠느냐? 나는 자네 속에 있고 자네는 내 속에 있느니라.'

한밤중 고래 등 같은 지붕 밑에서 망상과 망언의, 그 참으로 부질없는 시간이 지금 최치수에게 엄습해오는 것이다. 집으로 돌아갈 심산에 꼬리를 물고 달라붙는 망상, 그동안 꽤 오랫동안 작별하고 있었던 괴물이 그의 앞에 뻗치고 앉아서 헤죽헤죽 웃는 것이다. 비록 십만 대군을 거느린 꽃다운 장수로서 소리 높이 질타하며 전신을 들어 용솟음치는 화려무쌍한 전지는 아닐지라도 넓고 넓은 벌판에서 이삭 하나 줍는 하찮은 하인 한 놈의 추적일지라도 구천이를 만난 후 이틀 동안은 팽팽한 시간이었었는데 이제 산은 더 무거운 권태의 소리를 내고 있는 것이다. 시간은 축 늘어지고 말았다.

조반 준비가 다 되었을 때 얼굴이 벌게져서 강포수가 돌아왔다.

"어디 갔다 오요."

수동이 산막 쪽을 힐끗 돌아보며 물었다. 산막 안에서는 아무 소리도 나지 않았다.

"허 참, 덕채만 한 호랭이가."

"호랭이가!"

"호랭이지."

"어, 어디 있소!"

"호랭이를 본 기이 아니고 호랭이 발자국을 봤단 말이다. 일어나서 얼굴 씻을라꼬 샘터 쪽으로 갔구마. 갔더니만 냄새가, 피 냄새가, 비린 냄새가 확 나지 않겠나? 그래서 찾아봤지. 산양 한 마리를 꺼꾸러뜨리 놓고 내장을 온통 끄내 묵었더마. 새북에 그랬던가 배. 그 영악한 놈이 또 와서 묵을라꼬 덤불 속에 끌고 가서 잡샀는 기라. 발자국을 찾아본께 보통으로 큰 놈이 아니더마. 그래서 총을 갖고 되잡아갔지. 멀리 갔일 성싶지 않아서 그랬는데, 있이야지. 하여간에 멀리 가지는 않았일 기고, 밤에는 남은 개기 묵을라꼬 틀림없이 돌아올 긴께. 그래서 가다가 되돌아왔다."

"짐승 사냥하게 생깄소?"

"그래도 호랭이 아니가 호랭이."

강포수는 흥분해 있었다.

"호랭일 함부로 만나건데? 포수가 호랭일 만났다믄 그거는 약초 캐는 사램이 동삼 본 거맨치로, 하모 그렇고말고."

"나으리는 꺼떡도 안 하실 기요. 말이사 해보소마는…… 모레, 낼모레가 추석인데."

밥을 먹으면서 강포수는 치수에게 호랑이 이야기를 꺼내었다. 수동이 말한 대로 치수는 아무 대꾸도 하지 않았다.

"발자국만 보아도 덕채만 한, 아, 아주 예사로 큰 놈이 아입니다. 틀림없이 밤에는 올 깁니다. 기다리고 있다가 한 방만 그으믄,"

했으나 여전히 말이 없었다. 조반이 끝난 뒤 여느 때같이 산막을 떠날 생각을 않고 그냥 묵묵히 앉아만 있던 최치수는 반나절이 지난 후에 비로소 산에서 내려갈 것을 말했다. 치수의 말을 들은 강포수는 몹시 당황한다. 눈을 연달아 깜박이며 무슨 지시를 내릴 것인가 마음 조이는 눈치이다. 이미 호랑이 사냥 같은 것은 염두에도 없었다. 치수는 강포수에게 함께 가자든가 산에 남아 있다가 추석 후에 다시 만나자든가 그 어느 편의 말도 없었다.

"산에서 일어난 일에 대해선 일체 입 밖에 내지 말라."

그 말 한마디뿐이었다.

강포수는 수동이보다 더 서둘러 하산 준비를 한다. 행여 자기를 떨어뜨려놓고 가지 않을까 겁을 먹은 아이 같았다. 소인은 어떻게 할까요, 따위의 말조차 입 밖에 내지 않았다.

산을 내려오면서부터 최치수 모습은 차츰 변해지기 시작했다. 얼굴에 주굴주굴 주름이 잡힌 것 같았다. 윤기 있던 입술은 바싹 말라붙고 꺼풀이 일어 꺼실꺼실했다. 자세는 꾸부정했으며 꾸부정한 모습은 늙은 당나귀가 희끗희끗한 가루눈[粉雪] 내리는 잿빛 하늘 밑을 터벅터벅 걸어가고 있는 것같이 느껴진다. 강포수는 앞장서서 걷고 있었다. 그에게 불안이 없어진 것은 아니었다. 산 밑에까지 가서 자네는 산에 남아 있게, 할지도 모를 일이다. 그렇게 되는 날이면 그는 귀녀를 만날 수 없다. 짐승 우리같이 답답하던 최참판댁이 이제는 꿈결 같고 귀녀 발길이 맴도는 그곳은 가슴 떨리게 그리운 곳이다. 수동이는 치수를 따라 뒤지지 않으려고 땀을 흘리며 서둘렀다. 짐을 지고 있었고 별로 실하지 못한 몸에 근심으로 그는 지쳐 있었다.

마을에 맡겨둔 나귀와 짐을 찾아 해 안에 그들은 구례에 당

도하여 그곳의 땅을 관리하고 있는 마름 염서방 집으로 찾아
들어 갔다.

"나으리, 이기 워찌 된 일이시오?"

염서방은 최치수를 보자 날벼락이 떨어진 것처럼 놀랐다.
미처 최치수의 앉을 자리도 마련 못하고 마당에 우두커니 세
워둔 채 염서방은 방으로 달려가서 맨 상투에 망건을 쓴다,
옷을 갈아입는다, 하며 법석을 떨었다. 집안의 아낙들은 그저
눈이 휘둥그레져서 영문을 모르고.

"아 마리에 돗자리 깔지 못한디야!"

염서방은 아들에게 눈을 부릅떴다. 머슴에게는,

"어서 사랑방 치우고 불, 불도 지피란께."

"아이구매 참, 쇠돌이 니는 사랑방에 불 지피라이. 아가, 니
는 마리에 자리 깔고."

마누라가 차분하게 이른다. 겨우 두루마기 고름을 여미며
염서방이 나오자 수동이는 사냥 갔다 오는 길에 중도에서 해
가 떨어져서 하룻밤 묵으러 왔다는 설명을 한다. 마루에 오른
치수는 염서방의 인사를 받긴 받았으나 농사에 관한 이야기
는 한마디도 묻지 않았다. 염서방이 최참판댁에서 최치수를
본 것은 두 번, 그것도 세배만 하고 나왔을 뿐이다. 괴팍한 성
미라는 것은 들어 알고 있었으나 우울한 눈이 자기를 멀거니
바라보고 있는 데는 염서방도 좌불안석이었다. 마침 사랑방
을 치웠다는 머슴 말에 염서방은 서둘러 최치수를 모셔 들여

놓고 자신은 닭을 잡아라 찹쌀을 담가라 하면서 최치수를 피해 집 안을 헐레벌레 돌아다녔다. 집은 초가였으나 칸수가 많고 기둥이 큼지막했으며 뜰 안도 넓어 살림이 넉넉함을 알 수 있었다. 산막이나 화전민들의 움막에서 고생한 생각을 하면 염서방 집의 널찍한 사랑방은 청풍당석이겠는데 염서방은 최참판댁의 대궐 같은 집 생각만 하고 누추하다는 말을 되풀이 뇌었다. 여물죽을 얻어서 나귀에게 먹이고 있는 수동이를 보고도 집이 누추하다는 말을 되풀이 되풀이 뇌곤 한다.

"아따 참, 산에서는 움막에 꾸부리고 잤는데, 아 거기 비하믄 대금산이라요. 머로 그래쌓소."

구례까지 내려와 이제는 마음을 놓은 강포수는 제법 으스대면서 핀잔 섞어 말했다.

"아부지, 펭풍 찾아오요이."

열네댓 살 돼 보이는 계집아이가 크다만 평풍을 이고 오며 웃었다.

"쓰고 나믄 색히(속히) 갖다주지 않고, 으이잉."

염서방은 눈살을 찌푸렸다. 치수가 든 사랑방에 칠 참인 모양이다. 계집애는 무엇이 그리 신이 나는지 팡파짐한 엉덩이와 머리꼬리에 드린 자주 댕기를 흔들며 집 안으로 들어간다. 그 뒷모습을 바라보던 수동이 얼굴이 파랗게 질린다. 순간 이상한 충동을 느꼈던 것이다. 비린내 나는 아이를 보고 이상한 충동을 느낀 일이 우선 부끄러웠고 좀체 그런 일이 없었는데 별안간 욕망이 치솟은 데 놀랐던 것이다. 언젠가 평산이를 따라 산에 갔다 온 삼수의 말이 생각나기도 했다. 화전민 초막에서 잠자는 아낙을 보고 살인이라도 할 뻔했었다는 얘기며, 돌아오는 길에 평산이 여자를 사주어서 재미를 보았다는 이야기, 그 말을 들었을 때에는 더러운 놈이라고 욕설을 퍼부었던 수동이었다. 죽은 분이가 수동에게 시집왔을 때 나이는 더했으나 몸집이 작고 키도 작았었다. 수동이는 분이를 연상하며 염서방 딸에게 욕정을 느꼈는지 모른다. 그럴 겨를이 있을 성싶지도 않은 절박한 심정이었음에도. 산이 멀어지고 내일이면 마을에 당도할 것이다. 그러고 나면 자기 신상에 무슨 일이 일어날지 알 수 없다. 그런 마당에서 망측한 욕망을 느끼다니, 그것도 어린 계집아이에게. 수동이는 힘없이 나귀를 맨 나무에 등을 기대었다. 염서방은 헐레벌레 안으로 들어가고 멀리 들판에는 놀이 걷혀지면서 어둠이 묻어오기 시작했다.

"강포수."

"와."

"추석에는 성묘 가야제요."

"성묘 갈 조상이 있이야제."

"조상 없는 자손이 어디 있소. 우리네들이사 남으 집에 매인 몸이지마는,"

"누가 떨어티리도 떨어티리기야 했겠지마는 철나고 보니께 이 빠진 주막집 할망구가 날 줏어왔다더마. 그러니 조상을 우찌 알겠노. 내 강가라는 성도 알고 보믄 그 할망구 성이라."

"기른 이도 부모 아니오."

"말 마라. 그 할망구가 좀 더 살았이믄 내가 죽었을 기다."

"몹시 했던가 배."

"내가 사람이 되기로는 홀애비 포수를 만냈기 때문인데, 어디서 죽었는지 알 수 있이야제. 사냥 나간 길로 감감소식이니 아마도 짐승에게 잡히먹힌 기라. 그때는 하도 서럽아서 며칠 몇 날을 산속을 헤매믄서 찾기도 했다마는, 그래 나는 포수가 됐지."

밤에 자리에 든 수동이는 잠을 자지 못했다. 마을로 돌아가면 무슨 일이 일어날지 알 수 없다. 최치수는 웃으면서 하인들에게 수동이 사형(私刑)을 명령할지 모른다. 두렵고 절박한 마음이 될수록 이상한 일은 육체가 욕구하는 고통이 심해오는 것이다. 팔월 한가위를 바로 앞둔 밤은 밝았다. 방문에 감나무 잎 그림자가 너울너울 춤을 추고 있다. 여자의 손짓 같았고 여자의 치맛자락 같았고 여자의 머리카락 같았다.

"아아 참 못 전디겄구나(견디겠구나). 아무래도 내가 죽을 긴갑다. 그렇지 않고는 이런 망령이 어디 있노. 그놈이, 삼수 그놈이 샐인하겄더라 하더니마는 참말이제 샐인하겄구나. 짐승겉은 놈이라고 욕을 했다마는 사램이란…… 아아 우찌 저리도 달은 밝은고. 미치게 달도 밝다."

수동이는 일어나 앉았다.

"안 자고 머하노."

자는 줄만 알았던 강포수가 물었다. 수동이는 꿈쩍하며 놀란다.

"멋을 그리 구둥구둥 시부리고 있었노."

"아, 아무것도 아니오."

"미치게 달도 밝제."

"야?"

수동이는 제 한 말을 듣고 그러는 줄 알고 등골에 땀을 흘린다.

강포수도 일어나 앉았다.

"참말이제 미치겠구마, 수동아."

"……."

"부모 형제도 없는 놈이 누굴 의지하고 살기는 살아야겠는데."

강포수는 한숨을 내쉰다.

"이 나이 해가지고, 나도 미쳤지. 내외간의 정이 우떤 것고."

"머 몰라서 묻소."

"잠자리를 같이하는 기이 정이라 그 말이가."

"그렇겠지요."

"아니네. 그런 기이 아닐 기구마. 세상에 기집이 없어서? 한곳으로 쏠리는 그거지. 머 머라 카믄 좋을꼬? 한 목심 걸어놓고, 머 머라 캤이믄 좋을꼬?"

수동이는 어이가 없어 수염에 묻힌 강포수의 얼굴을 바라본다.

멀리서 첫닭 우는 소리가 났다.


# 19장 배추밭 풍경


추석을 보내고 곡식을 거둬들인 들판은 쓸쓸했다.

천수만 바라보는 산비탈 동가리 논에 얼마간 베지 않은 벼
가 남아 있었다.

여윈 나뭇잎에 벌레가 모여들듯 털어봐야 얼마 될 성싶지
않은 동가리 논에 참새 떼들이 모여 마음 놓고 포식이다.

군데군데 진잎이 진 무 배추가 칙칙한 회갈색 들판에 얼룩
진 것같이 눈에 띄기도 했다. 땅이 얼기 전에 그것도 거둬들
여 장에 내가거나 아니면 김장을 담가야 할 터인데 추위가 아
직은 임박해 있진 않았다. 볏가리에 포근한 햇볕이 머물고 있
었으니까.

"아 그래 비기윤신(肥己潤身)도 유분수지. 수수알갱이까지 떨
어 가아?"

"와 아니라요. 벼룩이 선지 내어 묵는 꼴이지요. 언제부텀
땅마지기나 가지고 놀았던고. 숭어가 뛴께 피래미도 뛰더라
고, 욜랑거리쌓다가, 온 내."

아랫마을에 여남은 마지기 논을 내놓은 윗마을의 신출내기

지주가 세곡(稅穀)이 모자란다 하여 따줄이네 집 수수까지 떨어갔다는 소문을 듣고 김훈장과 서서방이 분개하고 있는 것이다.

"하기사 아흔아홉 섬 가진 놈이 한 섬 가진 놈 것을 빼앗아 백 섬을 채운다 캅디다만."

"세강속말(世降俗末)일세. 이리 인심이 각박하니 어찌 나라가 안 망하겠느냐."

"그거는 샌님 모르시는 말씀이오."

내외간에 금실이 좋은 것을 보고 노상 못마땅해서 세강속말이니, 상것들이니 하던 김훈장의 언동이 생각나서 서서방은 뿌루퉁해가지고 말을 받았다.

"세상이 변한 기이 아니고 본시부텀 그런 거 아닙니까. 지체 높은 최참판댁에서도 본시 재물을 모으기로는, 아 세상이 다 아는 일 아입니까. 숭년에 보리 한 말 주고 뺏은 땅이 새끼를 치고 새낄 쳐서, 그렇기 생각하믄 세상이 그릇되어 그렇다고만 할 수 있겠십니까."

"허허, 이 사람이, 그러면은 세상이 잘돼간다아 그 말인고?"

"잘될 것도 없고 노상 그런 거 아니겠십니까."

"한심하지 한심해여. 나라가 망하게 생겼는데 벼슬아치들은 구전문사(求田問舍)하고 상것들은 구전성명(苟全性命)에 급급하니 누가 나서서 원수를 막을 건고?"

"나라 상감님도 어쩌지 못하시는 일을 샌님이 걱정하신다고 안 될 일이 되겠십니까. 그러니께 머리칼이 자꾸 희어지구마요."

"고얀지고! 이러니 세강속말이라 할 수밖에, 상것들이 양반 알기를 음, 음,"

하다가 김훈장은 소를 매둔 말뚝을 담뱃대로 두드린다. 조준구나 문의원과 이야기할 때는 양반된 체모를 굳게 지켰고 열을 올려 논쟁을 하기는 하되 그리 격조가 떨어지는 것도 아니었으며 때론 비장해 보이기까지 했는데 상사람을 대할 때의 김훈장은 아무래도 좀 우스꽝스럽다. 변덕스럽다 할 만큼 희노애락이 즉시즉시 얼굴에 나타난다. 어쩌면 그것은 허심탄회하고 서민들에게 더한 친근감을 느끼는 때문인지도 모른다. 윤보나 서서방을 만나기만 하면 이러저러한 얘기를 먼저 꺼내었고 그러다가는 곧잘 언성을 높이는데, 다음 만나면 여전히 이러저러한 얘기를 그쪽에서 꺼내놓기 마련이었다. 윤보나 서서방 역시 노하는 김훈장을 조금도 무서워하지 않는 대신 설혹 심한 욕설이 나와도 마음속 깊이 끼는 일은 없었다.

"옛적에는 그래도 푼수에 맞추어서 체통을 지켰거늘 늘 양반 상놈 할 것 없이 막돼가는 판국이니 길이 있되 갈 길이 없고 해가 떠 있되 지함절벽(地陷絕壁)이라, 참으로 치신무지(置身無地), 한심할 노릇이지,"

"우짜겠십니까. 그래도 사는 날까지는 살아봐야제요. 하늘이 무너져도 솟아날 구멍이 있더라고."

"허허 이러니…… 쇠 귀에 경 읽기."

하는데 서서방은 한눈을 팔고 있다가,

"아아니 저놈이 어디 가노?"

따줄이가 괴나리봇짐을 겨드랑이에 끼고 내려온다.

"니 어디 가나?"

따줄이는 김훈장에게 꾸벅 절을 하고 나서,

"우짤 깁니꺼. 읍내 갑니다."

서서방에게 대답했다.

"읍내?"

"야. 객줏집에 머슴이나 살라누마요."

검버섯이 핀 얼굴을 찡그린다.

'도, 돈 없이믄 사나아는 허수애비다. 돈만 있어 보제? 아무리 벵신이라도 계집이란 뜻대로 되는 기라.'

하던 따줄이 수수알갱이까지 털리고 마을을 떠나는 것이다.

"입 하나라도 덜어야지 우짜겠십니꺼. 새경이라도 받아야 집식구들 보리죽에 안 보태겠십니꺼."

"하기야."

김훈장은 잠자코 있었다.

"가보게. 설마 산 입에 거미줄 치겠나."

"노상 당하는 일인께요."

"가보게."

"야."

따줄이는 다시 김훈장에게 꾸벅 절을 하고 얼굴을 실룩이며 코를 들이마시며 허적허적 걸어 내려간다. 김훈장의 담뱃대가 다시 말뚝을 쳤다. 두 번 세 번, 그러다가 담배쌈지를 꺼내었다.

칠성이의 밭과 용이가 부치는 밭은 밭둑 하나를 사이에 두고 나란히 붙어 있었다. 베수건을 이마 중간까지 내리쓴 임이네는 무를 뽑고 용이는 장에 내가려고 배추를 뽑고 있었다. 얼마나 그악스럽게 거름을 먹였던지 임이네 밭의 무는 땅 밑으로 내려가다 못해 땅 위로 솟아올라서 보기에 탐스러웠다.

이랑을 따라 배추를 뽑고 무를 뽑던 용이와 임이네는 밭고랑에 무, 배추의 무더기가 쌓이면서 그들의 거리가 차츰 가까워진다. 밭둑 하나 사이에 둔 이랑에 이르렀다. 큰 목청으로 떠들지 않아도 서로의 말이 통할 수 있는 거리에 온 것이다.

"강청댁이 어디 아프요?"

벼르고 있었던 임이네가 말문을 열었다.

"모르겠소."

뽑은 배추를 무더기 위로 휙 던지면서 쳐다보지도 않고 내뱉았다.

"배추 뽑는 거사, 여자 할 일인데 강청댁도 어지간하요."

"……."

"복도 많지."

"……."

임이네는 일손을 놓고 거들떠보지도 않는 야속한 남자를 바라본다.

"무신 배추 뿌리가 그리 크요."

다시 한번 끌어보듯 말을 건다.

"뿌리 크믄 머하요. 배추 속이 들어야지."

"영 거름을 못 묵었는가 배요. 잎이 억세고, 비리(진딧물)가 끓어서 그런가? 하기사 뿌리가 크믄 속이 비더마요."

"못된 송아지 엉덩이서 뿔 나더라고 사람도 안 그렇소."

임이네를 두고 하는 말인지 강청댁을 두고 하는 말인지 빈정거리는 것인데 임이네는 자기 좋은 대로 강청댁 흉이거니 생각하고 까르르까르르 웃어댄다.

"그래도 못된 논이 제우답 된다 안 캅니까."

용이는 다시 입을 다물고 일손만 움직인다.

"작년 봄에,"

하며 임이네는 말머리를 돌린다.

"아아가 서는데 우찌나 배추 뿌리 생각이 나던지, 옆에 두고 안 주는 거맨치로 눈물이 다 날라 캅디다. 그놈의 벵은 무신 놈의 벵인지 꼭 없는 거만 청한다 말이오."

"……."

"달포 동안을 못 묵고 비실비실, 일이나 좀 많소? 세상에 우리 집 임이아배겉이 정 없는 사람이 또 있이까. 이녁은 세끼 밥 한 그릇씩 게 눈 감추듯이 뚝딱 묵으치우믄서 옆으 사람이

사 죽든가 말든가, 말이나 안 하믄사 부애나 덜 나제요. 한다
는 말이 배지가 불러서 안 묵지 새끼 선다고 안 묵으까. 세상
에 버릴 말이라도 그러는 법이 어디 있겄소? 지금 배추 뿌리
를 본께 그때 일이 생각나누마요."

용이는 낫을 들고 배추 뿌리 몇 개를 썩썩 잘랐다.

"예 있소. 지금 실컷 잡사보소."

시부리는 입을 막기라도 하듯이 임이네 쪽으로 던져준다.

"아니 지금 묵고 접어서 한 말은 아니오. 이야기가 그렇다
그 말 아니오. 남정네가 하도 미련해서."

그러나 임이네는 기쁜 빛을 감추지 못하고 배추 뿌리를 주
워 모아 한 곁에 둔다. 그리고 좀 더 다가서듯이,

"이팝에 비단을 감고 있어도 정 없는 세상은 못 산다 카더
마요."

노골적으로 털어놓으며 대담하게 나오는데, 그러나 용이는
통 관심이 없다.

"쪽박을 차도 마음만 맞이믄 살지, 안 그렇소? 남우 제집한
테 속 태우는 것도 골벵은 골벵이지마는 그것도 남자 하기에
달린 거 아니겄소. 안 보는 데서는 무신 짓을 하든지 집에 들
믄 가숙 불쌍한 줄 알고 따따스리 대하믄 그만 아니겄소? 욕
심만 통창까지 차가지고 이녁 밥그릇 작은 줄만 알았지 제집,
자식새끼는 옆에서 죽어도 모를 사람이오. 살아갈수록 나이
들어갈수록 서글프고 가소롭고 한이 되네요."

칠성이 사람 됨됨을 알고 있는 용이는 임이네가 빈말을 하고 있다 생각지는 않았다. 동정이 안 가는 것도 아니었으나 여자들끼리라면 모르되 외간 남자를 보고 제 남편 험담하는 임이네가 곱게 보이지는 않았다.

"내가 강청댁 겉은 처지라믄 밤낮 업고 살라 캐도 싫다 안 컸소. 그 알리를 쳐도 어디 평생 매질을 하까 입정 더럽게 욕을 한 분 하까, 바로 대놓고 말하기사 간지럽지마는 양반이요, 양반. 우리 임이아배 겉으믄 버얼써 뼉다구가 뿌질러짔일 기요. 도구 가에 보리쌀 몇 알 흘렸다고 주개(주걱)로 때꾹때꾹 때리는 성민데 시집오자마자 당장 그 버릇 내놓십디다. 내가 뼈 빠지게 일을 한께 그냥저냥 넘어가지, 객리에 나가서 풍상도 겪을 만치 겪었을 긴데 천성이믄 할 수 없는가 배요."

"팔자소관 아니오!"

화난 소리를 내뱉고 용이는 일손을 빨리하여 임이네를 피해 앞으로 나가는데 임이네는 기를 쓰고 따라붙는다. 서두르는 바람에 뽑는 무가 부러지곤 한다. 이런 호젓한 기회가 다시 있을 것 같지 않았던 것이다. 무슨 생각을 했던지 임이네는 머리에 쓴 수건을 벗어 얼굴을 닦고 손도 닦는다. 그러더니 결이 고운 무 하나를 골라 들었다. 낫으로 껍데기를 벗기고 두 쪽을 나누어서 잠시 미소 짓다가 밭둑을 넘어 용이 곁으로 다가간다.

"저어,"

용이 좋잖은 눈으로 돌아본다.

"이거 물이 많아서, 잡사보소. 목도 마를 기요. 요기도 될 기요."

애원이었다. 눈에 가득 띤 애원하는 마음, 용이는 멍하니 여자를 쳐다본다. 아무 말 않고 무 꼬랑지 쪽을 든다. 그것을 두툼한 입으로 가져가서 용이는 와드둑 깨물었다. 강청댁의 말마따나 상사병, 그 병색이 가셔지지 않은 어둡고 슬픈 얼굴에 소름이 돋아난다. 무는 이가 시리게 차가웠다. 이 광경을 칠성이 보았다.

"자알들 노는구나. 수작이 보통은 아니구나."

용이 얼굴색이 변했다.

"그기이 무신 소리고?"

"아따, 내가 머 강짜가 나서 하는 말인 줄 아나?"

"개돼지 같은 소리 마라."

"머가 다르노. 붙으믄 다 개돼지나 마찬가지 앙이가."

얼굴이 파래진 용이는 헛웃음을 웃는다.

"사당 놈도 맑은 정신 갖고는 그런 말 못할 기다. 자석 놓고 살믄서, 아서라 아서, 자석 놈이 니 꼴 될까 무섭다."

"흥."

"추잡한 아가리 놀리지만 말고 일이나 거들게. 해 떨어진다."

"계집년 두었다가 삶아 묵을라꼬?"

"누구를 자꾸 닮아가는구나, 노상 붙어다니더마는. 그 꼴 닮다가는 쪽박 찰 기다. 팔아묵을 족보도 없는 주제에,"

"쥐구멍에도 햇빛 드는 날 있다고 평생 똥장군만 지라는 법도 없지."

전 같으면 남 먼저 무를 캐어 남 먼저 장날에 내려갔을 칠성이는 늘어지게 낮잠을 잔 눈치다. 부숭부숭 눈이 부어 있었다. 손은 바짓말기에 찌르고 엉거주춤 서 있는 꼴에 용이는 구역질을 느낀다. 귀녀를 다루면서부터 인간성이 더 나빠지고 지저분해졌던 것이다. 임이네는 어느새 무밭으로 건너가서 일을 계속하고 있었다. 당황해하거나 남편의 기색을 살피는 것도 아니었다. 칠성이는 마치 간통이라도 한 현장을 본 것같이 빈정거리기는 했으나 그의 말대로 심각하게 강짜를 부리는 것은 아니었다. 임이네는 자기 아낙으로서, 아이들의 어머니로서 중요한 존재는 아니었다. 실하고 암팡지고 일 잘하는 일꾼일 따름이다. 잠자리에서 몸을 탐낼 적에도 봇짐장수 시절, 논다나나 매춘부를 다루는 것과 다를 바가 없었다. 임이네이기 때문에 그렇다고 할 수는 없다. 귀녀에게도 그랬으며 어떤 여자가 제 아낙이 되어도 마찬가지였을 것이다. 마을에서 임이네만큼 일 잘하는 여자도 드물고 아이 셋을 낳았으면서도 터질 듯 싱싱하고 예쁜 여자도 없다. 용이 마음에 처음으로 임이네에 대한 연민이 일었다. 그러나 용이는 부정이라도 탈 것처럼 먹던 무를 내던져버린다. 그리고 밭고랑 사이에 자빠뜨려 놓은 지게를 가져와서 받쳐놓고 배추를 주섬 주섬 얹는다.

"보소, 실없는 소리 고만하고 나왔거든 무시나 좀 날라보 소."

용이 지게에 배추를 올리는 것을 본 임이네는 천연스럽게 낯도 안 붉히고 말했다.

"내가 안 나왔이믄 우짤라 캤더노."

"할 수 없었지요. 오밤중이라도 하던 일은 끝내야, 곧 땅이 얼어붙을 긴데 헝겅멍겅하고 있을 기요?"

"애시당초 그럴 요량이믄 오밤중까지 혼자서 하지. 계집년 덕택에 나 좀 편해볼라누마."

"흥, 일하는 사람 따로 있고 밥 묵는 사람 따로 있소? 눈이 있거든 좀 보지. 강청댁은 집에서 낮잠을 자는데 서방님은 종 일 점심도 굶고, 떡판 겉은 자식을 낳아주어도 내 팔자는 이 렇다 카이."

여태까지 일을 농으로 돌리듯 임이네는 실쭉 웃기까지 했 다.

"네년이 꼬리를 치니께 용이가 밥 생각도 잊은 거지 머."

이번에는 달다 쓰다 말없이 용이는 제 할 일만 한다.

"실없는 소리 고만하소. 서방 덕에 편해보지는 못할망정 애 면 소릴랑 그만두소."

"화냥기 있는 년이 편했다가는 볼장 다 본다."

243

해는 어느덧 서편에서 까뭇거리고 있었다. 추위를 타는 듯 오종총하니 짚단에 모여 앉았던 참새들도 잠자리를 마련하려고 강가 대숲을 향해 날아간다. 오가는 사람도 끊어진 텅 빈 길에 젊은 비구 한 사람이 급히 걸어오고 있었다.

해는 아주 넘어갔다. 여광이 강을 붉게 물들이고 있었다.

젊은 비구는 최참판댁 문전에서 내의를 전하고 돌이는 어수선하게 어질러진 마당을 질러 급히 안채로 달려간다.

"마님."

"……."

"연곡사에서 스님이 오셨습니다."

"스님이라니, 어느 스님이 오셨다 말이냐."

윤씨부인의 목소리가 조급하게 들렸다.

"젊은 스님올시다."

"서신을 가지고 오셨느냐?"

"예. 그렇게 말씀하십니다."

"삼월이를 불러라."

삼월이 달려왔다. 서신은 들여오고 스님은 거처할 곳으로 모시라고 윤씨부인이 이른다.

윤씨부인은 방바닥에 놓인 열쇠꾸러미를 주워 문갑 위에 올려놓았다가 다시 그것을 서랍 속에 집어넣는다. 그래도 마음이 안정되지 못하는 듯 옷걸이에 걸린 저고리를 내려서 그럴 필요도 없는데 갈아입는다.

"마님, 가져왔십니다."

삼월이 봉서 하나를 내밀었다. 그리고 등잔에 불을 밝히려 하는데,

"너는 물러가거라."

삼월이는 하던 일을 그만두고 황황히 나간다.

윤씨부인은 편지를 쥔 채 그냥 앉아 있었다.

방 안이 어둑어둑해 온다. 겨우 편지를 꺼내다 말고 방 안의 어둠을 느낀 윤씨부인은 등잔에 불을 밝힌다.

손이 떨고 있었다.


환이의 일이온데 그토록 애타게 소식 묘연하더니 간밤에 제 발로 기진한 몰골이 되어 걸어들어왔기에 미물 인생에 내리신 부처님의 크나크신 자비에 눈물짓고, 우선 은신처로 양인을 옮겼으며 차차 대책 마련하겠사오니 부인께서는 뇌심 푸시기를 바라옵니다.

우관 합장


윤씨부인은 잠을 못 잤다. 아침을 맞이한 윤씨부인의 눈은 불면의 밤을 보냈음에도 맑은 빛을 띠고 있었으며 부드럽고 평화스럽게 보였다. 병을 앓다가 기적으로 회복기에 든 병자가 모든 것에 고마움을 느끼는 거와 같은 얼굴이었다.

반나절이 지났을 때 마치 편지의 사연을 알고 있는 것처럼

치수가 들어왔다. 산에서 돌아오자 그냥 자리에 쓰러져 며칠을 일어나지 못하더니 나흘 전에 일어나서 어제는 화심리 장암 선생의 병상을 찾아보고 돌아왔다. 치수의 얼굴은 거의 평상시와 같아 보였다. 아들이 방으로 들어섰을 때 윤씨부인 얼굴은 역시 굳어졌다. 여전히 서로의 뛰어넘을 수 없는 벽을 느끼면서 모자는 장암 선생의 병세 얘기를 나누다가 더 이상 화제를 찾지 못하고 어색한 침묵에 빠진다. 이제는 치수 쪽에서도 탐색전을 벌이지 않았고 윤씨부인도 아들의 기색을 살피지 않았다. 서로가 신경의 싸움을 잠시 멈추고 있다는 것을 깨닫는다. 이윽고 치수는 이삼일 지간에 다시 사냥하러 떠나겠다는 말을 꺼내었다.

"몸이 실치 못한데 어쩌려구 그러느냐?"

무슨 뜻인지 피식 웃으며 치수는 대답 대신 엉뚱한 말을 했다.

"장암 선생께서 자네는 나보다 더한 신선놀음일세 하시며 웃으시더군요. 이런 시태에 쉽지 않은 일이라 하시기도 하고, 나무라시는 말씀이겠지요만."

하더니 제 한 말에 쫓기듯이 일어섰다. 윤씨부인은 무수히 시달려온 아들과의 감정대립 속에서도 한 번 느껴본 일이 없는 증오감 같은 것을 느낀다.

'오냐, 쫓아보아라. 환이는 네 손에 잡히지는 않을 게다.'

치수가 나간 뒤 윤씨부인은 손수 자리를 깔고 눕는다. 누워서 꿈도 없는 깊은 잠에 빠졌다. 험준한 고개를 넘은 잠시의 휴식이었을까. 맑고 부드럽게 빛나던 눈은 감겨져 마음을 닫아버린 것같이 느껴진다. 얼마 전의 평화스러웠던 마음을. 잔주름이 수없이 모인 넓은 이마, 양 볼은 쪼그라들고, 삭막하고 허무한 얼굴이었다.

낮잠에서 겨우 눈을 떴을 때 윤씨부인의 차렵저고리를 지어서 봉순네가 가지고 왔다.

"서희는 요즘도 어미 생각을 잊지 못하느냐?"

윤씨부인의 묻는 말에 봉순네는 당황한다. 몇 달 동안을 윤씨는 손녀를 까맣게 잊고 있었던 것이다. 봉순네는 마음으로 그것을 야속하게 생각하고 있었던 참이었다.

"예, 저어,"

"……."

"요새 부쩍 또 생각하시는갑십니다. 그새 잘 노시더니."

"어찌 잊겠느냐. 세상에는 몹쓸 어미도 많다."

"……."

"죄가 많아서 그러느니라. 자식을 낳은 여자는 죄인이지."

비웃는 것 같은 여유 있는 말이었다. 봉순네는 잠자코 고개만 숙인다.

"월선어미,"

"예?"

"딸 말이다. 월선이라던 그 아이는 지금도 장사하고 있겠지."

느닷없이 물었다.

"저어,"

당황한다기보다 꾸중을 들은 것처럼 봉순네 얼굴이 벌게진
다.

"장살 안 하느냐?"

"저어,"

"……?"

"계, 계집이 팔자가 기박해서, 저어 바, 바람을 잡아서 간
모양입니다."

"……."

"마님께 뵐 낯이 없어서…… 본시 심성은 고운 계집인데 팔
자는 인력으로 못하는……."

말꼬리가 끊어졌다. 별당아씨를 두둔해서 한 말은 아니었
는데 윤씨부인이 혹 오해라도 할까 싶었던 모양이다.

"어밀 닮았으면 심성이야 곱겠지."

중얼거렸다.

"계집이 욕심이 없고 야무지질 못해서 고생할 깁니다."

"제 어미도 욕심이 없었느니라."

"……."

"그 아이를 좀 찾았으면 좋겠는데."

"어디로 갔는지, 간 데를 아무도 모르는갑십니다."

"돌아오겠지, 언제든 한번은. 혹 다녀가거나 사는 곳이라도

알게 되거든 나에게 알리게."

"예."

대범한 어른이 오늘따라 왜 이러실까 싶은 모양이지만 고
마워하는 표정이다.

"어미에게 갚을 것이 있어서…… 월선네는 시물을 받지 않
았었지."

봉순네가 나가고 혼자 된 윤씨부인은 다시 중얼거렸다.

"어밀 닮았으면 심성이야 곱겠지."

    ……

    거루 고각은

    공중 높이 솟아 있고

    별유천지에 인간이라

    사자들 거동 보소

    연직사자 월직사자

    일직사자 저승사자 흑혜사자

    망자씨 목을 새로 엮어

    세왕전에 대합하니

    세왕은 용상에 재기하고

    체판관이 문서 잡고

    망자씨더러 이르는 말이

    너 이 세상에서

무슨 공덕 하였간데

이리 왔느냐…….


오구굿 중의 시왕굿 대목에서 주무(主巫)이던 월선네의 가락
이 귀에 들려왔다. 삼지창에 칠쇠방울을 흔들며 쉰대부채를
활짝 펴들던 무당 월선네는, 꽃갓에 전복 입은 월선네는 늠름
하고 훤칠했었다.

그 모습도 윤씨 눈앞에 선하게 떠올랐다.

'참으시오 아씨, 쇤네를 믿으시고. 재앙이 물러갈 깁니다.'

월선이는 늦게 낳은 딸이어서 월선네는 윤씨부인보다 십여
세나 나이 위였었다.

'이 세상에서 지은 죄는 이 세상에서 씻고 가야제요. 죽어서
거악귀신(극악귀신)이 되믄 자손한테 저악[積惡]이요 최씨가문에
저악이요. 제 목심 끊어 비명횡사한다믄 시한이 차기까지 저
승문이 안 열리니께요.'

월선네는 팔이 길었다. 삼지창은 오른손에 들고 부채, 방울
은 왼손에 들고 두 팔을 쳐들면은, 쳐들고 굿마당을 빙글빙글
돌면은 그 위풍에 사람들은 한때 숨을 죽였다. 이때만은 누구
나 월선네에게 승복하며 그의 위력을 믿었다. 근동에 많은 무
격들 중에서 월선네는 참다운 주술사(呪術師)였으며 대부분이
큰 굿을 관장할 수 없는 선무당들 속에서 흔치 않은 숙무(熟
巫)였었다. 그럼에도 그는 노상 가난하여 의식이 어려울 때가

있었으나 제물만 차려주면 어느 곳이든 굿하기를 사양치 않
았고 남이 업신여기는 무당의 신분을 그 자신을 위해 한탄하
는 일이 없었다. 다만 그는 딸 월선이를 위해 미안하게 측은
하게 여겼던 것뿐이다.

'마음이 씌어서 한 짓이오. 아무 말 말고 가지고 가소. 시물
을 받으믄 추구를 받을 기요.'

윤씨부인을 위해 신탁을 해준 보수로 문의원이 내어준 금
품을 바우가 가지고 갔을 때 월선네는 그것을 받지 않았다.
치수의 조모 조씨가 죽고 살림을 떠맡은 후 윤씨부인은 도와
주고 싶어 했으나 그것도 월선네는 받으려 하지 않았다.

'맑은 물인데 이러믄 정리가 꾸중물 됩니다. 영신을 속이놓
고 전곡까지 받아묵겄소?'

뜻을 전하는 바우를 책망했었다. 다만 최참판댁에서 굿을
부탁하면 그때는 정성 들여 일을 보았고 시물도 받았다. 윤씨
부인은 시물을 주기 위해 굿을 자주 하지 않으면 안 되었다.

'지난가슬에 굿을 몇 마당이나 했는데 월선네 꼴이 와 저렇
노? 사흘에 피죽 한 모금도 못 얻어묵은 것 같네.'

'계집이 질정이 없어 안 그렇나.'

'곡식 날 때 번 돈으로 겨울 양식 장만할 요량은 안 하고 노
상 뒷박 쌀이니 고생하지 고생해. 늙어 꼬부라져서도 굿을 할
긴가.'

'말 듣기로는 젊은 서방을 얻었다 카데. 와 저분 때 보니께

눈어덕이 씨푸룽게 안 됐던가? 서방 찾아갔다가 대기 맞았다
카더마.'

'실없는 소리, 남우 말 하기 좋더라고, 얼굴에 멍든 거사 본
시 월선네는 술을 좋아하니께, 술 처묵고 밤에 오다가 넘어진
게지. 맞을 사램이 따로 있다. 무당 이름이 더럽고 여자된 것이
한이지 사나아로 태이났다믄 한량이 돼도 크게 놀았일 기다.'

마을 아낙들의 흉도 듣고 동정도 받고 하면서 월선네는 여
전히 가난했었고 술을 좋아했었다. 그 탓으로 딸을 객리에 여
인 뒤 다 쓰러져가는 막살이로 돌아오던 어느 날 밤 월선네는
개천가에서 쓰러져 죽었다. 빈속에 술을 마시고 돌아오다 그
렇게 됐다는 것이다.

윤씨부인은 몸을 일으켜 방을 나섰다. 별당 뜰로 들어선 그
는 연못가에서 봉순이와 재잘거리며 놀고 있는 서희를 바라
본다.

윤씨부인이 별당에 가 있는 것을 모르는 수동이는 뒤란을
지나치다가 별당의 돌담에 붙어서서 피곤한 숨을 쉰다. 눈이
푹 꺼지고 안색도 나빴다.


## 20장 이지러진 달


최참판댁에서 구박을 했던 것은 아니었지만 군식구에 틀림

없는 강포수의 처지는 따분한 것이었다. 집도 절도 없는 신세라는 것은 이미 다 알고 있는 일이라 하더라도 추석 명절을 남의 집에서 보내야 하는 강포수 심정은 복잡하고 서글펐다. 지금까지 화전민 집 아니면 단골주막 같은 곳에서 수수떡이나 얻어먹으며 무심상하게* 보내던 추석이 이렇게까지 외롭고 쓸쓸한 날인 줄은 미처 몰랐다. 마을에서는 아이들이 무색옷을 입고 몰려다녔으며 어른들은 함지와 버들고리에 제물을 담아 이고 들고 성묘에 나섰으며 최참판댁에서도 계집종과 하인들은 모두 새 옷을 입고 술과 떡을 양껏 마시며 먹으며—수동이 함께 술을 마시자고 몇 번이나 권했지만—희희낙락한 속에 홀로 때 묻은 자기 의복을 쳐다볼 때 강포수는 콧등이 시큰해졌던 것이다. 봉순네는 강포수를 위해 몹시 언짢아했지만 추석을 코앞에 두고 집안이 온통 북새를 떠는데 강포수를 위해 의복을 마련할 겨를도 없었거니와 남의 식구요, 최치수를 따라 다시 강포수가 나타나리라는 것을 예상도 하지 못한 터이라 입성 준비를 하지 않았던 것은 봉순네의 잘못은 아니었다.

"괜찮십니다. 걱정 마이소 괜찮십니다."

하기는 했으나 눈치코치 없는 강포수도 남의 기색에 마음이 쓰이곤 했었다. 귀녀에게는 더욱 그래서, 강포수는 되도록 귀녀 눈에 띄지 않으려고 애를 썼던 것이다. 사실은 추석 전날, 마을에는 열사흘날에 당도했으므로 틈이 없었고 다음 날에 강포수는 읍내 장에 나가서 숙고사 저고리 한 감을 끊어왔던

것이다. 그때만 해도 미련한 강포수는 자기 입성 따위는 생각

지 않았었다. 꼬기꼬기 접은 숙고사 저고리 한 감을, 저녁때

뒤란으로 돌아가는 귀녀를 허둥지둥 쫓아가서 내밀었을 때,

"이거 머요?"

"조고릿감이다. 추석이 내일이지마는,"

"와 나를 주는 기요?"

하는 데는 할 말이 없었다. 다만,

"어서 받아라. 눈들이 있인께."

"참 우습네, 내가 와 이거를 받을 기요?"

누가 오지 않나 싶어서 힐끗힐끗 뒤돌아보던 강포수는 마

음이 바빴다.

"정 못 받겠나!"

화를 버럭 내었다.

"곡절도 모르고 받겠소?"

"그라믄 좋다. 부석에다가 싸질러버리지."

뒷방 아궁이에 처넣으려 했다.

"희한한 성미도 다 보겠네. 그라믄 인 주소."

강포수의 입은 금세 헤벌어졌다.

"심에 차지 않겠지마는, 졸지간에 내가 머를 아나."

화낸 것을 뉘우치며 말하는데,

"금가락지 한 짝에 비하믄 새 발의 피지 머."

귀녀는 입을 삐죽 내밀었다. 강포수에게서 산 물건은 아무

효험이 없었던 것이다. 강포수는 갈고리 같은 손으로 수염을
마구 비벼대었다.

"그, 그거사, 그, 그까짓, 내가 팔아 없이하기는 했지마는
앞, 앞으로 내 틀림없이,"

귀녀는 킬킬 웃는다.

"도둑질해서 해줄라요?"

"그, 그런 소리 마라. 해줄 수 있지. 해주고말고. 실없는 말
이 아니다. 곰만, 아 아니 이분에 산에서 덕채만 한 호랭이를
봤는데 그거만 잡아보라지? 포수의 벌이가 우떤지 영 모르구
마는."

귀녀는 그 말을 믿지 않았다. 여전히 킬킬대며 치마폭 속에
꼬기꼬기 접은 저고릿감을 숨겨가지고 슬며시 돌아섰던 것이
다.

기가 죽어서 꼼짝 못했던 추석이 가고 난 후에도 강포수는
여전히 최참판댁에 있기가 거북하고 눈치가 보였다. 그럴 것이
최치수는 오는 날부터 몸져 누웠으므로 얼굴 한 번 볼 수 없었
고 언제 산으로 떠난다는 기약도 없이, 누가 꼭히 있어달라는
말이 있었던 것도 아니어서 강포수는 자신을 물 위에 도는 기
름같이 생각 안 하려야 안 할 수가 없었다. 대개 낮에는 주막
에 가서 노닥거리다가 어두워서 제 방으로 돌아오면 그의 귀
는 귀녀가 있는 곳으로 쏠려 잠을 이룰 수 없는 밤을 보내야
했었다. 그래서 귀녀가 가끔 밤에 김서방네 채마밭으로 해서

밖에 나가는 것을 알아차린 사람은 물정 모르는 강포수였다.

'대체 머, 머하러 나가는 길까? 혹시 다른 사나아하고 눈이 맞아서?'

그럴 듯한 일이었다.

강포수는 주막에 가서 홧김에 술을 퍼마시곤 했다.

"강포수, 자네 어쩌자고 산에 가서 짐승 잡을 생각은 않고 여기 죽치고 있나."

심심하면 평산은 강포수를 집적였다.

"여기 정이 들어서 못 떠나겠구마요."

벌게진 눈을 껌벅이고 강포수가 응수하면 으레,

"여기 정이 들어? 응 그러고 보니 수상쩍다 싶더니 영산댁하고 그렇다 그 얘기로군. 허나 이 사람아, 계집 술청에 내놓고 기생서방 모양으로 놀고먹자, 설마 그런 심산은 아니겠지?" 하며 객쩍은 소리를 했다. 그러면 또 주모는 주모대로,

"미치도 한 분 두 분 미친 기 아니란께. 눈이 등잔 등 겉은 내 가장이 있는디 정갱이가 성할라믄 입 다물고 있소!"

악을 썼다.

"같이 듣고서 그러네? 여기 정들었다 안 하던가?"

"외상값은 안 걷히고 글안혀도 부아통이 부글부글 끓어서 죽겠는디 워쩌자고 이런단가?"

"그럴 것 없이 강포수, 내 시키는 대로 하게. 체통을 신주 뫼시듯 하는 거 누구네 집 며느리도 하인놈을 따라 도망갔는

데 그눔의 서방, 오다가다 만난 영산댁 서방쯤, 계집 업고 지리산으로 달아나면 될 거 아닌가. 누구네처럼 간부(姦夫) 사냥하러 쫓아온다 하더라도 자네를 당적할 그럴 위인은 아니니, 아아 영산댁만 해도 안 그런가? 밤낮 와서 술판 돈이나 뜯어가는 그깟 놈팽이 서방은 일찌감치 걷어차고, 강포수로 말할 것 같으면 남의 집에 매인 종놈도 아니요, 하늘만 쳐다보며 보리죽 먹는 농사꾼도 아니요, 천지가 다 아는, 애새끼들도 알아먹는 명포수 아닌가? 호랑이를 잡으면 호피값이 얼만지 아나? 곰을 잡으면 웅담값이 얼만지 아나? 종놈, 농사꾼하고는 다르다 말씀이야. 사내 나이 사십이면 한창 나이 아닌가. 게다가 강포수 심덕은, 그 심덕만은 백옥이거든."

언젠가 읍내에서 돌아오는 길에 강포수가 주먹을 불끈불끈 쥐면서 울부짖던 말을 고스란히 옮겨놓으며 평산이 끼들끼들 웃는다.

"괴연한 소리 마소."

강포수는 술을 들이켜고 나서 살이 빠진 얼굴에 맥없는 웃음을 띤다.

"여기 산천에 정이 들었다 말이오. 누가 영산댁,"

"허허 아무리 정들었기로 설마 산천을 안고 잘까."

"처가 좋으믄 처갓집 말뚝도 좋게 뵌다 안 그럽디까."

"아닌 게 아니라 강포수 벵났단께. 사램이 싹 변했지라우. 숫된 사램이 외곬으로 흐르믄 그거 큰일이요잉."

주모도 달라진 강포수를 심상하게 보지는 않았던 모양이다.

"말 마소, 말 마소. 아무도 내 속 모른다. 제기! 달밤에 나무 그림자 잡기로 그눔으 가시나 속을,"

"뭐? 가시나?"

평산이 되물었다. 강포수는 눈이 둥그레져서 입을 다물었다.

'이자가?……'

주막에 들어서는 낯선 나그네에게 주모는,

"어서 오시오."

"제법 날씨가 맵네. 곧 서리가 내리겠군."

나그네는 도포 자락을 제치며 술판 앞에 앉는다. 평산은 주질러 앉아 꿈쩍 않는 강포수를 겨우 구슬려 밖으로 나왔다.

"내사 아즉 안 갈라누마. 해가 남았는데, 가봐야 쭌범걸이* 앉아서 머하겠소."

"누가 거기 가라 하나? 객담은 이제 그만두지."

평산은 슬슬 걸으며 은근하게 말했다.

"산에 또 갈 건가? 최치수가 간다 했었나?"

"모르겠소, 가기는 가겠지요."

"그렇다고 자네 일은 다 접어놓고 이리 소일을 하면 쓰나."

"그러기요. 우떤 때는 그만 떠나까 싶기도 하지마는 사램우 정이라는 기이 인력으로 안 되누마요."

"그러지 말고 나한테 털어놔라. 누가 아나? 뜨물에도 아이 생기더라고, 누굴 맘에 두고 있노?"

"그, 그기이……."

"말하게."

"그, 그기이,"

"허 참!"

강포수는 맘을 작정한 듯,

"참판님댁의 그늒우 가시나, 귀, 귀녀요."

"허 그거 안 될 말이지."

평산의 가슴이 철렁 내려앉는다.

"안 되다니."

"눈이 천앙산같이 높을 긴데."

"높으믄 얼매나 높겄소! 종년이 높으믄 얼매나 높겄소!"

환장한 것같이 소리를 질렀다.

"나도 생각이 다 있구마. 나으리한테 말씸디리서 돈보다 귀
녈 달라 할 기구마. 사람을 그리 괄시 마소! 두고 보소! 이 강
포수는 처니장가 못 들라는 벱이 어디 있소!"

강포수는 평산을 칠 듯이 발악을 했다.

"허, 잘해보지. 뜻대로 되는가."

평산은 비웃었다. 비웃으면서 강포수 동정을 살펴야겠다는
생각을 한다.

이튿날 평산은 강포수를 찾아온 척하며 최참판댁 행랑에
왔다. 정작 강포수 있는 곳에는 가지 않고 기웃기웃하다가 먼
발치에 보이는 귀녀에게 눈짓을 했다. 우물가에 와서 손을 씻

는 척하는 귀녀 뒤에 다가선 평산은,

"밤에 조심하라고. 어젯밤에 강포수가 뒤를 밟는 것을 가까스로 주막에 끌고 갔지."

소곤거렸다.

그러니까 주막서 나와 싸우고 돌아간 강포수는 밤에 귀녀 뒤를 밟다가 멀찌감치서 망을 보고 있던 평산에게 들키었던 것이다.

"어디 가나?"

소매 속에 팔을 찌르고 당황한 기색을 감추며 평산이 막아섰다.

"어디 가기는요."

강포수는 입속말로 우물쩍거렸다.

"그라면 나하고 주막에 가자. 낮에는 자네 맘을 알면서 이러쿵저러쿵했네. 누가 아나? 좋은 궁리가 날지."

평산은 얼렁뚱땅하며 민적거리는 강포수의 등을 밀고 주막으로 갔다. 한잠이 든 주모를 깨운다.

"사람 환장허겄네, 환장혀! 이녁 집 안방이간디! 잠도 못 자게 워째서 이런다냐?"

"손님 받는 데 밤낮이 있나? 그러지 말고, 밖은 한밤중이지만 술집은 지금 한창 아닌가."

"색주가 데리고 장사하간디?"

"그러지 말래도. 술 팔아주겠다는데 무슨 잔말인고."

멍하니 바보처럼 서 있던 강포수는 저녁때, 며칠 후면 산으로 떠나게 된다는 수동이 말이 생각났다. 평산을 밀어젖히고 주막을 나서려 하는데,

"제기럴! 어디 갈려고 이래?"

평산이 끌어 앉힌다. 술 한 잔을 꾸역꾸역 마신 강포수는 다시 벌떡 일어섰다.

"자아 자아, 어딜 갈려고 이러나. 보물을 묻어놓은 곳이 있나? 금가락지가 다시 나올 것 같은가?"

슬쩍 공갈을 때린다. 평산은 강포수를 마을에서 쫓아내야겠다고 궁리를 하며 강포수가 일어서려 할 때마다 물귀신처럼 감겨든다.

"김생원 몸이오? 내 몸이오! 내 몸 가지고 내 맘대로 하는데 와 이리 감기붙소!"

기어이 강포수는 삿대질을 하며 평산에게 대들었다. 강포수를 괄시 못하여 술을 팔아주기는 하던 주모가 강포수 편역이 되어,

"적악 그만허소. 심심으믄 도깨비하고 씨름이나 헐 일이제, 순한 사람을 워쩌자고 그리 못살도록 한다요, 응?"

실랑이를 하다가 평산은 당산의 일도 궁금하고 설마 강포수가 그곳을 알고 있지는 않으려니 생각하며 일어섰다. 헐레벌레 걸어가는 강포수 뒷모습을 놓치지 않으려고 평산이 뒤따른다.

평산의 존재 같은 것 염두에도 없는 듯 최참판댁의 언더막

까지 올라간 강포수는 두리번두리번 어둠 속을 둘러보았다. 희망을 버린 그런 몸짓으로 두 팔을 번쩍 올렸다가 내리더니 한자리에 못 박힌 듯 우뚝 서버린다. 얼마를 그러다가 사랑 담장 밖에 서 있는 나무 밑에 가서 펄썩 주저앉는 것이었다. 그러나 이때는 벌써 귀녀가 집에 돌아온 뒤였었다.

간밤의 일을 알려주고 평산이 가고 난 뒤 밤을 기다린 귀녀는 어느 때보다 조심스레 사방을 살피며 김서방네 채마밭을 지나 밖으로 나왔다. 그러나 강포수는 미리 밖으로 나가서 올뺴미같이 눈을 벌리고 나무 곁에 바싹 붙어 서 있었다. 며칠 있으면 떠나게 된다는 말이 강포수로 하여금 물불을 가리지 않게 했던 것이다.

그림자 모양으로 소리 없이 귀녀가 나오는데 불문곡직하고 강포수의 손이 덜미를 잡는다. 귀녀는 고함을 입 속에서 깨물었다. 강포수인 것을 알아차렸다. 몸을 틀고 돌아선 귀녀는 주먹으로 강포수를 떠밀었다. 바위같이 단단한 앞가슴이었다.

"어디 가노?"

"……."

"어디 가노?"

"……."

"나하고 가자."

"치성디리로 가요!"

물어뜯는 목소리다.

"거짓말이다."

"거짓말이고 뭐고 허사구마. 이잔 말을 했으니 가보아야 부정 탈 기고 집에 도로 갈라요. 재수 없게 멋 땜에 줄줄 따라댕기요!"

귀녀는 마지막 말에 앙칼을 넣었다.

"나하고 함께 가자."

"싫소!"

"안 된다믄 니 죽고 나 죽는다."

"고함치기 전에 비키소!"

"아무것도 안 무섭다."

"이런 짓 하믄 우찌 되는지 아요? 맞어 죽을 거 모르고 이러요?"

"고함을 쳐라!"

하며 귀녀의 손목을 꽉 잡는다.

"아얏!"

기실 귀녀 쪽에서 큰 소리를 지르지 못한다. 손의 뼈가 부서지는 것같이 아팠으나 참는다. 사람들이 깨어나는 것을 무서워하는 사람은 귀녀 자신이었다.

강포수는 으스러지게 잡은 귀녀의 손목을 끈다. 귀녀는 안 끌려가려고 안간힘을 썼으나 그 힘을 당해낼 수 없었다.

"어디 가는 기요."

"......."

귀녀는 생각한다. 당산 쪽으로 가면 평산을 만날 것이다. 어제저녁에도 강포수는 평산을 만났다 했는데 또다시 만난다면 위험한 일인 것을 깨달았다. 귀녀는 끌려가면서 평산이 망을 보고 있을 곳과 엇갈리는 초당 뒤켠으로 강포수를 밀어젖힌다. 강포수는 길이건 풀숲이건 천방지축을 모르고 걷고 있었으므로, 하여간 그는 최참판댁에서 멀어지는 인적기 없는 곳이면 어디든 좋았다. 초당 뒤켠을 돌아 그곳에서 후미진 숲속을 헤치고 들어간다. 그리고 아주 멀리까지 왔을 때 귀녀는 쓰러지듯 주질러 앉았다.

"귀, 귀녀야."

아까 배짱과 달리 강포수는 떨었다. 이지러져 반쪽도 안 되는 달이 얼어붙은 것같이 반 공중에 떠 있었다. 멀리서 산물 흐르는 소리가 들려왔다.

"귀녀야."

감히 귀녀를 어쩌지 못하고 강포수는 사시나무 떨듯 여전히 떨고 있다.

"우짤라는 거요!"

"나하고 살자."

"어림도 없소!"

"이자는 더 기다릴 수가 없다. 곧 산으로 떠난다 카니."

"나는 강포수하고 살 생각 없소. 이런 일을 남이 안다믄 큰일날 기요. 강포수하고 살 처지가 아니오. 지금은 말할 수 없

지마는, 때가 오면 알겠지마는, 이런 일을 알게 되믄 강포수
도 살아남지 못할 거요."

'내가 누군 줄 아느냐. 최참판댁 나리를 섬기는 여자이니라.
나를 종년으로 알았다가는 큰코다칠 것이다. 최참판댁 핏줄
을 이을 아기를 낳을 여자이니라. 감히 얼굴 들고 쳐다보지도
못할 나를.'

그렇게 생각한 것은 물론 아니었으나 적어도 그만한 뜻을
감추고 한 말임에 틀림이 없다. 후일 생각하면 그런 뜻을 깨
닫게 되려니, 귀녀는 복선을 깔았던 것이다.

"후일 후회하지 말고, 오늘 밤 일은 없었던 것으로 할 기니
그리 아소. 만일 무신 일이 있다믄 강포수 목이 열 개 있어도
모자랄 기요."

그러나 그 말은 역효과를 내었다. 오히려 광포하게 했다.

"죽으믄 죽었지!"

강포수는 지금 귀녀는 다른 사내를 만나러 간다는 생각을
했었다. 새삼스러울 것도 없는데 심장이 부서지는 것 같은 질
투가 치솟았다.

"죽으믄 죽었지!"

외치며 달려들어 귀녀를 가랑잎더미 위에 쓰러뜨린다.

"강포수! 잠시만 기다리소."

"안 된다!"

"나 말 들을게 잠시만."

귀녀는 우람스런 사나이의 몸을 떠민다.

"나 말 들을 기니. 이 산중에서 어딜 달아나겠소? 나도 다 생각이 있인께 조금만 참았다가 내 얘기 들으소."

딴은 그렇다. 떠밀리면서도 귀녀는 따라왔었다. 강포수는 처음부터 여자에게서 욕심만 채우자는 것은 아니었으니까. 귀녀를 놓아주는데 강포수는 수백 리 길을 무거운 짐을 지고 온 황소같이 숨을 몰아쉬었다. 귀녀는 일어나 두 무릎을 모으고 깍지낀 손을 얹었다.

"잠시 생각해보고……."

귀녀는 돌을 하나하나 쌓아서 방축을 만드는 것처럼 사태를 앞에서부터 뒤까지 생각해본다. 귀녀의 생각은 암팡지고 민첩하게 돌아간다. 어차피 버린 몸이다. 지아비가 있어 정조를 지켜야 할 처지도 아니다. 칠성이든 강포수든 누구이든 원하는 것은 남자의 씨가 아닌가. 일이 귀찮게 된 것만은 틀림없으나 그렇다고 피할 수 있는 것도 아니었다. 강포수는 죽을 판 살 판 덤비니 별 뾰족한 방도가 없는 것이다.

'차라리 무신 핑계라도 대고 칠성이를 따부리까. 그럴 수는 없일 기다. 일은 벌이고 말았으니…… 그라믄 후일 강포수는 어떻게 하노. 버젓이 내가 최참판댁 귀한 독자 어미로 들앉고 보믄 설마 이곳에 나를 끌고 와서 욕보인 일을 발설하기야 할라꼬. 칠성이보다 강포수 다루기가 쉽지. 미련하고 눈치 없고…… 그때는 그때 무신 도리가 있겠지.'

판단이 후딱후딱 지나갔다.

따지고 보면 싫으면 싫다, 좋으면 좋다 하고 분명하게 행동하지 못한 것은 귀녀의 잘못이다. 처음은 그 망측한 물건 때문에 꼬리를 잡혔고 다음은 강포수 혼자 몸이 달아하는 게 재미있었다. 셈속으로만 대하는 칠성이나 거들떠보지조차 않는 최치수나 심지어 평산이까지, 마음만은 도도했던 귀녀의 자신을 그네들은 꺾었다. 여자로서 용모에 자신이 있는 귀녀로서는 더 참을 수 없는 모욕이었다.

그런 지경에서 엉기엉기 달라붙는 강포수가 관심은 없으면서 귀녀에게 한 가닥 위안이 되었던 것이다.

"좋소."

귀녀의 입에서 말이 떨어지자 강포수는 다시 떨기 시작했다.

"이리된 바에야 할 수 없지. 강포수가 날 곱게 돌리보내줄 리도 없고."

귀녀는 노름꾼같이 말했다.

"다만 다짐은 해야겠소. 이 일이 탄로되믄 끝장나는 줄 아시오."

강포수는 전후 생각 없이 고개만 끄덕인다. 귀녀가 스스로 기대오는 것만 기뻐서 하늘로 둥둥 떠가는 것 같았고 오싹해지도록 피가 끓었다.

귀중한 수중의 보물을 어찌해야 좋을지 강아지처럼 킹킹거리며 부처님, 신령님, 산신령님같이 경건하며 수줍기가 마치

신방에 든 순진한 신랑 같았다.

가랑잎 위에 제 저고리를 벗어 깔고 여자의 몸을 싸안는 그
것은 눈물겹도록 지순한 광경이었다. 이미 남자를 알아버린
귀녀는 강포수도 체면 없는 칠성이 같은 줄 알았다. 귀녀 편
에 도리어 수치심이 없었다. 자포적인 개방의 태세였다. 귀녀
는 강포수가 칠성이와 같지 않음을 깨달았다.

"나하고 살자, 나하고,"

귀녀는 꿈결처럼 강포수의 목소리를 들었다.

산바람은 써늘했으나 몸에서는 땀이 흘렀다. 이지러져서
반쪽도 안 되는 달은 여전히 얼어붙은 것처럼 반 공중에 떠
있었다. 후둑후둑 나뭇잎이 떨어진다. 가지에 남은 나뭇잎도
바람에 바스락거렸다.

동침(同寢)의 비밀, 쾌락을 느끼기 시작한 것이다.

'와 그리 싫었이까? 구역질이 날 만큼 싫었는데, 칠성이 그
놈! 그래서 애기가 안 생깄이까.'

이지러진 달을 올려다보며 마음속으로 중얼거렸다.

헤어지면서,

"주막에나 가서 자소."

귀녀는 일부러 성난 척하며 말했다.

"감기 들겄다."

우죽우죽 따라오며 강포수가 말했다.

"이리 따라오믄 우짤 기요! 저어리, 저쪽으로 돌아가소!"

"그, 그러게. 감기 들믄,"

다음, 다음 날 최치수는 무슨 심산인지 벌을 주기는커녕 또다시 수동이를 데리고 강포수와 함께 산을 향해 떠났다.


## 21장 운봉의 명인들


봉순이는 누워서 버둥버둥 발뒤꿈치로 방바닥을 굴러본다. 그래도 쓸쓸하고 심심하다. 나직한 천장은 따분하고 찌뿌둥한 하늘 같은 생각이 든다. 천장이 딱 갈라지면서 해가 나와 주었으면 싶고 구름이 춤을 추었으면 싶고 이 산 저 산 날아다니는 노랑 새가 날아들었으면 싶고 하얀 연(鳶)이 떠내려왔으면 싶다.

'뵈기 싫어! 뵈기 싫대도! 봉순이 기집앤 가란 말이야! 촛대! 깍다구!'

조금 전에 삼월이 손목을 잡고서 발을 구르고 주먹을 휘두르며 악을 쓰던 서희가 아무래도 야속해 견딜 수 없다. 시죽시죽 웃으며 서 있던 길상이도 미워서 견딜 수 없었다.

'애기씨 머리를 짱구라 안 캅니까.'

'짱구가 뭐야?'

봉순이는 반반한 제 이마에 주먹을 갖다 대면서,

'이렇게, 이렇게 볼가져서 나온 이마를 보고 짱구라 한다 안

칵니까.'

했던 것이 그만 서희 비위에 거슬렸던 모양이다.

'넌 촛대야! 촛대란 말이야! 깍다구야! 깍다구란 말이야! 개똥네가 그러던 걸? 촛대야! 깍다구야!'

서희에게뿐만 아니라 봉순이는 삼월이에게도 야단을 맞았다.

'나도 개똥어매가 그래서 그랬는데……'

그러나 그 말을 입 밖에 내진 않았다.

봉순이는 고쟁이 밑의 작은 버선발로 다시 방바닥을 구른다.

"제집아가, 못 일어나겠나!"

일손을 늦추지 않고 봉순네가 나무란다. 해가 서편으로 움직이는 탓일까, 겨울이 다가오는 때문일까, 장지(障紙) 빛이 푸르스름하다.

"날씨가 제붑 쌀쌀해오는고나."

김서방댁이 호들갑스럽게 턱을 까불며 방문을 열고 얼굴을 디밀었다.

"그러게요. 서리가 벌써 내렸다 카이."

역시 일손을 늦추지 않고 봉순네는 대꾸했다. 방 안으로 들어온 김서방댁은 문풍지 한쪽을 쭉 찢는다. 치맛말 속에 꼬기꼬기 싸서 찔러놓은 담배를 꺼내어 찢어낸 종이에 두르르 말아서 침을 바른다.

"이러다가 날이 떠르르 칩어지믄 짐장(김장)하니라고 얄리가

270

날 긴데."

중얼거리며 김서방댁은 부젓가락으로 화로 속의 불씨를 집어내어 담배를 붙여 문다. 뼈대뿐인 손목이 나무껍질같이 앙상하다. 봉순이는 모로 누워서 곱친 두 팔 속에 얼굴을 끼우고 김서방댁을 노려본다. 김서방댁은,

"좀 쉬어감서 하지. 사람 죽어서 발 뻗쳐났나?"

투덜거리며 담배 연기를 뿜어낸다.

"일이란 미루어 나가믄 한정이 있이야제요. 해놓고 놀지."

"아따 손이 일하지, 입이 일하나?"

결국 자기를 상대하여 이야기를 하자는 것이다.

"무신 일이 있었소?"

"내 얘기 좀 들어보지. 아 시상에 사위 보고 외손자까지 본 나를 칠 것가? 이 나이 해가지고 소나아한테 매 맞고 살겠느냐 말이다."

"김서방댁이 머 또 잘못했는가 배요."

"이 사람아, 너거들은 멋이든지 나부텀 잘못이라 쳐놓고, 선후 사정도 모르믄서."

"김서방이사 비단길 겉은 사람이니께요."

김서방댁은 담배를 뻑뻑 피운다.

"설령 내가 잘못했다 치자. 내가 질정이 없어서 그랬다 치자. 이 나이 해가지고 내가 매 맞고 살겠나?"

그러나 김서방댁 얼굴에는 분해하는 빛이라곤 없었다.

"거미가 오줌을 누었는가 뽈개미가 쐈는가, 어짓밤 말이다, 하도 등이 건지럽어서 좀 긁어달라 캤더마는,"

봉순네는 픽 웃는다.

"웃일 기이 아니라고."

"그 암된(수줍은) 김서방이 학을 뗐겠소."

"시상에 돌아누운 채 꿈쩍을 해야지? 그것만이라믄 나도 가만히 있었일 기라. 우짜다가 내 발이 닿았던가 배. 발을 탁 걷어차지 않나. 응? 그래 일어났지. 등잔불을 켜놓고 쫀쫀히 시작했구마. 내 계란 겉은 발이 우째서 그러요! 내가 문딩이 가! 자식 셋은 지리산 어느 중놈이 맨들었나! 함서 퍼부었지."

김서방댁의 말은 좀체 끝나지 않을 것 같았다. 눈을 까집고 노려보았으나 김서방댁은 제 말에 정신이 팔려 있었으므로 하는 수 없이 봉순이는 천장을 본다. 누리끼하게 그을린 천장에는 파리똥이 붙어 있었다. 파리똥은 기어가는 벌레 같았다. 봉순이는 눈을 좁혔다 벌렸다 하며 파리똥이 벌레가 아닌가, 골똘하게 쳐다본다. 까만 점은 수물수물 기어다닌다. 시력을 모으면 모을수록 눈이 맵고 눈물이 나는데 벌레임에 틀림이 없을 것이란 생각이 든다. 그때 읍내에 갈 적에 나룻배를 탔을 적에, 나룻배랑 자신은 가만히 있는데 강물이 가고 있다는 생각을 했다. 물가 대숲이 가고 있다는 생각을 했다. 초가지 붕들이, 산들이 구름이 바삐 가고 있다는 생각을 했다. 그때 와 비슷한 착각에서 봉순이는 눈을 좁혔다 벌렸다 하며 눈이

매운 것도 참으며 이미 벌레로 생각해버린 천장의 파리똥을
열심히 쳐다본다.

"허리뼈가 굳었나! 정 못 일어나겠나!"

봉순네가 자를 들고 아이의 종아리를 친다.

"아얏!"

말허리를 꺾인 김서방댁이,

"내비나(내버려) 두어라. 아아들이 다 그렇지. 시상에 그렇다
고 하더라도 사람으,"

다시 하던 말을 이어가려 하는데 발딱 일어나 앉은 봉순이,

"내가 우째서 깍다구요?"

김서방댁 옆에 무릎을 바싹 대며 따진다.

"뭐라고?"

"내가 우째서 촛대요!"

"무신 소리고?"

"애기씰 짱구라 해놓고 날보고는 깍다구라꼬요? 나도 그라
믄 개똥이어매가 그러더라고 일러줄라요!"

김서방댁은 봉순이 말뜻을 알아차리고 개글개글 웃는다.

"니가 하도 야불어서(여위어서) 안 그랬나. 흐흐흐핫…… 그
래서 오만 발이나 성이 났고나, 으흐흐흣……."

봉순네가 싱긋이 웃는다.

"밤낮 묵고 할 일이 없인께 남우 숭만 보고, 으으으해해해
하는 거는 누구건데? 지 숭은 뒤에 차고 남우 숭은 앞에 차네."

입술을 헤벌리고 침을 흘리는 개똥이 흉내를 간드러지게
낸다.

"고년 입도 야물다."

"와 욕하요! 개똥이어매가 키웠소!"

"이눔으 가시나! 어른한테 무신 악다구니고."

봉순네가 야단을 친다.

"아이고 모르겄다."

김서방댁은 화도 내지 않고 시죽시죽 웃으며 그러나 말할
흥은 깨어진 듯,

"나가볼라누마. 봉순이 무섭아서."

김서방댁이 나가자,

"기엽아서 그라는데 어른한테 그라믄 못쓴다."

봉순네는 더 이상 나무라지는 않았다. 봉순이는 쪼그리고
앉아서 여전히 부르튼 얼굴로 어미의 일손을 오랜동안 바라
보고 있었다. 이제는 심심하다는 정도가 아니라 화가 부룩부
룩 치미는 것이다. 누가 미워서도 아니었고 촛대니 깍다구니
하는 말이 듣기 싫어서도 아니었다. 봉순이는 덮어놓고 화가
나는 것이다. 날개가 있어서 훨훨 날아간다면 화가 풀릴 것
같은 생각이 들었다.

"옴마."

"와."

"이분 설에도 읍내 오광대 구겡 보내줄 기제?"

"……."

"옴마? 지난 설맨치로 길상이하고 오광대 구겡 갈 기다."

"……."

"월선이아지매가 자리 잡아서 맨 앞에서 구겡할 긴데."

"시산이 겉은 소리 말고…… 짓이 좀 내려앉았는가."

인두로 깃을 누르다가 봉순네는 자를 들고 깃이 앉은 자리를 재본다.

"세 치 낙낙하믄 제자리에 앉힌 건데 와 처져 뵈꼬?"

혼자 중얼거렸다.

"옴마아!"

"……."

"그라믄 설에는 우리 안 보내줄 기가?"

"내일 말을 하믄 허세비(허수아비)가 웃는단다."

"허세비가 우찌 웃노?"

봉순이 발길질을 하여 가위를 차 내린다.

"내일모레 설이가! 와 이리 숨을 몰아쌓노! 일하는데 정신 산란하게."

"구겡 보내준다 카믄 될 거 아니가."

"……."

"그때 월선이아지매는 떡국도 끓이주고 콩엿도 사주고 화닥도 갖다주고, 그 떡국 참 맛나던데. 우리 집 떡국보다 맛나던데……."

'월선이아지매가 있이야 말이지…… 생각해보믄 요눔으 새끼들 땜에 일이 꼬인 거 아니가. 빌어묵을 강청댁, 그 제집이 나만 보믄 못 잡아묵어서 응글응글하는 것도 그 때문이제. 그는 그렇다 하고 월선이는 어디 갔이꼬? 추석에나 와서 어매 무덤의 풀이나 빌 긴가 싶었더마는, 고생이나 안 하는가 모르겄다.'

"옴마."

"……."

"옴마아."

"정신 산란타 캤는데 니 질기 이럴 것가!"

"치이."

저고리 안을 붙여나가는데 봉순네의 손은 날듯 빨랐다. 바늘에 가득 찬 주름을 실 쪽으로 밀어내며 부챗살을 펴듯 쭉 펴서는 매듭을 짓고 실을 물어 끊는다.

'그만 돌아올 거 아니가. 오믄 지 입 하나 못 묵겄나. 마님께서도 돌봐주실 모양이고, 객리에서 고생하느니보다, 안 할 말로 강청댁한테 얹어서 살믄 우떻노. 기왕지사 일은 그리 된 기고. 없는 농사꾼이 두 가숙 거느린다는 기 남우 이목에 안 됐기야 하겄지마는 그것도 팔자 소관 아니가. 그러다가 씨라도 하나 떨어지믄 그거나 보고…… 쯔쯔쯔, 내사 아무리 생각해봐도, 제집이 서방 얻어가지는 안 했일 기다, 강원도 삼장시 따라갔다 카지마는 누가 봤나? 제집이 우찌 그리 박복한고. 지 일신 하나를…….'

봉순이도 혼자 주절주절 시부리고 있었다.

"분 바르고 비단옷 입고 참 이삐든데 별당아씨맨치로 이삐던데, 노래도 잘 부르고 참 노래도 잘 부르던데,"

"머라꼬?"

"오광대 말이다. 옴마 니는 오광대 구겡 안 했나?"

"실이 노이 되도록 오광대 노래만 불러라. 그라믄 밥이 나오고 옷이 나올 기다."

"나도 후제 크믄 비단 입고 분 바르고 노래 부를란다."

"뭐라꼬?"

봉순네는 고개를 쳐들었다. 봉순이의 눈은 꿈꾸듯 몽롱했다.

"후제 크믄 나도,"

"이년아! 그런 소리 또 해라! 윤디(인두)로 주둥이를 지지부릴 긴께!"

"와? 그라믄 우떻노?"

"신세가 번할 기다! 니 하나 바라고 산 에미 신세도 번할 긴께!"

"와? 그라믄 와?"

봉순이는 약을 올려주려고 일부러 따지고 든다. 기승을 부리던 봉순네는 그만 어리벙벙해서 말을 못한다. 말을 못했을 뿐만 아니라 내심 매우 당혹했다. 아이들 눈에는 분 바르고 비단옷 입고 훨훨 타는 장작불에 비친 여광대의 모습은 황홀하게 아름다웠을 것이다. 노름꾼 머슴들 장돌뱅이들 가릴 것

없이 청하기만 하면 해우차[花代]를 받고 몸을 파는 여자라고 차마 알려줄 수 없는 일이다. 봉순네는 사당이건 광대이건, 창을 하든 재주를 부리든 계집이면 모두 몸을 파는 것으로 알고 있었다. 대개가 또 그러했었다. 탈놀음과 남창(男唱)은 엄한 법식에 따라서 오랜 세월 피나는 수련을 한 광대들인데 따라서 나이도 지긋했었고 그들은 자신의 업(業)에 대하여 고집과 자부를 지니고 있었지만 그들과 달리 법식도 없고 사장(師長)도 없고 닥치는 대로 잡동사니를 내용으로 하며 이 마을 저 마을 뜬구름같이 떠돌아다니는 게 사당들인데 그네들은 굿거리에서 매춘을 겸하고 있었기 때문에 아무래도 여사당이 위주가 된다. 여사당에게는 거사(居士)라는 남편이 있고 이 거사는 계집의 시중을 드는 대신 벌어들이는 해우차는 인솔자인 모갑(某甲)에게 일부를 바치고 나머지로써 생활을 꾸려가는, 말하자면 계집 팔아서 의식을 해결하는 사내였다. 그런 만큼 여사당은 매춘부치고도 아주 비천하며 역시 뜨내기 신세인 매분구(賣粉嫗)와 다를 바 없는 창녀인 것이다. 당대의 명창들을 무색하게 했던 여광대 채선(彩仙)이라는 여자가 있어서 그의 이름이 한량들에게 널리 알려졌을 뿐만 아니라 창극을 무척 좋아했던 대원군의 총애를 받았다는 그간의 소식이야 봉순네가 알 까닭이 없겠으나 설령 알았다 한들 농사꾼 계집이 되어 펼 날 없는 고생을 바랐으면 바랐지 결코 딸이 광대 되기를 바라지는 않았을 것이다.

"비단옷 입고 분 바르고,"

봉순이 심통도 보통이 아니다. 약을 올려주려고 또 지껄이는데 참다 못한 봉순네는 으이잉! 하며 아이의 머리통을 쥐어박는다.

"밖에 못 나가겄나!"

결국 울어야 끝장이 난다. 봉순이는 울음보를 터뜨릴 기회를 잡기나 한 듯 울면서 밖으로 나간다. 봉순네는 저고리 안팎을 맞추어 시침을 두며,

'빌어묵을, 속도 없는 짓을 내가 했지. 괜히 오광대 구경은 보내가지고 자는 호랭이 건디리놓은 것 아니가. 그놈 길상이 놈 탈바가지가 동티라이.'

봉순네는 움찔하며 놀란다. 행여 봉순이 문 밖에 서 있다가 놀라는 자기를 보지나 않았을까 의심이 나는 모양으로 재빨리 문 쪽에 눈을 던지는데 낯색이 좀 달라졌다.

"외가도 골육은 골육이니께, 가시나가 나른서부텀,"

눈앞이 아슴해지면서 일감이 잘 보이지 않는다.

봉순네의 조부는 운봉(雲峰) 사람이었다. 구례(求禮) 순창(淳昌)도 그러하거니와 특히 운봉에서 창극조의 명인들을 많이 낳았는데 명창 중의 명창이요 창극의 중시조(中始祖)며 가왕(歌王)이라 일컬어진 오만하고 괴벽스런 송흥록(宋興祿)도 운봉 태생이다. 송흥록 말고도 동생 송광록(宋光祿)과 그의 아들 송우룡(宋雨龍)에 양학천(梁鶴天) 등이 있어, 모두 동편(東便)의 거장

들이었다. 봉순네의 조부도 한때는 알려졌던 광대였으나 말로가 시원치 않았다. 봉순네의 기억에는 볼품없는 초라한 늙은이, 중풍이 들어서 팔을 못 쓰게 된 늙은이의 모습만이 남아 있었다. 그러나 그가 들려주었던 많은 이야기는 지금도 기억에 남아 있었다. 햇볕이 드는 마루에 나앉아서 긴 해가 지겨워서인지 그의 조부는 하부죽한 입술을 떨며 어린 손녀를 상대하여 곧잘 얘길 해주곤 했었다.

'옛적에 권삼득(權三得)이라는 명창이 있었는디, 그 사람은 상사람이 아녀, 향반의 자제니께로, 그러니께 비가비*구머잉. 그 양반이 유시 적부텀 허라는 글공부는 허질 않고 창극조에 미치니 부모는 수삼 그걸 버리라 권유했는 기여. 아 생각혀보더라고? 양반 허는 일이간디? 그래도 듣질 않은께로 가문에 수치라 문중에서 모여갖고 직이기로 의논이 됐던 기여. 그 양반도 죽기로 작정을 허고서 거적을 썼는디 마지막 가는 길에 하나 소청이 있노라 하더란께. 그게 뭔고 허니 가조 일곡을 부르고 죽겄노라 허는 거 아니겄어? 기왕지사 직이기로 작정은 혔이니 죽는 사람 소원 하나 못 풀어주랴 허락을 허고 모두 빙 둘러서 듣는디 거적 밑에서 새나오는 가조 일곡이 그만 사람으 오만 간장을 다 녹이지 않았더라고? 울음바다가 됐단께로. 그래 하도 가긍혀여 문중이 다시 의논을 했지야. 족보에서 할적하고 내쫓기로 했다이. 참말이제, 장혀. 대장부여. 목심을 버렸이믄 버렸지 창극은 안 버렸인께로. 말이 쉽지.

280

그런께로 천하명창이 된 거 아니더라고?'

이 밖에도 조부는 괴팍하고 오만한 송흥록 못지않게 괴팍하고 기상이 센 기생 맹렬(猛烈)이, 그들의 곡절 많았던 정사 얘기며, 굶주리고 헐벗으면서도 끈으로 상투를 천장에 매달아놓고 각고 끝에 명창이 되었다는 염계달(廉季達)의 얘기며.

'허, 명창이 절로 되는 줄 아나 벼? 어림없는 소리여. 명산대천에 가서 십 년 이십 년 피를 동우로 쏟아감서 목을 다듬는디, 그래가지고도 목을 못 얻는 사램이 있인께로 예삿일이 간디? 참말이제 뼈를 깎고 피를 쏟고 났이야, 어떤 명창은 절기둥을 안고 돌믄서 소리를 지르는디 제 목소리 터지는 거를 천둥이 떨어진 줄 알고 까무러졌이야. 예삿일 아니란께로.'

늙은이는 봉순네 철이 들기 전에 죽었다. 봉순네 부친은 뜻을 펴보지 못하여 병들어 중도에서 업을 폐한 늙은이의 생애를 애석히 여겨 눈물을 글썽이곤 했었다. 비록 창극의 길에 들어서지는 않았으나 소질은 불행한 늙은이보다 부친에게 더 있었던 모양으로 이따금 목을 가다듬고 가조 일곡을 일창하는 모습을 봉순네는 여러 번 보았으며 지금도 그 청담한 목청이 귀에 쟁쟁했다.

백천(百川)이 동도해(東到海)라 하시부서귀(何時復西歸)요
우산(牛山)에 지는 해는 제경공(齊景公)의 눈물이요
분수추풍곡(汾水秋風曲)은 한무제(漢武帝)의 설움이더라

피 적적(滴滴) 저 두견(杜鵑)은 성성제혈한(聲聲啼血恨)을 마라

기천년미귀혼(幾千年未歸魂)이 너도 또한 슬프렷다


방에서 쫓겨난 봉순이는 저만큼 오는 길상을 보자 이미 눈물은 말랐는데 새삼스럽게 훌쩍거린다.

"와 그리 찔찔 울고 있노?"

"울믄 와! 니가 무신 상관이고."

"으응? 그라믄 울어라. 많이 울어라."

길상은 봉순이 옆을 휙 지나가 버린다. 뭐라고 몇 마디 말을 걸어주었으면 울음을 그칠 건데 싶었으나 길상은 돌아보지도 않고 가버렸다. 서운하고 괘씸했다. 더 울어볼까 싶었지만 억지로는 눈물도 나오지 않았다.

봉순이는 마구간 앞에 갔다. 나귀 두 마리는 산으로 가고 없었으며 마구간이 텅 비어 있었다. 나머지 한 마리가 멍청한 눈을 하고 봉순이를 바라본다. 봉순이는 마구간 앞에 쭈그리고 앉는다. 쌉쌀한 마구간의 냄새가 풍겨왔다. 나귀는 유리구슬 같은 눈을 꿈벅꿈벅했다. 갈기는 여름보다 빛깔이 짙고 윤이 났다. 나귀는 히여끄럼하고 푸리딩딩한 것 같고 불그스름한 것 같기도 한 혓바닥을 내밀어 마른풀을 입 속에 말아 넣는다. 봉순이는 커다란 콧구멍을 열심히 들여다본다. 나귀는 다시 혀를 내밀고 풀을 입 속에 말아 넣더니 맷돌 갈듯 으석으석 소리를 내며 씹는다.

'아이 싫다! 저눔우 쇳바닥, 뭐 같을꼬? 징그럽아라!'

봉순이는 휘딱 돌아앉는다. 웬일인지 집 안은 조용했다. 넓은 집 안에 살던 사람들이 모조리 보따리를 싸가지고 달아나 버린 듯 소리가 없다.

'간난할매가 죽었다!'

머릿속에 간난할멈의 모습이 풀쑥 솟는다. 봉순이는 눈을 부릅떴으나 간난할멈의 모습은 사라지고 보이지 않았다. 한참 만에 다시 강물에서 자맥질하는 사람들 모습같이 간난할멈의 얼굴이 솟아났다. 파뿌리 같은 머리칼이 얼굴을 덮고 부스럼과 눈에서는 진물이 흐르고 이가 다 빠져버린 입을 반쯤 벌리며 간난할멈은 숨차했다. 봉순이는 무섬증이 났다. 생시에는 아무렇지 않았던 간난할멈이 무서워 견딜 수 없다. 길상이 얘기해주던 지옥 생각이 났다.

'지옥은 말이다. 팔열지옥(八熱地獄)이라고 여덟 곳이 있는데 말이다, 등활(等活)지옥에서는 죄인끼리 원수가 돼서 서로 물어뜯고 뼈다귀만 남을 때까지 싸운단다. 그라믄 옥졸이 철퇴를 가지고 와서 죄인들을 가루로 맨들고 칼로 개기겉이 저미고, 그래가지고 죽어부리믄 고만인데 바람이 한분 불어오믄 다시 살아나서 말이다. 또 물어뜯고, 그 지옥살이를 오백 년 동안을 하는데 이 세상에서 살생을 한 사람들이 가는 곳이라 카더라. 다음은 흑승(黑繩)지옥인데, 여기서는 천 년을 산다 카는데 도끼로 찍고 벌겋게 달군 쇠줄로 쳐서 살을 찍어내고.'

283

절에서 자랐으므로 길상은 지옥에 대한 지식이 풍부했다. 죄인을 쇠 절구통에 넣어서 쇠 절굿공이로 찧는다는 둥, 쇠붙이로 된 사자 범 이리 독수리가 모여와서 죄인의 골수까지 먹어치운다는 둥, 죄인을 쇠꼬치에 끼워 불에 구우면 오장이 다 터져 나온다는 둥, 봉순이는 무서움을 쫓으려고 처마 끝을 올려다본다. 봄에 왔던 제비는 없고 제비 집은 텅 비어 있었다.

"제비야 제비야 강남 제비야."

맥없이 불러보지만 강남으로 벌써 떠난 제비가 있을 리 없다. 봉순이는 벌떡 일어나 밖으로 쫓아나간다. 마음속으로는 간난할멈에 대한, 지옥에 대한 무서움이 가득 차 있었으면서,

'누가 애기씨한테 갈까 봐? 치이, 안 갈 기다! 길상인 머심 앤데 함께 놀라지, 누가 갈까 봐서, 삼월이가 코도 닦아주고 얼굴도 닦아주고, 치이.'

언덕 아래 강물은 초겨울 햇빛을 받고 흐미하게 번득이고 있었다. 구름 없는 하늘은 한없이 높이높이 보였다. 타작마당에 조무래기들이 놀고 말과 사람을 실은 나룻배는 강심을 향해 나아가고 있었다. 마을로 내려갈까 말까 망설이다가 길상이 초당에 가 있을 것 같은 생각이 들었다. 봉순이는 당산 쪽으로 걸음을 옮긴다. 돌층계 위에서 내려다본 초당에는 길상이 있는 기척이 없다. 뒤켠으로 돌아가 내려다보았지만 아궁이 쪽에도 길상의 모습은 보이지 않았다. 그 대신 누각 앞에 또출네가 우뚝 서 있었다.

"또출네!"

그나마 반갑다 싶어 봉순이 불렀다. 그리고 그에게로 다가가며 뒷짐을 지고,

"머하요?"

"나 말가?"

햇빛을 똑바로 노려보고 선 채 또출네는 이빨을 드러내며 훔씬 웃는다.

"기별 받을라꼬 중문까지 나왔구마."

"무신 기별?"

"아따 귀는 시집 보냈는갑다! 세상도 세상도 우찌 그리 무섭은고? 세상도 세상도 우찌 그리 무섭은고? 백미 오백 섬을 부처님께 바치고 골짜기마다 등을 달았거마는, 천년만년 영화를 빌었거마는 부처님도 눈이 멀고 신장(神將)님도 눈이 멀고 터줏대감도 눈이 멀고 조상님도 눈이 멀었고나아!"

별안간 또출네는 손뼉을 치며 외친다.

"벌 떼겉이 포졸들이 오는고나아! 내 아들이 동학당 우두머리라꼬요? 당치 않은 말씀 마오! 보소 나으리, 형방 나으리. 우리 아들 서울 갔소. 과거 보러 서울 갔소. 하모 진정이오! 아암 그렇고말고. 수의사또 이몽룡이 넌지 아시오? 서문 고개 목신님께 백일기도 디리서 얻은 금지옥엽 겉은 내 아들이란 말이오. 여보 도련님, 날 다려가오, 날 어찌고 가시랴오."

봉순이 킥킥거리며 웃는다.

"우짜믄 그리 밤도 긴고. 추야장천[晝夜長川] 긴긴 밤에 임의 얼굴 보고지고. 옥 겉은 임의 얼굴, 달 겉은 임의 거동, 지리 상사 보고지고. 동풍이 온화허니 임의 해포 불어온가. 반가울 사 춘풍이요, 춘풍에 피는 꽃은 웃난 듯 임의 얼굴, 저 꽃 겉이 보고지고."

그러다가 또출네는 덩실덩실 춤을 추기 시작했다.

이빨을 모두 드러내고 벌죽벌죽 웃으며 춤을 춘다.

간밤에 어느 길목에서 도둑 떼나 등짐장수 아니면 행실 나쁜 길손이 욕을 보였는가, 찢어진 아랫도리 옷자락이 마구 흔들리고 퍼어렇게 멍이 든 허벅지를 드러내며 또출네는 춤을 춘다.

어느덧 엷은 햇빛은 꼬리를 감추고 서편에는 노을이 타고 있었다. 나무꾼들이 시부렁거리며 골짜기에서 내려온다.


## 22장 백의인(白衣人)들의 의식(儀式)


배추를 뽑던 날, 그 일이 있은 뒤 근자에 와서 사이가 뜸했던 용이와 칠성이의 거리는 더욱더 벌어졌다. 감정이 멀어졌을 뿐 아니라 한마을에서 얼굴을 대하는 일도 드물어졌다.

들일이 없어져서 제가끔 집 속에 들어앉았다고는 하나 한가한 철이어서 서로 어울려 놀려고만 하면 틈은 얼마든지 있었지만 용이는 못질을 한 월선의 주막을 본 뒤론 읍내 장에

286

나간 일이 없었고 마을 주막에도 출입하지 않아, 하기는 칠성이뿐만 아니라 다른 사람들과도 좀체 만나는 일이 없었다. 용이는 거의 매일같이 까대기에 들어박혀 가마니를 짜고 짚세기를 삼고 연장 손질을 하며 날을 보내었다. 그는 골똘히 일속에 정신을 파묻었다. 일에서 손을 놓고 우두커니 앉았는 시간을 몹시 두려워했다. 용이는 마을 친구들로부터 떠났을 뿐만 아니라 강청댁에게는 더 멀리 떠난 사람이었다. 울고불고, 작은방으로 떠밀며 들어오고, 미친 듯 마을을 쏘다니는가 하면 아무나 붙잡고 시비를 벌이곤 하던 강청댁도 이제는 용이를 닮아 돌처럼 굳어졌다. 돌처럼 차게 변해버린 것이다. 말이 없었으며 싸돌아다니던 마을 길에서 그를 볼 수 없었으며 안방에 들어박혀 어쩌다가 버선볼을 대기도 하고 베틀 위에 앉아보기도 했다. 가끔, 아주 가끔 제 머리를 와둑와둑 잡아 뜯으며 우는 일이 있었다. 꼭 한 번 장독으로 쫓아가서 독을 깬 일이 있었다. 제 머리를 와둑와둑 뜯으며 울 적에 용이는 강청댁 옆에 와서 우두커니 서 있곤 했다.

싸늘하게 갈라진 내외, 용이나 강청댁이 다 함께 변했으나 한 가지 강청댁에게 변하지 않는 일이 있었다. 그것은 임이네에 대한 증오심이다. 불길같이 타는 질투심이다. 어디서든지 임이네를 만나기만 하면 눈에 불을 켰고 마음속으로 그를 갈기갈기 물어뜯었다.

"온 저 제집이 환장을 해도 한두 분 환장한 기이 아니네?

지아비 죽인 샐인 죄인가, 조상 묏구덕을 판 불구대천인가,
아무래도 나를 못 잡아묵어서 저리 꼬치꼬치 마르는가 배."

임이네는 헛웃음을 웃으며 남 앞에서 강청댁을 조롱했다.
은근한 쾌감이 있어서 그러는 것이다. 그러나 임이네는 맞붙
어 싸우려고 하지는 않고 피해갔다. 마을 아낙들도 임이네 편
역을 들어서,

"임이네, 무당 불러서 살풀이를 하든가 해라. 하로 보고 말
사이도 아니고 한이웃에서 어디 할 짓가."
하며 웃곤 했다.

강청댁은 전보다 더 살림을 모르게 됐는데 집 안은 옛날보
다 깨끗이 정돈되고, 그래서 도리어 냉기가 도는 것 같았다.

용이는 할 일이 없으면 부엌에서 식칼을 내와 숫돌에 갈았
다. 말끔히 치운 외양간을 다시 치우고 쇠죽은 연달아 쑤어서
쇠죽 통이 비어 소가 배를 곯는 일이 없었다. 소만은 이 집에
서 가장 행복하고 편안하고 살이 피둥피둥 쪄서 털결이 곱고
기름이 흘렀다. 용이는 가끔 지게를 지고 산으로 올라갔다.
산에 가면 그는 맥을 놓았다. 가랑잎을 긁어모아서 불을 지펴
놓고 한없이 강물을 바라보는 것이다. 얼마나 오랜 세월을 이
렇게 살아야 하는지 용이는 자기 자신에게 물어보기도 했다.
사내자식이 떠난 계집을 왜 이리 잊지 못하는가 자신에게 화
를 내보기도 했다. 마을에 강이 없고 길이 없었으면 하고 생
각하기도 했다. 그랬더라면 나룻배에 월선이가 타 있을까, 길

목을 월선이 우죽우죽 걸어올까 하는 생각도 일어나지는 않았을걸. 나룻배와 키 큰 버드나무가 우뚝우뚝 서 있는 길을 보면 항상 용이의 가슴은 떨렸고 그곳에서 월선이 모습을 찾지 못했을 때 용이는 제 눈이 멀었으면 생각는 것이었다. 해가 누읏누읏 서쪽에 떨어지고 새들이 보금자리를 찾아 날아갈 때 용이는 빈 지게를 지고 집으로 돌아온다.

"사램이 변할라 카믄 하로아침에 변한다 카더마는 어디 시상에 이서방같이 변하까? 저렇게만 변한다믄 보따리에 돈 싸가지고 댕기믄서 제발 바람 좀 피우소 안 카겠나? 잔손질을 해서 집안에 앵이(윤기)가 돌게 해놓고 강청댁은 손 하나 까딱하지 않는다네. 남편 덕에 호강을 하니 이자는 직성이 안 풀렸겠나."

"와 아니라요. 자식도 못 놓은 주제에 복이 넘고 처져서 밤낮 처자빠져 있다 안 카요. 인물 좋겠다, 풍신 좋겠다, 그것만으로도 남편 복이 터졌는데 처자빠져 있어도 입에 밥이 들어가니 농사꾼 제집치고 그런 상팔자가 어디 있겠소?"

사정을 훤히 다 알면서 일부러 빈정거려보는 것인데 눈치 없는 그들 중의 하나가 그 말들을 진담인 줄 알고 입을 비쭉거렸다.

"집에 앵이가 돌믄 머하겠소. 풍신 좋고 인물 좋으믄 머하겠소. 한지붕 밑에서 남남으로 사는데 음식이사 묵기 싫으믄 두었다가 다시 묵지만 사람 싫은 거사, 하모요, 사람 싫은 세상은 못 산다 캅디다. 쪽박을 차고 빌어묵어도,"

다른 아낙들은 시치미를 떼고 너 말이 맞다 맞다 하며 맞장구를 치면서 까르르, 까르르 웃어젖히는 것이었다. 밖의 인심 같은 것은 아랑곳없는 강청댁은 우물가에서 이웃을 만나도 입을 꾹 다물고 있었다. 물만 긷고 나면 온다간다 말없이 횡하니 가버렸으며 나중에는 숫제 밤에 아무도 없을 때를 골라 물을 길어가게 되었다.

마을에서는 다시 소문이 퍼졌다. 시어머니 묏등의 잔디풀을 와둑와둑 뜯고 있더라는 둥, 한밤중에 개천가에 나와 우두커니 앉아서 혼자 중얼중얼 씨부리고 있더라는 둥, 월선어미의 신이 강청댁한테 지폈다는 둥.

동짓달 초여드렛날은 용이 모친의 기일(忌日)이다. 제사상을 보기 위해 용이 망태를 메고 집을 나서려 했을 때 강청댁은 깔아놓은 멍석에 앉아서 제기(祭器)를 닦고 있었다.

강바람은 매웠다. 추위가 일찍 오는 모양이었다. 바람이 모래를 싣고 온다. 용이는 소매 끝으로 눈을 비비며 걷는다. 못질한 월선이 주막을 본 뒤 여러 달 만에 가보는 읍내 장길이다.

강둑에서 아이들이 연을 올리고 있었다. 바람이 구름을 다 날려버린 맑고 푸른 하늘에 하얀 소연(素鳶)이 둥둥 떠서 올라간다. 바람을 잘 잡아올리는 연은 높이, 하늘 높이 얼레의 줄을 풀면서 올라간다. 사금파리 가루에 송진을 먹여서 철사같이 질긴 연줄이 풀려나가는 소리, 바람 소리, 물살이 이는 소리, 아이들의 눈은 흰 연을 따라 떠날 줄 모른다.

용이 나루터 쪽을 내려갔을 때 낚싯대를 걸쳐놓고 배 바닥에 고인 물을 퍼내고 있던 한조가,

"용이형님."

하고 불렀다.

"장에 가요?"

"음. 뭐가 좀 물리나?"

용이는 다가가며 물었다.

"허 참, 썩어빠진 배 물 퍼내기 바빠서, 요새 와 그리 볼 수가 없십니까."

그 말 대답은 없고,

"내일이 어무니 기일인데,"

"하 참, 장날 다음이라 잘 잡숫겄소."

용이는 나룻배가 하마 오나 물길 쪽을 바라본다.

"돈만 있이믄 장날이고 머고 있나. 어디 가도 만수판*이지."

"개기는 우짤 기요?"

"자반개기는 사야 안 하겄나?"

"내 개기 사소."

"에키! 미친놈, 제상에 민물개기 쓰는 법도 있나?"

한조는 껄껄 웃는다. 용이는 곰방대를 꺼내어 담배를 넣는다.

"이분 가슬에는 윤보형님이 안 오싰는데 무신 사단이 생긴 거 아닌지 모르겄소."

"그러세……."

"설에도 안 오시믄 필유곡절이 있일 기요."

"머 무신 일이 있일라고."

"허 참, 무신 일이 있다믄, 기일이나 알아야 제사나 지내주지."

"실없는 소리 마라. 사람으 멩이 그리 허술한가?"

"모르지요. 죽을라 카믄 파리 목심이지요. 지나는 나그네한테 들었는데 외지는 말이 아니라 카네요. 상감을 지키는 순검들은 모두 노랑머리에 눈까리 파아란, 도깨비 겉은 놈들인데 실상 알고 보믄 상감은 볼모나 다름없다 그러데요. 나라는 곧 망하고 땅은 다 뺏길 거라 함서, 이리 시수가 상그럽은데* 전죄(前罪)가 있는 윤보형님이 성하겄소."

"……."

"의병들 속에 뛰어들어서 한판 날리고 있는지 모리겄소만. 얌잔하게 집일이나 하고 있었으믄 가슬에는 돌아왔일 거 아니요."

"하기는 모르지. 그 성미에."

"김훈장도 그러데마요. 동학 때는 역적질을 했다고 욕을 해쌓더마는 요새는 칭찬이 자자하더마요. 그래도 쓸모 있는 놈이라 의병들 속에 끼어들었을 기라 함서, 효심이 지극한데 가슬에는 벌초도 않는 것을 보아 비록 상놈이지마는 나랏일을 하고 있일 것이 틀림없다, 하기는 김훈장 그 양반도 한판 치고 싶은 생각이 꿀뚝 겉은 모양인데,"

한조는 씩 웃는다.

용이 읍내 장에 들어서려 했을 때 그의 눈은 어쩔 수 없이 월선의 주막으로 갔고 멈추어진 다리는 말뚝같이 움직이지 않았다. 집은 퇴락할 대로 퇴락하여 혼령을 빼앗긴 또출네 같은 꼴이 되어 있었다. 몇 달 지간인데 사람이 살지 않는다는 것만으로 저렇게 변할 수 있을까. 사람 없는 집에 가을이 왔다고 지붕을 갈았을 리도 없다. 모두 황금빛 지붕인데, 오목하게 새 이엉을 갈아입고 겨울을 맞는데 월선의 주막은 회갈색의 지붕이 그나마 한 귀퉁이 푹 꺼져서 여름이 오기 전에 구멍이 뚫릴 것 같았다.

'이엉을 갈아야겠다! 색히 이엉을 엮어서 칩어지기 전에 이엉을 갈아야겠다!'

이 생각은 크나큰 위안이 되었다.

'짚이 모자라믄 두만네 형님한테 빌리지, 빌리믄 된다!'

지척에 월선이 있는 것 같은 생각이 들었다. 퇴락한 집은 월선의 육신 같은 생각이 들었다. 지붕에 이엉을 입혀주는 일은 월선에게 옷을 입혀주는 것과 마찬가지로 느껴지는 것이다. 찢겨지는 것 같은 슬픔 속에 한 가닥 따스한 충족 같은 기분이 돌았다. 겨우 발을 떼놓는다.

'몹쓸 것!'

장은 한산했다. 가을이 지나고 겨울로 접어든 시기, 설 대목이 오기까지 장은 쓸쓸할 것이다. 장타령하는 각설이 떼들의 목청에는 힘이 없고 아들 만나러 서울 간다는 방물장수 노인의 외침도 힘이 없고 물건들은 묵고 낡아서 팻국이 흘렀다. 그것들은 일찍 온 추위에 오종종 떨고 있는 것 같았다.

주막만 득실거렸다. 시래깃국에 막걸리 한 잔을 곁들여 추위를 풀고자 하는 장꾼들이 쉴 새 없이 들락거렸다.

"이월 꽃바람에 중늙은이 얼어 죽는다 하더마는 겨울도 문턱인데 와 이리 춥소."

"사람도 술에 술 탄 듯 물에 물 탄 듯 하믄 못씨는 기라. 칩울라 카믄 바짝 칩어야 기운이 나지."

"아따 이 사람 동삼 삶아 먹었나."

용이는 예년과 다름없이 제사장을 보아 망태 속에 넣었다. 마지막 향과 초를 사기 위해 잡화상 앞에 머물렀다. 장사가 꾸려주는 향과 초를 망태 속에 넣고 셈을 하려는데 옆에서 누가 그의 옷소매를 잡아당겼다.

"구멘이네."

혀 꼬부라진 소리가 들렸다. 용이 얼굴을 들고 힐끗 쳐다본다. 방물고리를 펴놓은 노파가 합죽한 입을 벌리고 웃고 있었다.

"아아."

"생각이 나나?"

"야."

눈까풀이 내려지고 얼굴 근육이 굳어진다.

"그새 통 볼 수 없더마는, 그래 마음은 잡았나?"

노파는 그때보다 훨씬 의젓하고 친절했다.

"영 얼굴이 못쓰게 됐네."

혀를 찬다. 용이는 인사하고 돌아섰다.

"그 월선이라는 여자 만나보았나?"

말이 쫓아왔다.

"어디서 만났겄소?"

"음…… 그라믄 영영 못 만났구나. 나는 한분 만났는데."

"머라고요?"

후딱 돌아섰다.

"그러니께 여러 달 전이구마."

"어, 어디서 만났소?"

"여기서, 여기 장바닥에서 만났지. 내가 자네 얘기를 했다."

"……."

"우찌나 울던지 눈에서 눈물이 비 오듯 하더라."

"……."

"그래서 이 사람아 그렇게 정을 못 끊으믄 만나서 살지 그
러나 했더마는 아무 말 안 하고 울기만 하데. 그새 어디로 갔
었더냐고 또 물었구마. 멀리는 안 갔다고 함서 이분에는 정말
먼 데 가기로 작정이 되어 여기 한분 와본 기라나?"

"……."

"행여 그 마을 사람을 만나서 소식이나 들을 긴가 싶어서

왔더니만 아무도 못 만내고 할매한테 소식을 듣게 됐다 함서 돈 세 푼을 주고 잘 기시오 하고 갔다. 제집이 어질어빠지게 생깄더마."

"어, 어디로 간다 합디까!"

"그 말은 안 하고 아주 먼 데, 먼 데로만 간다 하더마. 우찌나 울던지 나도 절로 눈물이 나데."

켜졌던 불이 꺼지듯 용이 눈에서 빛이 사라졌다.

"그, 그럼 잘 기시오! 할매."

용이 허둥지둥 달아난다.

"이, 이보시오! 이보소! 초값 안 주고 가요!"

무슨 영문인지 몰라 멍하니 서 있던 장사꾼이 기겁을 하며 고함을 쳤다.

"아, 아 그만 내가……."

돌아온 용이는 주머니를 끌러 돈을 찾는데 손이 떨고 있었다.

제사장을 보아온 망태를 내려놓고 용이는 안절부절, 마당을 왔다 갔다 하는가 하면 까대기에 들어가 연장들을 말짱 챙겨놨다가는 도로 집어넣고 제정신 아닌 사람 같았다. 강청댁은 떡쌀을 담그고 부엌에서 부시럭거리며 일하고 있었다. 예년 같으면 이웃 아낙들을 불러와서 거들어달라 해놓고 본인은 깔깔거리며 말참견에 더 열중했던 강청댁이 그림자처럼 왔다 갔다하며 여느 때보다 정성을 많이 들이는 것 같았다.

용이는 이날 밤 한잠도 자지 않았다. 강청댁은 온종일 꿈지럭거린 때문인지 잠이 깊이 든 눈치였다. 자정쯤 됐을까, 견디다 못해 자리에서 일어나 옷을 주워 입고 용이는 방문을 열었다. 그와 동시 안방에서 자는 줄 알았던 강청댁이 문을 박차고 나왔다.

"어디 가요!"

"바람 쏘일라꼬."

"이 칩운 밤에."

"답답해서 미치겠다."

"안 될 기요! 어디 가는지 내가 알지."

"어디 가든 임자가 무슨 상관인가."

"내가 알지, 알아! 임이네 그년 만나러 가는 걸 알지, 알어!"

"뭐라고?"

"여자의 원한은 오뉴월 서릴 내리게 한다는 말 모르요? 내가 이녁 나무에 매달리는 꼴 안 보고 죽을 줄 알았습디까?"

저 밑바닥 한없이 깊은 땅 밑바닥에서 울려나오는 것처럼 강청댁의 목소리는 음산하였다. 용이는 소리를 내어 웃는다. 강청댁의 말은 용이를 노엽게 하지 않았다. 방문을 열고 나섰다. 강청댁이 따라나선다. 용이는 호롱에다 불을 켜들고 까대기로 간다. 까대기 기둥에 박힌 못에다 호롱을 걸어놓고 뒤로 돌아간 용이는 짚 한 동을 메고 왔다. 그리고 까대기에 퍼질러 앉더니 짚을 뽑아가며 이엉을 엮기 시작했다. 속저고리 속곳 바람으로 따라나온 강청댁은 팔짱을 끼고 가만히 남편의 하는 양을 바라보고 서 있었다. 용이는 짚 한 줌을 뽑아놓고 는 엮고 다시 뽑아놓고는 엮고. 호롱불에 비친 옆모습이, 손을 움직일 때마다 앞뒤로 올라가고 내려오고 할 뿐 다물어진 입술이 열리지 않았다. 바라보고 있는 강청댁이나 이엉을 엮는 용이나 서로가 다 땅에서 솟은 나무 같았다. 움직일 때는 바람을 탄 나무 같았다.

마당에 쌓아놓은 나뭇단에서 떨어진 가랑잎이 구른다. 바스락바스락 소리를 내며 굴러간다. 강청댁은 벌벌 떨기 시작한다. 몸은 차츰 오그라든다. 작은 몸이, 작은 발이, 가늘고 긴 목이 오그라든다. 찬 바람은 사정 없이 속곳 가랑이 사이로, 짧은 속적삼 소매 사이로 스며든다.

"방에 들어가거라. 나 아무 데도 안 갈 기다."

용이의 입술이 떨어졌다. 그 말을 기다리고 있었던 것처럼 강청댁은 저벅저벅 발소리를 내며 돌아간다. 한참 후 방문 닫히는 소리가 들려왔다.

이튿날 밤, 내외는 목욕재계하고 제상을 차렸다. 한지를 깐 제상에 괸 제찬은 조촐했다. 지방을 모셔놓고 의관을 차려입은 용이 분향을 하고 재배한 뒤 자리에 꿇어 앉았다. 소복한 강청댁이 술을 따라 내미는 잔을 두 손으로 받은 용이는 모사(茅沙)에 세 번 따르고 술잔을 강청댁에게 넘긴다. 강청댁이 술잔을 제상 위에 올려놓고 정저(整箸)하는 동안 용이 다시 재배

한다. 축문을 읽고 강청댁이 두 번째 잔을 올리고 종헌(終獻)한 뒤 첨작(添酌)하고 나서 강청댁은 메 그릇의 뚜껑을 열었다. 메에다 수저를 꽂는다.

용이와 강청댁은 제상 밑에 오랫동안 엎드려 있었다. 강청댁의 작은 어깨가 물결쳤다. 소리를 내지는 않았으나 전신으로 울고 있었다. 제상에는 촛불이 흔들리고 있었다. 새벽은 아직 멀었는가 첫닭 우는 소리는 벌써 났는데 마을의 밤은 무겁고 조용했다.

'어무니, 어무니, 이녁보고 가르키감서 데꼬 살라고 생시 말씀하싫는데 자식도 없는 이내 팔자 우찌 했이믄 좋겄십니까.'

지방과 축문을 불사르고 제수를 물릴 것도 잊은 두 내외는 양켠으로 갈라져 앉아서 서로들 멀거니 바라본다. 향도 꺼지고 방 안에는 향내만 감돌았다.

하늘에는 별이 총총 나 있었다. 강청댁은 제찬을 나누려고 함지를 이고 마을로 나섰다. 개가 짖었다. 두만네 집의 개가 먼저 짖었다.

"성님! 두만네성님!"

두만네 삽짝 앞에서 문을 흔든다. 개는 미친 듯 짖어댄다.

"누고오―."

잠에 취한 두만네 목소리, 방에 불이 켜졌다. 강청댁이 문을 떠밀고 마당에 들어서 냄새를 맡은 개가 졸래졸래 따라오면서 짖는 것을 멈추었다. 방문을 열고 마루에 나온 두만네가 말했다.

"제사 모싰나?"

"야."

마루에 함지를 내리자 두만네는 부엌에서 그릇을 가져왔
다. 설기 한 귀퉁이를 뜯어버리고 다시 한 귀퉁이를 뜯어 맛
을 본다.

"간이 맞네."

부실거리는 바깥 기척에 영만이 옴마 하며 기어나왔다. 두
만네는 웃었다. 무안해진 영만이 히이잉 하고 혀 꼬부라진 소
리를 냈다.

"시끄럽다, 시잇! 성들 깰라."

두만네는 탕수* 그릇을 기울여 아이에게 국물을 마시게 한
뒤 떡 한 쪽을 떼어준다.

"혼자서 짭찔하게 장만했네. 아닌 게 아니라 너거 집에 제
사 때가 됐을 긴데 하구 생각은 했다마는 오라는 말도 없고
해서 거들어주지도 못했고나. 울었나? 눈이 와 그리 부었노?"

"논(설움)이 나서 좀 울었소."

"울기는 와 우노. 사람 사는 기이 다 그런 긴데 섭하게 생각
지 마라."

하고 두만네는,

"보소, 보소, 두만아배요, 일어나시서 제삿밥 잡사보소."

아이들 듣지 않게 소곤거리며 음식을 방 안으로 디밀어 넣

는다.

강청댁이 나서려 하자,

"보래."

하며 두만네가 불러 세웠다.

"제사 음식 몇 집 돌렸노?"

"여기가 첨이오."

"한참 걸리겠네."

"걸리겠지요."

"날씨도 고추겉이 맵어서 얼겠구나."

"……."

"그런데 말이다. 이런 말 하믄 니가 우찌 생각할 긴고 모르
겄다마는 임이네 빼놓지 마라이?"

"……."

"아무리 틀어져도 음식 가지고 그러믄 안 되네라."

"……."

"이웃사촌이더라고, 하로 보고 말 것가. 강청댁 니도 좀 지
나친 생각을 하고 있는 거 같더라."

"……."

"눈이 등잔 등 겉은 가장 있고 자식 있는 제집이 무신 그런
간 큰 생각을 하겄노. 풀어부리라."

"알겄소!"

강청댁은 성이 나서 돌아섰다.

다음에는 함지를 인 강청댁이 평산의 마당으로 들어갔다.
사람 기척에 작은방 문이 털거덩 열렸다.

"제삿밥 가지고 왔소."

함안댁은 문 가까이 호롱불을 내놓고 웃었다. 무섭게 여윈
얼굴, 밤바람은 찬데 그의 이마에는 땀이 배어 있었다.

"앉아서 얻어먹기 차마 미안하네."

"얼굴이 영 말이 아니오."

"뭐 노상 그렇지."

강청댁은 마을에 제사 음식을 다 나누고 맨 마지막에 임이
네 마당으로 들어섰다. 사방은 어둠이 좀 걷혀지기 시작했다.
임이네는 그릇을 비우면서 잘 지내보자는 시늉으로 이 말 저
말 걸어왔으나 강청댁은 입 한번 떼지 않고 함지에 빈 그릇을
착착 담아서 돌아섰다.

"빌어묵을 년, 그럴라 카믄 머할라꼬 음식은 가지오노. 내
사 비상 섞었이까 무섭네."

임이네는 침을 뱉으면서도 떡 한 귀퉁이를 뚝 잘라서 입이
미어지게 먹는다.

# 제3편

# 종말과 발아(發芽)

# 1장 작은 춘사(椿事)

조반을 지어내고 아궁이 깊숙이 가외 불(군불)을 지핀 데다 화로까지 들여놓은 방 안은 후텁했다. 종자용인 옥수수 조 수수 따위, 씨앗주머니가 올망졸망 서까래에 매달려 있는데 아랫목에 쌓아둔 더미 속에서 메주 뜨는 냄새가 코를 찌른다.

명주필을 풀어놓고 마름질을 하던 함안댁은 숨을 모아쌓다가 기어이 잔기침을 한다. 목에서 가래 끓는 소리가 들려왔다.

"성님, 그것도 고집이오."

실을 물어 끊으며 두만네가 말했다.

"고집이 아니면 어쩌겠,"

하다가 다시 괴로운 기침을 한다.

두만네는 방문을 밀고 밖을 내다본다.

"이 제집아야, 할무니 머라 안 카시나?"

선이는 보리방아를 찧고 있었다.

"야?"

"할무니가 뒤보실란갑다. 어 들어가 봐라."

선이는 절굿공이를 놓고 늙은이 방으로 급히 들어간다. 방문을 닫은 두만네는 일감을 잡으면서,

"그라지 말고 읍내 나가시서 약국한테 진맥 한분 해보는 기이 좋겄소."

"……."

"첫째, 사램이 살아야제요. 강산이 내 거라도 내 눈 하나 없이믄 고만인데 피를 쏟아감서 베만 짜믄 우짤 깁니까."

"야무네가 그러던가?"

"야, 피를 쏟고 까무라쳤다믄서요. 마침 야무네가 갔으니께, 글안했이믄 큰일 날 뿐 안 했겄소?"

"아무한테 말하지 말라 했는데 입이 경해서,"

"그런 기이 아니고 일 때문에 성님 부르러 갈라 칸께, 일을 하시겄느냐 감서, 머 지도 걱정이 돼서 한 말이겄지요. 이웃 사촌이더라고 우리도 알기는 알아야 안 하겄십니까. 모르는 기이 우리 불찰이지요."

"……."

"웃마을에 일을 낼까 싶었더마는 가보니께 그냥 길쌈을 하

고 기시길래."

"늘 신세를 지면서 큰일 때마다 부조는커녕 삯을 받고 일을 하니 자네 볼 낯이 없네."

"별말씸을 다 하시오. 그런 걱정은 마시고 이분에는 일 안 하신 셈 치고 약첩이나 잡수이소."

"끼니 잇기도 어려운데 약은 무슨…… 아이가 보기보다 품을 많이 잡네."

함안댁은 선이 저고리의 품을 재어보며 두만네의 말을 회피한다.

"가시나가 벌써부터 가심이 생기서 안 그렇소."

"열다섯이면 가슴 생길 때도 됐지. 남의 집에 보내기 꼭 알맞는 나이다."

"치아부리고 나믄 한시름 놓겄지마는, 개혼(開婚)이라서 일두서도 모르겄고 남한테 욕이나 안 묵을란지 모르겄소."

"벌여놓기 탓이지. 번다하게 할 것 있나. 아직은 날도 넉넉하니."

"하기사…… 그리고 또, 상막은 우리 집에 없지마는 참판님 댁의 숙모님 거상도 안 했는데 혼사하기가 우째 면구스럽기도 하고."

"법으로 치자면 영만이가 양자 간 셈인데 자네 집하고 상관이 있을란가, 글쎄…… 뭐 범절 차리는 집안도 아니겠고 형편대로 하는 거지."

"그렇기는 하요마는 상사람이라도 지킬 거는 지키야 안 하겠십니까."

범절 차리는 집안도 아니라는 말이 마음에 거슬렸다.

'사램이 다 좋은데, 이 지경 돼가지고도 상사람 하시(下視)하는 버릇만은 못 고치는가.'

"어쨌거나 참 세월이 유수 겉소. 내 시집오던 날이 어제 그제 겉거마는, 묵으나 굶으나 못 가리쳤다는 소리만은 듣지 말아얄 긴데 걱정이오."

"글쎄, 혼수 장만한 걸 보아서 시모 될 사람이 예사 야문 사람 아닌 것 겉더군."

"하모요. 콩 심은 데 콩 나고 팥 심은 데 팥 나고, 시모 될 사람뿐만 아니라 집안의 내림이 본시 그런갑십디다."

"살림은 따숩다더구먼."

"야, 장배도 부리고 하니께 단단할 깁니다."

"아이가 심성이 고와서 웬만하면 잘 살 게다."

"살아봐야 잘 사는가 안 하겠소."

"하긴 그렇지. 시집가고 장가드는 날 안 좋으려니 생각할 사람이 어디 있겠나. 살아봐야……."

함안댁은 가위질을 하면서,

"나도 시집올 적에는 다 혼인 잘한다고들 했지."

그러나 함안댁은 한숨 대신 빙그레 웃었다. 그리고 땀을 흘리면서도 아랫목 따뜻한 곳으로 옮겨 앉는다.

"치혼사 한다 그랬겄지요."

"그 양반도 세상을 잘못 만나 그렇지, 뭣한 시절이면 중인 집안에 혼살 했겠나."

"……"

"가문 뜯어먹고 살더라고, 어려서는 외가 것 먹고 성례 후엔 처가 것 먹고 늙으면 사돈댁 것 먹는다 안 하던가?"

"성님도 짓덕이사 많이 타가지고 안 왔십니까?"

"글쎄…… 친정 살림, 그거 다 허한 거라네."

"그래도 잘만 간수했이믄,"

"새 발에 핀데 말할 것도 없다."

"우리네사 여태 내 땅 가지고 살았소? 게우 땅마지기나, 그것도 숙모님 제우답이지 우리 거는 아니지마는 이녁 거만 있이믄 멋이 어렵겄소."

"이 사람아 그런 소리 말게. 그 양반이 상사람들겉이 농살 짓겄나?"

"엎어놓고 매로 때리믄 맞지 우짜겄십니까."

두만네의 어세는 신랄했고 함안댁은 얼굴에 노기를 띤다.

"맞을 사람이 따로 있지."

"안 배운 일을 하기는 어렵지마는 술이 과하고 손장난이 과도하니께 성님이 이 고생 아니겄소."

"배우지 못해 일을 못하시나? 속 모르는 말 말게. 술이 과하고, 그렇기로니, 용이 못 된 이무기가 물 속에서 광을 치더라고 때 못 만난 한탄을 어쩔꼬?"

함안댁 눈에 눈물이 글썽 돈다.

"성님, 이런다고 섭하게 생각지는 마소. 하 보기가 딱해서, 못 오르는 나무는 치다보지도 말라 했는데 지금 벼슬길을 바라겠소? 김훈장은 남들겉이 농사짓고 하거마는 아무도 그 양반을 양반 아니라 생각는 사람은 없소. 강산이 내 거라도 내 눈 하나 없이믄 고만인데 성님 겉이 뼈가 가루가 되게, 그러다가 여차하시믄 우짤랍니까."

"명은 하늘에 달린 거구, 지아비 섬기는 지어미의 도리를 잊어 쓰겄나. 아무리 병이 들었기로서니 행세하는 집안의 여자가 제 먹을 약 제 손으로 지어오는 법은 없느니라."

뚫고 들어갈 여지 없이 함안댁은 잘라 말한 뒤 입술을 꾹 다물었다. 깻이파리 같은 좁은 얼굴은 더 없이 쌀쌀해 보였으며 험한 일에 못이 박히고 뼈마디가 솟아오른 손은 노여움을 참는지 떨고 있었다. 본시 남에게 싫은 말 하기를 좋아하지 않는 두만네는 공연한 말을 했다 싶어 뉘우친다.

'딱하기도 하다.'

미운 생각이 들었으나,

'하기사 논이 나겄지. 하시하는 상것들 품삯을 들라 카이. 너무 양반이라고 유시를 해서 그거 한 가지가 벵이라 카믄 벵인데 배울 기이 많고 본뵈기 될 만한 사람 아니가. 남이사 머라 카든지 이녁 가장은 하늘이니께.'

두만네는 일손을 놓고 밖으로 나간다.

"선아, 저녁 안 할라나? 쌀 한 뚜벙 더 넣고 밥 좀 보더랍게 해라."

"야."

"할무이 미음 디릿나?"

"디릿십다."

두만네는 작은 모판*을 들고 들어왔다. 방바닥에 놓으면서,

"성님, 시장헐 긴데 이거 잡숫고 하소."

"뭣인데?"

함안댁도 두만네에게는 옹굴진 마음을 애써 푸는 듯 아무렇지 않게 물었다. 목소리는 고르지 못했으나.

"배추 뿌린데 삶아서 콩고물을 묻혔소. 묵을 만하요."

"여태 그게 있었나?"

"독 안에 감차아둔 것을 아침에 밥 위에 얹어서 쪘다마는, 새끼들이 클라꼬 그라는가 우찌 묵을라 카던지."

두 아낙은 일감을 밀쳐놓고 삶은 배추 뿌리를 먹는다. 말랑하고 향긋한 냄새가 나며, 쌉쌀한 맛을 혀끝에 느끼며, 입가에 콩고물을 묻혀가며 먹는다.

"우째 올해는 추위가 일찍 오는 것 겉소."

"혼인날을 받아서 마음이 조급하니 그렇지."

"그런지 모르겄소."

하는데 마당에서,

"칩어라. 아마도 이 집 아랫묵은 떠떳할 기다."

큰 목청의 막딸네 목소리가 들려왔다. 찬 바람에 굳어진 땅을 자박자박 밟는 발소리도 들려온다. 두만네 얼굴에 낭패한 빛이 돈다.

"얼음장 겉은 과부 궁둥이 좀 녹히야겠소, 성님."

하는 소리와 함께 방문이 덜커덕 열린다.

"아아니."

함안댁을 본 막딸네는 머쓱해져서 엉거주춤 서 버린다.

'코 벤 죄인도 아니겄고 내가 못 들어갈 건 뭐꼬?'

방문을 덜커덩 닫고 막딸네는 팔짱을 끼며 두만네 옆에 쭈그리고 앉는다. 함안댁은 먹던 것을 그만두고 입가에 묻은 콩고물을 닦는다. 수건을 끌어당겨 손도 깨끗이 닦은 뒤 막딸네는 거들떠보지 않고 하던 일감을 손에 들었다.

"와, 더 안 잡숫고?"

"많이 먹었네."

"막딸네 니 좀 묵어볼라나?"

두만네는 모판을 막딸네 앞으로 밀어낸다.

"이 귀한 기이 아즉 있었던가 배요."

막딸네는 냉큼 집어서 한 입 베어 문다.

"혼삿날을 받았다믄서요?"

"음."

함안댁을 힐끗 쳐다본 막딸네는,

"쉰네야 본시 본 바 없고 배운 기이 없어서."

"지랄한다."

두만네가 가로막듯이 말하며 눈을 껌벅인다.

"마른자리 일이사 할 수 있겠소? 허드렛일이라도 있이믄 시키소."

"아즉이사 머, 남은 날이 넉넉한께 급히 서둘 일도 없다."

"와 그리 늘어지게 날을 받았소? 혼삿날은 예사로 안 칩겄는데."

"그러기 말이다. 날을 받다 본께, 그 집 제삿날이 있고 해서 달도 가시야겠고 자연 그리 됐는갑더라."

"가슬에 했이믄 좋았을 긴데."

"와 아니라."

함안댁은 고개 한 번 들지 않고 일만 하고 있었다.

"소문 들은께 그 집 정물이 된* 거는 내림이라 카는데 선이도 시집살이가 어럽울 기요."

"그래야 사램이 되제."

했으나 두만네 얼굴은 유쾌해 뵈지는 않았다.

"나 어지 화심리 갔다 왔소, 성님."

"머하러?"

"큰굿 한다 캐서 구갱 안 갔십디까."

"한량이네."

"읍내 쌀개가 와서 하는데 낯짝 하나 볼 만하까 신이 올라야 말이지요."

"쌀개는 선무당인께, 얼굴 하나는 반반하지."

"기생도 인물보다 가무가 좋아야 명기가 된다 카는데 맹물이요, 맹물. 갓끈만 만지믄서 사설이 돼 있이야제."

"오매! 야단났소! 오매!"

삽짝 밖에서부터 외치는 선이 목소리가 들려온다. 두만네는 방문을 열고 내다보며,

"와 그러노."

"거복어무니 큰일 났심더."

일손을 멈춘 함안댁 얼굴에 핏기가 가신다.

"말을 해야 알제. 무신 일고?"

"저, 내, 내가 물을 긷고 있는데 거복이가 보, 봉순이를 돌로 쳐서, 피가 피가, 보, 봉순이 주, 죽……."

막딸네와 두만네가 동시에 일어섰다. 함안댁은 돌같이 굳어져서 움직일 줄 모른다.

"이거 큰일 났고나."

두만네가 먼저 나섰다.

"그예 일은 터지고 말았네. 내가 머라 캤노. 동네 가운데 못 둘 기라고 그리 말했는데 애비 아들이 모두 개백정가, 사람 알기로, 응?"

막딸네도 삽짝을 나서며 얼씨구나 싶었던지 악을 쓴다.

먹눈 모양으로 빛을 잃은 함안댁의 작은 눈이 천장을 한 번

보고 방문을 한 번 보고 방바닥을 쓸며 일거리로 옮겨지자 그는 아무 일도 없었던 것처럼, 다시 일을 시작했다. 골똘히, 골똘히, 그는 일 속으로 빠져들어 간다. 아무 일도 없었던 것처럼, 오직 이 세상에 일을 하기 위해 태어난 사람처럼.

날듯 달려가는 선이를 따라 두만네는 뚱뚱한 몸을 뒤뚝거리며 쫓아가고 막딸네는 팔짱을 낀 채 논둑길을 걸어간다.

텅 비어 있는 타작마당에,

"이놈아! 이놈아! 이놈아!"

서희 목소리만이 쨍쨍 울리고 있었다. 꽃신을 벗어든 서희가 장석같이 서 있는 거복이 무릎을 꽃신으로 때리는 것이다. 거복이 얼굴은 잿빛으로 변해 있었다.

두만네는 피투성이가 되어 쓰러진 봉순이를 안아 일으킨다.

"물, 물을 긷는데 보, 봉순이가 주, 죽었다 캄서 아이들이 떠, 떠들믄서 도망을 치길래 와보니게 피, 피가."

선이 숨을 헉헉거리며 지껄인다.

"시끄럽다! 어 가서 물 한 바가지 못 가지오겠나!"

하자 선이 우물가로 달려가고 서희한테 꽃신으로 정강이를 얻어맞으며 장석같이 서 있던 거복이 별안간,

"와아—."

울음소리를 지르며 쏜살같이 달아난다. 거복이 달아나는 서슬에 나자빠진 서희도,

"와아 ―."

하며 울음보를 터뜨렸다.

"옴마 물!"

선이 물바가지를 내밀었다. 두만네는 한입 가득히 물을 머금고 봉순이 얼굴에 뿜는다. 그 짓을 두 번 했을 때 봉순이 깨어났다.

"봉순아! 아가!"

"으으으……."

"봉순아, 내가 보이나?"

두만네 말을 따라 선이,

"봉순아! 내가 보이낫!"

하며 소리를 지른다.

"으으으…… 응."

"살았다! 봉순아!"

선이 소리 질렀다. 서희는 발을 버둥거리며 귀청이 찢어질 만큼 악을 쓰며 울부짖고 있었다.

"선아, 어 가서 애기씨 달래라. 그라고 업어라."

바가지의 물로 대강 얼굴을 씻어낸 두만네는 치맛자락으로 닦아준다.

"코피를 쏟았는가 배."

막딸네가 기웃이 들여다보았다.

"아니 이마빡이 터졌구나. 쯔쯧…… 계집자식이 면상에 숭

(흉터)이 지믄 안 될 긴데."

"조금 찍혔고나. 잘 아물믄 숭이사 되겄나."

두만네는 애써 일이 크게 되지 않기를 바라듯 말했다. 봉순이는 비죽비죽 소리를 죽이며 울었다.

도망갔던 조무래기들이 슬금슬금 눈치를 보아가며 모여들었다.

"이 직일 눔들! 동네 가운데 두겄나! 네 이눔들! 당을 지어가지고 좋은 뽄은 안 보고 개백정 겉은 그눔우 손 하는 짓만 따라하고, 네 이눔들! 나무에 매달아가지고 오줌을 싸게 패야지!"

막딸네는 주먹을 휘두르며 고함을 치고 선이는 고래고래 소리 지르는 서희를 억지로 업으려고 애를 쓴다.

"우리는 안 그랬소!"

"봉순이가 상놈우 새끼라고 욕을 한께 거복이가 때렸소!"

"봉순이보고 길상이 각시라 칸께요."

"아니오! 젖이 생깄는가 함서 가심을 만질라 칸께요."

"하하핫 하하하……."

조무래기들은 소리를 합쳐서 웃는다.

"세상 다 돼가는구나. 머리빡에 피도 안 마른 새끼들이, 에키! 이 개눔우 자석들!"

하다가 두만네는 어이가 없어 헛웃음을 웃는다.

"아니오! 거복이가 김서방 집의 씨감자 훔치내다가 들키서 맞았소. 그래서 봉순이한테 분풀이를 했소!"

"네 이눔들! 이리 다 오니라! 도둑질하는 놈, 손목때기 놀린 놈, 쌍소리 하는 놈, 다 잡아서 정갱이를 뿌질러 놓을란다!"

막딸네가 주먹을 휘두르며 쫓아가자 거미 알같이 사방으로 흩어지면서 조무래기들은,

"나는 봉순이 안 때렸소!"

"나는 씨감자 안 파묵었소!"

"나는 쌍소리 안 했소!"

제가끔 발뺌을 하며 달아난다.

두만네는 봉순이를 안고 선이는 서희를 업고 꽃신도 찾아 들고 논둑길로 해서 최참판댁을 향해 걸어간다.

"봉순네한테는 금지옥엽인데 뼈가 아프겄다. 이마빡에 숭이나 안 졌으믄 좋겄는데, 여식아 면상에 숭이 지믄 안 될 긴데……."

혼자 중얼거리며 두만네는 서편에 떨어지려는 해를 가득히 안고 간다. 서희도 선이 등에 업혀서 여전히 울음을 그치지 않고 있었다. 최참판댁 대문 앞에까지 거의 다 왔을 때 봉순이는,

"나 내리서 걸어갈라요."

안겨서 가는 게 부끄러웠던지 몸을 비비적거렸다.

두만네가 집으로 돌아왔을 때 함안댁은 일사불란, 그야말로 머리칼 하나 흔들리는 것 같지 않은 모습으로 바느질을 하고 있었다. 방문을 열고 두만네가 방 안으로 들어갔을 때 양

어깨가 한 번 흔들렸으나 그의 일손은 멈추어지지 않았다.

"까무라쳤던가 배요. 코피를 쏟고."

비로소 일을 놓고 함안댁은 두만네를 올려다보았다. 일시에 땀구멍이 열려지는가 얼굴에 땀이 솟아나고 입술을 떨기 시작했다. 웃을 듯 말 듯, 그러더니 눈에 눈물이 돈다.

"설마 죽었을까 싶기는 했다마는."

함안댁이 안심하는 것을 보자 새삼스럽게 화가 나는 모양이다. 두만네는 볼멘 목소리로,

"참판님댁에서 그런 얄리가 없었소. 봉순네는 울고불고, 코피만 터졌이믄 몰라도 이마빡이 찍혔이니 우짤까부냐고 함서, 볼때기도 아니고 이마 한가운데를 그래놨이니 어디 치워묵겄느냐 함서, 하기사 그럴 만도 하지요. 여식아아 이마에 숭이 있이믄 팔자가 세다 안 합디까. 시집보내기 어럽울 긴게 에미 맘에 안 그러겠소? 둘도 안 된 하나 자식을 금이야 옥이야 키웠는데 그러고말고, 애기씨도 놀랐는지 머리가 펄펄 끓고."

함안댁은 눈물을 거두고 본시처럼 일감을 잡으며 말이 없다.

"성님 액운도 많소. 하누님도 무심하시지."

이날 밤에 거복이는 집에 돌아오지 않았다. 다음 날 밤도 역시 돌아오지 않았고 사흘이 되는 날 점심때쯤 해서 눈이 푹 꺼진 꼴이 되어 거복이 뒤란으로 숨어 들어왔다. 그리고 부엌 뒷문을 넘어서 부엌으로 들어서려다 말고 사람 기척에 기겁

을 하며 뒷문 옆 흙벽에 몸을 바싹 붙인다. 흙벽에 걸어둔 배추 시래기가 바람에 와삭거리며 거복이 얼굴에 와서 부딪치곤 한다. 목을 조금 뽑고 곁눈으로 부엌 안을 살핀다. 한복이 물독을 열고 물을 떠 마시고 있었다. 거복이는 비죽이 웃는다. 문지방을 슬며시 걷어찬다. 물바가지를 든 채 한복이 쳐다본다. 형을 본 그는 물바가지를 들고 부엌 바닥을 쩔쩔매며 어쩔 줄 모르다가 마당 쪽을 뒤돌아보고 나서 뒷문으로 살금살금 다가왔다.

"형아."

"어머니 기시나?"

"응."

"어디 기시노?"

"작은방에."

"베 짜는 소리도 안 나는데?"

"그냥 앉아서."

"나 배고파 죽겠다. 밥 좀 주어."

"굶었나?"

"굶었다. 어서 밥이나 주어."

한복이는 아까처럼 살금살금 걸어가서 저한테는 무거운 솥뚜껑을 낑낑거리며 열어본다.

그러더니 거복에게 낙심에 찬 표정으로 고개를 저었다.

"아버지 밥밖에 없다."

"그거라도 가져와, 배가 고파 죽겠는데, 빌어먹을!"

한복이 한참 부엌 바닥에서 뱅뱅이를 돌다가 삶아놓은 보리가 들어 있는 바구니를 발견하고 거복에게 손짓을 한다. 뒤곁에 가 있으라는 시늉으로. 밥그릇에 삶은 보리를 몇 주걱 떠넣고 먹다 둔 된장뚝배기 숟가락을 챙겨서 부엌 문지방에 놓고, 한복이 먼저 문지방을 넘어선 뒤 뒤곁에서 기다리고 있는 거복에게 하나씩 날라 간다. 거복이는 미친 듯이 그것을 먹는다.

"어디서 잤노?"

"산에서."

거복이는 봉순이가 죽은 줄 알았다. 그래서 마을로 내려오지 못하고 산에서 이틀 밤을 잤던 것이다. 너무 배가 고파서 도토리를 주워 깨물어 먹고 손톱이 빠질 지경으로 흙을 헤쳐 나무뿌리를 파먹고 했으나 요기는 되지 못했다. 배가 고프고 추워서 미칠 지경, 더 이상 견딜 수 없어 마을에 내려왔다가 조무래기를 만났다. 봉순이가 죽지 않았다는 소식에 마음을 놓은 거복이는 집에 돌아오기는 했으나 역시 어미가 무서웠다.

어지간히 허기를 채운 거복이는,

"어머니 머하시노?"

하고 다시 물었다.

"아무것도 안 하신다."

"와?"

"……."

한복이 어린 눈에는 비난이 있었다.

"어, 어, 어머니!"

별안간 뒤로 나자빠진 거복이 소리를 지른다. 언제 왔던지 함안댁이 뒤에서 멱살을 잡았던 것이다.

"어머니! 잘못했습니다! 다시는 다, 다시는, 한 번만 용서해 주시오!"

"……."

거복이는 멱살을 잡힌 채 질질 끌려간다. 한복이 울면서 따라간다.

"한복아, 너는 나가 놀아라."

거복이를 방 안에 끌어들인 함안댁은 문고리를 걸었다.

"어, 어머니! 다, 다, 다시는."

"거복아."

"예, 예."

"아무리 생각해봐도 너 죄가 아니고 내 죄인 것 같다."

낮은 목소리였다.

"제, 제가 잘못했습니다."

"그러니 너하고 나하고 죽는 수밖에 없겠구나. 죽어서 너는 어진 사람으로 다시 태어나고 나는 복 많은 사람으로 태어나야겠다."

"어머니이!"

"자아, 너랑 나랑 한 끈에 목을 매고 죽자. 알겠느냐?"

방 안에서 거복이 울부짖는 소리가 나고 문밖에서 오들오들 떨고 있던 한복이 방문을 주먹으로 치면서,

"어머니! 죽지 마시오! 어머니!"

방 안에서 발버둥을 치던 거복이 소리를 지른다.

"한복아! 아, 아, 아버지!"

한복이는 맨발로 뛰어서 주막 쪽으로 달려간다.

"아부지! 아부지!"


## 2장 늙은 보수파와 개화파


때늦은 겨울비가 치적치적 내리더니 그치기는 했다. 나룻배에서 내린 문의원은 나귀도 하인도 없이 혼자 마을 길을 들어섰다. 아직 얼음이 얼 지경은 아니었고 대낮 햇볕에 마을 길은 질벅질벅했다.

지게를 내동댕이쳐 놓고 초동들이 둑에다 불을 놓고 있었다. 띠잔디는 축축할 텐데 바람에 말랐는가 그럭저럭 타들어가고 있는 모양이었다.

바람 따라 연기는 방향을 옮기곤 한다. 누더기를 주렁주렁 걸친 또출네가 나막신을 끌며 논둑길을 지나간다. 문의원은 논둑길을 지나가는 또출네를 멀거니 바라보며 걸음을 잠시

멈춘다. 누구네 집에서 비손을 했던지 조밥 한 덩이를 손바닥에 올려놓고 입을 가져가서 베어먹으며 가는데 여윈 개 한 마리가 졸래졸래 뒤따라간다. 주렁주렁 걸친 옷 중에서 옷자락하나가 흘러내려 논둑길을 쓸며 마치 뱀처럼 나막신 뒷굽을따라 끌려간다. 또출네 손바닥의 조밥 한 덩이만 쳐다보며 따라가던 여윈 개는 흐늘흐늘 끌려가는 옷자락을 밟고 나둥그러졌다가 다시 일어나 침을 흘리며 꼬리를 치며 따라간다. 얼마를 가다가 뭐라고 소리를 지르더니 또출네는 손바닥에 남은 조밥을 내동댕이치고 쏜살같이 달려간다. 마침내 굶주린개는 너무 기뻐서 꼬리가 부러질 만큼 흔들어대면서 조밥 한조각을 차지한다. 서리맞은 감도 이제는 다 따내고 나뭇잎 하나 남은 것이 없는 감나무에 반가운 손님이 오겠다는 건지 까치가 와서 까까 거리다 날아간다.

김훈장 대문 앞에까지 간 문의원은,

"여봐라."

하고 잔기침을 하자 이내 김훈장이 나타났다.

"아아니 어찌 된 일이시오?"

문의원은 어리둥절해하며 김훈장을 쳐다본다.

"몸이 편치 않으시다는 전갈을 받고 왔는데."

김훈장은 씁쓰레 웃는다.

"실은 병자가 따로 있소. 수고스럽지마는 소야 선생님께서동행해주시야겠소."

"어디 말씀이오?"

"저 김진사댁 며늘아긴데."

김훈장은 장죽을 휘젓고 앞서 걸으며 떨떠름하게 말했다. 전에 없이 김훈장은 우울해 보였다.

김진사댁 문전에 이르자 김훈장은 내의를 알리는 듯 큰기침을 여러 번 했다. 안에서 겨우 기척이 났다. 김훈장은 대문을 들어섰고 마당에 이르렀다.

"아주머님, 소야 선생께서 오셨소이다."

해놓고,

"오르십시오."

김훈장은 이곳 사랑에서 자기는 기다리겠노라 하고 물러난다.

얼마나 오랫동안 불을 지피지 않았던지 사랑방은 얼음장이었다. 김훈장은 엉거주춤 쭈그리고 앉아서 담배를 담아 피워 물고 방 안을 돌아본다.

여름에 썩어서 무너진 장판지 사이로 흙바닥이 드러나 있고 찢어진 문종이 사이로 찬 바람이 사정없이 스며들어온다.

'흠, 뭐니 뭐니 하지만 무후가 가장 처참하군. 이렇게 한 집안이 문을 닫히다니…… 남은 사람이라곤 내가 있을 뿐인데 장차 이 일을 어찌하면 좋을꼬? 기막힐 노릇이로다. 올해도 성사를 못 보고 넘어가는군.'

김훈장은 가을 추수를 끝내놓고 붙이가 몇 사람 살고 있는 함양을 다녀온 일이 있었다. 역시 허행이었다. 다만 그는 부모도 없이 떠돌아다니는, 삼십이 다 된 십촌이 훨씬 넘는 김씨붙이가 한 사람 있다는 말을 듣고 왔다. 위인이 모자라기는 하나 어질고 아직 성례조차 치르지 못한 불쌍한 노총각이라는 것이었다.

'명년에야말로 어떻게 해서라도 그 사람을 찾아보아야, 후사를 맡기지 못하고 내가 눈을 감는다면 지하에 계신 선조들을 무슨 낯으로 대하겠는고. 집을 날리고 땅을 파는 한이 있더라도……'

담배 연기를 뿜어내며 김훈장은 골똘히 생각에 잠긴다.

얼마나 시간이 지났을까. 문의원이 나오는 기척에 김훈장은 벌떡 일어서서 사랑을 나섰다. 차마 냉방에 문의원을 들어오게 할 수 없었던 것이다. 병세를 묻지는 않고 수고가 많았다는 인사를 한 뒤 김훈장은 올 때처럼 장죽을 저으며 앞서 질걱거리는 길을 내려간다. 자기 집 앞에 당도했을 때,

"소찬이나마 점심이라도 함께하시지 않겠소?"

최참판댁에 가면 진수성찬의 대접을 받을 것을 모르는 김훈장은 아니다. 권하는 성의를 받고 안 받고는 문의원의 자유이나 예의를 지킴은 김훈장의 도리였다. 그것을 아는 문의원은,

"예, 신셀 지겠소이다."

점심 준비를 하는 동안 사랑에 마주 앉은 김훈장은 생각이 난 듯 입을 떼었다.

"소야 선생께서 김평산이 그자 아낙네에게 약을 지어 보내셨소?"

문의원은 대답 없이 빙그레 웃는다.

"거 괴연한 짓을 하시었소."

"그렇잖아도 약첩을 돌려보내 왔더구먼요."

"그자가 제 약으로 지어 보냈더라면 그따위 호기는 부리지 않았을 게요."

"글쎄올시다."

"소야 선생께서는 어떻게 아시고?"

"실은 일전에 다녀간 일이 있지 않았소?"

"예. 그 김평산이 아들놈 때문에 최참판댁 아기하고 침모 딸이."

"예, 아기가 경풍을 일으켰지요. 그때 우연히 죽은 간난할멈의 조카며느리를 만났지요."

"이평이 아낙네 말씀이오?"

"그렇소. 그래 그 사람이 김평산의 실인(室人) 얘기를 하더구먼요. 얘기를 듣고 보니 병은 뇌짐(폐결핵)이 아니겠소."

"허어, 그거 참."

김진사댁 며느리의 병에 대해서 의원한테 무슨 말이 있을 것을 참을성 있게 기다리고 있던 김훈장은 남의 병명을 듣고도 가슴이 철렁 내려앉는 것을 느낀다.

"나도 잘은 아는 바 없으나 그 실인이 요조하고,"

"그, 그건 그렇소이다. 본받을 만한 아낙이오. 비록 지체는 떨어지지마는 본 바가 있었던지 그 망나니한테는 오히려 과분한 여자지요."

"간난할멈 조카며느리 마음씀이 고맙기도 했거니와 병이 병인 만큼 그냥 있을 수도 없어서 약을 지어 보냈더니 그 옹졸한 위인이, 허 참."

"심화에서 난 병일 게요."

"저대로 내버려두면 오래 살진 못하리?"

"한데 김진사댁 며늘아기가,"

결국 김훈장은 더 참지 못하고 먼저 말을 꺼내었다.

"글쎄올시다. 이렇다 할 병은 아닌 것 같고…… 무엇에 심히 놀라지 않았는가 싶은데."

"놀라다니?"

"물어도 대답이 없고…… 하여간에 좀 더 두고 보아야겠소. 너무 심려할 것은 없고."

"……?"

"걱정 마시오. 사람이란 병 없이 살기 어려운 일이 아니겠소."

마침 밥상이 들어왔다. 개다리소반에 깡보리밥 두 그릇, 된장국, 김치에 간장종지, 그것이 전부였다.

"드십시오."

"달게 먹겠소이다."

두 사람은 말없이 점심을 먹기 시작했다. 김훈장은 본시 먹성이 좋았으나 문의원도 목에 걸리는 깡보리밥을 마다치 않고 그릇을 비웠다. 김훈장 호의에 대한 보답이었던 것이다. 밥상을 물린 뒤 숭늉으로 입가심하는 김훈장 얼굴은 매우 만족해 보였다.

"아까도 이야기가 좀 났지마는 연작불생봉(燕雀不生鳳)이더라고 김평산이 그자의 아들놈이 여간 말썽이 아니오. 도벽이 있어서 일전에도 동사(洞舍)에 마을 사람들이 모여 의견이 많았으나 차마 마을에서 쫓아낼 수도 없고, 그 어미가 죽기를 작정하고 아들놈과 함께 목을 맨 모양인데 아비란 자가 달려와서 아들놈 비행을 나무랄 생각은 않고 반죽음이 된 아낙을 까무라치도록 때린 모양이오."

"그 말은 들었소."

"그런 자식이라면 아예 없는 편이 나을 듯도 싶소이다. 허나 생각하면 우리 집안일도 낭패요."

"……."

"김진사댁 사랑에서 생각한 일이요만 가만히 생각하니 무후같이 처참한 일은 다시 없을 성싶소. 수재를 두어서 가학(家學)을 잇지는 못할망정 선영 받들 자손만은 있어야, 퇴락한 사랑을 바라보니 참으로 모골이 써늘해지더이다."

"아닌 게 아니라 두 분 청상의 정황을 보니,"

"……."

"숨이 붙어 살아 있다 할 수는 있으나 송장과 진배없는 인생 아니겠소. 뜰 안 출입도 더러 하시고 해야 할 터인데 그분들은 죄인으로 자처하고 계시니 딱하오. 양반의 체통도 소중하기야 하겠으나 체통 지키기 위해서 세상에 태어난 것도 아닐 터인데."

"어찌 체통이라고만 하시오. 사람의 도리지요."

"김생원께서는 듣기가 역겨울지 모르겠소만 시초의 도리가 지금 도리로 지켜져 내려와 있질 못하오. 체통으로 변해버린 게지요. 그거 다 허상이외다. 도리어 상민들이 더 신실하게 도리를 지키고 있다는 것을 생각할 때가 있지요. 제수(祭需)가 산더미 같으면 뭘 하겠소. 정한수 한 그릇에 망인에 대한 정회의 눈물을 흘리는 것만 같지 않지요. 하긴 어느 세월이든 본시의 것을 오래 지키는 쪽은 서민인가 하오. 지금 친일하여 삭발하고 양풍을 따라 의관을 바꾼 사람들은 모두 양반들 아니겠소? 제 나라 백성 다스리는 데도 남의 힘, 제 겨레를 치는 데도 남의 힘, 그럴 때의 체통은 불관지산가 본데, 허 참, 이야기가 빗나갔소이다."

잔뜩 찌푸리고 있던 김훈장은,

"소야 선생께서는 어찌 사팔눈으로만 세상을 보시오."

하고 쓴웃음을 띤다.

"사팔눈으로 보는 것은 피장파장인가 하오."

문의원은 허허 하고 웃는다.

"그거는 그렇고, 듣자니까 서울서는 만민공동회라던가 관민공동회라던가? 뭐 그런 것이 생겼다 하는데 대체 그것은 무엇이오? 말로는 고관대작에서부터 아녀자 백정까지 한자리에 모여서 시국을 논했다 하는데 그게 사실이오?"

"사실인가 보오. 갑신변란 때 미국으로 달아난 서재필이란 사람이 돌아와서 만든 독립협회라는 게 있지 않소. 그 단체에서 꾀한 일인 모양인데 이게 또 기승을 부린다면 장차 왕실이 위태로워질 것인즉, 게다가 상감께서는 개화당을 싫어하시는 터이라 그 왜 참의대신 조병식이 보부상들을 긁어모아서 만든 황국협회, 그 단체에서 무리를 풀어서 만민공동회를 쳐부술려고 습격을 했다는 소식이오. 세상이 미묘하게 돌아가고 있소이다."

"허 그것 참 야릇한 일이오. 한쪽에는 아녀자에서 백정까지 끌어들이고 한쪽에서는 보부상들이니 이거 천민들이 세상을 만났구려."

"세상을 만난 게 아니라 반 식자(半識者)와 권력자들의 고깃밥이 된 거지요."

그야말로 탁상에서 공론을 펴다가 짧은 겨울 해를 핑계 삼아 문의원은 김훈장 사랑에서 몸을 일으켰다.

문의원이 최참판댁 언덕막을 올라섰을 때 장작 한 아름을 안고 초당 쪽으로 올라가는 귀녀 뒷모습이 있었다.

초당 뒤란의 아궁이에 불을 지펴놓고 귀녀는 바깥 기척을 살핀다. 등쪽은 누각이 있는 축대였으므로 뒤란은 후미진 골목 같았다. 얼마 후 평산이 슬며시 나타났다. 그들은 낮은 목소리로 수군거렸다.

"글쎄 설마 설엔 돌아오겠지."

"그렇기야 하겠지만 행여 지체가 되믄."

말하면서 귀녀는 침을 뱉었다.

"산에서 얼어 죽거나 호랭이 밥이 되었으면 안성맞춤이겠
다만, 헤헤헤……."

"누워서 떡을 묵으면 눈에 고물이 떨어진답디다*."

"아무튼 아들만 낳아라, 아들만."

"그랬이믄 오죽이나 좋으까."

"일이란 잘될려면 거꾸로 가도 되는 법, 일이 척척 들어맞
는 걸 보니."

언제 왔는지 축대 위에서 또출네가 엉덩이를 추켜들고 아
래를 내려다보고 있었다. 귀녀는 침을 퇴퇴 뱉으며,

"추석에 왔으니 일은 잘된 편이지요."

하는데 강포수의 텁석부리 얼굴이 눈앞에 보인다.

'강포수 아인지, 그거사 삼신이나 알 일이지.'

"일이 이쯤 됐으니 다음의 일을 생각해보아야겠는데, 칠성
이놈보고는 말 말아."

"거기서나 조심하시오. 흥, 아이애비?"

"왜? 씨가 나빠 그러나?"

"이만저만이게요?"

"그렇잖아도 낮에 만나서 얘기는 했지."

"얘기라뇨?"

"최치수가 지금은 출타 중이니 귀녀를 만나지 말라 했지. 어차피 그놈이 알기는 알게 되겠지만 어쩨 께림칙하구면."

"······."

"그놈의 눈이 멀뚱멀뚱해 있는 게 좀 걱정일세."

귀녀와 김평산의 눈이 마주친다. 그들은 서로의 눈에서 다 같이 살의(殺意)를 본다. 귀녀는 눈을 내리깔며 실뱀 같은 웃음을 흘렸다.

"그거는 그렇고 어디 손 한번 잡아볼까?"

히죽거리며 평산은 미끈하고 기름기가 돌아서 끈적거리는 것 같은 귀녀의 손목을 잡는다.

"왜 이러요!"

"아따, 네가 뭐 숫처년가? 이제부터 최치수가 돌아오기까지 재미는 내가 봐야지. 내 닮은 자식 낳을 리도 없고 안 그런가?"

"미쳤소?"

"너만 해도 그렇지. 이제는 사내 맛을 알았으니 몸이 달아 잠도 안 올 테니 말일세."

귀녀는 무슨 생각을 하는지 악을 쓰지 않았다.

"그야 의논이 잘 되면, 기왕 버린 몸 아니겠소."

한참 만에 낮은 소리로 말했다. 귀녀의 말뜻을 평산은 안다. 아까 본 살의와 관계되는 말이라는 것을.

"의논이 못될 리가 있나. 이제는 한배를 탄, 말하자면 나는

사공이요 너는 손님일세. 풍랑을 만나지 않고 행선지까지 닿
을려면 사공이 머리를 써야잖겠나. 죽어도 같이 죽고 살아도
같이 살고…… 그러니 일심동체가 돼야지."

김평산은 징그럽게 웃으며 귀녀 가슴에 손을 대려 하는데
엉덩이를 추켜들고 입을 함박만큼이나 벌리며 축대 위에서
내려다보고 있던 또출네가 캑캑 소리를 내며 웃는다.

귀녀와 김평산의 얼굴이 순식간에 잿빛으로 변한다.

"빌어먹을 년! 십 년은 감수했다!"

얼굴을 추켜들고 또출네를 본 김평산은 가슴을 쓸어내리며
욕설을 퍼붓는다.

"내가 다 알지러. 헤헤헤……."

미친 계집이 질정 없이 지껄여대는 말인 줄 뻔히 알면서도
남녀는 섬뜩해지는 모양이었다.

"어서 가소."

귀녀는 평산의 옆구리를 쿡쿡 찌른다. 또출네는 여전히 캑
캑거리며 웃는다. 마치 송진엿을 고아서 바른 것처럼 뻣뻣하
게 굳어진 머리를 풀어헤치고 밑을 내려다보며 웃는 얼굴은
함정에 빠진 먹이를 내려다보는 마귀의 얼굴 같았다.

"행세하는 집의 며느리가 서방질을 해? 데끼! 이 연놈들!
내가 다 알지러. 알고말고. 청상의 불쌍한 과부가 십 년을 수
절하더니 쪽박에 밥 담듯이 어린 자식 남기두고 까까머리 중
놈 따라 월장 도주가 웬말이고? 미친년아, 기든년아, 죽은 자

식 다시 오나아!"

"제기, 재수 없게 저년을 그만."

하다가 평산은 종종걸음으로 초당 뒤를 돌아서 숲속으로 사라
진다. 귀녀는 아궁이 속에 남은 장작을 깊숙이 밀어넣고 또출
네가 시부렁거리는 소리를 귓전으로 들으며 언덕을 내려온다.

"네 이, 이놈! 도꼬날 맞아 죽을 놈아! 독사구더기 속에 썩
을 놈아! 바로 네 연놈이 내 자식 주리를 틀었고나! 고부 백산
은."

한 번 뒤돌아본 귀녀는,

"제발 올 겨울에는 어디 가서 얼어 죽어라! 미친년."

김서방댁 채마밭에는 서리 맞은 시금치가 불긋불긋하게 얼
어서 남아 있었다. 귀녀가 밭을 질러서 지나가는데,

"귀녀야, 귀녀야!"

숨을 몰아쉬면서 김서방댁이 불렀다.

"와요."

심드렁하게 귀녀가 돌아본다.

"이리 좀 와봐라."

"무신 일인데 그러요?"

"허허, 참 해롭은 일 아니라니."

귀녀는 발길을 되돌린다. 솜을 두어 듬성듬성 누빈 속곳 바
람으로 열어붙인 방문에서 반쯤 몸을 내민 김서방댁이,

"니를 생기서(섬기서) 그러는데 그 낯짝 좀 풀어라."

"낮짝이고 뭐고 제발 치매나 좀 입으소. 사나이들이 우굴부굴하는데."

"다 늙은 거를 우짤 기라고."

"마님께서 아시믄 우짤라요."

"내사 마 깝깝아서…… 올라오니라."

"뭐 할라꼬요?"

"허허 참 귀한 거 줄라 카는데."

귀녀는 부시시 방으로 들어간다.

"니는 어디 갔다 오노."

"초당에 갔다 오요."

"머하러."

"군불 넣고 왔소."

"서방님도 안 기시는데?"

"안 기시지마는 비가 와서 곰패기(곰팡이) 실문 되겠소."

"길상일 시키지."

"머 할 일도 없고 해서,"

"냠냠해서 호박풀떼기를 좀 쑤었다."

"호박풀떼기요?"

귀녀의 눈이 번쩍하더니 방문을 열고 침을 뱉는다. 김서방댁은 아랫목에 포대기를 덮어놓은 사기(沙器)를 끄집어낸다.

"금년에는 호박오가리가 우찌나 달던지 생청 겉더라. 그래서 팥하고 찹쌀하고 넣어서 고았더니 쇠가 설설 녹게 달더고나."

귀녀 목구멍에서 침 넘어가는 소리가 난다.

"아닌 게 아니라 요새 배탈이 났는지 영 음식을 못 묵었는데."

"가만있거라이. 나 정기에 가서 숟가락하고 그릇 가지올 기니."

김서방댁은 치마를 반허리에 걸치고 참나무 같은 맨발에 짚세기를 끼며 부엌으로 간다. 귀녀는 입맛이 동하여 사기 뚜껑을 열어놓고 손가락으로. 호박오가리를 넣고 쑨 죽을 찍어 먹어본다. 김서방댁은 치마를 펄럭이며 들어왔다. 시금치나물 한 보시기에 그릇과 숟가락을 방바닥에 놓고 사기에 걸쳐둔 국자로 사발 가득히 죽을 떠서 귀녀 앞에 냈다.

"서리맞은 시금치라 맛이 좋다. 먹어봐라."

권할 것도 없이 귀녀는 기갈 든 사람처럼 죽을 먹는다. 한 사발을 냉큼 먹어치우고 나서,

"이자 살 것 겉소."

"달제?"

"야."

김서방댁에게 칭찬할 만한 일이 하나 있다면 그것은 음식솜씨가 좋다는 점이다. 그리고 또 하나가 있다면 음식을 남과 갈라 먹길 좋아하고 남에게 나눌 때도 시원스럽게 듬뿍듬뿍 퍼주는 일이다. 그 대신 얻어먹는 사람은 끝도 맺음도 없는 그의 장광설을 들어주어야 했다. 그는 사람만 보면 허기 만난

것처럼 있는 것 없는 것 다 찾아서 입에 쏟아붓듯 하며 어귀
어귀 못 가게 잡고 해가 지는지 날이 새는지 아랑곳없이 주절
주절 씨부렸다.

"세상에 귀녀야, 내 말 좀 들어보래. 사돈인가 오돈인가 우
리 큰아아 시어미 말이다."

"아따, 또 구신 씨나락 까묵는 소리 하요."

"허 참, 너거들은 와 그렇노? 내 말이라 카믄. 가슬에 가아
가 친정 왔다 갈 때 말이다, 하니라고 깨를 두 되나 주었고 찹
쌀, 차조, 녹두, 팥,"

김서방댁은 일일이 손가락을 꼽아가며,

"올망졸망 싸가지고 보내지 않았겄나. 그것도 안에서 달아
주믄 어림이나 있는 일인가? 그래도 우리 몫의 밭이 있어서
다 늙은 기이, 외손자까지 본 내가 여름 내내 밭에서 살았으
니 망정이지, 아 그러니께 다문 그거라도 싸줄 수 있는 거 아
니가. 출가외인이라고 가사(假使) 빈손으로 보냈더라도 저거
들이 우짤 긴고? 법으로 만났는데 내쫓을 기든가? 아 그러매
그 시어미가 머라 칸 줄 아나? 아가 니는 깨만 묵고 벗고 살라
나? 하더라 안 카나."

"누가 또 그런 말을 합디까?"

"남이가 올망졸망 산 거를 이고 따라 안 갔더나. 아이새끼
를 업고 가는데 짐을 가지갈 수 있이야제. 혼인한 뒤에도 말
썽이 많았네라. 농사꾼이 머가 대단하다고 가사 말하자믄 우

리 편에서는 낙혼(落婚)인데, 하더라나? 우리 개똥이아배가 본시 종이었다, 그 말이지. 누가 낙혼인가 개떡인가 하라 캤나! 이러구저러구 말이 많은 것은 그거 다 이바지가 적다는 생트집일 기고, 내사 본시부텀 길쌈은 안 배웠이니께."

## 3장 살려주십시오

지리산으로 되돌아온 최치수는 달포가량 산속을 헤매어 발안 닿은 곳이 없었지만 구천이를 찾지 못했다.

죽는 한이 있어도 가지 않으리라 다짐하며 이를 악물었는데 결국 구천이, 아니 환이는 우관선사를, 속세에 살았더라면 백부라 불렀어야 했을 늙은 사문(沙門)을 찾아 연곡사로 갔다.

어쩌다가 바람에 날린 솔씨 하나, 석벽에 떨어져서 움이 트고 애처롭게 자란 한 그루의 소나무는 트인 곳 없이 병풍같이 둘러싼 능선에 해가 솟고 달이 뜨며 그 해가 다시 떨어지고 달이 지는 것을 바라보며 능선 밖에 광활한 천지가 있어 그곳에서도 해와 달이 지고 뜨는 것을 모른다. 환이는 석벽에 떨어진 한 알의 솔씨, 석벽에서 애처롭게 자란 한 그루 소나무같은 소년이었다. 나서 자라면서 철 따라 달라지는 숲의 울림, 먼 곳에서의 짐승 발자국, 날짐승의 나래 짓, 온갖 초목과산꽃들이 내어뿜는 향기, 허공에서 손짓하는 무지개 같은 그런 정(精)을 좇아 땀을 흘리고 잠이 들고 꿈을 꾸었다.

산 밖에 세상이 있어 그곳에서도 해와 달이 뜨고 지는 것을 알게 된 것은 어느 여름날 절을 찾아온 사나이를 따라 숲길을 뚫고 산을 벗어나 주막에 묵으면서부터였다. 눈이 빛나고 날카로우면서 소년의 모습을 찬찬히 바라보는 사나이는 그의 생부(生父)라 했다. 많은 동학의 무리를 거느린 부친을, 그의 그림자같이 따라다녔던 환이는 동학란에 참가했고 처참한 싸움의 종말을 보았으며 부친을 형장에서 잃고 도피의 수백 리 길을 헤매었다. 환이 다시 깨달은 것은 평풍이 둘러쳐진 것 같은 산속과 넓은 산 밖의 세상을 비춰주는 해와 달이 같지 않을 뿐만 아니라 산속은 차갑고 고요한 달의 세계요, 산 밖은 지글지글 타는 해의 세계, 하나는 환(幻)과 같이 적막한 평화, 하나는 고뇌의 몸을 떨어야 하는 현실이라는 것이다.

'원망하지 말라. 억만중생이 다 그렇느니라. 원망하지 아니하면 고통은 기쁨이 되느니라.'

우관선사는 그런 말로 타이른 일이 있었다.

환이는 산을, 평지를 가는 사람보다 더 빠르게 탈 수 있었다. 은신의 교묘함, 추적의 냄새를 산짐승과 마찬가지로 맡을 수 있었다. 그러나 끝없이 쫓기는 몸은 숨이 가쁘다. 쫓는 자보다 더 뛰어야 하고 휴식의 틈이 없다. 그러나 그는 산을 벗어나 멀리 사람 사는 곳으로 갈 용기가 없는 것이다.

숙명 같은 그의 생장과 부딪쳤던 환난이 어느덧 그에게 유

랑하는 불행한 습성을 길러주기도 했으려니와 그의 핏속에는
이미 고독한, 어느 곳이든 정착할 수 없는 것이 있었던 성싶
다. 질서가 있고 평온한 것 같은 마을은 본시부터 그의 발붙
일 곳은 아니었던 것이다. 평지에 나간다면 뭍에 오른 고기같
이 산에서 익은 발은 힘을 잃을 것이며 은신의 지혜는 쓸모없
이 될 것이다. 그는 다람쥐 쳇바퀴 돌듯 하면서도 산을 벗어
날 용기가 없었다. 만일 혼잣몸이었던들 어느 개천가나 바위
틈새에 쓰러져 죽는 한이 있어도 그는 우관선사를 찾아가지
는 않았을 것이다. 무서움에 질린 별당아씨는 거의 발광 상태
에 있었다. 잠들지 않은 시각에도 헛소리를 지르며 헛것을 보
며 낭떠러지로 달려가곤 했다. 환이도 역시 죽음으로써 얻어
질 휴식을, 죽음에 이르는 황홀할 것 같은 종말을 눈앞에 보
며 열망하며 어느덧 그 자신도 헛소리를 지르고 있었다.

찬 바람에 굳어진 땅을 밟으며, 잡목숲에서 들려오는 부엉
이 울음에 쫓기며 병들어서 타는 것같이 뜨거운 여자의 손을
쥐고 환이는 우관선사 앞에 섰다.

"살려주십시오."

석등 불빛이 비스듬히 땅에 깔렸는데 우관선사는 하늘로
솟은 탑신(塔身) 같았다. 시꺼먼 숲의 어둠을 등지고 우관은 서
있었다.

두 줄기의 안광이 얼굴을 꿰뚫으며 움직이지 않았다. 우관
의 몸은 점점 더 커지고, 더욱더 커지고 끝내는 전신을 볼 수

없다. 반대로 여자는 자꾸만 자꾸만 작아지는 것 같고, 손아귀에 든 손이, 불덩이같이 뜨거운 손이, 손 아닌 여자의 몸 전체인 것 같고 나중에는 그것마저 거품이 되어 사라져 없어지고 마는 것 같은 환각.

두 다리를 꺾고 환이는 땅바닥에 꿇어 앉는다.

"이 여인을 살려주십시오."

우관은 돌아섰다. 손짓을 했다. 법의를 밤바람에 날리며 늙은 사문은 앞서가는 것이었다.

최치수는 구천이 어떤 안전한 곳에 몸을 숨긴 것을 알아차렸다.

'사양하겠소. 소승이 천도해야 할, 그런 비명에 갈 사내는 없을 것이외다.'

우관이 한 말이 생각났다. 예측지 못했던 일도 아니요 깨닫는다는 것이 새삼스러울 뿐이다. 이미 추석 전에 산을 내려가면서 추적의 고삐를 늦추어주는 것임을 알고 있었으며 쫓기는 그들의 숨구멍을 열어주고 안전한 도피처를 마련할 것을 생각지 않았던 것은 아니다. 한 달가량 산을 비운 동안 우관의 손이 뻗쳐 그들을 구원했으리라는 것도 상상키 어려운 일은 아니다.

치수는 왜 산으로 되돌아왔을까. 그러면은 또다시 그는 우연에 기대를 걸어보는 것일까. 남의 눈을 두려워할 위인도 아니요 조상에 대하여 경건한 마음가짐의 치수도 아니다. 그렇

다면 추석 명절, 조상 앞에 술잔을 올리기 위해 산을 내려갔
다는 것이 절대 불가피했던 이유는 아닌 것이다. 그거는 그렇
다 치고 이미 남녀는 안전한 피신처에 숨었으리라는 것을 생
각하면서 눈이 쌓이기 시작한 산에 머무는 까닭은 무엇일까.

산에 와서 열흘이 훨씬 지난 뒤 의복과 다소의 식량을 싣고
온 돌이는 산에 눈이 쌓였을 것이며 일기도 매우 한랭할 터인
데 귀가하는 것이 좋겠다는 윤씨부인의 말을 전해주었다. 최
치수는 돌아가겠다는 말을 하지 않았고 돌아가려는 생각도
해보지 않았다. 이같이 애매모호한 상전을 수수께끼로, 그것
도 무서운 힘, 언제 터질지 모르는 힘을 숨겨 가진 수수께끼
로 느끼며 매일같이 대하고 있는 수동은 일각일각이 고문으
로 받아졌고 끊임없이 달려드는 병적인 공상은 미칠 지경으
로 그에게 시달림을 주었다. 김서방같이 겁이 많은 사내는 아
니었으나 원체 수동이는 신경이 약했다. 치수는 수동이의 예
상을 뒤집고 집에 돌아온 뒤 어떤 벌도 가하지 않았을뿐더러
구천이를 도망가게 한 수동이의 의도를 나무라는 기색조차
내보이지 않았다. 이번에 올 때만 해도 힘이 센 하인들을 제
쳐놓고 치수는 다시 수동에게 동행할 것을 명령했다. 이같이
수수께끼인 상전 옆을 떠나지 못하고 고통을 겪는 한편 수동
이는 산이, 눈에 묻힌 적막한 산이 무서웠다. 치수와 산, 치수
때문에 산이 더 무서웠고 적막하게 눈에 묻힌 산 때문에 치수
가 더 무서웠다. 그것은 이제 자기 실책에 대한, 언제 가해질

지 모르는 혹독한 벌에 대한 공포는 아닌 것 같았다. 물론 때
때로는 치수의 광포한 힘이 솟구쳐 구천이에게 겨누었던 것
처럼 총이 자기 가슴에 겨누어질 것이라는, 눈에 묻힌 계곡
으로 밀어뜨릴 것이라는 환각에 사로잡혀 몸을 굳히는 일이
있었으나 대개는 수동의 마음 밑바닥에서 안개같이 서려 올
라오는 그 공포가 무엇에 연유된 것인지 모를 때가 더 많았
다. 어떤 때는 지옥의 어느 골목길을 혼자 걷고 있는 것 같았
고 어떤 때는 이 세상에 날짐승조차 죽어 없어진 천지가 붉은
흙탕물 속에 뒤덮여 있는 그 흙탕물 속에서 혼자 파득거리고
있는 것 같았고 어떤 때는 창칼을 든 무시무시하게 큰 무쇠
로 된 수문장, 그것도 수백 수천 명의 수문장 한가운데 자신
이 서 있는 것 같았고 어떤 때는 구례 염서방 집에서 본 그 계
집아이의 벌거벗은 몸뚱이가 마치 화전민 집에서 막대기로 쳐
서 죽인 지네같이 몸에 쩍쩍 달라붙어 오는 것 같았고 정신을
차려보면 사방은 산이요 소나무에 담뿍 실린 눈이 바람에 흩
날려 내리는 광경이요 그리고 한결같은 최치수, 걷고 있는 그
수수께끼의 모습이었다. 정녕 그것은 수동의 오랜 금욕 생활
이 빚은 신경병이 아닐까, 극도의 고독에서 온 병일지도 모른
다. 짐승의 경우에도, 한갓 날짐승의 경우에도 교배(交配)하는
본능 말고 외로움만으로 병들고 죽는 수가 있으며 날짐승과
물고기가 서로 깊은 우정을 나누었다는 것도 외로움이 얼마
나 무서운 병인가를 알려주는 얘기가 아닐까. 물론 수동이는

자기가 병들었다고 생각지 않았으며 외로움 때문에 병들었다고는 더더군다나 생각지 못한다. 이렇게 밝혀나간다면 아낙을 잃은 후 최참판댁에 찾아들던 구천이의 존재는 수동이에게 상당히 깊은 자리를 차지한 것이 된다. 형님같이, 혹은 어버이같이 사랑한 마음은 외로운 그에게 다시없는 위안이었을 것이고 따라서 그를 잃은 허전함은 본인도 모를 큰 비애였을 것이다. 그러나 무엇보다 수동에게 종으로서의 윤리, 오늘까지 떠받치고 있던 그 나름대로의 윤리가 무너진 데서 오는 정신적인 무질서가 그 마음 바닥에 고여 있던 외로움을 다스릴 수 없는 지경으로 빠뜨렸다 보아야 옳을 성싶다.

수동에게는 최치수와 눈에 묻힌 산 말고 또 한 가지 무서운 것이 있었다. 그것은 화전민 집에 잠자리를 펼 때 그곳에 있는 아낙이다.

'강포수! 제, 제발 내 손발 좀 묶어주소!'

한밤중에 고함이 터져 나오려는 것을 제 손으로 입을 틀어막은 일이 수차 있었다. 아침이 되면 기진맥진하여 그러나 호구를 빠져나가는 듯 그는 비틀거리며 일행을 따라나서곤 했었다.

'이눔우 산이 아무래도 날 잡아묵을 기다!'

그는 산이 운다고 생각했다. 분명히 산은 울고, 소리 지르며 웃는다고 생각했다.

"왜 꼴이 그 모양이냐?"

한 번 치수가 물어본 일이 있었다.

"잠을 통 못 자누마요."

강포수가 대신 대답했다. 치수는 빙그레 웃었다.

이런 중에서도 수동이는 구천이 이미 이 산중에 없는 것을 확신했다.

"아아 그 사람들인가? 젊은 내외 말입니꺼. 선녀같이 생긴 여인네랑 훤칠하게 생긴 남정네랑 저기, 저 새미서 물을 마시는 거를 보고 무신 연유가 있는 사람들이라 생각했심더."

"가만히 있자…… 그러고 본께 생각이 나누마요. 해거름인데, 밥을 좀 달라 캄서 들어왔는데 보매 상사람도 아닌 것 같고 나이도 삼십이 못 된, 스물너댓 됐이까?"

두 번째 산에 당도한 그 무렵에는 그와 비슷한 말을 여기저기서 들었었다.

차츰 시일이 지나자,

"모르겠소. 통 그런 사람 못 봤소."

"이 겨울에 길도 맥힜는데 짐승 잡는 포수도 아니겄고 더군다나 여자가 따랐다니, 거 찾아봐야 소용없일 깁니다."

그러고는 보았다는 사람은 없어지고 말았다. 강포수도,

"산에서 빠져나가기 아니믄 죽었거나, 찾아도 소용없겄구마는."

하며 혼자 지껄였다. 그러나 수동이한테 구천이 죽었으리라는 생각은 들지 않았다. 이러는 동안 이들은 큰 사냥은 못했으나

심심찮을 정도로 잔짐승들을 잡았다. 강포수는 잡지 않고 만
호랑이 이야기를 몇 번씩이나 하곤 했다. 가을에 왔을 때보다
강포수는 훨씬 침착해져 있었고 확신에 찬 것같이 보였다.

'지가 나한테 허신을 했는데 어디 갈 기고? 나으리한테 말
씀디리서 내가 데리고 살 기구마. 뼈가 가루가 되게 벌어서
한분 살아볼 기구마. 세상에 태어날 적에 제가끔 짝을 지어
왔일 긴데 내라고 짝이 없을라고? 남으 집에 매인 몸이니께
지가 그렇게 말하기는 하지마는 종년 신세보담이야, 누구 꺼
릴 거 없이 살아보는 기이 지한테도 복이니께.'

강포수는 매일매일 다짐하면서 그러나 귀녀의 이야기는 일
체 입밖에 내지는 않았다. 귀녀의 다짐을 명심했기 때문이다.
그러나 최치수에게 허락을 얻는 데서만은 그 다짐이 아무 소
용없다. 참말 강포수는 곰과 같이 우둔한 사내였다.

해나절쯤 해서 수동이는 산 밑 마을에 실어다 놓은 식량과
의복가지를 가지러 내려갔다. 날씨도 흐리고 해서 치수와 강
포수는 뜸막에서 쉬고 있었다.

'언제꺼정 미루고 있을 순 없인께.'

결심을 단단히 한 강포수는 곁눈질을 하며 치수의 기색을
살핀다. 치수는 짐꾸러미에 비스듬히 기대어 잠을 자는가 싶
더니 눈을 떴다. 눈을 떴다간 다시 감곤 한다. 뜸막 안에는 불
이 피고 있어서 춥지는 않았다. 강포수는 혀를 내밀어 입술을
한 번 축이고 나서,

"나으리!"

천천히 치수의 눈은 강포수에게로 옮겨왔다.

"말씸디릴 기이 있십니다."

"⋯⋯."

"저어, 말씸디릴 일이 있십니다."

"⋯⋯."

강포수는 몸을 떨기 시작했다. 갑자기 최치수는 바위가 된 것같이 완강해 보였던 것이다.

"저어."

그래도 치수는 무슨 말이냐고 물어보지 않았다. 얼음장같 이 차디찬 눈이 지켜보고 있을 따름이다.

"귀, 귀녀 말씸입니다."

"귀녀?"

"예."

"⋯⋯."

"이 나이 해가지고 여, 염치없는, 그, 그, 그거사 사나아한 테 나이가 무, 무신, 아직이사 하, 한창 나인데,"

검붉어진 얼굴을 실룩이며 강포수는 혀를 내밀어 다시 입 술을 축인다.

"내내, 무신 약조도 없이 나으리를 따라댕깄심다. 가을, 겨 울 한 철의 벌이는 그만두고 처음에사 억만금을 주시도 매이 는 것은 싫다 캤십니다. 그, 그랬는데 서울서 오신 나으리가 총을 가지고 오시서 그만 총에 반해가지고,"

제법 차근차근 말을 하다가 최치수의 눈을 본 강포수는 등에 식은 땀이 흐르는 것을 느낀다.

"저, 저 다른 거 다 싫구마요. 나으리 귀, 귀녀를 주시오."

강포수는 눈을 딱 감고 소매로 얼굴을 문지른다. 최치수는 빙그레 웃었다. 눈길을 돌리면서,

"귀녀를 달라?"

혼잣말같이 중얼거렸다.

"예, 예, 주시기만 하시믄 펭생, 페, 펭생을 호랑이도 잡으라 카시믄 잡고 곰을 잡으라 카시믄 잡고."

"사람은?"

"예?"

"사람도 잡겠느냐?"

"예, 저 그거사."

최치수는 입을 꾹 다물었다.

"도, 도망간 구, 구천이 말씸입니까?"

"……."

"소인 손으로 지, 직이라 그 말씸입니까?"

"아닐세."

"그, 그라믄 찾아내서,"

"이젠 상관 말게."

"예?"

최치수는 눈을 감아버린다. 아무 말도 듣기 싫다는 얼굴이다. 강포수는 눈앞이 캄캄해온다고 생각했다. 캄캄해오는데 다짐하고 또 다짐을 하던 귀녀의 말이 비로소 칼끝같이 그의 심장에 와서 닿았다.

이튿날, 바람이 매웠으나 햇빛이 환하여 날씨는 매우 좋았다. 일행은 사냥길을 나섰다. 겨울에는 대개의 짐승들이 야산으로 내려온다. 그런 때문에 사냥철치고 그리 나쁜 편은 아니다. 곰은 동면을 하지만 운수가 좋으면 동면하는 곰을 발견하는 수가 있고 뜻밖의 횡재를 한다. 지난밤 뜸막에서 망상에 시달리지 않고 잠을 잔 수동이는 여느 때보다 다소 팔팔한 것 같았으나 강포수는 휘청거렸다. 치수는 설피를 신고 탄대를 허리에 차고 총을 들고 앞서 걷고 있었다. 이제는 익숙해 보이는 사냥꾼이었다.

"강포수!"

"……."

"와 그라요? 어디 아프요?"

했으나 강포수는 수동이 묻는 말에 여전히 대꾸가 없다. 수염에 묻힌 입술만 실룩이고 있었다. 치수가 밟고 간 자국을 강포수가 밟고 강포수가 밟고 간 자국을 수동이 밟고 간다. 계곡마다 얼어붙은 물은 멀리서 뜨물 쏟아놓은 듯 하얗게 보이고 눈 속에서 드러난 석벽의 풍경은 묵화같이 보였다. 바람 소리뿐인 산속을 세 사람의 남자는 무엇 때문에 가고 있는가,

어디로 가고 있는가, 목적을 잊고 발밑에서 들려오는 제 발소리에 귀를 기울이며 걷고 있었다. 나뭇가지에 실린 눈이 날아내린다. 걷고 있는 어깨 위에 흠씩 떨어져 내리곤 한다. 눈 속에 묻힌 산은 잠자는 듯 죽은 듯, 때론 그 거대한 몸을 일으켜천지를 뒤흔들고 포효할 것만 같은 위기가 오싹오싹 모여들기도 한다. 멀리 솟은 촛대봉도 하얀 눈옷을 입고 있다. 그 봉우리에 겨울 햇빛이 번들거리고 있었다. 고산지대가 아니어서길이 험준한 편은 아니었다.

'자네는 나보다 더한 신선놀음일세. 이런 시태에 쉽지 않은일이야.'

치수는 장암 선생이 하던 말을 생각해본다.

'그렇습니다 선생님. 억만금을 주어도 남에게 매여 있길 싫어했었던 사냥꾼이라면 말입니다. 그 신선놀음의 사냥꾼은지금 한 계집 때문에 허깨비가 된 모양입니다. 허깨비도 좋고신선도 다 좋지 않습니까. 산에 와도 사냥꾼이 못 되고 마을에 가도 사내가 못 되고 서원에 들어서도 학자가 못 되고 만석꾼 땅문서는 있되 장자(長者)가 못 되고 어머님이 계셔도 아들이 못 되고 자식이 있어도 아비가 못 되고 계집이 있을 때도 지아비가 못 된 위인이 개화당이 되겠습니까, 수구파가 되겠습니까. 가동들을 거느린 의병대장이 되겠습니까. 신선이못 되면 허깨비라도 되어야겠습니다만 무엇에 미쳐서 허깨비가 되오리까. 그럼에도 잡사(雜事)를 잊지 못하니 신선인들, 이

350

적막한 산속에서 어찌 이다지도 저는 사람임을 잊지 못하고 영신이 없음을 절감하게 되는지요. 하온데 선생님, 이 영신이 가득 차 있을 법한 적막한 산중에서 한 발만, 사람 세상으로 나갈 것 같으면 사람이 아닌 자신을 보게 되는데 그것은 어인 까닭이오니까. 기름이 잦아드는 등잔 같고 곰팡이 슨 서책 같고 벌레 먹은 기둥 같고 사람들의 얼굴은 온통 물건으로만 보이니 말입니다. 누굴 미워합니까. 아니올시다. 미워하는 척했을 뿐입니다. 영신도 없고 목숨도 없고 오로지 영원불멸의 세월만이 영신을 보고 조롱하며 목숨을 보고 딱해하는 것이겠습니까. 억만금을 주어도 싫다던 사냥꾼은 산에서 영신을 보았을 테지요. 계집을 달라고 애원하던 사내는 목숨이 있음을 알았을 테지요. 그는 세월에 눈가림 당한 한 마리의 복 많은 망아지가 아니겠습니까. 선생님은 세월의 뜻을 아시고 세상과 하직하실 수 있겠습니까. 믿어지지 않는 일입니다. 지금 눈앞에는 흰 눈보다 잿빛 나뭇가지가, 그리고 푸른 소나무가 더 많이 보이기 시작했습니다. 아 저기, 저기 노루가 한 마리 뛰고 있습니다!'

치수는 총의 안전장치를 풀었다. 노루는 나목(裸木) 사이에서 얼른거렸다. 그러나 노루의 주력은 강한 것이다. 노루는 산등성이를 향해 뛰어오른다. 강포수도 총의 안전장치를 풀고 노루를 쫓아서 치닫지 않고 산등성이를 향해 이리저리 사선을 그으며 올라간다. 서두르지 않고 산등을 넘으면 틀림없이 노루는 한눈을 팔고 있을 것이다. 강포수와 최치수가 산등성이를 넘지 않고 이켠에 몸을 숨긴 채 산 너머를 내려다보았을 때 노루는 사정거리 밖에까지는 아니었으나 상당히 먼 곳에 가서 한눈을 팔고 있었다. 우뚝우뚝 선 나목들이 장애가 되어 위치를 옮기는데 무슨 생각을 했던지 노루는 다시 뛰기 시작했다. 다른 때 같았으면 강포수 입에서 제기! 라는 말이 나왔을 것이다. 그러나 지각(地殼)에 밀폐된 깊은 땅속같이 두 사람 사이에는 침묵만 흘렀다.

치수는 몸을 털고 일어섰다. 올라왔던 내리막을 뒤돌아본다. 노루를 다시 쫓을 흥미를 잃은 모양이었다. 수동이 아래서 엉금엉금 올라오는 모습을 바라본다.

강포수는 치수가 일어선 것도 잊고 노루가 뛰어서 산등성이를 넘어간 것도 잊고 시야에 가로누운 산을 바라보고 있었다. 산막에서의 치수 얼굴이, 빤히 쳐다보던 귀녀의 얼굴이 구분할 수 없게 빠른 속도로 번갈아 시야를 어지럽히곤 한다.

"으읍,"

강포수는 목소리를 물어 끊는다. 무지무지하게 큰 산돼지가, 작은 소만 한 산돼지가 강포수 시야를 밟고 들어선 것이다.

'으음…….'

귀녀의 얼굴이, 최치수의 얼굴이, 괴물이, 집채같이 크게 뵈는 괴물이 함께 얽혀서 불덩이같이 눈앞에서 회전한다.

총성이 산을 울렸다. 울림이 그냥 울리고 있는데 선불을 맞

은 산돼지는 산등성이를 향해 방향을 돌리고 창과 같은, 꾸부
러진 이빨이 달려오는 것이다.

무심히 서 있던 치수는 땅에 엎드렸다. 그것은 순간이었다.
눈 깜짝할 사이에 일어난 참사였다.

핏자국을 남겨놓고 산돼지는 간 곳이 없고 비명이 난 곳으
로 달려갔을 때 수동이의 찢겨진 바지 사이에서 분수같이 피
가 치솟고 있었다.

강포수는 신음을 했다.

'내, 내가, 내가…….'


# 4장 나루터


피투성이가 된 수동이를 나귀 등에 싣고―푸대랑 솜저고
리를 덮어서 피투성이가 된 것은 볼 수 없었으나 흡사 시체를
싣고 오는 것 같았다―섣달 초입에 막 들어선 마을로 최치수
와 강포수는 돌아왔다.

집집마다 사람들이 문전에 나서서 최참판댁으로 올라가는
나귀와 사람을 바라본다. 연을 올리고 있던 강둑의 아이들도
얼레를 안으로 당겨 줄을 말아 연을 거두어 들고 최참판댁을
향해 뛰어간다. 하얗게 서리가 얼어붙은 보리밭에 매초롬한
꽁지를 까닥거리며 흩어져 있던 까마귀들이 한꺼번에 날아올

랐다. 강물과 언덕과 하늘을 스치며 서로 엇바뀌며 맴을 돌며 음울하고 섬뜩하게 까마귀들은 울부짖는다.

한동안 마을 안은 시끄러웠다. 여기저기 아낙들이 몰려다니며 부지런히 입방아를 찧었다. 주막에서도 마을 사내들과 나그네들 사이에 말이 오고 갔다. 수동이 죽었다고도 했고 안 죽었다고도 했다. 호랑이에게 물렸다고 하는가 하면 최치수 총에 맞았다고도 했다. 머리가 깨어졌느니 창자가 터졌느니, 구천이와 별당아씨의 얘기도 물론 따라다녔다. 소문은 퍼져서 이웃마을로 건너갔고 먼 마을까지 날았다. 먼 마을에서는 죽었느니 안 죽었느니 호랑이에게 물렸느니 총에 맞았느니 엇비슷하게 꼬리를 물고 나갔으나 어느새 그 피해자는 수동이 아닌 최치수로 둔갑해 있었다. 그리고 구천이와 별당아씨가 한층 그럴싸하게 소문의 중심을 차지했다.

이 소문은 읍내 이동진의 귀에까지 들어왔다. 여기서는 지리산 산속에 숨어 있는 동학패들 총에 맞아 최치수가 죽었느니 동학패를 잡으려는 왜놈 병정에게 당했느니 하는 식으로 부풀어진 소문이었다. 그것을 믿는 것도 아니요 불상사가 났다면 이미 기별이 있었을 터인즉, 그렇기 때문에 문의원을 만나 진상을 알아보지도 않았고, 화심리 장암 선생의 병문안을 갔었던 이동진은 매화 한 나무 쓸쓸히 서 있는 뜰을 나서서 나귀를 북쪽을 향해 몰았다. 고즈넉이 잠든 것 같은 최참판댁 사랑에 들어선 이동진은,

"석운(昔雲) 계신가?"

있는가가 아니고 계신가 하는 이동진의 목소리에는 닻을 내린 배같이 잠기고 무거운 우수가 있었다. 최치수는 비스듬히 눈을 내리뜨고 이동진을 맞이했다. 널찍한 어깨를 흔들고 사랑방으로 들어선 이동진은,

"초상이 난 건 아니군그래."

무거웠던 목소리와는 달리 실쭉 웃었다.

"문상 온 길이라 그 말인가?"

"그렇지."

도포 자락을 걷고 자리에 앉은 이동진은 양 무릎 위에 손을 올려놓는다. 힘줄이 솟은 손은 추위에 푸르스름했고 갓끈이 지나간 관골 쪽에 소름이 오시시 돋아나 있었다. 거울같이 닦아서 그림자가 비칠 것 같은 놋화로에는 방금 담아 들였는지 석류 같은 불이 피고 있었다.

"정승이 죽으면 문상객이 없어도 정승댁 개가 죽으면 문상하러 오는 사람이 있다던가."

"그건 또 무슨 소린고? 자네 집에 개는 없을 테고 그러면 망아지라도 별셀 했다 그 말씀인가."

최치수는 쇠약하여 보기 딱했으며 눈의 불길도 꺼져버린 듯 흐미했다.

"음, 미리 문상해두는 것도 괜찮겠지."

코웃음치듯 말하더니 이어,

"자네 천둥 칠 때 두렵던가?"

엉뚱한 말을 했다.

"뭐?"

"송곳 같은 비가 억수로 쏟아지는 칠흑의 밤에 불이 번쩍 나고 천지가 무너지는 뇌성벽력, 그 속에 앉아 있으면 두렵지?"

"허허 또 실없는 말."

"아닐세. 내 말에 대답하게."

"그야 두렵지 않을 사람이 있겠나. 그때만은 천하의 사람 마음이 다 같다잖던가."

"그렇지. 한데 왜 두려울까."

"왜 두렵긴? 맞을까 보아 두렵지."

"맞을까 보아? 오래 살고 싶다 그 말이겠다."

"그렇지. 모두 오래 살고 싶은 게야. 쓸데없는 말 이제 그만 두게."

석운 계신가? 할 때처럼 이동진의 목소리는 무거웠고 얼굴에는 짜증스런 빛이 떠올랐다.

"오래 살아서 뭘 하나."

"이 사람아, 옛날 옛적 칠서(七書) 배우기 전에 했던 얘기 아닌가. 머지않아 사십을 바라보게 될 텐데 무슨 철없는 소리."

그러나 최치수는 들은 척 하지도 않고,

"언젠가, 어릴 때 일이었던 것 같은데 개미가 집을 짓는 것을 구경했지. 개미란 놈이 흙덩이를 구멍 밖으로 물어내는데 구멍 밖에 흙덩이가 제법 성벽같이 쌓이더란 말이야. 그건, 개미란 놈에겐 거대한 성벽이지. 그런데 그놈들이 가랑잎을 물어다가 흙이 허물어지지 않게 놓고는 그 위에다 흙을 나르고 쌓이면 또 가랑잎을 물어다 덮곤 하더구먼. 그리고 또 하나는 산에서 본 건데 토끼란 놈이 지나가기에 장난 삼아 뒤쫓아보았단 말이야. 막다른 골짜기여서 제놈이 가면 얼마나 가랴 하고 말일세. 헌데 그놈이 귀신같이 없어지지 않았겠나? 하도 어이없어 하니까 뒤따라 온 강포수란 놈이 빙긋이 웃으면서 저 쌓인 돌 사이로 들어갔다는 게야. 미친 소리 말라 싶었지. 쌓인 돌무덤에는 토끼가 들어갈 만한 구멍은 하나도 없었거든. 헌데 그 속으로 들어갔다는 게지. 자세히 살펴보니 조그마한 구멍가에 털이 하나 붙어 있더구먼. 돌을 들어냈지. 그것도 여러 개를 들어내면서 강포수란 놈의 말을 믿질 않았는데 웬걸, 빨간 눈이 보이질 않겠나. 거 토낄 잡아 뭐 하시려고 그럽니까, 쓸데없는 살생은 맙시다 하는 포수 놈 말이 기특해서 내버려두고 말긴 말았으나 그 구멍 말일세, 그 조그만 구멍 말일세, 그 구멍이,"

하는데 최치수의 얼굴은 치매(癡呆) 같았다. 눈은 더욱 빛을 잃어가고 있었다. 이동진은 고개를 두어 번 저으며 우울하게 최치수를 바라본다. 헤벌어진 옷깃 사이에 내비친 가슴에는 뼈가 솟아나 있었으며 산바람에 타서 아직 때를 벗지 못한 거무스름한 얼굴에 비해 가슴팍의 피부는 희고 푸르스름했다. 치수의 눈에 빛이 돌아왔다. 깜박 졸다가 깨난 사람 같았다. 그와 동시 그는 영악하고 교활한 짐승같이 씩 웃었다.

"한데 자넨 화심리에 들렀다 오는 길인가?"

하고 생각이 난 듯 물었다.

"음."

"병환에 차도가 있으시던가?"

"있을 리가 있나. 그만하면 오래 견디시는 편이지. 문의원 말마따나 고집으로 병도 이기시는 모양인데, 글쎄 얼마나 가실까? 피골이 상접해서 뵈옵기가 민망하고 그런 중에도 자네 말씀을 하시더군. 지리산에 들어갔다가 총 맞아 죽었다는 소문이 파다하다는 말씀은 드리지 않았지."

"뭐라구?"

"허허, 자네 얘길 하고 있는 게야."

"내 얘기라?"

"호랑이한테 물려 죽었느니 왜놈병정한테 당했느니 또 뭐래던가? 아아 동학당 남은 무리한테 총 맞아 죽었느니, 소문은 망측하더라만 덕분에 자넨 오래 살겠어."

최치수는 킬킬킬 웃는다. 헤벌어진 깃을 모으고 한참을 킬킬거리며 웃더니,

"송장이 된 지 이미 오랜 줄 알았더니 송장이 또 한 번 죽는구나. 흐흐흐 훗, 이러다가 정작 죽으면 다반사 같아서 자넨

문상도 오지 못할 거라. 하하핫······."

순간 이동진의 낯빛은 약간 달라졌다.

"그럴지도 모르지."

"한데 소문에 근거가 없는 거는 아니고."

"죽을 뻔했단 말인가?"

"죽을 뻔했지, 수동이 놈. 산돼지란 놈이 보복을 했단 말이야. 하는 짓이 사람보다 분명하더군."

"얼빠진 이 나라 선비들보다 낫군그래."

사람보다 분명하다고 말하는 최치수의 의도, 최치수의 보복심이 어떤 성질의 것이라는 것을 알고 있는 이동진은 먼 테두리에서 최치수의 목을 조르는 심정으로 말을 했다.

"한데 짐승은 역시 짐승이라. 총 놓은 놈은 따로 있는데 죄없는 수동이 놈 다리가 결딴이 났지, 조금만 빗나갔어도 명보존을 못했을 터인데."

"짐승이 사람 사냥을 했네그려. 그놈의 신식 총 때문에 사람 사냥꾼이 한철을 만났다 싶더니 짐승까지 사람 사냥을 하다니 그 아니 갸륵하다 할 수 있을꼬?"

이동진은 곁눈질을 하며 최치수를 본다.

'자네가 양반임을 의심할 순 없지. 허나 선비는 아닐세. 최씨네는 본시부터 이곳에 터전을 잡을 때부터 선비는 아니었네. 홀태바지에 상투 짜르고 접시 바닥같이 얕은 잔재주를 부리던 그 자네 형뻘 되는 조가라는 작자도 보기가 딱하기는 하더라마는 간부 놈을 찾아서 총을 메고 다니는, 그게 무슨 꼴인가? 간부와 부정녀(不貞女)의 이름이 족보에 남을 것도 아니겠고.'

최치수는 이동진의 하고 싶어 하는 말을 알고 있었다.

"왜? 자네 샘이 나서 그러나? 그럼 내 총 한 자루 자네한테 줌세. 자네도 한번 사람 사냥 해보게나."

"그거 구미 당기는 얘기다. 진작 그렇게 나올 일이지. 기왕이면 한 자루만 준다 할 게 아니라 두 자루 다 내놓게. 원래 짐승 사냥엔 활이라야 제격이지, 안 그런가?"

"두 자루면, 아아 그러면은 이 땅의 왜놈들을 싹 쓸어내겠다 그 말인가?"

"허허, 이 사람이 날더러 김옥균이 전철을 밟으라는 겐가? 꼭대기를 타고 앉아야 될 노릇을 그렇게 말하면 어쩌라는 게지?"

"그것 가지고는 일이 안 되겠다 그 말인가? 그렇다면 서울 그 양반한테 내 다리를 놔주지."

"내 목은 달아나고 왜인들 턱밑만 바라보던 그 개명양반은 두둑한 감투 하나 쓰겠구먼."

"의병대장 의암(毅庵:柳麟錫) 선생이 충주에서 왜병하고 싸웠을 적에 의병들이 쓴 화승총의 사정거리가 얼마나 되는지 아나? 신식 총의 백분지 일은 더 될까? 싸우다가 철환이 떨어지자 의병장 안승우(安承禹)는 투석으로 항쟁하였다 하던가. 그런데 말씀이야, 신식 총은 비오는 날에도 상관없는 무기일세.

상놈 출신 김백선(金百善)이 유생 출신의 의병장 십인 몫을 했다고들 하거니와 신식 총은 화승총의 백 몫은 할 게야."

피차가 다 실없는 객담으로 실랑이를 하는데 이동진이,

"그럼 자네도 동사(同事)할 텐가?"

어조가 싹 달라져 있었다. 최치수는 놀라지 않았다. 이동진을 빤히 쳐다보았다. 그리고 물었다.

"떠나는 겐가?"

"······."

"떠나서 어쩌자는 게야."

이동진은 오랫동안 침묵을 지키고 있었다. 양 무릎 위에 주먹 쥐고 놓아둔 손의 엄지손가락이 조금씩 움직였다. 뜰에서 장작을 안고 뛰어가면서 불어대는 길상이의 입김 소리가 들려온다.

"안 떠나면 어쩌겠나."

오랜 후에 이동진이 뇌었다.

"그야 자네 알아 할 일이겠지만."

"실은 하직허러 온 길일세."

"그예 간다면 말릴 이유는 없지. 간다면 어디로?"

"서울로 갔다가 만날 사람들 만나보고 할 일도 있어서 좀 머물겠네. 그러고 나면 아마 강을 넘게 되겠지."

"강을? 어느 강을."

"북쪽 마지막 강이지 어디겠나."

"청나라 쪽이냐 아라사 쪽이냐 그 말일세."

친로파(親露派) 이범진(李範晉) 계열의 인물로서 재작년 정월 강원도에서 의병을 일으킨 이소응(李昭應)과 이동진의 재종(再從)과의 관계를 알고 있었기 때문에 최치수는 그렇게 물었던 것이다.

"하여간에 이 땅을 벗어나고 보면 그때 형세에 따라서 움직이게 되겠지."

이동진은 자세한 설명을 회피했다.

"강을 넘건 바다를 건너건 다를 것 없지. 찢어먹으려고 드는 늑대 놈들임엔 매일반 아니겠나?"

"그럴 테지."

"어리석은 임금께서 아라사 공사관으로 이어(移御)하신 뒤 아라사나 그 밑에 빌붙은 놈들이 한판 자알 놀더니만 요즘엔 왜국도 세력을 만회하여 아라사하고 함께 나누어 먹기를 궁리들 하는 모양인데 모처럼 뜻을 세우긴 했으나 자네 길이 허행이나 되지 않을란가?"

"허허, 이 사람이, 누가 나라 들어먹을 뜻이라도 세웠단 말인가?"

"그렇다면 누굴 위해서 가려는 거지? 이 마을에 김훈장이라는 미친 사람이 있어서 국모 살해의 원수를 갚아야 한다고 노상 짖어대는 모양인데 자네도 그 등속인가?"

"석운!"

"말해보게."

"자네 그 악담하는 버릇 좀 고치게. 세상만사의 이치를 웃어넘기려 들면 가소롭지 않은 것은 없을 걸세. 그럴 양이면 애당초 사람 사는 곳에 태어나지 말았어야지. 물정 모르고 노상 고지식하게 떠들어대는 김훈장도 딱하기야 딱하나 그래도 자네 보담은 보람을 느끼며 살고 있으니 어쩌겠나."

"자네는 거짓말을 하고 있고 나는 참말을 했을 뿐이네. 그럼 묻겠는데, 내 궁금증을 풀어주게. 자네가 마지막 강을 넘으려 하는 것은 누굴 위해서? 백성인가, 군왕(君王)인가?"

얄싹한 입술이 더욱 얇게 벌어지면서 최치수는 간악하기 이를 데 없는 미소를 흘린다. 이동진은 쓴웃음으로 대항하며,

"백성이라 하기도 어렵고 군왕이라 하기도 어렵네."

"……."

"굳이 말하라 한다면 이 산천을 위해서, 그렇게 말할까?"

"열전(列傳)에 이름을 남기기 위해서지 뭐겠나. 자넨 사내대장부라는 말을 매우 귀히 여기는 사람이니."

이동진은 껄껄 웃는다.

"그리고 보면 그것도 빈말은 아니겠다."

"나라 망하고 충신이 난들 무엇하리오."

"낙화(落花)의 처절한 자태는 한결 아름다운 법이니라."

두 사내는 소리를 합하여 껄껄 웃어젖힌다.

주안상을 마주한 그들은 허탈한 웃음 뒤에 오는 빈터 같은

마음에다 술을 들이붓는다.

"안다는 게 병일세."

"……."

"석운, 자네같이 아는 것은 더욱 고치기 어려운 고질이고. 아무래도 화심리 선생께서는 학덕이 모자라셨던 모양이야. 엉덩이에 뿔 난 송아지만 길러내셨으니."

이동진의 얼굴은 술이 올라 불그레했다. 최치수가 술을 부어주는 술잔을 내려다보며 이동진은 다시 중얼거렸다.

"상민들이 부러울 때가 있지."

"어려울 것 없다. 의관을 벗어버리면 될 거 아닌가. 머릴 깎으면 중놈이 될 것이요, 칼 들고 푸줏간에 들어가면 백정이 될 것이요."

"말 말게. 기백 년 세월 동안 골수에 박힌 생각은 어느 나무에다 걸어놓고? 수백 수천의 잔뿌리가 골수에 박혀서 이것을 치면 저것이 솟아나고 저것을 치면 이것이 솟아나고 지금의 나라 꼴이 그 모양일세. 양반들 머리통하고 흡사하지. 그러니 하나를 알면 그것이 전부인 줄 아는 상민들의 우직함이 부럽다 그 말 아닌가. 지켜야 할 체통이 태산 같은데, 이리 보고 저리 보고 아래 위 훑어보고, 그러다 보면 이도 저도 아닌 게 양반이며 글줄이나 읽었다는 그게 또 우환이라. 쇠스랑이든 곡괭이든 들고 나설 수 있는 상민 천민이 얼마나 홀가분할꼬? 그네들은 짐승이 적을 만났을 때 그것을 습격하듯이 잽싸고 교활하고 용감하거든. 삼강오륜의 법은 몰라도 그네들은 뭐가 옳고 그른가를, 무엇을 막아야 하고 무엇을 몰아내야 하는가를 심장으로 느끼거든."

"싱거운 소리 그만하게. 송충이 죽음 보고 곡하는 수작이지."

"허허, 이 사람아."

"양반이 썩었고 체통만 태산 같다 하지만 그놈의 체통이 있어서 짐승으로 떨어지지 않아! 그것들이 천민으로 떨어지기까지는, 흥 오히려 짐승 편이 슬기롭지. 제 먹이를 위해 혼자 피투성이 싸움이라도 하지만 우중(愚衆)이라는 것은 수(數)가 많아야, 무리를 지어서 비로소 그 속에 끼어들어 칼이든 쇠스랑이든 휘두르며 피맛을 보고 너부죽한 아가리를 벌리며 웃는 게야. 비겁하고 천한 것들이 옳고 그르고를 알아? 용감하고 잽싸고 심장으로 느껴? 흥, 혼자 일어서서 저도 당당한 인간임을 과시하고 양반한테 대항해오는 놈이 있다면 내 천 석쯤 떼어주지."

"있다면 어떡헐 텐가? 무엇이든 지나치면 옹졸해지는 법, 물론 상민들이 모두 그렇다는 건 아닐세. 선비들이라고 모두가 다 지조 있는 인물이 아닌 것같이. 개중에 슬기 있는 놈도 있어서, 오늘같이 어지러운 세상에는 쓸모없는 글자로써 꺼멓게 먹칠이 된 식자(識者)의 머리보다 천만 가지의 이치는 모르더라도 한 가지 이치에 눈을 뜬 상민들의 외곬으로 치닫는

행동이 필요하지 않을까 그 뜻이야. 내 예를 하나 들어서 말하지. 상민으로서 의병의 선봉장을 맡았던 김백선(金百善) 말이야. 아까 자네가 말했듯이 유생 출신 의병장의 십인 몫을 한 김백선, 그가 유생 출신의 어떤 의병장들보다 잘 싸운 것은 한 가지 이치에 투철했던 때문이요, 안승우(安承禹)가 원군을 보내지 않았던 것은 심장보다 두뇌로 일처리를 할려 했던 때문이지. 원군을 보내주지 않아서 왜군한테 패하고 돌아온 김백선이 분을 못 참고 안승우에게 칼을 빼어 들이대었다 해서 엄한 군율로 다스린 의암 선생의 경우만 해도 그렇지 않은가? 강직한 성품 탓이라고만 할 수 있을까? 결국은 서재인(書齋人)이고 식견의 결과에 지나지 않아. 목구멍에서 손이 나올 만큼* 의병의 수효가 탐이 나는 마당에서 유생 출신 의병장 열 사람 몫은 넉넉히 할 인물을 개죽음을 시켰다는 것은."

의암 유인석은 강원도의 사람으로서 전통적인 유학 사상을 고수한 거유(巨儒)이며 관직을 탐하지 않는 청빈하고 지조 높은 선비다. 1895년 왕비 시역(弑逆)에 대한 보복과 단발령에 항거하여 봉기한 의병들의 중의(衆意)에 따라 의병대장에 추대된 그는 전국 사림(士林)에게 개화의 신법(新法)의 반대와 외세 배격의 격문으로 동지들을 규합하는 한편 지방 관헌들을 피로써 숙청하고 왜병에 항쟁했던 것이다. 그 유인석이 그때 선봉장으로서 선전(善戰)하였던 평민 출신의 김백선이 원군을 보내지 않아 패퇴하게 되자 그 분함을 참지 못하고 안승우에게 칼

을 뽑아들었다 하여 마지막 노모를 한 번 보게 해달라는 간절
한 소원조차 물리치고 군율에 의해 김백선을 처형했던 것이
다. 김백선의 죽음은 충주 황강(黃岡)전투에서 패배한 원인이
되기도 했었다. 그것을 두고 이동진이 말한 것이다. 그 말에
대해서는 최치수도 아무 답변을 하지 않았다.

"김백선이가 살았더라면 천석지기는 됐을 텐데 여러 가지
로 아깝게 됐다."

이동진은 껄껄 웃다가 술잔을 비웠다.

"출신이야 어찌 되었든 좋은 기둥감이 많이 없어졌지. 전봉
준이도 그렇거니와 이곳을 쓸고 간 거 김 아무개라는 친구도
쓸 만한 인물이었는데."

김 아무개라 했을 때 최치수의 눈에는 불이 켜졌고 눈 밑의
근육이 파들파들 떨었다.

최치수의 사랑에서 하룻밤을 유하고 이동진은 작별을 했
다. 여느 때와 조금도 다름없이. 마지막의 강을 넘을 작정을
하고 나누는 작별이건만 어느 쪽에서도 그 일에는 언급을 아
니했다.

이동진은 바람에 도포 자락을 나부끼며 나귀를 타고 언덕
을 내려간다. 나루터 가까이 갔을 때,

"무슨 일인고?"

하고 이동진은 나귀를 모는 하인에게 물었다.

"신행길인가 봅니다."

하인의 대답 아니라도 알 수 있는 풍경이었다. 나룻배 위에는 이미 가마 한 틀이 올려져 있었고 말을 탄 신랑의 모습도 눈에 띄었다. 신랑은 농짝이랑 함이랑 예단 둥우리를 배 위에 실어올리는 것을 바라보고 서 있었다.

두만네의 선이가 신행가는 길이었던 것이다. 뱃사공은 신이 나서 큰소리로 물건 놓을 자리를 지시하고 있었으며 진솔 의복에 미투리에 갓을 쓴 두만아비는 성난 것 같은 얼굴을 하고 서 있었으며 두만이 영만이도 누님 신행길에 동행하는가 새 옷으로 차려입고 부러워서 모여드는 조무래기들을 향해 벙긋벙긋 웃고 있었다. 마을 아낙들에게 둘러싸인 두만네는 눈물을 닦고 있었다.

"신부 맘씨가 착한께로 동지섣달, 이 칩운 날이 눈 녹는 봄날맨치로, 참 날씨도 좋소."

신랑도 들어보란 듯이 막딸네가 큰소리로 말하고 있었다.

"명경겉이 물결도 좋다. 신부 앞길맨치로, 누구 집 딸내미라고 안 좋겠소."

야무네가 맞장구를 쳤다.

"어제꺼정 그리 바람이 불더마는, 날은 받은 날이고 밤에 잠이 안 오더마는 이리 날씨가 풀리니께 섭한 정도 덜하네."

두만네는 눈물을 닦으면서도 비죽이 웃는다. 남의 일이기는 하나 이런 경사스런 자리에서도 팔짱을 끼고 나선 강청댁과 임이네 사이에는 냉전이 벌어지고 있었다. 남정네들 사이에 끼어들어 멍하니 강물 쪽을 바라보고 서 있는 용이 모습에 임이네 시선이 갈 때마다 강청댁은 눈에 불을 켰고 염치불문 임이네 앞을 막아서곤 했다. 그러면 임이네는 임이네대로 강청댁 심사에 일부러 불을 지르듯 자리를 바꿔가며 웃음기를 머금고 용이를 바라보는 것이었다.

"우리는 육로로 가지."

이동진은 그들 신행길의 일행과 동행할 것을 사양해서 말했다. 하인은 다소 불만스런 표정으로 나귀를 돌려세웠다.

이동진이 떠난 다음 날 최참판댁에서는 두 바리의 짐짝이 읍내로 향해 떠났다. 그 짐은 이동진의 문전에서 머물렀다.


# 5장 난리가 난다는 소문

출혈이 심해서 살리기 어렵다고 생각한 수동이는 혼미의 며칠을 보낸 뒤 겨우 기력을 찾았으나 문의원 말에 의할 것 같으면 병신을 면키 어렵다는 것이었다.

일순간이었던 것 같고 꿈속만 같았던 산에서의 사건, 그 소동의 와중에서 정신없이 허우적거리며 최참판댁에까지 따라온 강포수는 초상집의 강아지처럼 눈에 거슬리는 존재 이외 아무것도 아니었다. 그는 행랑에 웅크리고 앉아서 한숨을 내쉬며 바깥 기척에 귀를 세울 뿐이었다. 최치수는 말이 없었고

강포수 역시 말이 없었으니 어떤 경위로 하여 수동이가 멧돼
지한테 변을 당하였는지 아무도 알지 못하였다.

그러나 강포수는 자신이 멧돼지에게 선불을 맞혔기 때문에
일이 벌어진 것을 집안 하인들이 이미 다 알고 있는 줄로 생
각했다. 최참판댁에 당도했을 무렵에는, 수동이 정신없는 혼
수상태에 빠져 있는 동안에는 강포수도 극도로 흥분되어 최
참판댁 하인들이 방망이를 들고 자기를 때려잡기 위해 모조
리 달려오는 것 같은 착란에서 부들부들 떨곤 했었다.

명포수인 그가 처음으로 짐승에게 선불을 맞혔다는 사실,
그것은 수동이 부상당한 일보다 더 큰 충격을 안겼던 것이다.
일단 수동이의 목숨을 건진 후에도 강포수는 사태를 한 번 돌
이켜 생각해본다거나 앞으로의 자기 처신에 대해서도 전혀 생
각이 없었다. 산막에서 귀녀를 달라고 애원했을 적에 쇳덩이
같은 최치수의 침묵이 자신을 누르던 일이며 산등성이에 엎
디어 얼음장 같은 최치수의 얼굴과 웃는 귀녀의 얼굴이 번갈
아서 눈앞에 나타났었던 일이며 돌연 시야에 뛰어든 무지무
지하게 큰 괴물, 산돼지의 창칼 같은 이빨이며 피투성이의 수
동이 입술은 하얗게 바래지고, 눈이 꼭 감겨져 있던 얼굴이
며. 모두가 다 꿈결 속의 일만 같았다. 막막하고 흐미하여 구
름 바다에 휩싸인 것 같았다. 그런 중에서도 여전히 귀녀의
얼굴만은 선명하여 떨쳐도 눈앞에 다가왔다.

"이자는 다 틀렸구마, 틀렸어."

귀녀에 대한 꿈도 희망도 다 사라진 것을 깨달은 강포수는 제 가슴에 주먹질을 하며 짐승 새끼의 처량한 울음 같은 소리로 중얼거리는 것이었다.

"내가, 내가 선불을 맞히다니. 이 내가, 명포수라 카는 내가."

그래도 강포수는 귀녀가 보고 싶었다. 그러나 귀녀는 좀처럼 강포수 앞에 나타나주질 않았다. 어쩌다가 용케 먼발치에서 귀녀를 보았다 싶으면 다음 순간 연기같이, 참말로 강포수는 연기같이 사라져버렸다고 생각했다. 천행이다 싶을 만치 가까이서 귀녀와 마주친 일도 서너 번은 있었다. 그러나 그럴 때마다 귀녀는 말조차 걸지 못하게 달아났던 것이다.

'나으리한테 단단히 다짐을 받았는갑다. 안 그러믄 저럴 수가 있겠나.'

'그 가시나, 내가 선불을 맞힜다고, 하, 하기사 총대 놓으믄 고만이지. 총대 놓으믄……'

강포수는 쭈그리고 앉아서 장지문에 들친 햇빛을 보고 반나절이 지난 것을 짐작한다. 주막에라도 가야겠다, 생각은 여러 번 했으나 그는 움직일 수 없었다.

'강포수, 거기서 머하요?'

지난밤 어둠 속에서 노기 띤 목소리로 말하던 삼수의 음성이 마음에 걸려 방을 떠날 수 없었던 것이다.

한밤중이었다. 정랑(淨廊)에 가다 말고 강포수의 발길은 엉뚱한 곳으로 향했다. 방문 앞에는 하얀 미투리 두 켤레가 가

지런히 놓여 있었다. 아주 작은 신발 두 켤레. 별당 쪽 뜰에서
나뭇잎 구르는 소리가 들려왔다. 방 안에서는 숨소리가 새어
나왔다. 귀녀와 삼월이 잠든 숨결 소리였다. 강포수의 두 다
리는 말뚝같이 움직이지 않았다. 눈이 와서 발목이 묻힌대도
움직일 것 같지 않았다. 아니 무릎을 묻고 목에까지 차올라도
그는 움직이지 않았을는지 모른다. 그는 선 채 꿈을 꾸고 있
었다. 환상에 사로잡혀 있었다. 귀녀의 숨결이 자기 품속에서
들려오고 있다는, 그리고 여자를 팔에 안고 있다는, 머리칼을
어루만지며 니는 내 짝이다, 전생에서 짝지어준 내 사람이다,
하며 수없이 뇌고 있는 자신의 환상을 의심치 않고 강포수는
말뚝같이 서 있었던 것이다.

"강포수 거기서 머하요!"

강포수는 몽롱한 눈을 들었다. 거기에는 어둠밖에 없었다.
품에 여자는 어느덧 없어지고 말뚝같이 서 있는 자신의 무게
이외는 모두가 어둠이었다.

"허 참, 강포수!"

그것은 삼수의 목소리였다.

"무슨 짓이오? 거기가 어딘 줄 알고 서 있는 거요!"

"으으음……."

"이 사람이 넋이 빠졌나!"

삼수는 강포수의 팔을 와락 잡아끌었다.

"아아."

조금 정신이 든 듯 말했다.

"당신 미쳤소? 큰일 나겠구마. 가시나들 자는 방 앞에서 우짤라고 그리 서 있었소!"

"머, 저어."

강포수는 처량하게 웃었다.

"나잇살이나 묵어감서, 아 기집 생각이 나믄 주막에나 내려갈 것이지. 몽둥이뜸질 하고 접어서 거기 서 있었다 말이오? 반죽음 된 사람을 데리다 놓고 아 그래 강포수는 기집 생각에서 침을 질질 흘릴 기요?"

이치에 꼭꼭 들어맞는 말이었다. 그렇지 않아도 할 말이 없을 강포수가 무슨 말을 더 하겠는가.

"넨장, 우리 차지도 안 되는 것들을, 어디서 굴러묵었는지 늙다리 산도둑놈 같은 게 비위도 좋고 염치도 좋다."

삼수는 욕설을 하며 가버렸던 것이다.

생각할수록 얼굴이 화끈거리는 간밤의 일이었다.

"강포수!"

"예!"

쭈그리고 앉았던 강포수는 헛것을 잡듯 방 안을 헤매며 대답한다. 방문을 열고 김서방이 얼굴을 디밀었다. 강포수의 가슴이 철렁 내려앉는다. 그는 엉겁결에 일어섰다. 김서방이 방안으로 들어왔다. 몸집이 작은 김서방은 꾸부정하니 서 있는 강포수를 발돋움이라도 할 듯이 올려다본다.

"앉이소."

하고 김서방이 앉는다. 강포수도 따라 앉는다. 그의 얼굴은
파아랗게 돼 있었다.

"나리마님께서 그러시는데."

"……."

"나리마님께서 알아 처리할 터이니 강포수는 산에 돌아가
있으라누마."

"예?"

"그렇게 말하믄 알 거라 하시더마."

강포수의 험악한 얼굴을 ─ 김서방 눈에는 몹시 험악하게
보였다 ─ 김서방은 겁먹은 눈으로 힐끔힐끔 살핀다.

"야, 알겠심더."

강포수는 간밤의 일이 최치수 귀에까지 들어갔다는 생각을
했다.

"알겠심더."

강포수는 윗목에 놓아둔 조그마한 망태하고 벽에 걸쳐둔,
오랜 세월 그와 함께 지내온 화승총을 챙겨든다.

"그동안 궁색하지 않게 쓸 돈을 좀 주라 하시는데 얼매나
줄꼬?"

김서방은 화승총을 겁내어 뒤로 물러나 앉으며 물었다.

"머 돈 보고 안 왔이니께요. 사냥꾼이 총 한 자루믄 살지요."

신식 총에 미쳐서 따라왔건만 이제 강포수에게 갖고 싶다

는 생각은 손톱만치도 없었다.

"그래도 조맨이라도 가지가야제. 나리마님이 우찌 처리하실란고, 그거사 모르겠다마는."

"그라믄 노자나 주소."

하는데 강포수 눈에 눈물이 글썬 돌았다. 얼른 얼굴을 숙였기에 그 눈물을 김서방은 보지 못했다.

얼마간 노자를 꾸려서 문밖까지 나온 김서방은,

"나리마님한테 인사할 거는 없고. 지금 손님이 와 계시니께로."

김서방이 그러지 않아도 강포수는 최치수한테 인사하러 갈 마음은 없었다.

강포수는 언덕길을 터덜터덜 내려가면서,

'내 한 일은 다 허사였고나. 설령 내가 선불을 맞혔기로 양반하고 상놈우 사는 세상이 이렇검 다르단 말가. 양반하고 상놈우 사는 세상이.'

난생처음으로 강포수 마음속에 원한이 심어졌다. 최치수의 알아서 처리하겠다는 말을 그는 조금도 씹어 생각해보려 하지 않았던 것이다.

'하기사 내가 물정을 몰라 이러는 거겠지. 양반은 상놈의 갑데기도 벗기는 사람들이니께. 산속에 숨어서 사는 사람들 말을 이자는 알겠구마. 동학패들이 양반이라 카믄 이를 갈던 심정도 알겠구마. 다 같이 사람으로 태어나서 아무리 상하구

별이 있다고는 하지마는, 나 때문에 수동이 다쳤다고는 하지
마는, 그동안 함께 산을 타고 한 솥에 밥을 묵고 한 사람우 정
리도 모른다 말가.'

　울분은 모두 귀녀를 얻을 수 없는 데서 시작된 것이었으나
그러나 강포수는 산에서부터 최치수가 귀녀를 내어놓지 않을
것을 짐작했었고 그 때문에 평생 처음 짐승에게 선불을 맞혀
명포수인 자신에게 씻을 수 없는 오점을 남겼으며 사람도 상
했던 것이었는데 지금 얼마간의 노자를 들고 언덕을 내려오는
자기 꼴이 문전걸식하는 거지보다 나을 것이 없다는 데 생각
이 미쳤을 때 어느 누구에게도 매여 있기를 원치 않았던 본래
의 피는 견디기 어려운 노여움으로 치솟는 것을 깨닫는다. 강
에서 불어오는 바람은 살갗보다 그의 마음을 더 아프게 했다.

　후일, 강포수는 이날을 평생 잊지 못하게 된다.

　마을로 내려갔을 때 논바닥에서 얼음을 타고 있던 조무래
기들이 강포수를 보자 이상한 함성을 지르며 논둑길을 뛰어
서 몰려왔다.

　"강포수?"

　"……."

　"수동이 정말로 배가 터졌소!"

　그것은 물어보는 말이 아니라 함성이었다.

　"강포수! 텁석부리 강포수!"

　"……."

"수동이 정말로 총 맞았소!"

아이들의 함성에는 높고 낮음이 없었다. 여름 논물 속에서 합창하는 개구리의 울음 같았다. 강포수는 묵묵히 걸어간다.

"버부리 강포수!"

"텁석부리 강포수!"

"고자 강포오수우!"

조무래기들은 쫓지도 않건만 와와! 하며 소리를 지르고 달아난다.

"강포수는 그기이 없다네!"

아이들은 마귀 새끼같이 웃어댔다.

아이들도 알아먹는 명포수라던 강포수는 아이들의 노리갯감으로 전락했다. 수동이를 데리고 온 뒤 처음 이 길을 지나갔을 때 아이들은 궁금해서 물었다. 강포수는 아이들 묻는 말에 한마디도 대꾸할 수 없었다. 아이들도 알아먹는 명포수인 자기가 어찌 선불 맞힌 이야기를 할 수 있으랴 싶었고 충격이 컸던 만큼 넋이 빠져서도 그러했다. 다음에 이 길을 지날 때 아이들은 또 물었다. 그다음에도 또 그다음에도. 그리하여 어느덧 강포수는 아이들 노리갯감이 되고 말았던 것이다.

"강포수는 그기이 없다네에—."

"버부리 강포수!"

"텁석부리 강포오수!"

아이들은 논물 속의 개구리들같이 합창을 했다.

"데키 놈!"

서서방이 나룻배에서 내려 마을 길로 올라오다가 아이들의 못된 장난을 보고 야단을 친다. 그러나 아이들은 수를 믿고 거리(距離)에 자신이 있었던지 서서방의 부릅뜬 눈은 아랑곳없다.

"텁석부리 강포오수! 칠푼이 강포오수! 버부리 강포오수우!"

"빌어묵을 새끼들이."

서서방은 기름병을 길가에 놓고 돌을 하나 주워서 아이들을 향해 팔매질을 한다. 거미 알같이 흩어지면서, 아이들은 타작마당을 향해 달아나면서 외치는 소리는 멀어졌다.

"우째 세상이 거꾸로 될라꼬 새끼들이 먼지 기승을 부리네. 한데 강포수는 어디 가노? 보따리 싸들고."

서서방은 추위에 꾸부러진 손으로 입김에 축축이 젖은 입 언저리 수염을 닦는다.

"산에 가야지요."

"하직하고 가는 길가?"

"야."

"수동이는 좀 어떠노?"

"병신이 될 기라 카더마는…… 명은 건짔는가 배요."

"지금 산에 가믄 머하겠노. 모진 추위나 보내고 떠나는 기이 좋을 거로?"

"……."

"고늠우 새끼들 어른들 찜쪄묵을라 칸다."

"그라믄 가보소. 나는 이쪽으로 갈라요."

강포수는 서서방하고 헤어져서 주막에 왔다.

"보따리 하메 총이랑 갖고 어디 간다요?"

강포수는 손에 든 보따리, 총을 낯선 물건같이 내려다보다
가,

"어디 가긴, 산에 가지."

기운을 내어 주모 말에 대답하고 술판 앞에 와 앉는다.

"이자 신물도 나게 됐지라우."

"신물이 아니라 옥지질(구역질)이 나구마."

뚝배기에 시래기국을 푸면서 주모는 강포수를 힐끗 쳐다본
다. 방 안은 김이 서려서 뭉뭉했다. 검붉은 강포수 코끝에 콧
물이 달려 있다. 떨어지려 하자 들이마시며,

"어서 술이나 주지."

"사람이 상했인께로 그 댁 일도 인자 끝장이 났다, 사냥은
안 헐 기라 그 말이요이?"

"끝장났제. 시작이 있이믄 끝도 있는 법이라."

커다란 손으로 얼굴을 쓸어내린다.

"삯은 두둑이 받았지라우? 이분에는 허랑히들 허지 말고
장개드시요이, 이?"

주모는 잽싸게 술판을 닦으면서 타이르듯 말하고 뚝배기를
갖다 놓는다. 숟가락을 챙겨놓으면서 다시,

"정신 채리서 장개드시요이? 나이 사십질인디 뉘가 구신 차지할 것이요. 안 그렇다요? 강포수."

강포수는 훌훌 소리 내어 국을 마시고 주모가 부어주는 술을 쭉 들이켠다. 술사발을 놓고 김치 조각을 집어 우직우직 씹는다.

"장개라고? 오늘 술값이야 걱정 없일 기다마는."

"평산이 그 양반 말 들은께로 한밑천 장만할 기라 허던디?"

"양반은 양반을 모르는 기라. 상놈이 양반을 알제."

"그거 무신 소리요?"

"……."

"그러매 그러믄 아무것도 못 얻었다 그 말이라우?"

"영산댁이 와 걱정고."

"오늘 만낸 주인 주객이간디? 걱정 안 허게 생겼소?"

"……."

"허긴 사람이 상했인께로 무신 경황인들 있을랍디여? 그래도 따신 방에서 설이나 쇠고 갈 것이제."

"설이사 계집 자식 있는 놈의 설 아니가. 뿌리 없는 나무 겉은 이 내 신세, 개 발의 달걀이구마."

강포수는 허하게 웃는다. 이때,

"어허어. 내 영산댁 보고 접어서 왔네. 조선팔도 다 댕기도 영산댁 술맛이 제일이고."

성큼 들어선 사내는 윤보였다. 푸릇푸릇 멍이 든 것 같은 곰보 얼굴에 누런 이빨을 드러내며 웃고 있었다.

"아이고매! 곰보 목수. 안 죽고 살아 있었다요?"

"죽기는 와 죽노. 장가 한분 못 들어보고 몽다리구신 될라
고 죽나?"

연장망태를 내려놓는다.

"하이고, 글안혀도 사십 총각 장개들라고 권하는 판인디.
참 그러고 본께로 몽다리구신이 둘이나 모있는디. 무당 불러
굿 안 혀도 쓸란가 모르겠네이. 하이고 참 별일 났단께."

주모는 기분이 썩 좋아서 솥뚜껑을 덜커덩 열어젖히며 씨
부렸다.

"이기이 누구더라? 강포수 앙이가!"

윤보는 허리를 꺾었다. 얼뜬 시늉을 하며 강포수 어깨 너
머, 수염 가까이 얼굴을 쑥 디민다.

슬그머니 목을 비틀고 강포수는 윤보를 본다. 평소의 사람
좋고 병신스러웠던 얼굴이 아니었다.

"오래간만이구마."

"사흘에 피죽 한 모금도 못 묵었나? 와 그리 기운이 없노.
아무튼지 간에 목부터 축이야지."

윤보는 강포수 옆에 자리를 잡고 앉는다. 해물(海物)을 다루
었는가 그에게서 갯가 냄새가 났다. 주모는 두 괴물 같은 사
나이에게 술 시중을 들면서 강포수를 대신하여 그간의 신상
얘기를 들려준다.

강포수 아니냐 하면서 정답게 하던 아까와는 달리 주모의
얘기를 듣는 윤보의 얼굴은 시종 냉정했다.

"그런께로 강포수만 허탕친 게 아닌개 비여."

주모는 윤보의 빈 잔에 술을 부었다. 강포수는 한마디의 참
견 없이 남의 일처럼 듣고 있었다.

"그런 말 자꾸 하믄 맘이 이상해진다. 초가삼간 다 타도 빈
대 죽는 기이 시원타고 심청이 난께 더 말하지 않는 기이
좋겄고, 그런데 그놈으 멧돼지가 와 수동이를 떠받았는고? 종
놈이 무신 죄가 있일 기라고."

"......"

"강포수, 와 그랬노."

되잡아 묻는다.

"선불 맞힜구마."

부시시 말했다.

"선불? 누가?"

"누구긴? 내가 그랬지."

"허허, 그거 변일세. 산신한테 추구를 받았구마. 송충이가
갈잎을 묵으믄 죽는 법이다. 곳간에 사(邪)가 생긴 그 잘난 엽
전 몇 닢 받을라고 그 나으리 따라서 총 메고 댕깄이니. 내가
영 사람 잘못 봤구마. 명포수 꼴 좋다."

윤보는 껄껄 소리 내어 웃는다.

"사가 생긴 엽전이라도 주기만 했이믄 장개라도 들지 않겄

더라고."

주모가 강포수 편역을 들어 거들어준다.

"장가는 들어 뭐 하노. 니나 내나 매인 곳 없이 이리저리 살다가 가는 기이 좋을 기다. 세상 꼴을 보니께 앞으로 난리가 나도 큰 난리가 날 기라 카는데 씰데없이 애물 맨들 거 있나."

"난리가 난다요?"

주모의 눈동자가 벌어진다.

"날 기라 카더마."

"난리가 난다면 우리 겉은 사람은 워찌 될 것이오?"

"그거 알믄 벌써 신선 됐지. 이러고 있이까? 동학 난리는 소분지애씨라누마."

"오매, 그러면 벌써 난리가 났다 그 말이오?"

"원님네 버선발로 뛰는 난리 겉은 거는 노상 있는 일이고, 유식자들 말을 들어볼 것 겉으믄, 아 유식자들이 그러더마. 양놈들하고 왜놈들하고 결국 붙을 기라고."

"붙으면 저희끼리 붙을 일이제, 우리 조선땅하고 무슨 상관이더라고?"

"이 축구(천치) 봤나. 삼거리에 앉아 술장사를 하믄서 그것도 모르나. 이치를 생각해보라고. 이 조선땅이 묵고 접어서 목에 춤이 꼴딱꼴딱 넘어가는데 양놈 왜놈이 마주 보고 있는 땅이 어디고?"

"그러면 우리 땅에서 난리를 친다 그 말이어라우?"

"그렇지. 고래 쌈에 새비(새우) 등이 터지더라고, 속절없는 그 판이지. 난리가 나기만 하믄 동학당한테 쓰던 철포 대포는 유도 아닐 기고 한방 터지기만 하믄 산이 무너진다 카던가. 그뿐이가, 양놈 왜놈이 이쪽저쪽에서 개미 떼맨치로 기어 올라올 판이니 볼장 다 보는 게지."

"그, 그러면 워쩔 것이오? 검정콩 볶아서 산에 가야겠소잉, 이?"

"영산댁 죽기 싫나?"

"죽고 접은 사램이 어디 있단가?"

"그라믄 강포수 따라가지."

"워쩌자고 모두 그래쌓는 게라우? 우스갯말 아니란께."

"걱정 마라. 최참판댁이 떠난 뒤에도 늦잖을 긴께. 종놈 데리고 사냥 댕기는 거를 보아도 여기는 태펭성세라. 영산댁 머 가진 거 있다고 그러노. 술 팔아서 돈 좀 벌었나?"

"돈 벌었이면 이 장사 허고 있을 것이오? 좌우당간에 밤에 잠 안 올 일 생겼단께."

피식 웃었으나 그의 눈에는 겁이 더럭더럭했다. 언제부턴지 강포수는 벽에 기대어 잠이 들어 있었다. 실상 그는 잠이 들었던 것은 아니었다. 귀녀와의 그 잡목숲에서의 정사의 밤을 생각하고 있는 것이었다.

간밤에 귀녀와 삼월이 잠이 들었던 방 앞에서 말뚝같이 선 채 환상을 보고 느끼던 것처럼. 그러나 주모와 윤보는 그가

384

잠든 줄 알았다.

"동네는 별일 없었나?"

윤보는 말아 내놓은 국밥을 먹으며 물었다.

"동네는 안 가고 왔다요?"

"술 생각이 나서."

"두만네 집의 딸애를 치웠는디, 왜 그 장배 부리는 장서방 알지라우?"

"음, 전에 고지기를 했제."

"고지기나 뭣이나 지금은 장배 부리고 속이 따숩다 허는디, 허기는 두만네도 밑천 들고 보면야 그렇고 그런께로, 모두들 혼사 잘 헌다고 허더란께. 예물도 짭짤허게 장만허고. 그라고 평산이 개차반, 그 댁네 말인디 다 죽게 생겼다던가. 목구멍 에서 피 쏟으면 질게 살지는 못헌다 안 헙디여? 문의원이 불 쌍허다고 약첩이나 지어보낸 모양인디 평산이 그자가 돌리보 냈다든가, 지 주제에 흥, 썩어질 눔의 체통 차린답시고 입이 열 있이도 못 다 웃겄더라고."

"용이네 집구석은 잘 있는가 모르겄네."

"말 마시오. 동네가 시끄러웠지라우. 그 왜 무당 딸 월선인 가 그 제집허고 이서방이 좋게 지낸 모양인디 제집이 그만 서 방을 얻어갔다는 게라우."

"서방은 무신 서방, 내가 진주서 만났는데."

"그거 참말이요이?"

윤보는 여태까지와는 달리 심각해져서 말이 없다.

"헌디 이서방이 그 때문에 죽을 뻔했지야. 벵이 나서."

"미친놈."

"옛말로 신발은 발에 맞이야 허더라고, 양반도 아니겄고 상 사람인디 애씨당초 너무 따질 것도 아니었는디."

"두 계집 데꼬 살믄 우떨 기라고, 못난 놈."

"강청댁이 좀 혀야제? 가서 개 패듯이 팼다더마."

"사나아가 잘나믄 열 계집도 거나린다 카는데 그리 못하게 처릴 했어야지."

"허긴 이서방이 본시 용해서…… 요새는 마누라를 얼씬도 못허게 하고 각방자리 헌다더만. 그래서 강청댁이 미쳐 댕기 다가 좀 잠잠해지기는 헌 것 겉은디."

윤보는 소리 내어 웃는다.

"그러니 옹졸한 놈이지."

하는데 문을 열고 용이 들어섰다.

"형님."

"호랭이도 제 말 하믄 온다더니. 그래 얼굴 좀 보자."

못난 놈, 미친놈 하며 욕을 했으나 윤보의 눈이 부드럽게 웃고 있었다.

"형님 오시는 거 봤다 캐서 왔소. 집에 갑시다."

"안 갈란다, 너거 집에는."

"와요?"

"각방 자리한다 카는데 니 마누라가 내 저녁 해주겠나."

용이는 얼굴을 붉힌다.

"모두들 걱정했소. 집에 갑시다."

"허어 안 간다 카는데 와 이라노?"

"허 참, 그러믄 여기 살 기요?"

윤보는 그러나 자기가 왔다는 말을 듣고 찾아온 용이 마음 씨가 기뻐서 슬슬 곁눈질을 하며 입매를 허물어뜨린다.

"이서방 허자는 대로 허란께. 다 정리가 있어 그러지 않는 다요?"

주모는 윤보 입에서 각방자리 한다는 말이 나오자 허튼소 리 한다고 용이 노했을까 봐 무안스레 앉아 있다가 권했다.

"내 참."

윤보는 부시시 일어났다.

그들이 앞서거니 뒤서거니 나가고 난 뒤 잊혀진 짐짝같이 숫제 술방에 누워버린 강포수의 뒷모습만이 남았다.


# 6장 살해


설을 앞둔 최참판댁은 앞뒤가 분주했다. 특히 부엌을 중심 한 곳이 들끓었다. 귀녀와 삼월이는 사랑과 안방의 시중, 그리 고 봉순이가 곁에 있기는 하나 별당의 서희도 돌보아야겠기에 바깥일에는 참여 못했고, 김서방댁과 남이 연이 여치네 드난 꾼들과 마을의 여러 아낙들까지 불러들여 벌써 여러 날 전부터 연이네의 지시 아래 부산을 떨고 있었다. 큰 가마솥에 안친 다섯 말들이 시루에서 연달아 쪄낸 술밥, 엿밥은 이미 담그고 고고 하여 술은 익고 있었으며 엿은 보시기마다 퍼내어 여기 저기 찬마루에 널려 있었다. 약과랑 강정이 될 지에밥은 잘 말려졌고 읍내에서는 생선 건어 따위를 연방 실어 나르고 있었다. 고방에서는 곶감이다 대추다 밤에서 잣 호두 은행, 가을에 장만한 호박오가리 정과(正果) 거리를 꺼내오고 우물가에는 새앙이 무덤같이 그득히 담겨진 소쿠리가 두 개나 있었다.

여치네는 소매를 걷어올리고 벌게진 팔뚝을 휘두르며 깨를 씻고 있었다. 그 깨의 분량은 농가에서 담그는 떡쌀보다 많았다.

한켠에서는 산적거리 생선포를 뜨고 있었으며 햇볕이 바른 행랑뜰에는 멍석에 아낙들이 빙 둘러앉아 잡담을 하며 제기(祭器)를 닦고 있었다. 가는 곳마다 쌓인 것은 음식이요, 발에 차이는 것은 일거리였다. 마을 아낙들은 그 많은 먹을 것을 보며 집에 두고 온 자식들 생각을 했고 울타리 밖에서는 기웃기웃 안을 들여다보며 제 어미가 행여 지에밥이라도 뭉쳐서 한덩이 내주지 않을까 손가락을 물고 섰는 아이들이 있었을지도 모른다. 그러나 아낙들은 아침에 집을 나설 때 어미 찾아오지 말라고 단단히 일렀고 그래도 철부지가 따라나서면 길가 돌을 주워,

"이눔 자식! 집에 못 가겠나!"

하며 위협을 했으니 문밖에 아이들이 와 있으리라는 생각은 하지 않는다. 그래서 그들은 어미 치마꼬리를 잡고 흥얼거리는 임이를 보고 눈살을 찌푸렸다. 임이네는 집에 못 가겠느냐고 나무라기는 했으나 건성으로 하는 말이었고 감주를 만들려고 막 쪄서 내놓은 지에밥을 슬쩍 집어서 손바닥을 호호 불어가며 뭉쳐서 아이에게 주기도 하고 남의 눈치 보아가며 밤이랑 대추를 집어주기도 했다.

"새끼 버릇도 더럽게 딜인다. 일질에 아아는 머할라고 데리고 오노."

산적을 장만하던 김서방댁이 씨부리며 혀를 찼으나 임이네는 그때만은 귀머거리 흉내를 냈다.

한편 봉순네는 여러 날 밤을 새가며 지은 설빔을 챙기느라고 바빴다. 이번에는 임이네와 두만네가 바느질을 거들어주었으나 함안댁이 빠졌기 때문에 일은 좀 더딘 편이었다. 그러나 이럭저럭 끝막음은 했으며 동정이나 속고름 다는 것이 더러 남았을 뿐이다. 두만네는 아무래도 시어머니 병세가 수상쩍다 하며 일이 끝나자 이내 돌아갔고 임이네는 드난꾼들 속에 끼어 바깥일을 계속하고 있었다. 임이 때문에 더러 눈총을 맞기는 했으나 일손이 재빨라서 안팎의 일을 모두 시원시원해내고 있었다.

섣달그믐날, 이른바 아이들에게는 까치설날이었다. 서희

는 까치저고리에 오색(五色)으로 지은 까치두루마기를 입고 역
시 까치저고리를 입은 봉순이와 함께 별당 뜰에서 깡충거리
고 있었다. 그는 여전히 어미를 잊지 않고 있었으나 까치설은
즐거운 모양이었다. 봉순이 이마에는 흠집이 하나 나 있었다.
예쁘장한 얼굴에는 별 지장이 있을 것 같지는 않았으나 없느
니보다 나을 리는 없다. 그믐날 밤에는 밤마다 장등(長燈)을
한다. 고방 앞에 쭈그리고 앉은 돌이는 등잔이란 등잔은 모조
리 꺼내어놓고 기름을 그득그득 붓고 있었다. 행랑 뜨락에서
는 아침부터 떡 치는 소리로 요란했다.

"에이야 흑!"

"데이야 흑!"

기세 좋은 소리와 함께 철버덕철버덕 떡 치는 소리.

"모르겠다! 내 허리야. 이자부터는 떡 묵는 놈만 쳐라."

메를 물에 적시다가 삼수는 나앉는다.

"지랄한다. 떡만 묵어봐라. 입을 찢을 기니."

절구통 옆에 꾸부리고서 물에 손을 담가가며 안의 것을 이
리저리 뭉쳐주던 김서방댁이 눈을 흘긴다. 개똥이 녀석, 침을
게게 흘리며 어미를 바라본다. 영팔이 빙긋이 웃으며 나선다.
손바닥에 침을 뱉고 메를 잡으며,

"어디 한번 쳐보까?"

아낙들은 멍석 위에 즐빗이 앉아 쳐낸 인절미를 모양 있게
다듬어 콩가루에 굴리기도 하고 망아리 없이 잘 쳐졌는가 뜯

어 먹어 보기도 한다. 김서방은 깨끗한 차림을 하고 행랑에서
도 상방인 넓은 방에 마을의 서서방과 함께 앉아 밤을 치고 있
었다. 서서방은 한자 길이가 넘는 문어 다리로 봉황을 오린다.

"나으리, 진지상 올려 왔습니다."

방문 앞에 밥상을 놓고 귀녀가 아뢴다.

"점심이냐?"

"예."

아무 말이 없자 귀녀는 다소곳이 두 손으로 방문을 열고 밥
상을 들여간다. 최치수는 귀녀를 힐끔힐끔 쳐다보다가 입가
에 야릇한 웃음을 머금는다. 그러더니 그는 귀녀의 허리 쪽을
가만히 노리듯 본다.

본시 귀녀의 허리는 굵은 편이었고 아직은 몸에 변화가 나
타날 시기도 아니었으나 최치수의 눈길이 무서웠다. 사랑에
서 나온 귀녀는 뒤뜰에서 한참을 서 있다가 천천히 부엌 쪽으
로 간다. 연기에다 김이 서리고 기름 냄새가 코를 찌르는 부
엌에서는 전을 지져내느라 한창이었다.

"어째 강청댁은 코빼기도 안 보이노."

여치네 말에,

"오나 마나지 머. 계집이 궂어서, 하는 일이라는 기이."

하며 임이네가 헐뜯었다. 그런 주고받는 말이 귀에 들어오지
않는 귀녀는 우두커니 팔짱을 끼고 서 있다가 숭늉을 떠서 부
엌을 나선다.

"숭늉 가지왔습니다."

아까처럼 다소곳이 두 손으로 방문을 열고 다시 두 손으로 숭늉 그릇을 받쳐든 귀녀는 그것을 밥상 위에 놓는다. 최치수는 숭늉 그릇을 들었다.

"진짓상 물리오리까?"

대답이 없었다. 숭늉을 마신 뒤 별안간,

"이년!"

"예?"

"이년! 그래 애는 뱄느냐?"

삼신당에서 은조랑씨 제앙님네 놋조랑씨 제앙님네 하며 빌던 일을 생각하여 최치수의 잔인이 발동된 것이나 속절없이 애를 밴 귀녀로서는 청천의 벽력 같은 말이었다. 얼굴이 풀잎같이 변한다.

"무, 무슨 말씸을."

"나쁜 년 같으니라구, 하룻강아지 범 무서운 줄 모르더라고 이년!"

"……."

"소행을 생각하면 가만두지 않겠다만 강포수한테 들은 말이 있고 해서 용서하느니라."

"예?"

귀녀는 흐미하게, 아주 흐미하게 여유를 되찾는다.

"산중에 가서 화전을 일구며 살겠느냐?"

"무슨 말씀이온지."

귀녀는 디딤판을 차 던지고 앞으로 나서듯이 반문했다. 자신들의 음모와는 상관이 없는, 다만 강포수와의 관계를 두고 최치수가 추궁했었다는 것을 그는 재빨리 포착했던 것이다.

"종 문서를 내어줄 것이니."

종 문서를 내주고 어쩌고 할 것도 없었다. 노비제도는 관습으로 남아 있을 뿐 나라에서 철폐한 지 이미 사오 년이 지났으니까.

"무슨 말씀이온지 쇤네, 잘 모르겠사옵니다."

비로소 귀녀는 얼굴을 꼿꼿이 세우고 커다란 눈에 흐미한 빛을 띠며 최치수를 쳐다본다. 이년! 하며 불호령을 내리던 얼굴과는 딴판으로 실실 웃고 있었다.

"강포수 계집이 되라 그 말이다. 총 대신 너를 주는 게야."

웃음은 일시에 사라졌다. 귀녀 얼굴에 이는 변화를 응시한다. 핏물이 고이기라도 한 듯 벌겋게 핏발이 선 귀녀의 커다란 눈이 최치수의 눈을 피하기는커녕 무섭게 대항한다.

"억울하옵니다."

배 속에서 밀어내듯 목소리는 굵었다.

"종년 신세보다는 낫지 않겠느냐."

"싫사옵니다!"

"왜?"

"싫사옵니다!"

"강포수 청을 들어주기로 했다."

"그 늙은것이 죽으려고 그런 말을 했나 봅니다."

"사내가 계집을 탐하는 것은 음양의 이치이거늘."

하다가 말을 끊은 최치수는 눈에 불을 확 켰다. 험악하게 일그러진 얼굴, 입매가 뱅글뱅글 돌았다.

"초당에 불 지피라고 어서 일러라."

버럭 소리를 질렀다.

귀녀는 조용히 일어섰고 조용히 밥상을 들고 방 밖으로 나온다.

길상을 찾아낸 귀녀는 초당에 가서 불을 지피라 일러놓고 자신은 고방 뒤켠 아무도 지나는 이 없는 곳에 가서 팔짱을 끼고 쭈그려 앉는다. 일 년 내내 햇볕이라곤 들지 않는 응달은 창자까지 얼어붙는 것 같은 냉기를 몰고 왔다. 귀녀는 전신을 떨었다. 그러나 그것은 추위 때문만이 아니었다. 얼굴은 상기되어, 좀처럼 붉힌 일이 없는데 양 볼은 타듯이 붉었다.

'어떻게 하노? 씹어서 묵어도 분이 안 풀릴 원수 놈을! 한시가 바쁘다! 한시가!'

이를 부두둑 간다.

'그렇다고 어둠이 오기까지 기다릴 수는 없다!'

최치수가 강포수와 귀녀와의 관계를 어느 정도 알고 있는지 그것을 지금 생각할 필요는 없는 일이었다. 최치수가 윤씨 부인에게,

"귀녀는 강포수에게 주기로 했습니다."

하고 입을 벌리기 전에 그 입을 암흑 속에 묻어버려야 하는
것이다.

　"귀녀를 강포수에게 주기로 했습니다."

하는 날에는 만사는 휴다. 야망은 모래 무덤같이 허물어지고
말 것이며 배 속의 아이는 쓸모없는 핏덩이, 숲속에나 내다
버릴 물건밖에는 되지 못한다. 수동이를 나귀 등에 싣고 돌아
오던 날, 그 황망한 중에 돌아왔다는 인사를 올린 후 아직 한
번도 최치수 모자는 상면한 일이 없다. 그러니까 강포수에게
귀녀를 주겠다는 말을 했을 리 없고 그렇다면 때는 늦지 않았
다. 생각이 거기까지 미쳤을 때 귀녀의 이빨 사이에서 무서운
소리가 새나왔다. 악마의 얼굴이요 악마의 미소요 악마의 희
열, 보복의 화신.

　'내가 강포수하고 살아? 내가 강포수하고 살아? 화전을 일
구며 살 수 있겠느냐?'

　이제는 야망 때문이 아니었다. 보복 때문이다. 서희가 얼굴
에 침을 뱉었을 적에 귀녀는 보복의 칼을 갈았다. 이제는 그
칼을 내려침에 주저할 것이 없는 것이다. 이미 죽이기로 작정
하였고 죽일 것을 주저했던 귀녀는 아니었다. 그러나 지금 귀
녀는 만석꾼 살림보다, 아니 백만 석의 살림보다 여자로서 물
리침을 당한 원한이 더 강하였다. 최치수를 사랑했던 것도 아
니었으면서. 지금 귀녀는 백만 석의 살림을 차지하는 야망보

다 노비로서 짓밟힘을 당한 원한이 더 치열하였다.

'그놈은 나를 손톱 사이에 낀 때만큼도 생각지 않았다!'

비단과 누더기를 구별하는 따위의 자존심, 야수 같은 강포수에의 허신과 인간쓰레기 같은 칠성이와의 동침을 거치면서 마지막까지 최치수에게 여자 대접을 받고자 하는 희망은 애정일까 허영일까 또는 집념일까. 악업(惡業)을 쌓기 위해 목욕재계하고 동자불 앞에서 도움의 기도를 올리던 귀녀, 모든 것은 밖에서부터 시작되었던 것이다. 고귀함도 염원도 사랑도 밖에서부터 시작되었던 것이다. 밖만 싱그러우면 마음속의 쓰레기는, 자기만이 아는 쓰레기에는 냄새가 나지 않았던 것이다. 그래서 이 여자는 고독한 여자가 아니었던 것이다. 한밤중에 죽음을 생각해보는 여자도 아니었던 것이다. 부처님이 무섭지 않은 여자였던 것이다.

귀녀는 채마밭을 질러서 급히 초당 쪽으로 올라간다. 초당 뒤켠으로 돌아간다. 길상이 장작불을 지펴놓고 그 앞에 퍼질러앉아서 주머니칼로 뭔가 열심히 깎고 있었다.

"길상아!"

열중해 있던 길상이 놀라며 일어섰다. 주머니칼은 손에 들었으나 깎고 있던 나무토막은 땅에 굴러떨어졌다.

"어이구 놀랬다."

"니 심부름 좀 해야겠다."

"어디로요?"

"나으리께서 곧 올라오실 모양인데 김평산이, 거복이 아버지 말이다."

"야."

"여기 초당에 좀 오십사고. 나으리께서 이르시는 말이다."

길상이 가려고 하자,

"그 양반보고 내가 이르더라고 그래라. 초당으로 오시라고, 나리께서 곧 오실 기니. 내 그동안 불 보고 있을게 어서 뛰어가거라."

길상은 언덕을 뛰어내려간다.

'집에 붙어 있지 않으면 우짤꼬?'

귀녀는 급히 서둘며 아궁이 속의 불붙고 있는 장작을 꺼내어 묵혀둔 채 있는 협실―그러니까 이따금 치수가 올라와서 쓰는 방 옆에 붙은 조그마한 방인데 그곳은 방문이 뒤켠에 있었고 방문 앞에 아궁이가 있었다―그 아궁에 꺼낸 장작을 밀어 넣는다. 묵혀둔 방이어서 불은 잘 들지 않았다. 눈물을 찔금찔금 짜면서 겨우 불을 살라 놓고 초조하게 초당 앞쪽으로 나간다. 다행한 일이었다. 띵띵한 몸을 굴리며 팔을 휘저으며 평산이 길상이와 함께 오는 모습이 보였다. 귀녀는 뒤란으로 되돌아와서 아궁이 앞에 앉는다. 평산이 초당 앞에까지 이른 기색이 나자 귀녀는 큰기침을 했다. 그래놓고 나서,

"길상아!"

길상이 뒤란에 왔다.

"너 어서 가서 장작 한 아름 가져오너라."

"많이 넣었는데요?"

"아니다. 골방이 습해서 거기 갈라 넣었다. 나으리가 오시기 전에 방이 따끈따끈 끓어야지. 글안하믄 야단벼락 내리실 기니. 와 골방엔 불을 안 넣노? 오늘은 섣달그믐이니께 불짐을 해야 한다."

길상은 다시 언덕을 뛰어내려간다. 길상이 내려가는 것을 보고 나서 평산이 급히 뒤로 돌아왔다.

"큰일 났소."

"무슨 일인데."

평산은 귀녀 옆으로 바싹 다가섰다.

"잠자코 내 말만 들으시오, 길상이 오기 전에. 그 개 같은 놈이 오늘 나를 보고 강포수 따라가라 하지 않겠소?"

"치수가?"

"가만히 듣기만 하시오. 산에서 돌아온 그날 마님한테 인사하고 여직 상면하지 않았으니 나를 강포수한테 보낸다는 말을 아직은 하지 않았을 게요. 그러나 일은 급하게 됐단 말이오. 조금이라도 그런 생각이 있는 것을 마님이 안다믄 만사는 허사요. 가만히 기시오. 내 말만 들으소. 그러니께 마님한테 말이 가기 전에 요절을 내야겠소. 초당에 불 지피라 했으니 오늘 밤엔 여기 와서 잘 기요. 집 안이 시끄러우니까 여기와서 잘 모양이오. 그러니 준빌 하고 삼신당에서 기다리시오.

내 형편 봐서 빠져나갈 것이니."

귀녀는 단숨에 지껄였다. 그리고 무시무시한 압력을 가하듯 평산을 노려보는 것이었다. 평산의 얼굴은 굳어지고 뻐드렁니 위의 입술이 말을 할 듯이 떨렸으나 말을 미처 하기도 전에 귀녀의 말이 날았다.

"이제 앞에 나가 기시오. 길상이가 장작 안고 오면은 기다리고 있는 척하다가 내가 가서 그 양반을 만나지 하고 어물쩍거리며 내리가시오. 가다가 사랑에 들러 인사나 하고 가면 길상이 눈칠 채지는 않을 테니까. 후일 이러쿵저러쿵 말도 없일 기고. 자아, 어서 나가요."

귀녀는 평산을 떠밀었다. 목적을 위해서 줄달음치는 무모한 행위라 할 수 있었지만 짧은 시간의 임기응변은 대단한 것이었다.

귀녀가 시키는 대로 초당 뜰에 나간 평산이 얼쩡거리고 있을 때 길상이 장작 한 아름을 안고 올라왔다.

"오신다더냐?"

"모르겠십니다. 오신다 하시었으니 오시겠지요."

"음…… 뭐 여기서 기다릴 것 없이 내가 그리로 내려가지."

사랑으로 내려간 평산은 반길 턱이 없는 치수에게 이러쿵저러쿵 인사도 아니요 잡담도 아닌 말을 하고 나서 우물쭈물 돌아섰다. 치수는 무슨 일로 저자가, 싫었으나 내일이 설이어서 궁한 말을 하려다 간 게 아닌가고 개의치를 않았다.

그믐밤 어둠 속에서 평산은 오랫동안 떨며 귀녀를 기다리고 있었다.

'무서운 계집이다. 한데 이이 왜 안 오나.'

평산은 언 발을 구른다. 모닥불이라도 피웠으면 하는 생각이 간절했으나 참을 수밖에 없었다.

'이리 추워서 일이나 쳐내겠나.'

순간 평산은 모든 계획을 다 팽개쳐버리고 싶은 생각이 들었다. 추위도 추위려니와 그는 마음속에서 떨려 올라오는 무서움을 느꼈다. 귀녀가 무서웠다. 그러나 귀녀가 삼신당 앞에 나타났을 때,

"치수는 초당에 있나?"

하고 먼저 물었던 것이다.

"거기서 지금 자고 있소. 이것부터 한잔 하시오."

귀녀는 조그마한 두루미병을 내밀었다. 술이었다. 추위를 막고 평산의 담을 키우기 위해 술을 가져왔던 것이다.

"으음."

평산은 술병을 물고 굴컥굴컥 술을 들이마신다. 술병을 놓으면서 평산은,

"됐다!"

"괜찮소?"

"뭐가?"

"떨고 있지 않소."

"추우니까. 오늘 밤이면 끝장이 난다! 그러고 나면 우리 세상이다."

자신을 격려하듯이 말했다.

"어떻게 할라요?"

"어떻게 하기는, 너는 구경이나 하고 떡이나 먹어라."

살해하는 방법까지 설명할 용기는 없었다.

"그 개놈의 새끼! 죽는 꼴을 내가 못 봐서 한이오."

"죽으면 그만이다."

평산은 다시 떨기 시작했다.

"참, 잊어부릴 뻔했소. 혹 나중에 말이라도 나오믄 안 되니께 일러두어야겠소. 행여 낮에는 뭐 할려고 치수를 만났느냐고 묻는다믄 구천이 행방을 수소문해보라 일렀다든가 하고 실수가 없도록 하시오."

그러고 내일 아침에 제사도 모시고 할 기니 일찍 내려올 게고 서둘러야 한다는 말을 했다.

평산은 술병을 물고 술을 마신다. 침침 칠흑 같은 그믐밤, 마을에는 불빛들이 깜박이고 있었다.

빈 술병을 들고 집으로 내려온 귀녀는 잠들지 않고 두신거리는 행랑 뜰에 나가서 잠시 얼쩡거리다가 다시 부엌 쪽으로 들어와서 음식을 장만하며 잡담들 하고 있는 속에 끼어들었다.

평산은 초당 층계를 더듬고 발소리를 죽여가며 치수 방 앞을 향해 간다. 그림자도 없어 안성맞춤인 밤이다. 방 앞에서

귀를 기울인다. 고른 숨소리가 들려온다. 곤히 잠든 모양이
다. 방문을 당겨본다. 문고리가 걸려 있다. 손바닥에 침을 흠
씬 뱉어서 장지를 뚫은 손이 문고리를 벗긴다. 방문이 열려지
고 닫혀졌다. 얼마나 시간이 흘렀을까? 오랜 시간이 흘렀다.

"우우욱……."

낮은 목소리, 발버둥치는 소리, 낮은 숨이 찬 신음, 발버둥
치는 소리, 꿈틀거리는 소리, 소리…… 소리가 멎었다. 다시
시간이 흘렀다. 헉헉 흐느끼는 것 같고 쥐어짜는 것 같은 숨
소리가 들려온다. 한층 크게 들려온다. 이를 악물면서 새어
나는 거친 숨소리, 방문이 열리고 허둥지둥 뛰어나오는 모습.
모습이 땅바닥에 나동그라졌다. 시꺼먼 무엇이 눈앞에 서 있
었다. 그것이 킬킬거리며 웃었다.

"누, 누, 누고?"

했으나 목소리는 입 밖에 나가지 않았다. 기다시피 하다가 일
어선 평산은 초당의 뜰을 벗어났다. 마을을 피하여 초당 뒷면
숲속을 해서 달아나기로 된 애당초의 계획도 잊은 평산은 사
뭇 미친 듯 마을을 향해 달아난다. 마을은 모두 잠들지 않고
있었다. 정신을 차린 것은 그의 집 앞에 이르렀을 때였다.

작은방에는 불이 켜져 있었다. 그러나 베 짜는 소리는 없었
다. 아무 기척도 없었다. 큰방으로 기어들어갔던 평산은 다시
문을 박차고 작은방으로 달려간다. 방문을 열고 들어섰다. 함
안댁은 베틀 위에 엎드려 있었다. 멀거니 바라보다가,

"불을 켜놓고 뭘 해!"

두 주먹을 불끈 쥐고 띤띤한 몸을 흔들고 짖었다.

"불을 켜놓고 뭘 하느냐 했겠다!"

함안댁이 얼굴을 들었다. 고통에 일그러진 비참한 얼굴이었다.

"못 일어날까!"

"아아."

함안댁은 몸서리를 친다.

"아아, 흉측스런 꿈도, 흉측스런 꿈을 꾸었소."

평산의 주먹이 떤다.

"아가리 찢을라! 자빠져 자란 말이야!"

하다가 그는 함안댁의 멱살을 잡고 베틀에서 질질 끌어낸다.

"왜 이러시오."

"으으잉! 죽여버려야지."

"왜 이러시오. 여보!"

평산은 함안댁을 쓰러뜨린다. 뼈만 남은 여자의 몸을, 메말라서 잎 떨어진 겨울나무 같은 여자의 몸을 주먹으로 마구 내지르며 머리끄덩이를 잡아끌며 발길질하며, 그러다가 울부짖으며 정욕을 채우는 것이었다.

한 번에 그치지 않았다. 송장같이 된 여자를 이리 뒤치고 저리 뒤치면서 다시 범하며 신음하는 평산은 공포에 몰린 구역질과도 같이 배설을 되풀이하는 것이었다.

평산이 도망친 뒤 초당 뜰에 서 있던 검은 것, 또출네는 킬킬거리며 웃다가 비죽비죽 울기 시작했다.

"내 자식 어디가 우떻다고 그 몹쓸 년이 신방에서 달아나노. 이년을 어디 가서 잡아오노. 옥황상제도 보옵시요. 부리제석도 보옵시요. 호패 찬 내 자식이 금의환향하옵시고 삼현육각(三絃六角) 잡히시고 고을마다 송덕비요, 춘향이도 넋을 잃고,"

중얼중얼 끝도 없이 씨부리다가 일어선 또출네는,

"아이고 날씨도 고추겉이 맵다. 신방을 채렸는데 신랑 신부가 꽁꽁 얼겠네. 불을 때야제. 불을 때줄 기니, 그것도 공덕이라."

어둠하고 또출네는 아무 상관이 없었는가, 언덕을 쏜살같이 내려간 그는 김서방 집의 채마밭으로 들어간다. 집을 비워놓고 식구들은 모두 울타리 안의 최참판댁에서 밤을 새가며 일들 하고 있었다.

기둥에 초롱 하나만 댕그렇게 걸려 마당을 비춰주고 있었다. 마당으로 들어간 또출네는 기둥에 걸린 초롱을 들어낸다. 대숲에서 바람이 울고 지나간다. 방문의 문풍지가 팔락팔락 소리를 냈다.

초롱을 들고 초당으로 올라오는데 사각사각 소리를 내며 싸락눈이 내린다. 또출네는 초롱을 들고 초당 뜰을 왔다 갔다 하며,

"소원성취 비나이다. 소원성취 비나이다."

한없이 그러고 다니다가 또출네는 돌층계를 밟고 올라간

다. 연신 입 속으로 소원성취, 소원성취 하면서 누각으로 들어간다. 누각 마룻장을 두벅두벅 밟고 돌면서 역시 소원성취, 소원성취 하며 중얼거린다.

"아이고 내가 군불 땔 긴데, 칩어서 내 자식이 꽁꽁 얼겄네."

초롱을 누각 바닥에 놓고 또출네는 아까처럼 언덕을 쏜살같이 내려간다. 다시 김서방 집 마당으로 들어선 그는 쌓아놓은 솔가지 한 단을 번쩍 치켜든다.

장정이 무릎에 힘을 주어가며 묶은 솔가지 한 단을 장정 못잖은 힘으로 머리 위에 얹더니 한 팔을 휘저으며 누각 마루까지 가서 내려놓고 그 짓을 세 번, 네 번을 되풀이하여 마룻바닥에 솔가지를 쌓는다.

"아이고오 이만하든 방에 불이 날 기다."

마지막 나뭇단을 내동댕이쳤을 때 쓰러졌던 초롱에서 불이 기름을 타고 와서 나뭇단에 옮아갔다.

어느덧 싸락눈은 멎고 동녘이 밝아오고 있었다. 장엄한 정월 초하루의 해돋이를 서둘고 있는 것이다.

탁탁 불꽃이 튀며 솔가지에 불이 핀다. 누각이 훤하게 밝아왔다. 또출네는 덩실덩실 춤을 춘다. 추면서 다시 초당 뜰로 내려온다.

"소원축수 하나이다아!"

싸락눈이 깔린 뜰에서 너붓이 절을 하고 또 절을 한다. 잠들지 않고 있던 마을은 동녘이 밝아오자 한층 더 활기를 띠고 술렁거리는 것 같았다. 누각이 불타고 있는 것을 먼저 발견한 것은 마을에서였다.

"불이야! 불이야!"

한 사람이 외치자,

"불이야! 불이야!"

여기저기서 외치고 순식간에 마을과 최참판댁에서 사람들이 몰려나왔다. 손에 손에 물동이를 들고 언덕을 몰려서 달려온다.

사람들이 몰려오는 것을 본 또출네는 불붙는 누각 쪽으로 도망친다. 포졸이 아들 잡으러 온다고 소리소리 지르며.

김서방은 초당으로 먼저 달려간다.

"나으리! 나으리!"

누각에서 기왓장이 날아왔다.

"나으리!"

김서방은 방 안으로 뛰어들었다.

"나으리!"

김서방은 시체를 끌어내었다.

끌어낸 뒤 그는 치수가 이미 죽어 있는 것을 알았다.

"나, 나, 나으리가 돌아가싰다아!"

절규가 무리들을 뚫고 울려퍼졌다.

"나으리가 돌아가싰다아―."

"저년 잡아라아 ―."

"나으리가 돌아가신다 ―."

"저년 잡아라아 ―."

불과 죽음과 물동이와 몽둥이와, 당산은 순식간에 수라장으로 화했다.

해가 솟아올랐다. 온 천지에 새해를 엄숙히 축복하며 솟아올랐다. 강물도 하늘도 땅도 아름다웠고 새로웠다.

또출네는 무너진 누각과 더불어 타 죽었다. 최씨 가문의 마지막 사내였던 최치수는 삼끈으로 교살되어 세상에 마지막을 고했다.


## 7장 농민들은 슬퍼하는 관객(觀客)

무리를 잃고 무인지경에 홀로 남은 그림자, 갈밭에 기어드는 한 마리의 눈먼 뱀이었을까. 그러나 윤씨부인의 자제력은 놀랍고 훌륭했으며 훤칠한 몸을 휩싼 당목 치마저고리의 모습은 조금도 변함이 없었다. 입술이 터져서 피가 배어났으나 눈빛은 힘차게 빛났으며 그의 언동은 분명했다.

어느 때부터였던지 강을 내려다보는 마을 언덕에 터전을 잡았던 영천(永川) 최씨의 일가, 문벌과 재물로써 백 년을 넘게 이 지방에 군림해왔으며 특히 드센 여인들 손으로 이룩했고 지켜왔었던 최씨 집안의 마지막 남자, 이 남자의 장례식에는 수많은 사람들이 따랐다. 상제는 하나, 여식 혼자였다. 사람들 속에는 평산이도 있었다. 그는 평소 외면하여 인사도 없이 지내던 김훈장에게 전과 달리 공손하게 몸을 굽히며 무슨 이런 변이 있겠느냐고 말을 걸었다. 김훈장도 고개를 설레설레 흔들고 한숨을 지으며 참으로 해괴한 일이라 하며 맞장구를 칠 판인데 삐뚜름하게 자빠진 갓 모양 하며 술에 전 듯한 김평산의 작은 눈을 보자 입맛을 다시며 몸을 비키는 것이었다. 버림받은 평산의 눈은 다시 바쁘게 남의 눈을 찾아 헤매다가 귀녀 모습에 가서 부딪쳤다. 이때만은 눈 밑의 군살덩이가 푸룩푸룩 떨었다. 애통해하는 많은 노비들, 그중에서도 귀녀의 슬퍼하는 모양은 유별하였다.

'저년이 사람을 몇이나 잡을꼬?'

평산은 기갈이 든 사람같이 이번에는 서서방을 잡고 무슨 변이겠느냐 하며 성급히 말을 걸었다. 사실 무슨 변이겠느냐는 정도가 아니었다. 마을 사람들과 멀고 가까운 곳에서 달려온, 어떤 연유에서든 최참판댁과 인연을 맺었던 모든 사람들은 아닌 말로 하느님이라도 살해를 당한 것 같은 이 엄청난 사건에 넋이 빠진 것 같았다. 뜻하지 않던 흉사를 천착한다거나 호기심에서 왈가왈부할 여유도 없었다. 그러기에는 좀 더 시간이 필요했다.

백성들은 항상 어디서든 속성에 얽매인 현실적인 동물이

다.

　북방에서 흘러들어오는 문물 이외 거의 폐쇄 상태에 있는 땅에서는 그것이 정신이든 물질이든 자체 내에서 공급할 수밖에 없는데 그런 까닭으로 하여 한층 완강하게 떠받쳐져 왔던 한반도의 이씨 오백 년의 정치체제는 오백 년이라는 그 기간이 유례를 찾기 어려운 장기 집권이었던 만큼 굳어질 대로 굳어졌다 할 수 있고 늙어서 쇠잔해졌다 할 수도 있겠다. 이런 사회에서는 그 변화가 완만하여 어떤 생업에 종사하고 있건 대개의 경우 백성들 앞에 놓인 현실이란 별로 변화가 없고 오래 쓴 연장을 철 따라 꺼내어 다시 쓰고 간수하는 그런 성질의 것과 비슷하다 할 수 있겠는데 특히 농민들은 되풀이되는 사계절의 변동에 민감하며 근심하는 이외 천재지변이 없는 한 달라질 리가 없는 농토에 꽉 달라붙는 것과 마찬가지로 언제나 현실에의 충직한 하인이라 할 수도 있을 것 같다. 시절이 좋고 관아에서의 수탈이 뜸하고 따라서 보릿고개를 넘길 만한 가을걷이가 있으면, 방바닥이 따습고 솜옷을 넉넉히 입을 수 있는 처지라면 농민들은 상도(商道)가 몸에 밴 장사꾼처럼 인사치레에 깍듯해지는 법이다. 우선 그들은 하느님께 감사하고 나라님께 감사하고 터주님께 감사하고 조상에게 감사를 올린다. 이들이 현실적이라는 것은 푼수를 아는 겸양을 의미하는 것인지도 모를 일이다. 푼수, 바로 이 푼수를 헤아리는 겸양 때문에 이들은 최치수의 죽음을 보고 하느님이라도 살해된 것 같은 충격을 받은 것인지도 모를 일이다. 사실 이들은 하느님을 본 일이 없다. 그 누구도 본 일이 없는 것과 마찬가지로. 나라님도 본 일이 없고 터줏님 조상님의 얼굴도 모른다. 설령 삼 대 사 대쯤, 어린 시절에 본 일이 있었다손 치더라도 그들이 죽은 후 만난 일이 없다. 다만 하느님을 하늘과 해와 달에서, 별빛이나 구름이나 강물에서, 자연에 존재하는 크나큰 것, 혹은 신기하고 위태로운 것에서 느끼는 것이며, 나라님은 포졸의 육모방망이나 원님들의 거룩한 도임행차 같은 데서 느끼는 것이며, 터줏대감은 무당의 주술에서, 조상은 신주 위패에서 느끼는 것인데, 하느님을 말할 것 같으면 천지만물을 창조하시고 특히 농민들이 실감하는 것으로는 사계절 천후(天候)를 임의로 하심이요, 세상에 태어나고 또 하직하는 인간사를 관장하신 분이 하느님이시다. 나라님을 말할 것 같으면 나라 땅의 임자로서 병사와 부역의 의무를 부여받고 세물을 바치며 법의 다스림을 받아야 하는 땅 위에서의 어른이시고 모든 영신과 터줏대감, 조상은 집안의 안녕을 보살피는 분들이시다. 불행과 행복을 줄 수 있고 고통과 안락을 내릴 수 있는 그분네들 권능을 알진대, 배부르고 의복이 넉넉하면 감사를 올리는 인사치레는 당연하고 응당 그리 하여야만 후사가 있을 것임에 그들 입버릇같이 감찰선생도 쑥떡 하나 주는 것을 치더라*고, 아무튼 눈앞에 없는 그분네들과의 수수(授受) 관계는 그렇다 치고 그와는 달리 최참판댁은 그들에게 있어 보다 뚜렷하고 지척에서 볼 수 있는 현실로서 존재해왔다. 그들과 다름없이 두 개의 눈에 입이 하나이며 하루 세끼 밥을 먹는 사람으로서 눈앞에 실감하며 의무를 다하고 감사를 올려야 할 상대들이었던 것이다. 나라 땅의 임자이신 나라님은 멀었고 만 석의 벼를 거둬들이는 토지 소유자인 최참판댁은 가까웠다. 그 토지에서 명을 이어나가는 농부들에게는 언덕 위에 높이 솟은 성곽 같은 기와집, 그 속에서 많은 노비들을 거느리고 사는 그 집의 당주인 최치수는 누가 뭐라 하든 절대적인 권위의 상징이다. 천지 만물을 주관하시는 하느님의 권리를 인정하듯이 농민들은 만 석의 볏섬을 거둬들이는 최참판댁의 부(富)를 인정한다. 그 재력과 권력이 농민들 생활에 미치기는 하나, 그러나 그들의 생활, 부의 축적과 권리의 공고함에 농민들은 관여하지 않는다. 그들의 인생은 농민들 자신의 인생 밖에 존재해 있기 때문이다. 굶주리고 헐벗어야 하는 흉년이 들지 않는 한, 수탈이 자심하지 않는 한 그 모든 것은 농민들의 현실이 아니기 때문이다.

"세상에 무엇이 설네 설네 해도 배고픈 설움 겉을라고."

배고픈 설움. 설사 고사리 같은 손이 보리이삭을 줍고 부황증에 눈이 파묻힌 아낙을 빌려온 달구지에 싣고 읍내로 떠나는 남편, 간조기 한 마리 때문에 밥상머리에서 형제가 주먹질을 하며 싸워야 하는 이런 정도의 각박한 생활로서는 여전히 최참판댁의 풍요한 들판은 그들과 상관이 없다. 그것은 최참판댁의 토지이며 이삭도 최참판댁의 이삭인 것이다. 이같이 빠득빠득한 선에 머물고 있는 한 농민들은 여하한 것이든 변화를 싫어한다. 떠돌이 목수 윤보나 등짐장수를 하며 객리의 물을 먹었던 칠성이, 이들이 어떤 서슬에 세상이 고르지 못함을 한탄하고 최참판댁의 재물을 악업으로 쌓은 것이라고 빈정대는 일이 있어도 그런 멍울진 말쯤, 고기 먹는 중이 남의 문전에서 동냥을 빌며 염불하는 소리만큼의 관심도 갖지 않는다. 현명한 위정자는 그 빠득빠득한 마지막의 선(線)을 알아서 농민들을 곱게 잠재워두지만 그런 뜻에서 최참판댁의 역대 여장부들도 현명한 군주에 비길 만한 여자들이었는지 모른다. 아무튼 마을 사람들의 최참판댁에 대한 것은 대개 그러하거니와 그같이 삶(생활)에는 관여치 않던 그들이 반대로 죽음에는 그렇질 않았다. 아무 해 아무 때, 그해 무서운 흉년에 굶다가 굶다가 헛것을 보았던지 아부니는 고기반찬을 청하시지 않겠소, 고기는커녕 강물이 말라서 바닥이 턱턱 갈라진 판국인데, 그때 보리죽이나마 한 그릇 못 드린 생각을 하면 지금도 가슴이 미어지는 것 같고 자식들 끈 맺어주느라고(혼사 치르느라고) 노상 뒷전이었던 아부니, 내가 어찌 잊고서라도 고기 한 점 입에 넣을까 보냐 하며 부친의 죽음 앞에 가슴을 치는 아들을 흔히 보지만 마을 사람들은 돌담에 골통을 툭툭 치면서,

"호상인데 멀 그러나. 살 만큼 살았으니께 갈 때도 됐지 머."

했다. 아무개네 아들놈이 강에 빠져 죽었다 하면,

"자식이사 또 놓으믄 자식 아니가. 무자식 상팔자더라고 자식 없는 중이 사까?"

나랑 가자고 울부짖는 어미, 아비는 괭이를 들고 미친 듯 뒷산으로 달려나가는 광경을 마을 사람들은 덤덤히 바라본다. 그리고 마을 사람들뿐만 아니라 자식을, 부모를, 혹은 가장을 잃어버린 사람들은 그런 이별들을 쉬이 잊어버려야 하고 또 쉬이 잊어버린다. 날씨가 가물다고 근심하며 비가 쏟아져 둑이 터지겠다고 근심하며 파종의 시기를 잡으려고 하늘을 우러러보고 마른 논에 물 대느라 밤낮이 없는 그들은 슬픈 이별을 잊음 속에 파묻어버릴 수밖에 없다.

"설네 설네 해도 어디 배고픈 설움 같을라고."

슬픔도 기쁨도 다 단조롭건만 최참판댁의 흉사만은 결코 그들에게 단조로운 것이 아니었다. 제 일보다 서러울 리는 없겠는데 아낙들은 치마가 젖게 울었고 남정네들은 말없이 콧물을 들이마셨다. 판소리 심청전에서 인당수 물에 심청이 빠지는 대목에서 울음소리가 번지는 장꾼들의 그 광경같이 울지 않는 윤씨부인을 보고 우는 것이며 상제인 조그마한 서희를 보며 우는 것이다. 그렇다. 그들은 그들 동류의 죽음이 아니어서, 옛이야기 속의 그 희한한 사람들의 일이어서 그들은 우는 것인지도 모른다.

장례식이 끝나면 비명에 간 고혼을 위해 해원굿을 할 것이며

413

그 행사에 마을 아낙들은 또다시 치마가 젖을 줄 알았는데 기대는 어긋나서 최참판댁에서는 아무런 행사도 벌이질 않았다.

뒤죽박죽이 된 설을 보내고 정월 대보름날 세운 볏가리가 걷어진 대신 마을에는 영동할만네의 물대가 세워졌다. 이월로 접어든 것이다. 땅에는 봄의 입김이 서리고 강 기슭의 대숲이 한결 연한 빛을 띠기 시작했다. 바람 올린 음식이 가만가만 나누어지고 마을 사람들은 금년에도 시절이 잘되기를 빌었다.

"성님 와 이리 날씨가 춥소? 바램이 불어서 눈도 못 떠겠구마요."

임이네는 입술이 파아래가지고 두만네 방에 들어섰다. 버선을 깁고 있던 두만네는,

"금년에는 할만네가 며눌애기를 데리고 내리오는갑다. 별나게 바램이 부네. 자 여기 앉아라."

두만네는 자리 이불을 걷어준다.

"사램이나 영신이나 며느리 미운 정은 다 같은가 배요."

"그러세…… 사람 나름이겠지. 우리 어무니는 그렇지 않았네라. 가시고 난께 이리 서분해서 죽겠네."

"그래도 돌아가신 이가 복이 많소. 원성 안 들을라꼬 손녀 시집보내고 돌아가싰이니."

"와 아니라. 그래도 좀 더 사싰더라믄, 벽을 짊어지고 앉아 기시도 든든하더니만."

"머 잘 가싰지요. 때 맞차서."

추운 데서 들어와 몸이 녹은 임이네 얼굴은 빨갛게 상기되어갔다.

"아이고 칩어라. 성님 기시오?"

이번에는 막딸네다.

"어서 오게."

"임이네 니 왔고나. 와 왔는고 내가 알지러."

막딸네는 임이네를 보고 실쭉 웃는다.

"알다니? 뭘 안다는 건고?"

막딸네는 자리 이불 밑에 다리를 쑥 집어넣으면서,

"강청댁하고 대판 쌈을 했다믄서? 하기는 눈에 불이 나기는 났일 기다. 나도 심청이 날 것 겉은데 와 안 그러겄노."

"멋 땜에 심청이 날꼬?"

"동아 겉고 봉숭애꽃 겉은데 심청이 안 날까? 우찌 그리 살성도 좋노. 참말이제 농사꾼 제집 되기 아깝다."

"동헌에서 원님 칭찬한다 카더마는 가마 고만 태우는 기이 좋겄구마. 어지럼증 날 긴께."

임이네는 눈을 내리뜨며, 기분이 안 좋을 리가 없다.

"쇠전 한 푼 나올 기라고 빈 가마 태우까? 언제 난 임이네라꼬? 동네방네 생일떡 다 묵어봤지마는 임이네 시래기죽 한 분 못 묵었으니께."

"아따아. 시산이 나흘장 가는 소리 하네. 얼굴 좋은 것도 겨

415

울 한 철이지. 들일만 시작되믄."

임이네는 입장 곤란한 얘기는 슬쩍 피하고 얼굴 얘기로 돌려놓는다. 막딸네는 시죽시죽 웃다가,

"말 마라. 이 내 얼굴이사 여름 겨울도 없인께. 고목 낭개에 문 때서 살가죽을 벗긴다믄 모르까. 빌어묵을, 서방 있는 년들 낯짝 밴들하믄 머하노. 그 얼굴 날 좀 빌리도라. 서방질 좀 하게."

"입도 궂다. 막딸네 니도 그거 예사 병 아니다."

두만네가 눈살을 찌푸리는데,

"성님 그 말 마소. 배부른 사람하고 배고픈 사람하고 같겠소? 기럽울 것 없는 성님이사 할 말 아니구마."

두만네는 얼굴을 붉히고 임이네는 헤실헤실 웃는다.

"한데, 성님."

"와. 또 무신 말 할라 카노."

"최참판댁, 죽은 그 양반 말이오. 그 읍내 쌀개가 제 명에 간 거 아니라 칸다는데."

"그거사 천하가 아는 일인데 머 새삼스럽게."

"그기이 아니라요. 수동이만 죽었이믄 그런 일은 없었일 기라 그 말이구마. 그러니께 수동이 대신 잡아갔다는 거 아니겠소? 아닌 기 아니라 죽겠다던 수동이 뽀시락뽀시락 살아난께 말이오."

"미친 소리."

"쌀개 말로는 최참판댁에서 무당을 괄시했기 때문이라는

거지요. 월선네 살았일 적에는 한 달이 멀다고 굿을 했는데 그 후로는 딱 채덮어서* 영신이 그 목심 바꿈에 눈도 떠보지 않았다, 글안하요? 그 말도 일리가 있긴 있는 것 같소."

"말 마라. 쌀개가 시물을 못 얻으니께 배가 아파서 하는 소리지. 전생에서 다 매련이 되어 그런 거로, 임우로 남우 목심 대신하까."

"그렇게만 말할 것도 아니라요. 저 세상이라고 그리 머가 다르겠소? 우짜다가 문서(文書)대로 못하는 일도 있일 기요."

임이네는 그런 얘기에는 별 흥미가 없는 듯,

"그런데 말이오, 성님."

하고 이야기를 가로채었다.

"그 초상 때 말입니다."

"초상 때라니 누구 초상 때 말고."

"최참판네 말이오. 그때 귀녀 꼴 봤소?"

"와?"

"귀녀 꼴이 심상합디까?"

"그러세."

"죽을상 아닙디까? 넋이 빠지가지고 미친년 안 같습디까?"

"대게 서러하더구마."

"그날 안 서럽은 사람 있었겠소? 모두 다 울었지요."

"하기는 뭐 요새 귀녀가 맨날 서방님 묏등에 가서 운다는 말도 하더라만 내사 예사로 들었지."

"혹 돌아가신 그 양반이 귀녀한테 정이라도 주었일까요."

"그거사 남녀 간의 일이란 모르니께, 이제사 다 소용없는 일 아니가."

두만네는 무심히 밀어버린다. 이때까지 두 사람 하는 얘기를 참을성 있게 들으며 말참견을 하지 않던 막딸네가 풀쑥 말했다.

"내사 희한한 말을 들었구마."

"무신 말?"

임이네가 얼른 말을 받았다.

"말이 나가믄 큰일 날 긴데."

"아 말이 나가긴 어디로 나가?"

"확실찮은 얘길 했다가 나중에 똥 묵으믄 우짤라꼬."

"내사 오늘 입때까지 말소두래기(구설) 일으킨 일은 없구마."

"말이 귀녀가 애를 뱄다 카데. 아직이사 치마 밑 일인께 진맥 않고서야 장담 못하겠지마는."

"그어래? 거 심상찮은 일이구나. 그렇다믄 최참판네 그 양반 아이라 그 말이것다?"

"그럴 리가 있나."

두만네가 일소에 부친다.

"만일 그렇다믄, 마, 만일 그렇다믄, 마, 만일 아들이라도 놓는다 카믄 그거 참, 성님 그거 참 예삿일 아니오, 만석꾼 살림이.”

임이네는 숨이 가빠서 어쩔 줄 몰라했다. 그러나 두만네는
여전히 자신 있게,

“그럴 리 없다.”

하고 일소에 부치는 것이었다.

밤에 임이네는 요즘 술만 마시고 다니는 칠성이를 기다리
다가 아이에게 젖을 물린 채 잠이 들었다. 자정은 지나지 않
았을 성싶었는데 술에 취해 돌아온 칠성이 임이네에게 발길질
을 했다.

“아아니 무신 팔자가 좋아서 술만 마시고 댕기더마는 사람
은 와 차요. 자는 사람을 발덩거질* 와 하요.”

화가 난 임이네는 흩어진 머리를 뭉치며 일어나 앉아 악다
구니를 한다.

“네년이 이렁께 될 일도 안 되는 기라. 이자 오십니까 하고,
잠도 안 자고, 와 한 분 못 그라노. 아무튼지 간에 네년 만내
서 좋은 일이라고는 눈곱만치도 없었인께.”

“남천 쇠가 웃겄네.”

칠성이는 다시 발길질을 했다.

“재수 없는 년이다. 와 일이 그리 꼬이는지 모르겄네. 십 년
공부 나무아무타불이고.”

“흥 어디 노름판에서 쫀쫀히 털렸구마. 세상없어도 곡식은
못 내갈 긴께. 알아서 하소.”

"노름판? 그까짓 쇠전 몇 푼 굴리는 노름판이 내 눈에 띌 줄 알았더나. 그까짓 뼁아리 오줌 싸는 것 겉은 이얘기는 하지 마라! 재수 없는 년!"

"듣자 듣자 하니 그래 물어봅시다. 우째서 내가 재수 없는 년이오! 있던 살림을 내가 축을 냈소, 축을 내! 숟가락몽댕이 하나라도 불었임 불었지. 축난 기이 머 있소, 응. 머를 내가 축을 냈기에 재수 없는 년이오. 술을 묵었이믄 입으로 묵었제. 괜히 미안한께 그러는갑소만 무안쑤시* 하는 것도 유분수지, 응."

임이네의 끄트머리 말에는 교태가 있었다. 벌써 오랫동안 그들은 잠자리를 함께 하지 않았던 것이다. 칠성이도 임이네를 걷어찰 때는 그 생각이 있어서 그랬기에 서로 원수같이 응얼거리고 욕설하고 미워하고 하면서도 그런 욕심에는 민감하게 화합이 된다.

"지랄 같은 년. 생각이 있이믄 진작 안아주고 쓸어주고 할 일이지 앙앙거리기는 와 앙앙거리노."

"내 말 사돈이 하네. 생각이 있이믄 살짹이 옆에 누울 일이지 와 발덩거지를 하요."

"고년, 말에 고물 묻겄다*."

"말 마소. 막딸네가 내 얼굴 빌리달라 캅디다."

"머?"

"내 얼굴 빌리주믄 서방질하겠다고, 동아 겉고 복숭애꽃 같다 캄시로, 그 말만 한 줄 아요? 농사꾼 제집 되기 참말로 아깝다요."

임이네는 비스듬히 몸을 기대어오는 칠성이에게 등을 부비고 콧소리를 내며 말했다.

"그 제집년 눈까리가 삐었는갑다. 서방질이 머가 어럽아서? 내 가서 소증 풀어주어야겠구마."

"흥 어느 년 죽는 꼴 볼라꼬요."

"눈도 까딱 안 할 기다. 니까짓 것 죽는다고 내가 놀랠 성싶나? 계집이 없어서? 새장가 또 한 분 들지."

"머요! 와 내가 죽소! 막딸네 그년 죽인다 캤지!"

임이네는 칠성이를 할퀴었다. 사랑싸움이라 할까 정사의 전주라 할까 히히덕거리며 몸을 섞는데 완연히 그것은 짐승의 세계였다. 그런 뜻에서 임이네나 칠성이는 맞먹는 적수(敵手)라 할 수 있을 것 같다. 끈질긴 생명력과 생식력, 쾌락은 그들의 왕성한 식욕 같은 것이며 한술의 밥도 제 입에 더 쑤셔 넣고자 하는 식탐 같은 것이었다. 아낌과 보살핌이 없는 맹렬한 성행위요 격투 같은 것이었다. 폭풍이 지나가고 기진맥진한 그들은 죽은 듯 말이 없고 밖에서 첫닭이 울었다.

"보소."

"와."

"오늘 참 이상한 소리 들었구마."

"먼데."

"귀녀 말이오."

"머라꼬?"

칠성이 어세가 튕겨졌다.

"아 최참판네 귀녀 말이오."

"그래서."

"애를 뱄다 카던가?"

"뭐라꼬?"

칠성이 벌떡 일어나 앉는다.

"와 그리 일어나요."

"옷 입어야제. 그래 정말이가!"

"막딸네가 그라는데 어디서 들었다 캄서 확실찮다 하기는 합디다만 애를 뱄다든 그건, 그 와 죽은 양반 그 사람 애 아니겠소?"

칠성이는 숨을 죽이고 있었다. 꼼짝도 못하고 있었다.

"옷 안 입고 머하요."

그 말 대답은 없이,

"니 정히 그 말 들었나?"

"듣기야 들었소만 막딸네 말이 확실찮다든서 입 밖에 말 내지 말라고 벌벌 떨더마요. 참 그렇게 되는 날이믄, 아 그렇게 되기만 하는 날이믄 귀녀 그게 팔자를 고치도, 아 그런 호박이 어디 있겄소? 꿈이나 꾸어볼 일이오?"

별안간 칠성이 으허허헛 하고 웃어젖힌다.

"아니 보소. 당신."

"으하하핫…… 으하핫핫 흐흐핫핫……."

칠성이는 들린 것같이 연신 웃음을 터뜨리는 것이었다.

"아아니 미, 미쳤소?"

임이네는 거의 벌거숭이가 된 몸을 일으켰다.

"보, 보소!"

겨우 웃음을 거둔 칠성이는,

"참말로 우습네, 우섭어."

"머가 우습소!"

"남이 아아 놓는데 이쪽에서 힘주는 꼴이제. 아 그래 만석
꾼 살림이 니 눈앞에 어른어른해서 그러나?"

칠성이는 미칠 것 같은 기쁨을 억지로 누르며 혀 꼬부라진
목소리로 말했다.

"참! 나는 미친 줄 알았네."

"니가 미쳤지 와 내가 미쳤노!"

하더니 칠성이는 다시 임이네한테 와락 덤벼들었다.


## 8장 심증


아침밥을 먹기가 바쁘게 마을로 나간 칠성이는 김평산의
집에서 주막으로 몇 번인가 왔다 갔다 했으나 김평산을 만나

지 못했다.

읍내에 나간 모양이라고 생각했다. 초조하고 설레지는 마음을 누르기가 매우 힘들었다. 그는 벌써 여러 번 마음속으로 되풀이했던 말을 다시 뇐다.

"만일에 그렇다믄 이거는 따놓은 당상이고."

배고프다는 생각은 조금도 없었지만 김평산의 집과 주막을 왔다 갔다 하며 없는 사람을 무작정 기다릴 수도 없는 노릇이어서 집에 돌아온 칠성이는 어두컴컴한 방에서 점심상을 받았다. 식은 보리밥을 숭늉에 말아 후딱후딱 먹는데 그릇에 밥 한 덩이씩을 받아놓고 그 앞에 앉은 아이들은 서로의 밥을 겨냥해보며 제 밥이 적다고 투정이다.

"망할 놈으 새끼들! 어서 처묵어라."

칠성이 눈을 부릅떴으나,

"히잉."

하며 연방 투정이고 돌을 갓 넘긴 어린것은 엉귀엉귀 기어들며 된장뚝배기를 잡아당기려 한다. 임이네는 어린것을 끌어내어 볼기짝을 친다. 어린것은 울고 큰애들은 여전히 칭얼거리는데 임이네 밥그릇에 무덤을 이룬 보리밥은 쑥쑥 긇어 내려가고 있었다.

"제기! 새끼 젖꼭지나 물리놓고 밥 좀 처묵어라!"

칠성이 버럭 소리를 지른다. 화가 나기는커녕 말 탄 신랑 같고 마음은 한없이 높은 공중으로 둥둥 떠내려가고 있었는

데 그 썩 좋은 기분, 너무 좋아서 누구든 물어뜯고 싶은 충동
인데 물론 임이네가 좋아서도 아니요 아무튼 화를 내어보는
것이다. 임이네는 눈을 흘기며 왁살스럽게 어린것을 끌어당
겨 젖을 물리고 된장을 뜸뿍 떠서 입 속에 흘려 붓는다.

"제에기, 악머구리 겉은 새끼들하고 언제 허리 피고 한분
살아보겠노. 소 배애지 겉은 제집년 배 채울라꼬, 흥 일 년 열
두 달 내 뼛골이 쑤시니."

자기는 밥맛조차 잃었는데 변함없이 달게 먹는 임이네 꼴
이 눈에 거슬렸는지 밥상 앞에서 물러나 앉으며 칠성이 시부
렸다. 여전히 그저 그래보는 것이기는 했다.

"흥, 접시밥 묵고 방만 지키는 년 데부다 놓고 사소. 내사
안 묵고는 일 못하겠구마."

윗목에 굴러 있는 곰방대를 주워 허리춤에 찌른 칠성이는
방을 나선다. 임이네는 천만 뜻밖에 밥상에 남은 우거짓국과
밥을 제 밥그릇에 쏟아붓고 말아서 먹다가 방문을 조금 밀치
며 밖을 내다본다. 마당에서 얼쩡거리고 있던 칠성이는 병신
손가락이 뭉실하니 두드러져 보이는 손을 들고 코를 푼다. 그
리고 손을 옷에 문질렀다.

"보소!"

했으나 들은 척 만 척이다.

"보소, 임이아배요!"

"……."

"귀에 소케(솜)를 막았나. 보소! 임이아배요!"

"지랄한다. 와, 멀 할라노."

"오늘은 날씨도 풀린 것 같고 그런데 보리밭에 거름 좀 안낼 기요?"

"나는 모르는 일이구마."

"머라 캤소. 이녁은 모르는 일이라고요? 그라믄 내가 이 이마빡으로 여다 내라 그 말이오?"

"하고 접으믄 하는 기지, 못하라고 누가 말리지는 않을 긴께."

말하면서 실실 웃고 턱을 쳐들며 하늘을 우러러본다. 공중에서는 연방 벼를 실은 마차가 수없이 자기 가난한 집을 향해 달려오는 것 같은 생각이 든다.

임이네는 문을 밀어붙이고 얼굴을 온통 내밀며,

"지금 말 한 분 더 해보소. 나 온 기가 맥히서, 그래 이 동네는 봉사만 모이 산답디까."

"기집년이 거름을 내믄 그것도 숭이 되나. 숭볼라 카믄 보라 캐라. 어느 연놈이 니 거 소 배애지만 한 창자를 채워주지는 않을 긴께. 기털이(구더기) 무섭어서 장 못 담근다는 소리도 아직 들어보지 못했고."

"그래 남정네는 놔두었다가 삶아 묵겄소."

"흥, 내 집 곳간에 재물만 그득그득 차보제? 숭이 어딨더노. 모두가 와서 포리 손을 부빌 긴데. 숭이 어딨더노. 음지가 양지 되고 양지가 음지 되고 그럴 날이 있일 기구마."

"얼씨구 좋겠소. 꿈길에서 이녁 집에 곳간 있는 거 보았구
마."

"하기사 오만 숭은 다 묻히도 화냥 때는 못 벗는다 하더마."

임이네를 돌아보며 황소 한 마리라도 씹어돌릴 것 같은 건
강한 이빨을 드러내고 칠성이 웃는다. 임이네는 얼굴이 벌게
져서 노려본다.

"와? 내가 빈말하나. 양심에 찔리나? 꼬리 치고 댕기는 거
를 내 벌써부터 알고 있었지러."

칠성이는 마당에서 뱅뱅이를 돌다가 한쪽 어깨를 꿈틀하며
한 번 움직여보고 나서 천천히 발길을 돌려 집을 나섰다.

'재물만 있어 보제? 어느 놈이 나를 업신여길 것고. 사람우
마음이란 있는 놈은 제 거 뺏아가도 보믄 반가운 기고 없는
놈은 제 거 안고 와도 반갑잖은 기라. 나도 떵떵 울리고 한분
살아볼 기구마.'

주막에 갔을 때 거기 사람들 속에 평산이 있었다.

"꽁지에 불붙었소. 아침나절부텀 웬전 일로 왔다 갔다 해쌓
는다요?"

주모가 칠성이를 보자 말했다. 칠성이는 평산에게 곁눈질
을 하며 부비고 들어갔으나 평산은 모르는 척했다.

"아무튼지 간에 그렇게 된 바에야 외손봉사할 수밖에 없겠
지."

윤보의 우렁우렁한 목청이 울렸다.

"하지만 사후 양자도 되는 거니께."

낯선 나그네가 말했다. 드물게 그들 속에 두만아비도 있었는데 평산과 등을 대고 앉다시피 하고 앉아서 말이 없었다.

"사후 양자? 붙이가 있이야 말이지. 최가 집에 씨가 말랐는데 어이서 데려올꼬?"

"가운이 기울라 카믄 할 수 없는 일이라. 옛말에 돈아 돈아 나갈라믄 소리 없이 나가라 했는데 그눔으 돈이 악문 안 하고 나가야 말이제. 살림이 망할라 카믄 사람부텀 먼저 상하고 시작하는 거니께."

"그거는 성급한 얘기지."

두만아비가 한마디 하며 쑥 밀고 나왔다. 낯선 나그네는 눈을 깜박깜박하며 두만아비를 본다.

"돌아가신 나으리가 살림을 관장하신 것도 아니겠고 마님께서 분별하싰어니 일조일석에 그 살림이 흔들릴 까닭이야 없지."

하고 두만아비가 덧붙여 말했다. 칠성이는 이빨을 쑤시고 있는 평산의 기색을 살피면서 한편 최참판댁에 관한 얘기에는 귀를 기울인다.

"흥 삼천갑자 동방석[東方朔]인가? 오십 질에 앉은 늙은이가 언제 갈지 누가 아노."

윤보가 이죽거렸다.

"그렇게 말한다믄 죽음에 노소가 있나? 젊다고 안 죽고 늙다고 다 죽는 건 아니지."

두만아비가 화난 목소리로 말했다.

"하아 열 내지 마라고. 술 처묵으믄서 열 내믄 나자빠진다."

"남이 잘되믄 배 아프고 남이 못되믄 신이 나는 그따위 심보부텀 고치라니께. 그래야 복을 받지."

"그래 그렇다, 네놈이 땅 몇 마지기 얻어낸 생각을 하믄 이가 갈리서 밤에도 잠이 안 온다."

윤보는 싱글싱글 웃으며 두만아비의 부아를 돋우었다.

"내가 머 땅 몇 마지기 얻었다고 참판님댁 역성을 드는 거는 아니다. 사람우 도리가 그렇지 않다 그 말이지."

"번갯불에 콩 꾸어 묵는 놈인데 내가 니를 잡고 실랭이하믄 머하겠노. 그러나 이놈아, 너 남은 세상 두 분 살지 못할 기니 쉬어감서 좀 살아봐라. 남우 걱정하는 거는 니 천성치고는 기특한 일이다만, 식자들이 말하기로 처성자옥(妻城子獄)이다."

"골골이 빌어먹어 댕기더마는 문자 하나 잘 배웠다."

"그러매, 니는 양반도 선비도 아니겄고 의병장도 동학군도 아닌께로 처성자옥인들 상관이 없일지는 모르겄다마는 명 끊네, 명 끊어. 일을 하는 것도 한도가 있지. 놀고 묵으믄서 도둑질하고 노름하라는 게 아니다. 밥도 한꺼분에 묵으믄 체하는 법이고 일도 한꺼분에 할라 카믄 나자빠지는 법, 이펭이 니놈 하는 짓이 계집자식 비단옷 입혀놓고 황천객 되겄다 그거 아니가. 뼉다구만 남아가지고."

평산은 이빨을 쑤시다가 찟! 찟! 하며 입 속에 바람을 밀어 넣고 불어내고, 그 짓만 되풀이하고 있었다. 칠성이는 술 한 잔을 받아놓고 야금야금 마시며 집요하게 평산의 눈을 쫓았으나 평산은 한 번도 칠성이에게 눈이 마주칠 기회를 주지 않았다.

"속이 아파서 술을 안 받는구먼."

누가 권하지도 않았는데 평산은 혼자 시부렁거렸다.

'가만있자. 그라믄 우찌 되는 것고? 애는 뱄다 카더라도, 헛소문 아니고 참소문이라 카더라도 최치수가 죽었으니께 그기이 우찌 되는 일인지 모르겠네? 김평산이 저 양반 얼굴 봐서는 조맨치도 좋은 일은 없는 것 겉고 나만 헛물을 켰다 그 말이가? 그러니께 최치수가, 그 온달이가 죽었다믄 아이아배는…… 아이아배가 있이야, 그, 그러믄…….'

구름에 떠서 둥둥 떠내려가고 있던 칠성이는 그만 커다란 의문의 바위에 이마빡이 부딪치고 말았다.

'가만히 있자. 뭔가 일이 꼬여서 간단치가 않구마. 가만히 있자. 평산이 저 양반이 재미없어 하는 저 상판대기는 일이 다 버그러져서 그렇다 그 말인가. 가만히 있자. 그래도 경영한 일을 그리 수울케 단념해부릴까? 가만히 있자. 그러믄 귀녀 배 속에 든 아이는 우찌 되노. 내가 아이 아배라고 떠맡을 긴가? 맙소사. 그렇게는 안 될 거로? 그, 그렇게는 안 될 일이구마. 아무튼지 간에 씨는 누구 것이든지 간에 치수도 귀녀하고 관계는 가짔인께 내가 떠맡을 까닭은 없겄고 그, 그렇다믄 역시 최씨네 씨, 최씨네가 떠맡을 긴데 가, 가만있자……'

칠성이 전심전력을 모아서 사태를 판단하려고 애를 쓰고 있는데 평산이는 여자같이 통통한 손으로 입언저리를 닦으며 일어섰다. 윤보와 나그네와 두만아비는 여전히 주거니 받거니 시부리고 있었다. 그 말들은 이제 칠성이 귀에 들어오지는 않았다. 그는 평산이 주막 밖으로 사라진 후 다소 우물쩍거리고 있다가 슬며시 일어서 나왔다. 평산의 뒷모습은 전보다 더 살이 찐 것같이 보였으나 행색은 초라하고 궁기는 더해 보이는 것 같았다. 칠성이 걸음을 빨리하여 다가갔으나 평산은 돌아보지 않았다. 알고서 일부러 그러는 것 같았다.

"저어."

"……"

"김생원!"

하는 수 없이 불렀으나 칠성이는 노상 평산에 대한 호칭에 곤란을 느낀다. 자연 말꼬리가 흐려지는 것이다. 평산은 목을 비틀듯 하며, 나온 입술을 더욱 내어밀고 눈을 부릅뜨며 돌아보았다.

어쩐지 오싹해지는 얼굴이었다.

"뭐 할려고 그러는 게야?"

하인을 대하듯 억양을 높였다.

"……?"

평산은 혀를 두들긴다.

"내가 머…… 들은 얘기가 있어서 한분 물어볼라꼬."

평산의 눈이 빛나더니 잠잠해졌다. 머쓱해진 칠성이는,

"아 내가 머 잘못한 일이라도 했소? 전에 없이,"

"잘못한 일이 없지."

하더니 걷기 시작한다.

"전에는 그럴 새가 아니었는데 요새는 와 그랍니까?"

"그럴 새가 아니라니!"

"저, 그 머."

"상놈이 양반을 알기를 발싸개만도 못하게 아니, 버르장머리 고쳐놔야지. 내가 자네 술친구냐? 그럴 새가 아니라니!"

"그, 그거사 아 내가 김생원하고 새기자 캤소?"

생각해보니 화가 났던 것이다.

"아 내가 김생원하고 노름하자 했소? 동사(同事)를 하자 했소? 발싸개만큼도 안 생각한 건 또 멉니까?"

"……."

"나도 생각이 있어서 만날라 칸 기고 볼일 없이 따라오는 거는 아니라요. 일이란 시작이 있이믄 끝맺음도 있는 거니께 그 끝맺음을 나도 알아야겠다 그거거마요. 아 사람이 죽었인 께로 우찌 되는 긴지. 나도 소문을 들을 만큼 들었고,"

하는데 평산은 칠성을 외면한다. 외면한 눈에 최참판댁 집이 보이고 당산이 보였다. 지금은 타고 없어진 누각 자리. 평산은 하는 수 없이 시선을 돌려 앞길을 본다.

"귀녀가 애를 뱄다 카는데."

"뭐?"

처음으로 평산은 놀라움을 나타내며 걸음을 멈추었다.

"아 내가 듣기로는 애를 뱄다 캅디다."

"그거 금시초문이다."

평산은 크게 몸짓을 하며 호들갑을 떤다.

"정말이오?"

"아 내가 왜 거짓말을 해."

"귀녀가 그런 말 안 하던가요?"

"자네보고 하던가? 나보다 자네가 가까울 텐데?"

칠성이는 의심에 가득 차서 평산을 본다.

"요즈막에 나는 귀녀를 본 일이 통 없네. 천 리 밖일세. 나는 자네하고 귀녀가 서로 배짱이 맞아서 날 따돌리는가 했지. 그래 정말 애를 뱄다던가?"

순간 칠성이는 자신이 없어지고 만다.

"그러세요. 거 소문이."

자신이 없어졌을 뿐만 아니라 이만저만 낙담이 아니다. 어쩌면 애를 뱄다는 것도 헛소문인지 모른다는 생각이 들었다.

"아무튼 이렇게 되고 보니 귀녀 그년이 자네나 나를 농락한 모양일세. 그년 생긴 것을 보아 열 사내도 모자랄 것 같기는 하더라마는, 참말이지 뒤에 우환이나 없었으면 좋으련만."

"그라믄 김생원도 씨를 주었소?"

"아아, 아."

평산이는 팔을 저어 보이면서,

"그, 그걸 한 베갯동서라 하던가? 온 내 창피스러워서."

하다가 다시,

"우환이나 없었으면 좋으련만."

칠성이를 내버려두고 가는 것이었다.

'아무래도 아귀가 안 맞는 얘기 아닌가.'

칠성이는 길섶에 침을 뱉는다.

'오늘로서 끝장나는 얘기는 아닌께 두고 보자. 하기사 밑져야 본전 아니가.'

그러나 칠성이의 기분은 굉장한 손해를 본 것같이 불쾌하고 짜증스럽고 어디든지 화풀이를 좀 해야만 마음이 가라앉을 것 같았다.

"용이 있나?"

칠성이는 용이 집에 들어서면서 소리를 질렀다.

"흠."

용이 콧방귀를 뀌었다.

"나는 사램인 줄 알았더마는 두 발 가진 짐승이 오네."

용이는 마당에서 솔가지를 까뀌로 찍어서 나뭇단을 만들고 있었다.

"앉은뱅이가 된 줄 알았더마는 기어나와서 머하노."

칠성이는 용이 말에 응수하며 비스듬히 절구통에 기대어 선다.

"겨울 다 보내고 나무는 무신 놈의 나무고."

"겨울은 오고 또 온다. 한 살 묵으믄 두 살 안 묵나?"

"살림 되겄고나."

"되고말고."

"와 이리 시비조고. 누가 니 살림 못되라고 축수라도 했나?"

"나는 니를 사람으로 안 본께 반갑잖다 그 말이다."

"허, 참."

무밭에서 칠성이가 이러쿵저러쿵 상말을 하고부터 용이는 내내 그것을 용서치 않고 칠성이를 상대하지 않으려 했던 것이다.

"아지마씨가 편하게 생겼다."

하도 괄시를 받아 칠성이 풀이 꺾여 입속말로 시부렸다.

"무신 바램이 불어서 왔노."

용이는 하던 일을 그만두고 나뭇단 위에 걸터앉아 곰방대를 꺼내어 담배를 담으며 물었다.

"세상 만사가 다 구찮아서."

"사람 되겄고나."

"잔소리 말고 나도 담배 한 대 태우자."

칠성이는 곰방대를 뽑았다. 용이는 그의 손바닥에 담배를 조금 나누어주고 자신은 담뱃불을 붙인다.

한참 동안 두 사내는 실낱같은 구름이 날리며 가는 하늘을 보면서 담배 연기를 뻑뻑 뿜어낸다.

"용이 니도 어지간히 미친놈이다."

"……."

"빈 주막에 이엉을 갈아놓고 보믄 기집이 되돌아올 기라 카더나."

"……."

"참말 알다가도 모를 일이지. 기집이라 카믄 내사 입에서 냄새가 난다. 요물이지 요물."

칠성이는 살쾡이 같은 귀녀 생각을 했다. 귀녀 생각을 하니 그새 가라앉았던 마음이 다시 부글부글 끓는다.

'흥 내가 가만히 물러설 기라고? 나를 눈뜬장님으로 알았다가는 큰코다칠 기다. 무신 꿍꿍이속이 필시 있일 기구마. 김평산이 그자가 나를 멀리하기로는 오래됐으니께.'

"용아!"

"……."

"아까 주막에 간께 윤보랑 이펭이랑 최참판네 얘길 해쌓두만."

"……."

"참말이제 이자는 문도 닫고 했이니 그 집 망하기는 안 망하겠나?"

"망하기는 와 망하노. 누구 좋으라고 망해?"

"그렇지마는, 아까 주막에서도 그러더라만 살림이 빠질라 카믄 사람부터 먼지 상하는 법이지. 세상에 죽음을 당해도 그렇게 당할 수가 있나."

"이상한 일이지."

"이상한 일이다."

칠성이는 맞장구를 치면서 용이의 기색을 살핀다.

"또출네가 나으리를 해쳤을 리가 없다."

"미친년이니께 병이 소아치믄(도지면), 그럴 수도 있는 일이겄지."

"또출네는 생전에 남을 해꾸지한 일이 없었다."

용이는 의심에 차서 칠성이를 가만히 바라보는 것이었다. 칠성이는 공연히 마음이 켕겨서 얼굴이 굳어진다.

"그렇지만 지도 죽고 불까지 냈는데."

"글리 싫어서 그런지는 몰라도 꿈에 뵈더마."

"어떻게?"

"또출네가 춤을 추믄서 내가 와 사람을 직있겄느냐고."

"글리 싫어서 그렇겄지."

"그래도 이상한 일이다. 미친 여자가 삼끈을 장만했다는 기이. 나으리를 해칠라꼬 삼끈을 가지 댕깄다믄 그거는 또출네가 미친 기이 아니거든."

"그, 그렇다믄?"

"그러니께, 이상타는 거 아닌가. 나으리 성미가 무섭기는 하지마는 원한 살 분은 아니었고 남들은 이러쿵저러쿵하지마는 착한 분이었지."

용이 눈에 눈물이 삥 돈다.

"나는 그 어른 심성을 잘 알고 있구마."

"그래도 또출네 말고는…… 소문 들으니께 그 양반이 또출네를 한분 때렸다믄서?"

"또출네야 어디 그 양반만 때렸나? 니도 때리지 않았나. 애새끼들한텐 노상 맞았지."

"그, 그렇기는 하다마는."

용이는 다시 그 의심에 가득 찬 눈으로 칠성이를 바라보는 것이었다.

"그렇다믄 구천이까?"

칠성이는 용이 눈을 피하며 중얼거렸다.

"날아서 왔이까? 그럴 리 없지."

용이는 입을 다물었다. 용이의 의심이 지나치게 뚜렷하였으므로 칠성이는 자기 자신이 혐의를 받고 있는 것 같은 이상한 전율을 느낀다. 그리고 귀녀와 김평산과의 관계도 연줄을 이어서 그에게 공포심을 안겨주었다. 그는 의심받기 알맞은 태도로 허둥지둥 용이 집을 나섰다. 그러나 그는 집에까지 오는 동안 크게 깨달았다. 한꺼번에 많은 의문이 풀렸던 것이다. 목구멍에서 피가 끼둑끼둑 넘어올 것만 같은 충격이었다.

칠성이로서는 크나큰 발견이요 꿈 아닌 현실이 그의 발 밑에 와서 착 달라붙는 것 같은 희열이 그의 전신에 맴을 돌았다.

'그러면 그렇지! 죽은 사람은 입이 없다. 삼줄이 어디 흔하게 굴러 있나. 새끼줄이믄 모르까.'

해가 한 뼘쯤은 길어졌는가. 칠성이는 아슴아슴 어둡기 시작한 논둑길을 지그시 생각을 짜며 걸어간다. 얼마 전까지만 해도 주막에 있었던 두만아비는 소를 몰고 집 쪽을 향해 가고 있었으며 윗마을 김진사댁을 다녀오는지 장죽을 든 김훈장이 활갯짓을 하며 내려오는 모습도 볼 수 있었다.

음력 이월도 하순에 접어들고 이제부터 농부들은 일손이 바빠질 것이다.

칠성이는 곧장 평산의 집으로 가서 열려 있는 문을 지나 선뜻 마당으로 들어섰다. 저녁도 짓지 않는가 부엌에서는 아무 소리가 없고 작은방에서 베 짜는 소리만 들려왔다.

"김생원 기시오?"

대답이 없다.

"김생원."

목청을 높였다. 작은방 문이 열리면서 함안댁의 여윈 얼굴이 내다본다.

"뉘시오?"

"접니다. 칠성이구마요."

"뭣하러 왔소."

"김생원 안 기십니까."

"아직 안 들어오싰소."

"아까 나랑 함께 나왔는데?"

"집에는 안 오싰소."

불빛을 등진 함안댁 모습이 하도 흉하여 칠성이는 급히 발길을 돌린다.

'주막에 도로 갔나?'

갈 때와는 달리 헐레벌떼 주막으로 달려간다. 평산이 그곳에 있었다. 다른 술꾼들은 다 흩어지고 평산이 혼자 쓸쓸하게 술 한잔을 내려다보며 무료하게 앉아 있었다.

"아아니 꽁지에 불붙었나? 아침부팀 왔다 갔다, 웨째 이런다요?"

주모가 아까처럼 빈정거렸다. 그러나 그 말은 들은 척 않고,

"또 와 기시구마요."

헐레벌레 찾아왔으나 칠성이는 여유를 나타내며 씩 웃는다.

"하이 참 별꼴 다 본다요? 도를 닦는디야? 부처가 될 것이요? 한잔 술 받아놓고 매양 저러고 있는 게라우."

주모는 평산에게 눈을 흘기며 짜증스레 술판을 닦고 술잔이랑 수저를 기명 물통에 처넣는다.

"날 찾아왔나?"

평산은 흐미한 눈을 들어 칠성이를 보았다.

"너 찾아온 거는 아니지마는 헐 일도 없고 심심해서."

"심심한 것 좋지."

"야?"

"심심한 것 나쁘지 않네."

하고 나서 김평산은 공연히 으허허 하고 웃었다.

"무신 말씸이오?"

"뭐 나도 심심해서 말해본 걸세."

주모는 기명 물통을 들고 구정물을 비우기 위해 밖으로 나
간다.

"김생원."

칠성이 바싹 다가앉았다.

"거 삼줄 말입니다. 새끼줄도 아니고 삼줄인데."

칠성이 곁눈질을 한다. 평산의 손등이 떨었다. 무르팍도 조
금 움직였다.

"이상한 일이지요. 삼줄이 어이서 나왔는가, 죽은 사람은
입이 없이도 산 사람은 입이 있으니께."

깍지를 끼고 떠는 것을 누르던 평산의 손이 슬며시 풀리더
니 한 손이 술판 위로 올라가고 술잔을 잡았다. 술잔을 꽉 잡
았다.

"그 아가리에 사철 고기만 처넣게 되면 될 거 아닌가."

"그, 그러매요."

"걱정 말라. 눈 앞에 은금보화가 저벅저벅 소리를 낼 게다."

"그, 그러매요."

"그 뿌러진 손가락에 금 테두리도 할 수 있지."

"사람 놀리지 마소."

평산은 소리를 내어 웃었다. 웃는 눈에 칼날이 서 있었으나 칠성이는 덩달아 웃었다. 좋아서 웃고 신기해서 웃었다.

"아 미쳤나 벼. 칡범 겉은 얼굴 허고 있더마, 웨째 이런다요? 집 떠나가겠소."

"술이나 주소. 김생원 잔에도 듬뿍듬뿍 술 부어놓고 거기 문어회도 한 접시 내어놓소!"

주모 말에 칠성이는 호기스럽게 떠들었다.

"무슨 도깨비장난인지, 아니 저 양반이 참말 미쳤나 벼?"

평산은 연신 소리 내어 웃고 있었다.


# 9장 발각


죽임을 당한 사람은 물론 죽인 사람도 다 함께 지금은 지하 명부(冥府)에 가 있을 것이므로 사건은 이미 끝났다고들 생각했다. 마을 사람들이나 집안 하인들은 모두 또출네의 소행으로 믿어 의심치 않았던 것이다. 그러나 또출네가 최치수를 살해하지 않았으리라는, 사건은 결코 끝나지 않고 있다는 생각을 하고 있는 사람은 용이 말고도 두 사람이 있었다. 그 한 사람이 윤씨부인이었다. 다른 한 사람은 봉순네였다. 용이와 마찬가지로 윤씨부인의 의혹은 삼끈에서부터 시작되었다. 미친 여자가 삼끈을 준비했다가 살해하는, 그 치밀한 살해 방법을 과연 생각해낼 수 있느냐는 것이다. 처음 윤씨는 환이를 눈앞에 떠올렸다. 끝내 그들을 추적할 것이며 종말을 보고야 말 최치수를 그들 쪽에서 먼저 손을 쓸 수도 있는 일이기 때문이다. 그러나 우관선사의 서신에서 환이가 은신처로부터 한 발도 움직이지 않았다는 확신을 얻은 후 윤씨부인은 그 무서운 망상을 물리칠 수 있었다. 다음, 마음에 짚인 인물은 강포수였다. 그들 사이에 있을 거래나 약속 같은 것은 알 길이 없지만 강포수가 떠날 때 노자밖에 준 것이 없었다는 김서방의 말을 들었기 때문이다. 그것도 그믐날 밤 산속 화전민 집에서 술을 퍼마시고 울었다는 그간의 상세한 동태를 알게 되어 의심을 풀 수밖에 없었다.

"그렇다면 누구냐? 누가 한 짓이냐?"

한밤중 허공을 바라보며 윤씨부인은 혼자 중얼거렸다.

"몹쓸 어미로고, 죄 많은 이 어미 어떻게 하면 좋겠느냐?"

그의 눈에서 눈물이 솟아 흘러내렸다.

윤씨부인은 끊임없이 매질을 하던 형리를 잃었다. 생전의 최치수는 아들이 아니었으며 가혹한 형리였던 것이다. 그것을 윤씨부인은 원했다. 원했으며 또 그렇게 되게 만든 사람이 윤씨부인이다. 그 사실을 지금 윤씨부인은 공포 없이 생각할 수가 없었다. 가엾은 형리, 세월을 물어뜯으며 물어뜯으며 지겨워서 못 견디어 하다가 그 세월에 눌리어 가버린 사람, 최치수는 윤씨부인을 치죄(治罪)하기 위해 쌓아올린 제단에 바쳐진 한 마리의 여윈 염소는 아니었던지. 사면(赦免)을 받지 아니하려고 끝내 고개를 내저었던 윤씨부인이기에 매를 버릴 수 없었고 마지막 순간까지 제단 앞에서 지겨운 시간을 뜯어먹어야 했던 한 마리의 여윈 염소는 아니었던지. 산에서 돌아오던 날 어머님 하며 기뻐서 어쩔 줄 모르며 달려온 치수를 뿌리친 그때부터 윤씨부인은 죽은 남편의 아내가 아니었던 것과 마찬가지로 그 남편의 아들인 치수의 어미도 아니었던 것이다. 그 의식의 심층에는 부정(不淨)의 여인이며 아내와 어미의 자격을 잃은 육체적인 낙인이 빚은 절망 이외의 것이 또 있었다. 핏덩어리를 낳아서 팽개치고 온 뼈저린 모성의 절망이었다. 전자의 경우 어미의 자격을 빼앗은 것이라면 후자의 경우는 스스로 어미의 권리를 버린 것인데 결국은 두 경우가 다 버렸다 함이 옳은 성싶다. 그러나 버림은 버림에 그치는 게 아니었다. 그것은 적악(積惡)이며 그 무게는 짊어져야 하는 짐이었다. 짐은 땅이 꺼지게 무거운 것이었다. 양켠에 실은 무게를 느끼면 느낄수록 허리는 휘어지고 발목은 파묻혀 들어갔다. 조금만 움직여도 산산조각이 날 것 같은, 그러나 윤씨부인은 이십 년을 넘게 모질게 지탱해왔던 것이다. 자신의 살을 가르고 세상에 태어나서 젖꼭지 한번 물려주지 못한 채 버리고 온 생명에 대한 소리 없는 통곡과 고독한 소년기를, 비뚤어진 청년기를, 권태에 짓이겨져 폐인을 방불케 했던 장년기를, 그렇게 변모되어온 최치수를 바라보며 왔던 것이다. 그러나 지금 한쪽 짐짝은 땅바닥에 굴러떨어졌고 한쪽 짐짝은 반공중에 곤두선 채 윤씨부인은 그 아래 서 있는 것이다. 그 균형이 부서져서 윤씨부인이 산산조각으로 난 것은 아니었다. 윤씨부인의 의식의 심층을 한층 더 깊이 파고 내려간다면 죄악의 정열로써 침독(侵毒)되어 있는 곳을 볼 수 있을 것이다. 이십 년 넘는 세월 동안 그의 바닥에는 한 남자가 살고 있었다. 그 남자의 비극이 삼줄과 같은 질긴 거미줄을 쳐놓고 있었다. 형장의 이슬로 사라진 그 남자, 그 남자의 비극과 더불어 살아온 윤씨부인이 사면을 거절한 것도 그 때문이요 피맺히는 아들의 매질을 원했던 것도 그 때문이다. 뜻밖의 재난으로써 그치지 않았기 때문에 그는 운명을 원망하지도 않았다. 영원히 사면되기를 원치 않았던 그에게는 그와 같이 끈질기고 무서운 사랑의 이기심이 도사리고 있었던 것이다.

"몹쓸 어미로고, 이 죄 많은 어미, 어떻게 하면 좋겠느냐!"

거짓으로라도, 아픔 위에 아픔을 딛고 일어서서라도 치수에게는 어머니였어야 했던 자기 자신을 깨달은 것이다. 산산조각이 난 것은 저울대에 실렸던 무게의 변동 탓이 아니었다. 그것은 회한 때문이었다. 공포 없이 생각할 수 없는 치죄자(治罪者)로서의 최치수, 그는 아들을 잃은 것이 아니었다. 도현의 고초를 겪는 망모의 구원을 위해 석가에게 법을 물었던 목련 존자(目連尊者)일 수 없는, 심판장의 형리로 그 어미 스스로가 만들었던 것이다. 목련존자의 악모 이상의 악모임을 윤씨부인은 깨달은 것이다.

윤씨부인은 차츰 집안 하인들의 얼굴을 숨어서 살피는 괴벽이 생기기 시작했다. 충성에 굳어져서 어떤 것으로도 변하게 할 수 없는 김서방까지 어둡고 의심에 가득 찬 눈초리로 살폈으며 계집종들에게는 그러질 않았으나 하릴없이 하인들을 불러다놓고 뚫어지게 그들의 눈을 쳐다봄으로써 상대들을 몹시 당황하게 하는 일도 있었다. 전에 없이 김서방이 사는 별채에 불쑥 나타나서 사방을 두리번거리는 일도 있었다.

최참판댁의 팽팽하게 뻗쳐온 오랜 세월의 질서가 무너지려고 했다. 가면 같은 윤씨부인 얼굴에 독기가 서리고 하인들은 불안에 싸여 전전긍긍했다. 날이 갈수록 윤씨부인에게서 뿜어나오는 독기는 치열해졌으며 삼엄하고 공포에 찬 공기는 충만하여 하인들은 주술에 걸린 것처럼 빠져나갈 구멍조차 찾을 수 없이 마치 제가끔 자신이 치수를 죽인 것 같은 착각에 빠지곤 했던 것이다.

봉순네는 윤씨부인과는 다르게 또출네 소행이 아님을 믿고 있었다. 윤씨부인의 의심이 이곳저곳을 더듬으며 초점을 찾지 못하는 데 반하여 봉순네는 한곳으로 쏠리어 그것을 자세히 살피고 있었다. 무슨 확증이 있었던 것은 아니었으나 봉순

네는 귀녀를 주시하는 자기 직감을 믿었다. 서희를 미워한다
거나 상전에 대하여 원한을 품고 있다거나 종의 신세를 한탄
한다거나 그런 일보다 직감을 뒷받침해주는 것은 어느 날 밤,
그날 밤의 광경이었다. 초롱불에 비쳐진 귀녀의 얼굴을 봉순
네는 잊지 못한다. 뇌리 속에 악령과 같이 그 귀녀의 얼굴은
남아 있다.

"세상에 나쁜 사람은 없네라. 다 처지에 따라서 나빠지기도
하고 좋아지기도 하고, 제 살기가 편하믄 머할라고 남을 원망
하겠노, 안 그렇나? 사흘 굶으믄 엔간한 사람이 아니믄 맘 잘
못 묵기 쉽지."

삼월에게 그런 말을 했었고 삼월이는 삼월이대로,

"배고프다고 저저이 도둑질 다 한답디까. 창지가 비틀어져
도 청백 겉은 사람이사 남우 담 넘겄소?"

김서방댁이 거들어서,

"천성으로 타고나는 기라. 서방질하는 년 따로 있고 도둑질
하는 놈 따로 있제."

했으나 봉순네는,

"그래도 그렇게 말할 거 아니구마. 착한 사램이라고 어디
나쁜 마음 안 묵건데? 그라믄 부처님 안 되나? 사램이란 하
루에도 몇 분은 나쁜 마음 묵지. 나쁜 사람도 하루에 한 분쯤
은 좋은 마음 묵어보고 지은 죄도 무섭아해보고."

늘 그러던 봉순네였으나 귀녀에게 대해서만은 사람이면 누

구에게나 가지는 그 신뢰를 가질 수 없었다. 평범하고 사람이 좋은 이 아낙에 무슨 추리력이 있었던 것도 아니요 사태를 판단할 힘이 있었던 것도 아니었다. 다만 직감이며 본능이다. 해를 끼칠 적을 느낌으로 판별하는 그 짐승의 본능 같은 것이었다. 한번 그렇게 되자 생각은 끈질기게 봉순네를 따랐다. 뜻하지 않게 또출네가 뛰어들어 치수의 죽음은 완벽하게 묻어진 비밀이 되었고 그 요행을 오로지 저를 굽어살피시는 신령의 은공으로 알며 거리낄 것 없이 배 속의 아이가 자라기만을 기다리고 있던 귀녀는 다음 남은 윤씨부인의 인정을 얻기 위해 바야흐로 연기에 열을 올리고 있는 판이었는데 봉순네는 귀녀의 두 가지 다른 얼굴을 주시하고 있었다. 자신만만한 미소가 흐르던 문틈 사이로 본 그의 얼굴과 슬픔에 자지러진 듯 몸도 가누지 못하는 그의 얼굴을. 그러던 어느 날 봉순네는 귀녀가 애를 뱄다는 사실을 발견했다.

'틀림없이 무신 사단이 있고나!'

봉순네는 귀녀에 대한 감시를 게을리하지 않으면서 서희에게 전보다 더한 마음을 썼다. 낮에는 노상 별당에 머물면서 바느질을 했고 서희를 보살피면서 귀녀의 접근에 신경을 곤두세우곤 했다.

"봉순네."

"예."

"그래서 심청이는 어찌 됐어?"

"공양미 삼백 석을 절에 바치고 아버님 눈을 뜨게 해줍시사 축수를 하믄서 인당수 푸른 물에 풍덩 빠졌지요."

"불쌍해라."

"그래서 하늘의 옥황상제님께서는 심청이 효심이 지극한 것을 귀히 여기서 다시 심청을 환생키로 했는데."

"환생이 머꼬."

"다시 이 세상에 살아나게 했다 그 말씀이지요."

"으음."

"인당수 푸른 물에 빠진 심청이는 용궁에 갔십니다. 거기 가니께 어마님인 곽씨부인이 기시지 않겠십니까?"

서희의 눈이 번쩍했다. 봉순네는 아뿔싸 생각하는데,

"용궁에 가면 어머님을 만날 수 있어?"

바싹 다가앉으며 서희는 봉순네의 무릎을 짚고 올려다본다.

"그, 그거사 머, 옛이야기니께요. 말하기를 이야기는 다 거 짓말이고 노래는 참말이라 하니께요."

해놓고 급히 본시의 얘기로 말머리를 돌렸으나 서희는 듣는 둥 마는 둥 손가락을 입에 물고 징징거릴 판이다.

"용궁의 용왕께서는 심청이를 연꽃에 실어서 물 위로 올리 보냈지요. 그 꽃은 세상에 없는 희한한 꽃인데 마침내 뱃사공 이 그거를 보고."

"안 들을 테야! 듣기 싫어!"

두 다리를 버둥거렸으나 울지는 않았다. 최치수가 죽은 후 무거운 집안 공기에 눌려서 서희도 많이 억제를 하고 조심을 하는 것 같았다.

밤이 되어 서희를 재워놓고 봉순네는 화로에 불을 담으려고 방문을 열었다. 봉순네는 소리를 치려다가 입술을 다문다. 윤씨부인이 마루 끝에 멍하니 앉아 있었다. 돌아보지도 않고 멍하니. 봉순네는 나갈 수도 없고 문을 닫을 수도 없어 엉거주춤 있는데,

"봉순네."

하고 윤씨부인이 불렀다.

"예."

"내가 일어설 수가 없군. 팔 좀 잡아주게."

"예, 마님."

봉순네는 얼른 신돌 아래 내려서며 송구스러운 듯 팔을 잡아준다. 일어선 윤씨부인은 봉순네의 손을 뿌리쳤다. 혼자 걸어보려 한다. 휘청거렸다.

"마님."

봉순네는 다시 손을 내밀어 부축한다.

"내가 어쩌자고 이러는지 모르겠구나."

"……."

"봉순네."

"예."

"내가 앞으로 몇 해나 더 살겠느냐?"

"오래, 오래 사시야지요. 애기씨를."

봉순네는 목이 메어 말을 끝맺지를 못한다.

"서희 말이냐."

"애기씨가 어느 분을 의지하고…… 천지간에 외로운 애기씨 아니십니까."

"가엾은 아이다."

"잊으셔야 합니다."

"잊으라고…… 찾아야 잊을 수 있지 않겠느냐? 찾아야."

윤씨부인은 고개를 돌려 봉순네를 빤히 쳐다본다.

"하오나."

"봉순네 자넨 알 게야."

"……"

"그 미친 여인이 한 짓이 아니네."

"마님!"

"그렇지? 자넨 알 게야."

윤씨부인을 안방까지 부축해온 봉순네는 보료 위에 윤씨부인을 누이려 했으나 그는 완강하게 몸짓을 하며 앉았다. 그리고 봉순네를 멀거니 건너다보는 것이었다.

"내 말 알아듣겠는가."

"예, 마님."

"그럼 누구겠느냐."

윤씨부인은 봉순네 얼굴에서 눈을 떼지 않고 소곤거리듯 말했다.

"우찌 쉰네가."

"모르겠다 그 말이냐."

봉순네의 얼굴이 일그러진다. 이마에 배지지 땀이 배어났다.

"그럼 미친 그 여인의 소행이란 말이지?"

"⋯⋯."

"말하게."

"⋯⋯."

"이 집 안에 있네. 삼줄을 엮은 손이 이 집 안에 있네. 봉순네, 내 가슴 위에서 맷돌을 들어내주게."

윤씨부인은 울기 시작했다. 산산조각이 난 모습이었다. 이 세상 어디서도 볼 수 없는 가련한 여인의 모습이었다. 봉순네도 따라서 울기 시작했다.

"마님."

눈물을 닦은 봉순네 눈은 얼어붙은 것 같았다. 그런가 하면 열에 들떠서 떨고 있는 것 같았다. 그는 결심을 한 것이다. 봉순네로서는 목숨을 걸어놓고 하는 모험이었다. 아니, 자기 목숨 하나만을 걸어놓고 할 수 있는 일이었다면 그는 진작 결심을 했을지도 모른다.

"귀녀를 추달해보십시오."

"뭐라고 했지?"

어둠을 뚫어내듯 윤씨부인의 눈은 크게 확실하게 벌어졌다.

"몸이 이상합니다. 분명 아이를 가진 듯해서……."

"아이를……."

중얼거렸다. 눈은 본시로, 흐미한 상태로 눈물에 구겨진 상태로 돌아갔다.

"추달을 하시면은 행여 다른 일도."

봉순네 이마에서 땀방울이 뚝뚝 떨어졌다. 그는 질려서 입술까지 종잇장처럼 하얗게 돼 있었다.

'내가 생사람을 잡는지도 모르겠다. 내가, 내가 생사람을,'

별당으로 돌아온 봉순네는 열병 든 사람같이 이불을 뒤집어쓰고 밤새도록 떨었다.

아침에 윤씨부인은 물기를 들어 내가는 귀녀의 모습을 반쯤 눈을 내리깐 상태로 바라보았다.

'아이를 밴 계집이다.'

아이를 뱄다는 사실에 대해서는 윤씨부인의 마음은 관대하였다. 관대하였다기보다 관심할 여유가 없는 것이다. 옛날 자신이 남모르게 아이를 밴 일이 있었다는 사실마저 상기해볼 여유가 없었던 것이다.

하루해가 저물고 저녁도 다 끝난 뒤 윤씨부인은 귀녀를 불러들였다. 귀녀는 자기를 불러들이는 이유를 알고 있는 듯 처음부터 고개를 들지 않았다. 옷섶 앞이 살포시 들려 있었다. 가슴이 한결 솟아 보였다. 양어깨의 선이 가늘어지고, 아이를 배태한 여자 특유의 가냘픈 선이 잔잔하게 갈앉은 듯.

"너 몸이 불편한 거 아니냐?"

"……."

"왜 대답이 없느냐?"

"마님."

"홑몸이 아니로구나."

"마, 마님."

"바른대로 말하여라."

귀녀 눈에서 눈물이 후둑후둑 떨어진다. 무릎 위에 깍지 끼고 놓은 손등 위로 눈물 방울이 연신 떨어진다.

"울기부터 하지 말고 바른대로 말하지 못하겠느냐."

"죽여주옵소서!"

귀녀는 윤씨부인 앞에 몸을 내던지듯 하고 소리 내어 운다.

"애비가 누구냐!"

"죽여주옵소서!"

윤씨부인은 귀녀의 우는 모습을 가만히 내려다본다.

'아일 밴 것과 무슨 상관이란 말이냐?'

윤씨부인 눈앞에 질려서 입술까지 종잇장처럼 하얗게 되었던 봉순네의 얼굴이 떠올랐다.

"애비가 누구냐. 말하면 짝을 지어주마."

귀녀는 더욱더 소리를 높이며 운다. 윤씨부인은 또다시 침묵으로 돌아가며 우는 귀녀를 바라본다.

"짝이 될 수 없는 사람이란 말이냐?"

"예, 마님."

"어째서 그렇느냐. 아내 있는 사람이냐?"

"아, 아니옵니다. 이, 이 세상에 계시지 않는 분이옵니다."

"……."

"마님, 나, 나으리께서,"

"뭐라구!"

"죽여주옵소서. 아, 아, 애기, 애기 아버지는 돌아가신 나리옵니다."

"뭐라구!"

윤씨부인은 자리에서 벌떡 일어섰다.

"옳거니!"

윤씨부인 입에서 목소리가 찢겨서 나왔다.

"어, 어찌하면 좋겠사옵니까, 마, 마님."

"옳거니!"

또다시 찢어져서 목소리는 울려퍼졌다. 귀녀는 얼굴을 들어 윤씨부인을 본다. 잿빛이 된 얼굴, 죽은 사람의 얼굴, 그 얼굴 위에 미소가 흐르고 있었다.

"삼월아! 거 누구 없느냐."

삼월이 달려왔다.

"김서방을 오라 하여라."

김서방이 달려왔다. 김서방의 낯빛도 달라져 있었다.

"올라오게."

"예."

김서방은 마루에 올라섰다.

"방 안으로 들어오게."

김서방은 벌벌 떨며 방 안에 발을 디밀었다.

"이년을 끌어내게."

"예?"

"마님!"

귀녀가 울부짖는다.

"끌어내어 고방에 가두어라."

김서방은 엉겁결에 귀녀 어깨를 덥석 잡는다. 귀녀는 몸을 흔들며,

"감히 뉘에게!"

악을 썼다.

"바삐 못할까!"

"나가자."

"내 몸에 손대지 마시오! 혀를 물고 자결할 터이니."

윤씨부인은 안절부절 마당에서 서성거리는 삼월이에게 돌이를 불러오라 이른다. 돌이 왔다. 추상같은 명령에 두 사나이는 귀녀의 팔을 비틀다시피 하며 일으켜 세웠다.

"마님! 이럴 수는 없습니다!"

마루까지 끌려나간 귀녀는 고개를 돌려 윤씨부인을 보며 소리쳤다.

"마님! 어쩌려고 이러십니까!"

"네 이년! 네 죄를 네가 모르느냐. 철퇴로 쳐죽일 년 같으니라구. 뭣들 하느냐!"

귀녀는 마당으로 끌려 내려갔다.

"최씨 가문의 핏줄을 이 몸이 받았거늘 무슨 죄 있다고 이러십니까!"

김서방의 눈이 크게 벌어지고 돌이 주춤한다.

윤씨부인은 그들을 따라 마당에 내려섰고 그들을 따라 고방 앞에까지 이르렀다. 귀녀는 발광을 하며 연신 울부짖었다. 김서방과 돌이는 귀녀를 고방 안으로 밀어 넣고 문을 닫았다.

"쇠통을 채워라."

커다란 자물쇠 잠그는 소리가 귀녀의 울부짖는 소리 사이를 뚫고 들려왔다. 윤씨부인은 열쇠를 받아들었다. 고방에 가두어진 채 사흘 낮 사흘 밤을 귀녀는 찬물 한 모금을 마시지 못했다. 밤낮없이 물을 청하던 그 처참한 목소리도 들리지 않게 되었을 때, 새벽녘 윤씨부인은 초롱을 들고 김서방에게 고방문을 열게 하고 들어섰다. 굶주리고 목마른 귀녀는 마지막 기력을 다 모아 윤씨부인과 맞서려 했다. 초롱을 든 윤씨부인은 죽음의 사자같이 귀녀 앞에 군림했다.

"이년! 네가 내 아들을 죽였고나."

귀녀 얼굴에 흐미한 미소가 떠올랐다.

"내 아들이 생산 못하는 몸인 줄 너는 몰랐더냐?"

귀녀의 몸이 앞으로 기울었다. 이번에는 윤씨 입가에 웃음이 흘렀다.

"너 혼자 죽어서는 억울할 게다, 안 그렇느냐? 동사(同事)한 자가 누구냐. 아이애비는 누구냐?"

"……."

"물로 목을 축이고 얘기하겠느냐?"

귀녀는 신음했다.

"물 마시고 싶지 않느냐?"

"물, 물, 무우—."

귀녀는 제 목을 잡아 뜯으며 '물' 소리를 되풀이한다.

"그래 물을 주겠다. 말하라! 동사한 자가 누구냐."

"물 무우 무우—."

윤씨부인은 김서방에게 고갯짓을 하며 물을 떠오라 했다. 김서방이 바가지에 물을 담아 왔다. 물바가지를 윤씨부인에게 건넬 때 김서방의 양 볼은 실룩거렸다.

"여기 물 가져왔다. 물 마시기 전에 말하여라. 동사한 자가 누구냐! 애 아비는 누구냐?"

"치, 치, 치, 칠성이—."

윤씨부인은 바가지의 물을 귀녀 얼굴에 끼얹었다. 귀녀는 얼굴에서 흘러내리는 물을 혀를 내둘러 미친 듯이 빨았다. 윤씨부인의 손이 얼굴을 갈긴다. 귀녀는 앞으로 고꾸라져 납작하니 엎드렸다. 다만 독사같이 얼굴만을 쳐들고 쏘아본다. 해골이 된 얼굴, 코가 높이 솟아오르고 깊은 나락같이 꺼져 들어간 두 눈, 저주와 원한의 불이 붙는다.

고방에서 나온 윤씨부인은,

"저년한테 물을 갖다주게. 먹을 것도 조금 주어라."

하고 나서 푸들푸들 떤다.

물과 음식을 디밀어 넣자 귀녀는 고방 바닥에 배를 붙인 상태로 역시 독사처럼 얼굴만 쳐들고 그릇 속에 그 얼굴을 처박으면서 물을 빨았다. 고방 문이 잠겨지고 열쇠는 다시 윤씨부인이 들었다. 그는 고방 앞을 떠나지 않은 채 돌이를 불렀다.

"칠성이 놈 집에 가서 그놈을 잡아오너라. 귀녀가 오란다 하고 시끄럽지 않게 데리고 와야 하느니라."

김서방에게는,

"복이하고 삼수를 문전에서 기다리게 하고 칠성이 놈이 오면은 고방에 가두도록, 묶어야 하느니라. 놓쳐서는 안 되네."

하고 명령했다.

칠성이는 임이네조차 알지 못하게 끌려왔다.

이미 형세가 그른 것을 깨달았고 최치수 살해에는 관여치 않았던 칠성이는 깊이 닦달할 것도 없이 평산과의 공모한 사실, 삼줄에 의심을 품었던 일, 그것을 미끼 삼아 장래의 한몫을 보장받았던 일까지 술술 자백했다.

"지사 무신 죄가 있십니까. 씨 빌리달라 캐서 씨 빌리준 죄 밖에는, 아무것도 모르구마요. 일이 다 된 후에야 지도 눈치를 챘을 뿐입니다. 씨 빌리준 죄밖에는."

붙잡혀 온 평산은 처음부터 고래고래 소리를 질렀다. 소리를 지름으로써 스스로 자신의 묘를 판다는 사실까지 잊고. 그 것은 일종의 발광이었다.

"내가 무슨 상관이오? 연놈이 붙어서 한 짓을. 나는 상관없소! 금시초문이오! 하느님이 굽어보실 거요! 가세가 기울었기로 명색이 의관의 집! 아아! 나는 모르는 일이오!"

뻐드러진 이빨 사이로 침이 튀었다.

끌려오면서 밭둑에 굴러떨어져 돌에 찢겨진 얼굴에서는 피가 배어나고 흙탕에 젖은 무명 도포는 옷고름조차 떨어져 반쯤 벗겨진 상태였다.

동네에 소문이 쫙 퍼졌다.

"허허, 동아 속 썩는 거는 밭 임자도 모른다 하더마는 종년이 일을 저질러도 크게 저질렀구마."

"간도 크제? 우째 그런 일을 꾸몄이꼬?"

"처음부텀 화약을 지고 불로 들어갔제. 생산을 못허는 양반을 두고 씨를 속이려 했이니."

반죽음이 된 귀녀는 이미 빠져나갈 구멍이 없음을 깨닫고 조용했으며 칠성이는 씨 빌려준 죄밖에 없으니 그 어마어마

460

한 살인에 비한다면 계집종과의 음행쯤 무슨 큰 죄가 되랴 싶었던지,

"빌어묵을, 재수가 없일래니. 빌어묵을! 재수가 없일래니."
하고 투덜거렸을 정도였다.

평산만은 끝끝내 소리를 지르고 발광을 계속하고 있었다. 살이 찐 데다 붓기까지 한 손을 불끈불끈 쥐면서 명색이 양반인데 이런 모함을 받는다는 것은, 모함을 받았다는 그 일만으로도 천추의 한이 되고 조상한테 뵐 낯이 없으며 자손들에게 한을 남기는 일인즉 윤씨부인은 일월같이 살펴서 종년과 상놈의 그 욕된 범죄의 자리에서 자신을 풀어내라고 되풀이되풀이 지치지도 않고 외치는 것이었다.

읍내 관아로 죄인들이 옮겨지는 날 갓 위에 갈모를 쓰고 이른 봄비를 맞으면서 이 기괴한 살인사건의 죄인들 얼굴을 보려고 이웃 마을에서까지 사람들은 모여들었다.


# 10장 살인자의 아들들


귀녀와 두 사나이가 읍내 관가로 끌려간 날, 밤에도 비는 계속해 내렸다. 봄을 재촉하는 실비였다. 부슬부슬 내리는 빗소리는 새벽에 접어들면서 멎고 날이 샜다고 부산을 떠는 계명(鷄鳴)에 따라 비안개를 헤치며 마을 모습이 조금씩 드러나

기 시작했다.

평산의 집의 울타리 없는 마당가에 울타리 삼아서 내버려
두었던 죽은 살구나무도 거무칙칙한 모습을 드러내었다.

"형! 형아아— 어무니가!"

"아이고오— 어머니이—."

거복이 형제가 외치며 울부짖었다. 함안댁이 목을 매고 죽
은 것이다. 그 소리를 듣고 이웃인 야무네가 맨 먼저 쫓아왔
다. 야무네가 마을을 향해 외치는 소리에 남정네들이 진흙길
을 달려왔다.

거무죽죽하게 썩어가는 나무에 매달린 시체는 비에 흠씬
젖어 있었다. 떠들어대는 사람들 소동에는 아랑곳없이 죽음
의 냄새를 맡은 까마귀들이 지붕 위에서, 정자나무 얽힌 가지
끝에서 까우까우 울었다.

"천하에 무작한 놈! 돌로 쳐 직일 놈 같으니라고."

눈에 핏발을 세운 남정네들은 옆에 평산이 있다면 찢어죽
일 기세였다.

강기슭은 아직 비안개에 덮여 희뿌옇게 보였다. 그 비안개
속을 뚫고 도롱이[雨衣]에 삿갓을 쓴 뗏목꾼이 뗏목을 몰고 강
물 하구를 향해 떠내려가고 있었으며 안개 무더기는 산중턱
에도 몰려들어 산봉우리만 아슴푸레 얼굴을 내밀고 있었다.

"허허어 열녀 났네. 열녀 났구마."

장마당에 굿거리라도 벌어진 듯 바짓말을 추키며 달려온

봉기가 지붕 위에 앉은 까마귀 모양으로 신이 나서 지껄였다. 눈언저리에 푸르스름하게 달무리가 진 봉기 얼굴은 올빼미 같았다. 눈알은 제물(祭物)에 군침 삼키는 뫼까마귀 같았다. 손가락에 불을 켜고 하늘로 올라가지? 나한테서 빛을 받아? 하는 배짱이기는 했으나 워낙 빚쟁이 칠성이도 뚝심이 센 사내여서 심히 마음이 편칠 않았었는데 마침 어제 칠성이 관가에 끌려갔기 그렇잖아도 유쾌했었던 봉기였었다. 그는 눈을 희번득이며 목맨 새끼줄을 힐끔힐끔 쳐다본다.

"열녀는 열년데, 허 참 열녀 나쁜 머하겠노. 샐인 죄인한테는 개 발에 달걀 아니가."

재미스럽게 말했다 싶었겠지만 그 싱거운 말을 흥분한 사람들이 귀담아들으려 하지 않았다. 어떻게 해야 좋을지 우왕좌왕하며 할 바를 모른다. 그들을 헤치고 윤보가 들어섰다.

"무신 보기 좋은 구갱거리가 났다고 이리들 서 있노! 영팔이 니 이리 오나! 거기 벅수(바보)겉이 서 있지 말고."

고함 소리에 뻗장나무*같이 영팔이 앞으로 나서는데 얼굴은 평소보다 더 길어 보였다. 꾹 다문 입술이 삐죽삐죽 열릴 것만 같았다. 비에 젖어서 눅진눅진해진 새끼줄을 잡아 끊고 치마를 둘러쓴 시체를 윤보와 영팔이 끌어내린다.

"아까운 사람, 엄전코 손끝 야물고 엽치 바르더니."

방으로 옮겨지는 시체를 따라가며 두만네는 운다.

"그러기, 매사가 야물고 짭찔터마는,"

서서방의 늙은 마누라도 눈물을 찍어낸다. 옮겨지는 시체를 따라 사람들이 방 앞으로 몰릴 때 봉기는 짚세기를 벗어 던지고 원숭이같이 나무를 타고 올라가서 목맨 새끼줄을 걸어 차근차근 감아 손목에 끼고 난 다음 나뭇가지를 휘어잡으며 툭툭 분지른다. 그 소리에 돌아본 몇몇 아낙들이 머쓱해하는 표정을 지었으나 잠시였다. 어느새 나무 밑으로 몰려들었다. 바우랑 붙들이, 마을의 젊은 치들도 덤비듯이 쫓아왔다. 모두 엉겨붙어 나뭇가지를 꺾어 간수하기에 바쁘다. 순식간에 나무는 한 개의 기둥이 되고 말았다. 넋 빠진 것처럼 강청댁이 그 광경을 바라보고 서 있었다. 서서방은 주저주저하다가 두만네와 마주 보고 서서 눈물을 짜고 있는 마누라를 힐끗 쳐다본다. 그는 살며시 땅바닥에 떨어진 나뭇가지 하나를 주워 옷소매 속에 밀어 넣는다. 노상 횟배를 앓는 마누라 생각을 했던 모양이다.

"이기이 만병에 다 좋다 카지마는 그중에서도 하늘병(간질)에는 떨어지게 듣는다 카더마."

몽톡하게 된 나무를 올려다보며 봉기는 의기양양해서 말했다.

"죽은 나무라서 우떨란고? 효험이 있이까?"

아낙 한 사람이 미심쩍게 말했다. 봉기는 씩 웃는다. 죽은 사람의 정기를 받아 약물(藥物)이 된다는 믿음에서 모두들 덤벼들어 꺾은 것인데 죽은 나무여서 과연 정기가 통하겠느냐는 아낙의 의심이다. 병에 효험이 있기로는 목을 매단 끈이나 새끼줄이 제일이라는 것이 예부터 전해져 내려온 말이었다. 남먼저 그것을 차지했으니 봉기로서는 대만족이 아닐 수 없다.

"갈밭 쥐새끼 겉은 놈!"

침을 칙 뱉으며 한조는 봉기 모르게 욕설을 퍼붓는다.

"집에 갖다 놔라. 단디히(단단히) 해라이?"

곱상스레 생긴 제 딸에게 보물같이 새끼줄, 나뭇가지를 안겨주며 봉기는 이른다. 조석으로 대하던 이웃의 죽음을 보면서 불로초도 아니겠고, 하늘에서 뿌려지는 엽전도 아닌데 욕심을 내어 뒤질세라 서둘렀던 아낙들은 차츰 제풀에 민망해져서 떠들기 시작했다. 함안댁이 불쌍하다는 것이요, 정히 여자로서는 본볼 만한 사람이었다는 칭찬이다. 칭찬이라도 하면 노염을 탄 영신이 무정한 자신들을 용서해주리라, 그런 생각이라도 하는 것처럼. 막딸네도 방망이 휘두르는 사령같이 손에 든 나뭇가지를 휘두르며 어성을 높이고 있었다.

"소나아를 잘못 만내서, 그랄라 카믄 내겉이 혼자 살았던 편이 나았던 기라. 과부 신세 한탄할 것 하낫도 없구마. 그 쇠가 오만 발이나 빠져 죽을 놈의 인사가,"

"글안혀도 쇠가 오만 발이나 빠져 죽게 생겼어라우."

주모 영산댁 핀잔 말이다.

"쇠만 빠지 죽어도 안 될 기구마. 능지처참을 해야지. 사람우 탈을 쓰고 그런 법이 어디 있노. 그러니께 내가 벌써부터 뭐

라 카던고? 동네 밖에 쫓아내야 한다고 그리 실이 노이 되도록
말했거마는 누구 하나 들어묵어야제. 진작 내 말 귀담아들었
이믄 최참판댁에도 그 숭측스런 변은 안 당했일 거 아니가. 하
기사 거복이어매는 이차저차, 아니 멀게 죽기는 죽을 사램이지
만, 밤낮없이 피를 쏟아가믄서 거무(거미)겉이 베틀에만 눌어붙
어 있었으니, 못 묵고 못 자고 항우장사라꼬 견디겄나."

시체의 염을 끝내고 나온 윤보는 몽달이가 되어 서 있는 살
구나무를 쳐다본다.

"허허어, 인심 좋다, 인심 좋아. 삼천갑자 동방석이 될라꼬
모두 애쓰는고나. 허허헛……."

사람들만 모여들어 와글거렸지 가난하기로야 말할 것도 없
고 친척 한 사람 없는 상가는 외롭기 그지없었다. 근동에 김
평산의 먼 친척이 있긴 있는 모양이었으나 평소 내왕을 끊고
지낸 것 같았으며 살인 죄인의 집에 초상이 있다 해서 외면하
던 그들이 찾아올 것 같지 않았고 기별을 하려 해도 마을 사
람들은 어느 곳의 누구인지 잘 알질 못했다. 거복이 외가 함
안에 기별을 한다는 것도 그랬다. 가고 오고 여러 날이 걸릴
것이요 사실 또 기별하러 갈 사람도 없었으며, 그쪽에서 남부
끄럽다고 시체를 거두러 안 온대도 별수 없었다. 결국 마을에
서 초상을 치를 수밖에 없었다.

윤보가 후딱후딱 두드려 맞춘 관 속에서 비로소 휴식하는
함안댁, 그 관 앞에 누더기 같은 일상에 입던 옷 그 모양대로

형제는 쭈그리고 앉아 있었다. 울다가 지친 한복이는 땟자국으로 얼룩진 배꼽을 바짓말 사이에 내어놓고 구벅구벅 졸았다. 잠이 깨면 생각이 난 듯 울고 몸을 부르르 떨었다. 거복이는 고개를 푹 숙인 채 아비를 닮아 눈두덩이 부숭한 눈 밑으로, 좁은 이마빡에 노인네 같은 주름을 모으며 흘끔흘끔 사람들을 숨어 보았다. 그러다가 조는 동생을 팔꿈치로 쥐어박곤한다. 그러면 한복이는 다시 소리를 지르며 울었고 몸을 부르르 떨었다.

함안댁이 목을 매 죽었다고 외치며 마을 사람들이 진흙길을 달려가는 것을 본 임이네는 엉겁결에 헛간으로 뛰어들어갔다가 뒤안 짚단 옆으로 뛰어갔다가 하며 허둥대었다. 결국그는 방 안으로 쫓아 들어갔다. 문고리를 걸어 잠가 놓고,

"이 일을 우짜노, 이 일을 우짜노."

마을 사람들이 달려와서 그에게도 목을 매달아 죽으라고강요하는 것처럼 방 안을 헤매는 것이다. 아이들은 한구석에처박혀 어미 하는 양을 겁에 질려서 쳐다보고 있었다. 어린것은 방바닥에 나동그라져서 잠들어 있었다.

"이기이 꿈가, 생시가. 이, 이 일이 정히 생시가?"

임이네는 제 가슴을 치고 머리칼을 잡아 뜯는다. 그리고 울었다. 방 안을 헤매며 때 묻은 버들고리, 함롱, 씨앗주머니, 먼지 앉은 등잔을 눈을 닦고 보고 또 보지만 그런 것들이 변함없이 제자리에 놓여 있다 해서 평시처럼 칠성이 걸어들어올

리는 만무였다. 어제 관가에 끌려가는 남편을 제 눈으로 보았다. 죄인치고도 살인 죄인이요, 최참판댁 사랑양반을 죽인 상놈인 것이다. 누명이라 믿는 것도, 누명을 벗고 돌아오리라는 것도 허망한 기대며 만의 일도 희망을 가져볼 수 없는 일이다.

"어디 가서 살꼬. 이 새끼들 데리고 내가 어디 가서 살꼬. 으흐흣흣……."

방바닥을 친다. 그 서슬에 어린것이 깨고 어린것이 우는 바람에 구석에 처박혀 있던 아이 둘이 울음보를 터뜨린다.

"목이 뿌러질 놈의 인사! 샐인 죄인이 웬말이고! 우리는 다 죽었네. 이자는 다 죽는고나!"

비 갠 뒤의 햇빛은 유난히 맑다. 미나리밭이 눈에 띄게 푸르고 흐르는 도랑물을 햇빛이 희롱한다. 그 햇빛도 어느덧 꼬리를 감추었다. 바람이 거실거실 일기 시작했다. 이제 초상집에는 별 신통한 구경거리는 없었다. 염을 하고 관을 짜고 초상 채비를 차렸던 몇몇 장정들은 두만네가 쑤어온 팥죽을 먹는다. 먼발치에서 침을 삼키며 바라보던 아이들은 죽사발이 비는 것을 보자 실망하며 흩어진다. 아이들은 벌죽거리는 마을 길을 내려오다가 임이네 삽짝 앞에서 걸음을 멈춘다. 차츰 아이들은 그 앞에 모여들었다. 집 안을 기웃기웃 들여다본다. 한 아이가 돌을 주워 팔매질을 했다. 다른 한 놈이 또 돌을 주워 팔매질을 한다. 모두가 저마다 돌을 주워 팔매질을 한다.

돌은 마루에 떨어지고 장독에 떨어지고 방문에 와서 부딪친
다.

"샐인 죄인!"

"도둑놈!"

"곰배팔!"

아이들이 함성을 지른다.

머리를 풀어헤친 임이네가 방문을 열고 쫓아 나왔다. 팔매
질은 멎었으나 아이들은 호기심에 가득 찬 눈으로 임이네를
바라본다. 핏줄이 부푼 임이네의 얼굴은 검붉었다. 번쩍번쩍
빛나는 눈으로 아이들을 노려보았으나 아이들은 도망가지 않
았다. 임이네 역시 입을 열지 않는다. 그러기를 꽤 오랜 시간
이 지나간 듯했다.

"이눔우 살림! 이눔우 살림!"

별안간 임이네는 헛간으로 달려가서 괭이를 들고 나왔다.

"이고 지고 갈 것가! 이눔의 살림 이고 지고 갈 것가아!"
하더니 장독을 때려 부수는 것이었다. 아이들은 그 광경을 더
자세히 보려고 삽짝 밖에서 마당 안으로 꾸역꾸역 밀고 들어
온다. 구경꾼은 아이들뿐만이 아니었다. 어느덧 어른들도 마
당에 들어섰다. 말리는 사람도 없고 물론 위로해주는 사람도
없다. 아이 어른 모두 입이 붙은 것처럼 임이네가 세간을 부
수는 것을 지켜보고 있었다. 간장독이 깨어졌다. 까만 간장이
칼칼 쏟아진다.

"하늘이 안 무섭나!"

처음으로 누군가가 외쳤다.

"하늘이 무섭다니! 하늘이 무섭다니! 내가 샐인했소?"

임이네는 입에 거품을 물고 몸을 솟구치며 외쳤다. 빙 둘러
선 사람들 앞에 버티고 선 임이네는,

"세상에 이런 법도 있소? 우리 임이아배가 무신 죄를 졌다
고 관가 놈들이 개 끌듯이 끌고 갔겠소! 최참판네 세도가 도
도한 것은 천하가 다 아는 일이요만 죄 없는 사람 누명 씌우
는 짓만은 못할 기요! 하늘이 알고 땅이 알고 영신이 아요! 두
고 보소! 두고 보란 말이오! 무죄 석방될 것인께! 하늘이 알고
따, 땅이 알고 무죄석방될 것인께! 참말로 사람우 맘 알겄구
마! 참말로 사람우 맘 알겄구마! 이런 인심이 어디 있소!"

일단 말을 끊고 임이네는 사방을 둘러본다. 수십 개의 눈동
자가 쌀쌀하게 그를 바라보고 있을 뿐이다. 아이들도 어른들
도 검붉어진 임이네 얼굴을 바라볼 뿐이다.

"입은 삐뚤어져도 말은 바로 하라 했소! 우리 임이아배가
샐인할 사램이오? 죄라고는 씨 빌리준 것밖에 없소! 그 천하
에 무도한 년이, 사람을 날로 씹어묵을 그년이 평산이 그놈하
고 배가 맞아서 한 짓 아닌가 말이오! 천부당만부당, 와 우리
임이아배가 억울하게 당할 기요? 그년이, 그, 그년이, 물구신
맨치로 감기들어서 그 간을 빼묵어도 시원찮을 그년이! 사람
들아! 좀 생각해보소! 사나아치고 제집 마다카는 놈 보았소?

열 제집도 싫다 안 칼 긴데 그 매구 겉은 년이 지 한 몸 내놓겠다 카는데 마다할 시레비자식(시러베자식)이 이 세상에 어디 있겠느냐 말이오. 그런 시레비 겉은 놈이 있이믄 나 눈 닦고 볼라요! 눈 닦고 똑똑히 볼라요!"

"……."

"내가 말을 잘못했소? 내 말이 그르단 말이오? 와 말이 없소! 한마디 대꾸가 없소! 옳으믄 옳고 그르믄 그르다고 말 좀 들어봅시다! 그, 그래, 나도 거복어매맨치로 목을 매달고 죽으라 그 말이오? 죄 없이 나도 목을 매고 죽으란 말이오! 옳거니! 죽으믄 초상 쳐주겠다 그 말이구마! 내 죽는 꼴 볼라꼬 이리 와서 나를 지키고 있는 기요?"

"……."

"그, 그래 샐인 죄인 제집은 죽어서 불쌍하고 아무 죄 없이 누명 쓰고 잡히간 사람 제집은 불쌍치도 않다 그 말이오? 세상인심 좋소! 세상인심."

하더니 임이네는 땅바닥에 픽 쓰러졌다. 기절한 것이다.

이튿날 아침 칠성이의 삼간 오두막은 수라장이 된 채 비어 있었다. 아이들을 데리고 임이네는 도망을 간 것이다. 야간도주했다는 소문은 금세 마을에 퍼졌다.

어제는 많은 사람들이 득실거리더니 오늘의 상가에는 별로 사람이 없어 한층 쓸쓸했다. 최참판댁 눈을 두려워했던 것이다. 하기는 어제저녁 때 삼수가 와서 야료를 부리고 갔다. 최참판댁에서 누가 시켰을 리는 만무고 약자를 넘보는 본시 그 심사 때문에 그랬을 테지만 힘 좋은 영팔이, 지게에 관을 지고 나섰을 때 괭이와 삽을 든 장정이 몇 명 따라왔을 뿐 함안댁의 저승길을 전송하는 사람이 없었다. 더러 먼발치에서 관이 나가는 것을 구경하고 있는 사람이 있었으나 윤보 핀잔을 겁내어 얼른 제집 안으로 사라진다. 마을 사람들은 벌써 칠성이가 부쳐먹던 최참판댁 땅을 누가 얻을 것인지 그것에 관심이 쏠려 있었다.

응달진 산비탈을 걸어올라가면서 윤보는,

"무겁나? 심들제?"

하고 영팔에게 말을 걸었다.

"머."

하며 영팔이 짧게 말하고 길이 가파로워지자 더욱더 지게 진 허리를 꾸부린다.

"송장하고 나하고 무신 연분인지 모르겄다. 내 손으로 염한 것만도 열은 넘을 기다."

윤보는 영(嶺)을 넘어가는 구름을 바라보며 말했다. 용이와 한조는 묵묵히 걷고 있었고 좀 뒤떨어져서 서서방이 따라오고 있었다. 훨씬 더 뒤떨어져서 거복이와 한복이 따라오는 것이다.

윤보가 영팔이 옆을 스쳐서 앞서 나간다. 경사가 급한 북향의 산비탈에 바람이 횡횡 소리를 내며 지나간다. 앙상하게 메마르고 키만 자란 소나무 가지 사이에 이 음지하고는 인연이 없을 것만 같은 푸른 하늘이 비쳐들어 있었다. 자갈이 많은 각박한 땅에 밤알보다 작은 솔방울들이 굴러 있고 어쩌다가 땅에 붙은 것 같은 철쭉이 눈에 띄곤 하는데 어거지로 움이 트고 있는 것 같았다.

"여기가 좀 팡팡하구마. 머 더 올라가 봐야 별수 있겄나."

윤보는 묏등 하나쯤 가까스로 들어설 만한 자리를 괭이로 두드리며 말했다. 영팔이 받침 작대기에 힘을 주며 지겟다리를 땅에 붙인다. 어깨에서 지게를 풀어낸 영팔이는 작대기를 괴어놓고 이마에 흐르는 땀을 닦는다.

"땅이 녹았는가 모르겄소."

한조가 관 옆에 서며 말했다.

"그러세, 응달이 돼서 녹았이까?"

윤보는 발끝으로 자갈을 헤쳐본다.

"자갈도 많고."

"쌀밥 보리밥 찾을 거 있나. 할 수 없제."

숨이 차서 헉헉거리며 올라온 서서방이 흐느끼듯이 말했다.

"나는 구겡이나 했지. 일은 거들어 못 주겄다."

"방오(방위)나 좀 봐주소. 머리를 어디로 두믄 좋겄소."

윤보가 물었다.

"흠, 내가 풍수는 아니지마는, 가만있자."

서서방은 들고 온 지팡이로 방향을 가리키며,

"이쪽이 서북 간인께, 그렇지. 저쪽으로 머리를 두문 좋겄구마."

거복이와 한복이 얼굴은 눈물이 말라 풀을 개어 붙인 듯 번들거렸다. 코가 흘러내린 한복이 코 밑은 고양이 코밑같이 빨갰다.

"흥, 이펭이 그놈."

괭이로 땅을 파며 윤보가 중얼거렸다. 용이는 잠자코 윤보와 함께 땅을 판다.

"죽 쑤어 보냈다고 그런 난리 벼락이 없었던 모양이라. 그래 그런지 오늘은 그 아지마씨가 얼씬도 안 하는구마."

"최참판댁 눈이 무섭아서 그랬겄지."

서서방은 곰방대에 담배를 넣으며 대꾸한다.

"그러니께 번갯불에 콩 구어 묵을 놈이지. 사람이 너무 약삭빨라도 못쓰는 법이오."

"의리가 안 있나. 제우답도 얻었고, 본시 조상들이 그 솥에서 밥을 묵었인께."

"의리란 그런 게 아니오. 땅마지기나 얻었다고 감지덕지하는 게 의리라 말이오. 평생 면천(免賤) 못할 천성이지. 용심(심술)이 있고 심사가 나쁜 놈이 아닌 것은 나도 아요. 사나자식이 접시 바닥맨치로 속이 좁고 늘 푼수가 없다 그 말이구마. 그래도 그놈이 가숙을 잘 만내서."

"제기, 자갈투성이다."

삽질을 하던 한조가 투덜거린다. 서로 번갈아가면서 한참을 파 내려갔을 때 노오랗고 포스라운 흙이 나타났다. 윤보는 흙 한 줌을 집어 들고 들여다본다.

"이거 명당자리 아닌가 모르겠네. 흙이 황금덩이 안 겉나?"

그러나 그 말에 관심을 가져보는 사람은 없었다. 말하는 윤보 자신도 그저 그래보았을 뿐이다. 아비 어미 잃은 채 죄인 자식이라는 낙인을 안고 북향 비탈의 박토(薄土) 같은 형제의 앞날을 생각하면 명당자리가 뭐 말라비틀어진 거냐 싶었을 것이다. 담배만 뻑뻑 태우고 있던 서서방이,

"모를 일이제. 명당자리란 동삼하고 같은 거라 인력으로 얻어질 수 없는 기니께."

"흥, 굶어 죽은 구신 배맞이밥이 무슨 소용이며 얼어 죽은 구신 홑이불이 무신 소용일꼬?"

한조가 빈정거리며 땀을 닦는다.

"그런 얘기는 있지. 옛날 옛적에 난리가 나서 도망을 가다가 어매가 죽었는데 어린 형제는 길가에 아무렇게나 묻었더란다. 그래 그 형제가 고생 끝에 성공을 했고 억만금을 모으고 보니께 노상 근심이라. 어매를 길에 묻고 온 일이 마음에 걸리더라 그 말이지. 그래 형제가 어느 날 함께 길을 떠났지. 어릴 적의 기억을 더듬어감서, 지성이믄 감천이더라고 어매의 무덤을 찾았구마. 그래 돈이 없나 머가 없나, 형제는 수천금

을 주고 명을 날리는 풍수를 데려다가 묘자리를 잡아놓고 이장을 서둘렀지. 사토장이가 무덤을 파고 무덤 뚜껑을 헤치자 동서리 겉은 김이 물씬 올라오지 않았겠나? 이때 풍수가 아뿔사! 하며 사토장이보고 급히 흙을 도로 덮으라 했지, 바로 그곳이 명당자리였던 기라."

"그래서 우찌 되었소?"

영팔이 침을 쿨컥 삼키며 물었다.

"무덤을 열었으니 정기가 다 날아간 기지. 그러고 나서 그 형제는 일패도지라. 일시에 거지가 됐다 카더마."

하관을 하고 흙무덤을 지었을 때 앙상하게 여위고 키만 큰 소나무 가지 사이로 햇빛이 겨우 조금 기어들어왔다. 일이 다 끝날 때까지 아이 둘은 한자리에 못 박힌 듯 서 있었다. 추위에 얼굴은 먹빛이었고 언 손은 게 다리같이 꾸부정했다. 윤보가 손을 털고 물러난다.

"욕봤네. 아무튼지 간에 고맙다, 영팔아. 니도 이 대낮에 지게 송장 지고 오니라고."

서서방은 일어서며 치사를 한다.

"내 집 일 겉으믄 남부끄럽아서 한낮에 지게 송장, 그 짓을 할 수 있었겠소?"

영팔이 쓴웃음을 지었다.

"그러기 하는 말 아닌가."

용이와 한조는 바위 위에 엉덩이를 얹고 쉬고 있었다. 골통

에 담배를 넣고 있던 윤보는,

"거복아."

하며 불렀다.

거복이는 선 자리에 그냥 뻗치고 선 채 힐끔 쳐다본다.

"니 오늘이 며칠인지 아나? 열이레다. 너거 어무니 돌아간 날이 그러니께 이월 열엿새란 말이다. 여기가 니 어무니 산소고. 잘 명님해두어라. 알겠나?"

그냥 뻗치고 서 있던 거복이 순간 몸을 날렸다. 마치 소가 머리를 숙이고 뿔이 목표물을 겨냥하며 달려가는 것처럼, 소나무 둥치에 가서 머리를 처박는다. 제 머리를 처박고 또 처박으며 산이 울리는 통곡을 터뜨리는 것이었다.

"형, 형아!"

한복이 발을 구르며 소리쳤으나 추위에 얼어버린 목소리는 분명치 않았다. 눈물만 줄줄줄 볼을 타고 흘러내린다.

용이 쫓아가서 거복이를 잡는다. 솔옹이에 찍힌 이마에서 피가 흘렀다.

윤보는 연장을 걷어들고 한마디 말도 없이 성난 것처럼 혼자 내려간다. 모두들 그 뒤를 따른다. 아이들도 별수 없이 어른들을 따라 내려간다.

마을에 닿았을 때 서편에 해가 뉘엿뉘엿 떨어지고 있었다.

〈3권으로 이어집니다〉

어휘 풀이

**간둥간둥:** 말이나 행동이 조심성 없고 경솔한 모양.

**감댕기:** 감물을 들인 댕기.

**감찰선생도 쑥떡 하나 주는 것을 치더라:** 주고받는 것이 있어야 서로 살핀다.

**감풀다:** 거칠고 사납다.

**귓밥만 만지고 있다:** 어떻게 할 수 없어서 자포자기하다.

**누워서 떡을 먹으면 눈에 고물이 떨어진다:** 자기 몸 편할 도리만 차려서 일을 하면 도리어 제게 해로움이 생김을 비유적으로 이르는 말.

**만수판:** 흐뭇하도록 넉넉한 상태. 혹은 마음대로 실컷 할 수 있는 상황.

**말에 고물 묻겠다:** 고물처럼 고소할 정도로 말솜씨가 맛깔스럽다.

**모판:** 목판. 음식을 담아 나르는 나무 그릇.

**목구멍에서 손이 나올 만큼:** 몹시 부러워 욕심을 감당할 수 없을 만큼.

**무심상하다:** 아무런 생각이 없는 듯하다.

478

**무안쑤시:** 무안수세. 무안함을 감추려는 행위.

**발떵거지:** 상대의 발을 거는 행위.

**비가비:** 조선 후기에 학식 있는 상민으로서 판소리를 배우는 사람을 이르던 말.

**뺄장나무:** 굽지 못하고 곧게 뻗기만 하는 나무. 고집 센 모습을 비유하는 말.

**소분지애씨:** 그만하면 다행임. 혹은 비할 바가 못 됨을 뜻하는 경남 방언.

**수닌:** 주로 양반가 부녀자들의 치마에 장식으로 덧대던 천.

**시수가 상그럽다:** 시국이 사납다.

**이팝:** 이밥. 입쌀로 지은 밥.

**장이 바치:** 물건을 만드는 사람을 낮잡는 뜻으로 이르던 말.

**정물이 되다:** 인색하고 사람을 심히 부리다. 혹은 그리 당하는 사람.

**조정에서는 막여작이요, 향당에서는 막여치라:** 조정에서는 벼슬의 등급을 중히 여기고 향당에서는 나이의 차례를 중히 여김을 이르는 속담.

**쭌범겉이:** 무료하게.

**채덮어서:** 그만두어서.

**탕수:** 탕국. 제사에 쓰는, 건더기가 많고 국물이 적은 국.

**허퉁하다:** 텅 비어 허전하다.

# 토지 2
## 1부 2권

**초판 1쇄 발행** 2023년 6월 7일
**초판 3쇄 발행** 2024년 10월 13일

**지은이** 박경리
**펴낸이** 김선식

**부사장** 김은영
**콘텐츠사업2본부장** 박현미
**콘텐츠사업6팀장** 임경섭 **콘텐츠사업6팀** 정지혜, 곽수빈, 조용우, 이한민, 이현진
**마케팅본부장** 권장규 **마케팅1팀** 박태준, 오서영, 문서희 **채널팀** 권오권
**미디어홍보본부장** 정명찬 **브랜드관리팀** 오수미, 김은지, 이소영, 서가을
**뉴미디어팀** 김민정, 이지은, 홍수경, 변승주
**지식교양팀** 이수인, 염아라, 석찬미, 김혜원, 박장미, 박주현
**편집관리팀** 조세현, 김호주, 백설희 **저작권팀** 이슬, 윤제희
**재무관리팀** 하미선, 김재경, 임혜정, 이슬기, 김주영, 오지수
**인사총무팀** 강미숙, 지석배, 김혜진, 황종원
**제작관리팀** 이소현, 김소영, 김진경, 최완규, 이지우, 박예찬
**물류관리팀** 김형기, 김선민, 주정훈, 김선진, 한유현, 전태연, 양문현, 이민운

**펴낸곳** 다산북스 **출판등록** 2005년 12월 23일 제313-2005-00277호
**주소** 경기도 파주시 회동길 490
**전화** 02-704-1724 **팩스** 02-703-2219
**이메일** dasanbooks@dasanbooks.com
**홈페이지** www.dasan.group **블로그** blog.naver.com/dasan_books
**용지** 아이피피 **인쇄** 한영문화사 **코팅 및 후가공** 평창피엔지 **제본** 국일문화사

ISBN 979-11-306-9947-9 (04810)
ISBN 979-11-306-9945-5 (세트)